BESTSELLER

Biblioteca

DANIELLE STEEL

Asuntos del corazón

Traducción de
Laura Rins Calahorra

DEBOLS!LLO

Título original: *Matters of the Heart*

Segunda edición: noviembre de 2014
Segunda reimpresión: abril de 2019

Printed in Spain – Impreso en España

ISBN: 978-84-9062-229-2 (vol. 245/61)
Depósito legal: B-14.135-2014

Compuesto en Comptex & Ass., S. L.

Impreso en Liberdúplex
Sant Llorenç d'Hortons (Barcelona)

P 6 2 2 2 9 2

Penguin
Random House
Grupo Editorial

Este libro es muy especial y está dedicado a mis hijos, que son una auténtica maravilla: Beatrix, Trevor, Todd, Nick, Sam, Victoria, Vanessa, Maxx y Zara. Ellos me han acompañado en cada uno de los momentos de mi vida adulta y a lo largo de toda mi carrera de escritora, y son el mayor tesoro de mi existencia.

Este libro es especial porque, contando todo el grueso de mis novelas publicadas, las inéditas de los primeros tiempos, las obras de no ficción tanto publicadas como inéditas, los libros de poesía y los libros infantiles escritos para mis hijos, es el número cien. He llegado, pues, a un hito extraordinario en mi carrera de escritora, y en gran parte se lo debo al apoyo sin límites, inagotable, incondicional, paciente y lleno de cariño de mis hijos. Sin su amor y su ayuda nunca habría podido hacer realidad este momento. Por eso les dedico este libro de corazón, con todo mi amor y mi agradecimiento.

Además, no puedo dejar pasar este momento decisivo sin dar gracias a personas muy especiales que forman parte de mi vida y que también han contribuido a hacerlo realidad, como Mort Janklow, mi fantástico agente y buen amigo; la querida Carole Baron, que se encarga de revisar mi obra desde hace muchos años y es una buena amiga; Nancy Eisenbarth, también muy querida por mí, que investiga de una forma increíble para facilitarme todo el material que hace que los libros tengan éxito y que es mi amiga desde la infancia. Y también a mis editores y redactores, y a vosotros, mis fieles lectores, sin los que nada de esto sería posible.

Para todos, con todo mi corazón, mi mayor agradecimiento y mi cariño por haber hecho posible este momento tan especial de mi vida. Y siempre, por encima de todo, para mis hijos, por quienes escribo libros y por quienes vivo y respiro. A su lado, cada instante de la vida es un precioso regalo.

Con todo el cariño,

D. S.

Algunos de los mayores crímenes contra la humanidad se han cometido en nombre del amor.

Un sociópata es alguien que te destruirá sin piedad, sin conciencia y sin siquiera volverse a mirar atrás. Al principio todo parece demasiado perfecto para ser verdad. Luego, poco a poco y con la precisión de un cirujano, va extirpándote el alma y todo lo que se propone. Hace un trabajo brillante, y a menudo, aunque no siempre, el resultado es impecable. Y una vez que ha obtenido aquello que vino a buscar, te deja tirado desangrándote, atónito y traumatizado, mientras prosigue su camino con sigilo para hacerle lo mismo a otra persona.

D. S.

1

Hope Dunne se abrió paso a través de la nieve, que caía en silencio sobre Prince Street, en el SoHo de Nueva York. Eran las siete de la tarde, las tiendas acababan de cerrar y el habitual bullicio inherente a la vida comercial estaba a punto de cesar hasta el día siguiente. Llevaba viviendo allí dos años, y le gustaba. El barrio estaba muy en boga y le parecía más acogedor que el norte de Manhattan. El SoHo estaba lleno de gente joven y siempre había algo que ver y alguien con quien hablar; las calles bullían de actividad a cualquiera que fuera la hora en que salía del loft que le servía de refugio. En todas las tiendas lucía una brillante iluminación.

Era el momento del año que menos le gustaba, la semana de diciembre anterior a Navidad. Tal como llevaba haciendo unos cuantos años, decidió ignorarlo y esperar a que pasara. Durante las dos últimas Navidades se había dedicado a trabajar en una residencia para personas sin hogar, y antes de eso había estado en la India, donde aquellas fiestas no se celebraban. Después de haber vivido allí, el regreso a Estados Unidos le sentó como un jarro de agua fría. En comparación, todo parecía superficial y orientado al consumo.

La temporada que había pasado en la India le había cambiado la vida, y probablemente se la había salvado. Se había marchado sin pensarlo dos veces, empujada por las circunstancias, y había pasado fuera más de seis meses. Le costó muchísimo retomar la vida en Estados Unidos. Se mudó de Boston a Nueva York, y todo lo que poseía estaba guardado en un almacén. En realidad, daba igual dónde viviera; era fotógrafa y el trabajo la acompañaba a cualquier parte. Las fotografías que había hecho en la India y el Tíbet estaban expuestas en una prestigiosa galería del norte de Manhattan, y tenía algunas más repartidas por varios museos. La gente comparaba su obra con la de Diane Arbus. Le fascinaban las víctimas de la miseria y la desolación. La agonía que se observaba en los ojos de algunos de los protagonistas de sus retratos desgarraba el alma a quien los contemplaba, igual que le había ocurrido a ella al fotografiarlos. La obra de Hope gozaba de un gran prestigio, pero en su apariencia no había nada que denotara que era famosa e importante.

Se había pasado la vida entera observando, haciendo de cronista de la condición humana. Como siempre decía, para ello uno tenía que ser capaz de desaparecer, de volverse invisible, de tal modo que no interfiriera con el estado de ánimo del retratado. Las imágenes que había captado en la India y el Tíbet durante el mágico tiempo que había vivido allí así lo confirmaban. En muchos aspectos, Hope Dunne era una persona apenas perceptible; en otros, era formidable, y su luz y fortaleza interiores parecían invadir todo el espacio.

Sonrió a una mujer con la que se cruzó mientras caminaba entre la nieve por Prince Street. Se sentía tentada de pasear largo rato por las calles nevadas, y se prometió a sí misma que a última hora de la tarde lo haría. Vivía sin horarios, no tenía que rendir cuentas a nadie. Una de las ventajas de su vida solitaria era que disponía de completa libertad para hacer lo que le venía en gana. Era todo un modelo de mujer independiente, extremadamente disciplinada con respecto a su trabajo y a la relación que establecía con los retratados. A veces cogía el metro y se trasladaba a Harlem, y una vez allí vagaba por las calles en vaqueros y camiseta fotografiando a niños. Había pasado algún tiempo en Sudamérica, y también allí se había dedicado a fotografiar a niños y ancianos. Iba allá donde la llevaba el corazón, y en la actualidad aceptaba muy pocos encargos comerciales. Claro que seguía haciendo algún que otro reportaje de moda para *Vogue* si el formato se salía de lo corriente. Sin embargo, la mayoría de los trabajos que realizaba para revistas consistían en retratos de personajes importantes que consideraba interesantes y que merecían la pena. Había publicado un destacado libro de retratos y otro de imágenes de niños; y pronto saldría el tercero con las fotografías tomadas en la India.

Era afortunada por poder dedicarse a lo que le gustaba. Tenía la posibilidad de elegir entre las muchas propuestas que recibía. Y, aunque disfrutaba mucho con ello, en la actualidad solo realizaba retratos por encargo una o dos veces al año. Por el contrario, cada vez estaba más centrada en las fotografías que hacía estando de viaje o por la calle.

Hope era una mujer menuda con el cutis de porcelana y el pelo negro azabache. De niña su madre bromeaba diciéndole que se parecía a Blancanieves; y, en cierto modo, tenía razón, pues, aparte de su aspecto, había algo más en ella que recordaba a los personajes de los cuentos de hadas. Era de proporciones menudas y delicadas, e inusualmente ágil, lo cual le permitía acoplarse en los espacios más reducidos y ocultos y pasar desapercibida. Lo único que llamaba la atención de su persona eran sus profundos ojos violeta. Tenían un azul muy, muy profundo, teñido del ligero tono púrpura de los más exclusivos zafiros procedentes de Birmania o Sri Lanka, y estaban llenos de la compasión que inspira el haber sido testigo de las miserias del mundo. Quienes habían visto otras veces unos ojos como esos comprendían al instante que Hope era una mujer que había sufrido, pero que lo llevaba bien, con dignidad y elegancia. En vez de sumirla en una depresión, el dolor la había elevado hasta una posición en la que estaba en paz consigo misma. No era budista, pero compartía la filosofía de que uno no debía resistirse a las cosas que le sucedían, sino fluir con ellas y permitir que la vida le llevara de una experiencia a otra. Y esa profundidad y esa sabiduría se reflejaban en su trabajo. Se trataba de aceptar la vida tal como era en lugar de empecinarse en que fuera lo que uno querría que fuese y que nunca podría ser. Estaba preparada para no aferrarse a lo que amaba, lo cual suponía la tarea más ardua de todas. Y cuanto más vivía, aprendía y estudiaba, más modesta era. En el Tíbet había conocido a un monje que la definía como una mujer espiritual, y de hecho sí que lo era, aunque no se sentía afín a ninguna religión en particular. Si en algo creía era en la vida, y la abrazaba con delicadeza. Hope era como una fuerte caña mecida por el viento: bella y flexible.

Cuando llegó a la puerta principal del edificio donde vivía, la nevada era más copiosa. Llevaba la cámara de fotos colgada al hombro, y dentro de la funda también guardaba las llaves y el monedero. No solía llevar encima nada más, y tampoco solía ponerse maquillaje, a excepción del intenso rojo de labios que se aplicaba muy de vez en cuando para salir de noche y que la hacía parecerse aún más a Blancanieves. El pelo, de un negro casi endrino, solía recogérselo en una coleta, una trenza o un moño, y cuando se lo soltaba le llegaba a la cintura. Sus gráciles movimientos le conferían apariencia de jovencita y tenía el rostro prácticamente desprovisto de arrugas. Su trayectoria profesional revelaba que tenía cuarenta y cuatro años, pero resultaba difícil acertar su edad y no era nada raro que la consideraran mucho más joven. Podría decirse que era intemporal, igual que sus fotografías y quienes aparecían en ellas. Al mirarla entraban ganas de contemplarla durante largo rato. No era frecuente verla con prendas de color. Casi siempre vestía de negro para no distraer a los retratados; o de blanco, en los lugares de clima cálido.

Tras abrir la puerta y entrar en la portería, subió saltando los escalones hasta el tercer piso. Tenía frío, y se alegró de haber llegado a casa. Allí se estaba mucho más calentito que en la calle, a pesar de que los techos eran altos y de que a veces el viento se colaba por los grandes ventanales.

Encendió la luz y, como siempre, contempló con placer el austero interior. El suelo era de cemento pintado de negro, los sofás blancos y las sillas de aspecto tentador tenían la tapicería de lana de un suave color marfil, y no había ningún objeto que resultara disonante. La decoración era tan simple que recordaba al estilo zen. Y las paredes estaban cubiertas de enormes fotografías enmarcadas en blanco y negro que eran sus favoritas de entre todas las que componían su obra. En la pared más larga había una magnífica serie que representaba a una bailarina en movimiento. La chica que aparecía en ellas era una airosa adolescente rubia de belleza excepcional. Se trataba de una serie destacada, y formaba parte de la colección privada de Hope. Las otras paredes estaban llenas de retratos de niños, y también había varios de monjes del *ashram* donde había vivido en la India y de dos jefes de Estado de dimensiones descomunales.

Su loft era como una galería donde se exponía su trabajo. Y en una larga mesa lacada de blanco, sobre bandejas con el fondo mullido, se alineaban todas sus cámaras con una precisión milimétrica. Cuando recibía encargos puntuales contrataba a ayudantes freelance, aunque la mayoría de las veces prefería hacer ella misma el trabajo. Los ayudantes le resultaban útiles, pero su presencia la distraía demasiado. Su cámara favorita era una Leica que poseía desde hacía años. En el estudio también utilizaba una Hasselblad y una Mamiya, pero seguía decantándose con mucho por la más antigua. Había empezado a hacer fotografías a los nueve años. A los diecisiete ingresó en Brown, donde cursó la carrera de esa especialidad, y a los veintiuno se licenció con matrícula de honor tras presentar un impresionante proyecto de final de carrera realizado en Oriente Medio. Se casó poco después de obtener la titulación y trabajó un año como fotógrafa comercial antes de tomarse un descanso de doce años, durante los que solo aceptó algún que otro encargo muy excepcional. Hacía diez años que había retomado la actividad profesional, y había sido en esa última década cuando se había hecho un nombre a escala mundial y su popularidad había ido en aumento. Saltó a la fama a los treinta y ocho años, cuando su obra se expuso en el MoMA de Nueva York. Había sido uno de los momentos más importantes de su vida.

Hope prendió unas cuantas velas que distribuyó por el loft y bajó la intensidad de la luz eléctrica. Siempre la apaciguaba volver a casa y encontrarse en ese espacio. Dormía en una cama individual situada en un pequeño altillo al que se accedía por una escalera de mano, y antes de quedarse dormida le encantaba mirar abajo y tener la sensación de que estaba volando. El loft era muy distinto de los otros pisos o casas en los que había vivido, y también eso le encantaba. Siempre había temido los cambios, y precisamente por eso este lo había recibido tan bien. Afrontar lo que más miedo le daba hacía, en cierto modo, que se sintiera poderosa. Sus némesis particulares eran la pérdida y el cambio, pero en lugar de rehuirlos había aprendido a aceptarlos con dignidad y entereza.

Al fondo del loft había una pequeña cocina con la encimera de granito negro. Hope sabía que tenía que comer, así que al final fue hasta allí y calentó un bote de sopa. La mayoría de las veces le daba demasiada pereza cocinar y se alimentaba a base de sopas, ensaladas y huevos. En las ocasiones poco frecuentes en que le apetecía comer bien, iba sola a un restaurante sencillo y comía rápido para acabar cuanto antes. Nunca se le había dado bien cocinar, y no lo disimulaba. Siempre lo había considerado una pérdida de tiempo, había muchísimas cosas que le parecían más interesantes. En el pasado, lo que más le llenaba era su familia; ahora, su trabajo. Durante los últimos tres años se había centrado exclusivamente en su vida profesional. Había puesto toda el alma en su obra, y el esfuerzo había dado fruto.

Hope se estaba comiendo la sopa mientras contemplaba la nevada cuando sonó su teléfono móvil y tuvo que dejar el tazón a un lado para desenterrar el aparato del fondo de la funda de la cámara. No esperaba ninguna llamada, y sonrió al oír la voz familiar de su representante, Mark Webber. Hacía bastante tiempo que no tenía noticias suyas.

—A ver, ¿por dónde andas? ¿En qué zona horaria te encuentras? ¿Te he despertado?

En respuesta, Hope se echó a reír y se recostó en el sofá con cara alegre. Mark llevaba diez años siendo su representante, desde que retomó la actividad profesional. Solía presionarla para que aceptara encargos comerciales, pero también mostraba un profundo respeto por sus obras más artísticas. Siempre le decía que un día se convertiría en una de las fotógrafas de Estados Unidos más importantes de su generación, y en muchos aspectos ya lo era, y gozaba de gran prestigio tanto entre sus compañeros de profesión como entre los conservadores y galeristas.

—Estoy en Nueva York —dijo sonriendo—. Y no me has despertado.

—Qué decepción. Te hacía en Nepal, Vietnam o algún otro país desagradable y peligroso. Me sorprende que estés aquí. —Mark sabía cuánto detestaba Hope las Navidades y conocía las razones que tenía para ello. Eran razones de peso. Pero Hope era una mujer excepcional, alguien que siempre salía adelante; y también era una buena amiga. Le inspiraba una simpatía y una admiración enormes.

—Supongo que me quedaré algún tiempo por aquí. Estaba contemplando la nieve, hay un panorama precioso. Es posible que más tarde salga a hacer unas cuantas fotos, de esas que parecen postales antiguas.

—Mira que en la calle hace un frío que pela —advirtió él—. No vayas a resfriarte.

Mark era una de las pocas personas que se preocupaban por ella, y su interés conmovía a Hope. En los últimos años había cambiado de domicilio demasiadas veces para mantener el contacto con sus viejos amigos. Después de terminar la universidad se quedó a vivir en Boston, pero tras el viaje a la India decidió trasladarse a Nueva York. Hope siempre había sido una persona solitaria, pero últimamente se había encerrado aún más en sí misma, lo cual preocupaba a Mark. Sin embargo, ella parecía satisfecha con la vida que llevaba.

—Acabo de llegar a casa —lo tranquilizó—, y me he preparado una sopa de pollo.

—Mi abuela te diría que haces bien —respondió él con otra sonrisa—. ¿Qué planes tienes? —Sabía que no tenía trabajo porque él no había recibido ningún encargo.

—Ninguno en particular. Me estaba planteando pasar las Navidades en la casa de Cabo Cod. El paisaje está precioso en esta época del año.

—Qué perspectiva tan alegre. Solo a ti se te ocurriría considerarlo un paisaje precioso; a cualquier otra persona que fuera allí en esta época del año le entrarían ganas de suicidarse. Tengo una idea mejor. —Mark adoptó su tono de «te propongo un trato» y Hope se echó a reír. Lo conocía muy bien, y también le inspiraba mucha simpatía.

—¿Cuál? ¿Qué muerto te estás planteando endosarme, Mark? ¿Un reportaje de Las Vegas en Nochebuena? —Ambos se echaron a reír ante la idea. De vez en cuando Mark le salía con alguna propuesta disparatada y ella casi siempre la rechazaba. Pero él tenía que intentarlo. Siempre prometía a los clientes potenciales que lo haría.

—No, aunque pasar las Navidades en Las Vegas se me antoja divertido. —Los dos sabían que a Mark le encantaban los juegos de azar, y que de vez en cuando se dejaba caer por Las Vegas o Atlantic City—. De hecho, se trata de un encargo decente y muy respetable. Hoy hemos recibido una llamada de una importante editorial. Su autor estrella quiere un retrato para la solapa de su última novela. Todavía no ha entregado el manuscrito, pero lo hará de un momento a otro y la editorial necesita ya la fotografía para poder imprimir el catálogo y completar el diseño de la edición de cara a la publicidad avanzada que suele hacerse. Es un trabajo serio y legítimo. El único problema es que el plazo es muy ajustado. Tendrían que haberlo pensado antes.

—¿Para cuándo quieren el retrato? —preguntó Hope sin definirse, y mientras aguardaba la respuesta se tumbó en el sofá tapizado de lana blanca.

—Necesitan disponer de él la semana que viene para cumplir con las fechas de producción. Eso significa que deberías hacer el trabajo alrededor de Navidad. El escritor ha pedido que te encargues tú personalmente, dice que no aceptará a ningún otro fotógrafo. Por lo menos tiene buen gusto. Y los honorarios no están nada mal. El tipo es toda una figura.

—¿De quién se trata?

El representante de Hope sabía que la respuesta a esa pregunta repercutiría en su decisión, y dudó antes de pronunciar el nombre. Se trataba de un personaje importante: había ganado el National Book Award, el premio literario más prestigioso de Estados Unidos, y sus obras siempre ocupaban los primeros puestos de las listas de ventas. Con todo, el tipo era un tanto camaleónico y a menudo aparecía en la prensa acompañado de bellezas. Mark no sabía si a Hope le haría gracia retratarlo, sobre todo si se comportaba con grosería; y no descartaba que lo hiciera. De hecho, el hombre no le ofrecía ninguna garantía, y Hope prefería trabajar con personas serias.

—Finn O'Neill —respondió sin más, y esperó su reacción. No quería influenciarla ni desanimarla. Lo que decidiese era cosa suya, y encontraría la mar de razonable que se negara a aceptar la propuesta, pues la había recibido con muy poco tiempo de antelación y además era la semana de Navidad.

—He leído su última novela —dijo con interés—. Es espeluznante, pero el hombre ha hecho un trabajo digno de mención. —Se sentía intrigada—. Es muy inteligente. ¿Lo conoces personalmente?

—La verdad es que no, no lo he tratado, aunque he coincidido con él en algunas fiestas, aquí y en Londres. Me parece un personaje carismático, y creo que tiene cierta debilidad por las mujeres guapas y las jovencitas.

—En ese caso no tengo nada que temer —respondió ella echándose a reír. Intentaba recordar qué aspecto tenía el escritor en la contracubierta del libro que había leído, pero no lo logró.

—No estés tan segura; aparentas la mitad de los años que tienes. Pero sabrás defenderte, eso no me preocupa. Lo que no tenía claro era que te apeteciera ir a Londres en esta época del año. Claro que, por otra parte, el plan se me antoja bastante menos deprimente que pasar la Navidad en Cabo Cod, así que a lo mejor incluso te viene bien. Viajarás en primera clase con todos los gastos pagados y te alojarás en el Claridge's. Él vive en Irlanda, pero tiene un piso en Londres y ahora está allí.

—Qué lástima —respondió ella, decepcionada—. Preferiría fotografiarlo en Irlanda, sería bastante más original.

—No creo que tengas elección, él quiere que sea en Londres. El trabajo no te llevará más de un día, así que aún llegarás a tiempo de acabar de pasar las fiestas en Cabo Cod y deprimirte del todo. Tal vez para Año Nuevo. —El comentario hizo reír a Hope, y se planteó aceptar el encargo. La cosa tenía su gracia, Finn O'Neill era un escritor de renombre y seguro que la sesión de fotos sería interesante. Estaba molesta porque no recordaba su rostro—. Bueno, ¿qué te parece?

Por lo menos no había rechazado la propuesta de plano, y Mark creía que el trabajo podía hacerle bien, sobre todo si el plan alternativo consistía en pasar las fiestas sola en Cabo Cod. Hope tenía una casa allí y solía ir en verano desde hacía años. Le encantaba el sitio.

—¿Y a ti? —Hope siempre escuchaba los consejos de Mark, aunque a veces no le hiciera caso. Pero por lo menos le pedía opinión, cosa que otros clientes no hacían nunca.

—Creo que deberías aceptar el encargo. O'Neill es interesante y famoso, es una persona respetable. Además, llevas mucho tiempo sin hacer ningún retrato, y no puedes pasarte la vida fotografiando a monjes y mendigos —dijo Mark en tono liviano.

—Sí, puede que tengas razón. —Parecía pensativa. Seguía gustándole mucho hacer retratos si el cliente resultaba enigmático, y sin duda ese era el caso de Finn O'Neill—. ¿Puedes conseguirme a algún ayudante allí? No necesito que me acompañe nadie en particular. —Hope no era demasiado exigente.

—Me encargaré de ello, no te preocupes. —Mark contuvo la respiración, aguardando a oír que aceptaba el encargo. Creía que debía hacerlo, y lo más gracioso era que la propia Hope también lo creía. Temía la llegada de las fiestas navideñas, a las que siempre había tenido aversión, y un viaje a Londres representaba una distracción de lo más oportuna, sobre todo en sus circunstancias actuales.

—De acuerdo, lo haré. ¿Cuándo crees que debería partir?

—Yo diría que cuanto antes, para que te dé tiempo de terminar antes del día de Navidad. —Por un momento se le había olvidado que eso a ella le daba completamente igual.

—Podría salir mañana por la noche. Antes tengo que zanjar algunos asuntos por aquí, y prometí llamar al conservador del MoMA. Puedo coger un vuelo nocturno y dormir en el avión.

—Perfecto. Se lo diré a los de la editorial. Les pediré que se encarguen de tenerlo todo a punto, y te buscaré un ayudante. —Nunca le costaba encontrar quien la ayudara. Los fotógrafos en ciernes se morían por trabajar con Hope Dunne. Tenía fama de ser una persona llana, y se la había ganado a pulso. Era una fotógrafa de trato agradable, muy profesional y no exigía demasiado a los demás. Y lo que los estudiantes y los principiantes aprendían de ella no tenía precio. El hecho de haber trabajado para Hope como ayudante freelance, aunque solo fuera un día, destacaba mucho en el currículo—. ¿Cuánto tiempo quieres quedarte?

—No lo sé —respondió ella pensándolo—. Unos cuantos días, no quiero andar con prisas. No sé cómo se comporta O'Neill ante la cámara, puede que tarde un día o dos en relajarse. Resérvame alojamiento para cuatro días. Ya veré qué tal van las cosas sobre la marcha, pero por lo menos así tendremos tiempo de sobra. En cuanto terminemos, me marcharé.

—Eso está hecho. Me alegro de que hayas aceptado el trabajo —confesó él en tono caluroso—. Además, Londres resulta muy entretenido en esta época del año. Las calles están llenas de adornos y lucecitas; los ingleses no son tan políticamente correctos como nosotros, ellos aún creen en la Navidad. —En Estados Unidos la palabra «Navidad» se estaba convirtiendo en un tabú.

—Me gusta el Claridge's —dijo ella contenta, y de repente se puso más seria—. Puede que aproveche para ver a Paul, si es que está en la ciudad. No sé muy bien por dónde anda, hace mucho tiempo que no hablo con él. —Resultaba irónico pensar que habían estado casados veintiún años y ahora no sabía siquiera dónde estaba. Últimamente su vida le recordaba al proverbio chino: «Antes era antes y ahora es ahora». No cabía duda, y menuda diferencia.

—¿Qué tal se encuentra? —preguntó Mark con amabilidad. Sabía que para Hope ese era un tema delicado, pero para haber sufrido tantas dificultades, la verdad era que se había adaptado muy bien. En su opinión, Hope era la personificación del espíritu deportivo y la calidad humana. Pocas personas llevarían sus circunstancias tan bien como ella.

—Creo que más o menos igual que siempre —dijo respondiendo a la pregunta de Mark sobre su ex marido—. Está siguiendo no sé qué tratamiento experimental de Harvard, y parece que le va bastante bien.

—Llamaré a la editorial y les diré que te harás cargo del trabajo —concluyó él cambiando de tema. Nunca sabía qué decirle sobre Paul, aunque lo cierto era que Hope siempre se lo tomaba bien. Era consciente de que seguía amándolo, pero había aceptado lo que el destino le tenía deparado. Nunca se la veía resentida o enfadada; Mark no sabía cómo se las arreglaba—. Volveré a llamarte mañana para darte más detalles —le prometió, y al cabo de un momento pusieron fin a la conversación.

Hope introdujo el tazón de la sopa en el lavavajillas y se asomó a la ventana para contemplar la nieve, que caía a ritmo constante. Ya había un grueso de varios centímetros, y eso le hizo pensar en Londres. La última vez que había estado allí también nevaba y el paisaje parecía una postal navideña. Se preguntó si Paul se encontraría en la ciudad en esos momentos, pero decidió no llamarlo hasta que estuviera allí por si había algún cambio de planes, y además no sabía de cuánto tiempo libre dispondría. No quería quedar con él el día de Navidad y arriesgarse a que alguno de los dos sufriera un bajón de ánimo; eso sí que quería evitarlo por encima de todo. Ahora eran buenos amigos, él sabía que podía contar con ella si la necesitaba, aunque Hope también era consciente de que el orgullo le impediría llamarla. Si se veían, ambos se cuidarían de mantener las cosas en un plano superficial, que era lo mejor que podían hacer. Había cosas de las que resultaba demasiado doloroso hablar, y no servía de nada hacerlo.

Mientras permanecía junto a la ventana, Hope observó a un hombre que caminaba dejando las huellas en la nieve, seguido de una anciana que andaba dando resbalones y traspiés mientras intentaba pasear a su perro. No pudo resistir la tentación. Se puso el abrigo y las botas y salió de nuevo a la calle llevando en el bolsillo la Leica en lugar de una de las flamantes cámaras más modernas que todo fotógrafo codiciaba pero que, aunque también formaban parte de su colección, no eran sus favoritas. Ella prefería su vieja cámara, una fiel amiga que siempre le había hecho un buen servicio.

Al cabo de diez minutos caminaba sin rumbo, rodeada de

nieve por todas partes, buscando escenas dignas de fotografiar. Sin pensarlo, se encontró en la boca del metro y bajó corriendo la escalera. Acababa de ocurrírsele una idea. Quería captar algunas imágenes de Central Park en plena noche, y después iría a algunos de los barrios más conflictivos del West Side. La nieve tenía la capacidad de suavizar los semblantes y ablandar los corazones. Para Hope la noche era joven, y podía pasarla perfectamente en la calle si se sentía con ánimos. Esa era una de las ventajas que había descubierto que tenía vivir sola. Podía trabajar siempre que quería y durante el tiempo que le apetecía, y no tenía por qué sentirse culpable. En casa no la esperaba nadie.

A las tres de la madrugada estaba de nuevo enfilando Prince Street y sonreía para sus adentros, satisfecha del trabajo que había hecho durante la noche. Paró de nevar justo cuando entraba en el portal de su edificio, y subió la escalera hasta la planta en la que se encontraba su loft. Una vez allí, se despojó del abrigo mojado y lo dejó en la cocina mientras se recordaba a sí misma que por la mañana tenía que hacer las maletas para ir a Londres. Al cabo de cinco minutos se había enfundado el cálido camisón y se estaba arrebujando en la cama individual situada en el altillo, y en cuanto posó la cabeza en la almohada se quedó dormida. Había sido una noche muy agradable y muy productiva.

2

Cuando Hope llegó al aeropuerto, el vuelo con destino a Londres se preveía ya con dos horas de retraso. Llevaba las cámaras en el equipaje de mano, y estuvo sentada leyendo en la sala destinada a los pasajeros de primera clase hasta que anunciaron el embarque. Había empezado otra novela de Finn O'Neill y quería leerla durante el viaje. De nuevo estaba nevando, y cuando los pasajeros ya habían entrado en el avión tuvieron que retirar el hielo acumulado en el aparato. En total, tardaron casi cuatro horas más de lo previsto en despegar, después de haberse pasado dos de espera a bordo. A Hope no le importaba demasiado, siempre dormía durante los viajes largos. Pidió a la azafata que no le sirviera la comida y le dijo a qué hora quería que la despertara, exactamente cuarenta minutos antes de aterrizar en Heathrow. Así le daría tiempo de tomar un café y un cruasán antes de que iniciaran el descenso, y también de lavarse los dientes y cepillarse el pelo. Era todo cuanto necesitaba para estar en condiciones de pasar por el puesto de control y llegar hasta el hotel.

Como siempre, Hope durmió profundamente durante el vuelo, y luego se alegró de comprobar que aterrizaban sin dificultades a pesar de la niebla matutina. Al final el retraso jugó a su favor y dio margen para que el cielo invernal se despejara. Tal como estaba previsto, el coche del hotel Claridge's la estaba esperando cuando cruzó la aduana con la bolsa que contenía las cámaras. Ya había alquilado todo el material que necesitaba, se lo entregarían esa misma tarde en el hotel. A la mañana siguiente se encontraría con el cliente en su casa. Primero quería tomarse un poco de tiempo para conocerlo, y por la tarde harían la sesión de fotos.

De momento todo parecía fácil y avanzaba de acuerdo con el plan, y, puesto que había dormido bastante en el avión, cuando el vehículo entró en la ciudad estaba completamente despierta. Se sintió feliz al contemplar la habitación del hotel. Era una de las suites más bellas del Claridge's, pintada de un rojo coral intenso, con telas de estampados florales, muebles antiguos de estilo inglés y láminas enmarcadas colgadas en las paredes. Resultaba cálida y acogedora, y en cuanto se hubo instalado se dio un baño. Pensó en llamar a Paul, pero prefirió esperar a haberse entrevistado con Finn para decidir de cuánto tiempo libre disponía. En caso necesario, podían verse el último día si Paul estaba en la ciudad. Cerró la mente a todos los pensamientos relacionados con los primeros tiempos juntos, no quería pensar en ello, así que se deslizó en la bañera y cerró los ojos. Quería salir a dar un paseo en cuanto se hubiera vestido y comido un poco. Para cuando terminó con el baño, en Londres ya eran las dos de la tarde. Acababa de llamar al servicio de habitaciones para encargar que le subieran una tortilla y un tazón de sopa cuando recibió el material que había alquilado, y a continuación la telefoneó la ayudante a la que habían contratado, por lo que se le hicieron las cuatro antes de salir del hotel.

Dio un largo y rápido paseo hasta New Bond Street y se detuvo a mirar todos los escaparates, decorados con vistosos adornos. Todos los interiores de las tiendas en los que se fijaba estaban saturados de clientes. Era el período álgido de las compras navideñas. Ella no tenía a nadie a quien hacer regalos; a Paul ya le había enviado una fotografía enmarcada desde Nueva York, y a Mark le había ofrecido una caja de buen vino francés. Hacia las seis de la tarde regresó al hotel, y en cuanto hubo puesto los pies en la habitación la llamó Finn O'Neill. Tenía una profunda voz masculina que sonaba algo ronca. Le preguntó cuál era su nombre, y entonces sufrió un arrebato de tos. Parecía muy enfermo.

—Me estoy muriendo —anunció cuando paró de toser—. No podremos vernos mañana por la mañana. Además, no quiero contagiarle el resfriado. —Era muy amable por su parte al preocuparse por eso, ella tampoco deseaba caer enferma, pero detestaba perder un día de trabajo. En Londres no tenía nada más que hacer, excepto ver a Paul.

—Se le oye fatal —dijo ella en tono compasivo—. ¿Lo ha visitado algún médico?

—Me han dicho que pasaría a verme hace un rato, pero de momento no ha venido nadie. Lo siento de veras. Ha sido muy amable por su parte viajar hasta Londres. A lo mejor si mañana me quedo en cama, al día siguiente estoy en condiciones de recibirla. ¿Tiene prisa por volver? —Parecía preocupado, y Hope sonrió.

—No pasa nada —respondió con calma—. Puedo quedarme el tiempo necesario hasta que hayamos terminado el trabajo.

—Espero que disponga de un buen maquillador. Estoy hecho un asco —dijo en un tono muy infantil y autocompasivo.

—Seguro que quedará bien en las fotos, se lo prometo. Todo depende del juego de luces —lo tranquilizó—. Además, siempre podemos usar un aerógrafo. Usted procure mejorarse. Tome caldo de pollo —le recomendó, y él se echó a reír.

—No quiero parecer el abuelo de Georgia O'Keeffe en el libro.

—Eso no pasará. —El hombre era toda una figura. Había buscado información sobre él en internet y había descubierto que tenía cuarenta y seis años, y entonces recordó su aspecto. Tenía muy buena planta. Y su voz sonaba joven y llena de energía, a pesar de estar enfermo.

—¿Se encuentra a gusto en el hotel? —preguntó, y la respuesta parecía interesarle de veras.

—Estoy bien —volvió a tranquilizarlo.

—De verdad le agradezco que haya venido hasta aquí con tan poco tiempo de margen. No sé en qué estaba pensando mi editor, se les había olvidado que necesitaban un retrato para el libro y me lo han comunicado esta misma semana. Es de locos, y más teniendo en cuenta que estamos en Navidad. Les pedí que se pusieran en contacto con usted, pero no creía que viniera.

—No tenía ningún otro plan. Pensaba pasar unos días en Cabo Cod, y de hecho es más divertido estar aquí.

—Eso es cierto —convino él—. Yo vivo en Irlanda, pero en esta época del año también es bastante deprimente. Tengo una casa en Londres, y siempre que no estoy escribiendo me alojo aquí. ¿Ha estado alguna vez en Irlanda? —preguntó con un interés repentino, y sufrió otro arrebato de tos.

—Hace mucho tiempo —reconoció—. Es un país muy bonito, pero han pasado bastantes años desde la última vez que lo visité. Y lo prefiero en verano.

—Yo también, pero sus inviernos lluviosos y amenazadores me vienen de perlas para escribir... —Soltó una carcajada—. Y su sistema tributario me va bien para la economía. En Irlanda los escritores no pagamos impuestos, lo cual es fantástico. Hace dos años adopté la nacionalidad irlandesa. Para mí es perfecto —dijo en tono satisfecho, y Hope se echó a reír.

—Parece un buen negocio. ¿Su familia era irlandesa? —A juzgar por su apellido, Hope supuso que debía de ser así. Le resultaba agradable charlar con él, y era una buena oportunidad para conocerlo mejor, aunque fuera por teléfono. Cuanto más hablaran, más cómodo se sentiría ante ella cuando por fin se encontraran y se pusieran a trabajar.

—Mis padres eran irlandeses, nacieron en Irlanda; pero yo nací en Nueva York. Claro que el hecho de que ellos fueran de allí hizo que me resultara más fácil adaptarme. Al principio conservaba la doble nacionalidad, pero acabé renunciando al pasaporte estadounidense. Me pareció lo más sensato ya que me apetece más vivir en Irlanda. Hay casas fabulosas, y los paisajes son preciosos a pesar del mal tiempo. Tiene que venir a visitarme alguna vez. —Era normal que la gente dijera esas cosas, pero Hope no creía que llegara a hacerlo. De hecho, en cuanto tuviera listo el retrato para la solapa del libro, era poco probable que volvieran a verse, a menos que fuera para otra sesión de fotos.

Charlaron un rato más, y él le habló del argumento de su novela. Trataba de un asesino en serie y estaba ambientada en Escocia. Era bastante sobrecogedora, pero daba algunos giros interesantes, y Finn le ofreció regalarle un ejemplar cuando el libro estuviera listo. Dijo que estaba dándole los últimos retoques. Ella le deseó que se mejorara y quedaron en encontrarse al cabo de dos días para darle tiempo de recuperarse del resfriado. Después de eso, Hope decidió telefonear a Paul. No tenía ni idea de si estaba en Londres, pero supuso que valía la pena intentar ponerse en contacto con él. Tras dos señales de llamada, él descolgó el auricular, y pareció contento y sorprendido de oírla. Hope notó el familiar temblor de su voz. Con los años le había cambiado el timbre, y a veces tenía dificultades para pronunciar las palabras.

—¡Qué agradable sorpresa! ¿Dónde estás? ¿En Nueva York?

—No —se limitó a responder ella sonriendo en silencio—. Estoy en Londres. He venido por trabajo y solo me quedaré unos días. Tengo que retratar a un escritor para la solapa de su libro.

—Creía que ya no te dedicabas a esas cosas, después del éxito de tu última exposición de gran formato —respondió él en tono caluroso. Siempre se había sentido orgulloso de su trabajo.

—Sigo aceptando encargos comerciales de vez en cuando, para no perder la práctica. No puedo dedicarme solo a la fotografía artística. Lo divertido es hacer cosas diferentes. Voy a retratar a Finn O'Neill.

—Me gustan sus novelas —dijo Paul. Parecía impresionado y contento de veras por la llamada, se le notaba en la voz.

—A mí también. Está resfriado y hemos retrasado un día la sesión. Me preguntaba si estabas en la ciudad y si te apetecería que comiéramos juntos mañana.

—Me encantaría —se apresuró en responder—. Pasado mañana me voy a las Bahamas. Aquí hace demasiado frío. —Paul poseía un bonito barco y en invierno siempre navegaba por el Caribe. Pasaba mucho tiempo a bordo, era su forma de evadirse del mundo.

—Me alegro de haberte llamado.

—Yo también de que lo hayas hecho. —Convinieron en quedar para comer en el hotel al día siguiente. Hope no le había preguntado cómo estaba. Lo juzgaría por sí misma cuando lo viera, y a él no le gustaba hablar de su enfermedad.

Ese otoño Paul había cumplido sesenta años, y llevaba diez luchando contra el Parkinson, que había cambiado por completo la vida de ambos, sobre todo la de él. Justo después de cumplir los cincuenta, había empezado a sufrir temblores. Al principio se negaba a verlo, pero puesto que era cirujano cardiólogo no pudo ocultarlo durante mucho tiempo. No le quedó más remedio que retirarse al cabo de seis meses. Y entonces su mundo y el de Hope se vinieron abajo. Siguió impartiendo clases en Harvard durante cinco años, hasta que tampoco con eso pudo seguir. A los cincuenta y cinco años abandonó toda actividad profesional, y fue entonces cuando empezó a beber. Estuvo dos años ocultándoselo a todo el mundo, excepto a ella.

Lo único sensato que hizo durante ese tiempo fue invertir dinero con mucho acierto en dos empresas que fabricaban equipos quirúrgicos. Había sido consejero en una de ellas, y las inversiones le devengaron las mayores ganancias de toda su vida. Una de las empresas empezó a cotizar en bolsa, y cuando dos años después de retirarse vendió sus acciones, ganó una fortuna y se compró el primer barco. Pero la bebida mantenía la vida del matrimonio en una especie de cuerda floja, y el Parkinson cada vez iba limitando más y más a Paul, hasta que apenas era capaz de valerse por sí mismo. Cuando no se encontraba mal, estaba borracho, o las dos cosas. Al final ingresó en un centro de rehabilitación de alcohólicos que le recomendó uno de sus colegas de Harvard. Pero para entonces el universo de la pareja se había desmoronado. No les quedaba nada, ningún motivo para estar juntos, y Paul decidió divorciarse. Hope se habría quedado a su lado para siempre, pero él no estaba dispuesto a permitirlo.

Como médico, sabía mejor que nadie lo que le esperaba, y se negó a hacer pasar a Hope por ello. Lo del divorcio fue una decisión completamente unilateral, no le dejó elección. Los trámites se habían completado hacía dos años, después de que Hope regresara de su estancia de varios meses en la India. A partir de entonces, trataron de no volver a hablar de su matrimonio ni de su divorcio; el tema resultaba demasiado doloroso para ambos. De algún modo, después de todo lo que les había ocurrido, se habían perdido el uno al otro. Seguían queriéndose y se sentían muy unidos, pero él no permitía a Hope que siguiera formando parte de su vida. Ella sabía que le preocupaba su bienestar y que la amaba, pero él estaba decidido a morir solo y en silencio. Y ese gesto, aparentemente generoso, había dejado a Hope completamente sola y desprovista de todo a excepción de su trabajo.

Paul le preocupaba, pero sabía que estaba en manos de buenos médicos. De vez en cuando pasaba varios meses seguidos a bordo de su barco, y el resto del tiempo vivía en Londres o viajaba a Boston para seguir el tratamiento en Harvard. Aunque lo cierto era que allí podían ayudarle bien poco. La enfermedad lo estaba consumiendo lentamente. Con todo, de momento podía seguir saliendo a la calle, a pesar de que representaba todo un reto. En el barco todo era más fácil porque siempre tenía a la tripulación alrededor.

Hope y Paul se casaron cuando ella tenía veintiún años, después de que se licenciara en Brown. Para entonces él ya era cirujano y profesor en Harvard, y tenía treinta y siete años. Se habían conocido durante el semestre que Paul impartió clases en Brown, tras haber solicitado un período sabático en Harvard. Hope estaba en tercer curso. Paul se enamoró de ella en cuanto la vio y su noviazgo había sido apasionado e intenso, hasta que al cabo de un año, justo después de que Hope terminara la carrera, se casaron. Ella nunca había estado enamorada de ningún otro hombre, ni siquiera durante los dos años que llevaban divorciados. Paul Forrest no tenía parangón, y Hope seguía sintiéndose muy atraída por él, estuvieran o no casados. Él había conseguido divorciarse, pero no que dejara de amarlo. Y ella aceptaba la situación como una parte inevitable de sus vidas. Aunque la enfermedad lo había cambiado, seguía viendo en él al mismo hombre de mente brillante atrapado en un cuerpo minado.

El hecho de haber tenido que dejar de ejercer su profesión había estado a punto de acabar con él, y en muchos aspectos había menguado enormemente, pero no a ojos de su ex esposa. Porque para ella, el temblor y la forma de andar arrastrando los pies no cambiaba en nada la clase de hombre que era.

Hope pasó la noche tranquila en su habitación del hotel, leyendo la novela de O'Neill mientras evitaba pensar en Paul y en la vida que un día habían compartido. Era una puerta que ninguno de los dos se atrevía a volver a abrir porque tras ella se escondían demasiados fantasmas, y les resultaba más fácil limitarse a contarse cosas del presente en lugar de hablar del pasado. Sin embargo, cuando al día siguiente se encontró con él, a Hope se le iluminó la mirada. Estaba esperándolo en el vestíbulo cuando lo vio acercarse despacio, apoyándose en un bastón. Pero seguía siendo alto y guapo, y caminaba erguido;

y a pesar del temblor los ojos le brillaban y tenía buen aspecto. A Hope seguía pareciéndole el mejor hombre del mundo, y por mucho que la enfermedad le hubiera puesto años encima, resultaba atractivo.

Él también parecía muy contento de verla, y la obsequió con un cálido abrazo y un beso en la mejilla.

—Tienes un aspecto magnífico —dijo sonriéndole. Hope llevaba unos vaqueros negros, unos zapatos de tacón alto y un abrigo de un rojo vivo, y el pelo oscuro recogido en un moño. Sus ojos de color violeta intenso se veían enormes y llenos de vida mientras lo observaba. Su mirada perspicaz le decía que Paul no había empeorado respecto a las últimas veces, incluso parecía haber mejorado un poco. Era probable que la medicación experimental estuviera funcionando, aunque notó que sus movimientos eran algo inseguros cuando lo asió del brazo y entraron en el comedor. Hope notaba que le temblaba todo el cuerpo. El Parkinson era una enfermedad muy cruel.

El maître les asignó una mesa muy bien situada. Mientras decidían lo que iban a comer, empezaron a charlar animadamente para ponerse al día de sus respectivas vidas. Hope siempre se sentía muy cómoda con Paul. Se tenían mucha confianza y se conocían a la perfección. Ella tenía diecinueve años cuando lo conoció y se enamoró de él, y a veces aún se le hacía raro que no siguieran casados. Pero él se había mostrado muy intransigente y se había negado en redondo a que cargara con un vejestorio enfermo. Hope era dieciséis años más joven que Paul, y sin embargo eso no les había supuesto problema alguno hasta que él enfermó y decidió que aquella diferencia de edad era importante. Había optado por desterrarla de su vida, aunque seguían amándose y juntos seguían pasándolo tan bien como siempre. Al cabo de pocos minutos Paul ya la había hecho reír por algo, y ella le habló de sus últimas exposiciones, sus viajes y su trabajo. No lo había visto desde hacía seis meses, aunque hablaban por teléfono con bastante regularidad.

A pesar de que ya no eran pareja, Hope no podía imaginar la vida sin Paul.

—Anoche estuve buscando información de tu último cliente en la página web de la editorial —anunció Paul. Las manos le temblaban al intentar comer.

Era inevitable que lo pasara mal tratando de llevarse los alimentos a la boca, pero estaba decidido a hacerlo por sí mismo y Hope evitó hacer comentarios sobre la comida derramada o acercarse para ayudarle. Paul tenía que hacer acopio de toda su dignidad para comer fuera de casa, pero estaba muy orgulloso de seguir yendo a restaurantes. Todo lo relacionado con su enfermedad era una fuente de agonía: la carrera que había tenido que abandonar y que lo era todo para él, sobre la que había construido su autoestima; el matrimonio que había acabado por recibir las consecuencias porque Paul se había negado a hundir a Hope consigo. Lo único que aún le producía verdadero placer era navegar; y mientras tanto se iba deteriorando poco a poco. Incluso Hope era capaz de percibir que el hombre que tenía frente a sí no era más que la sombra de quien había sido, pero él, aunque solo fuera por orgullo, intentaba ocultarlo. A los sesenta años le correspondería estar en el pináculo de su vida personal y profesional, derrochando vida y energía. En cambio se encontraba en el invierno de sus días y estaba tan solo como Hope; aunque ella era mucho más joven. Paul iba perdiendo vitalidad poco a poco, y Hope siempre se enfadaba mucho al comprobarlo. Por mucho que se esmeraba en ocultarlo, la realidad era atroz, y él era el más perjudicado.

—Ese O'Neill es un hombre muy interesante —prosiguió Paul con aire intrigado. Al parecer nació en Estados Unidos, pero procede de una familia noble irlandesa y regresó para recuperar la antigua casa solariega. En internet aparece una foto y es un sitio muy peculiar. Tiene una belleza decadente. En Irlanda quedan unos cuantos caserones con encanto de ese estilo. Me he fijado en que la mayoría de los muebles acaban subastándose en Sotheby's y en Christie's. Tienen el aspecto de antigüedades francesas, y en muchos casos lo son. La cuestión es que ese hombre vive en una mansión y es un aristócrata irlandés, y hasta ahora no me había enterado. Estudió en una universidad de Estados Unidos, pero se doctoró en Oxford; y, después de ganar el National Book Award en Estados Unidos por su obra de ficción, los británicos le concedieron un título honorífico. Ahora es sir Finn O'Neill —dijo, lo cual a Hope le dio que pensar.

—Se me había olvidado —admitió. Paul siempre representaba para ella un auténtico pozo de conocimientos. De repente, se avergonzó—. Se me olvidó llamarlo sir Finn cuando hablé con él por teléfono. Aunque la verdad es que no pareció que le importara.

—Parece un hombre de los de genio y figura —comentó Paul dejando de comer. Había días más duros que otros, y el grado de incomodidad que era capaz de tolerar en público tenía un límite—. Ha estado liado con bastantes mujeres de renombre: ricas herederas, princesas, actrices, modelos. Es una especie de playboy, pero no cabe duda de que tiene talento. Seguro que la sesión de fotos será interesante. Da la impresión de ser un bala perdida que anda por ahí montando escándalos, pero al menos no te aburrirás. Es probable que intente seducirte —dijo con una triste sonrisa. Hacía tiempo que había renunciado a que Hope le fuera fiel, excepto en la amistad, y nunca le preguntaba por su vida amorosa. Prefería no saber nada. Y ella obviaba decirle que seguía enamorada de él para ahorrarle el sufrimiento. Había unos cuantos temas de los que no hablaban jamás, tanto referentes al pasado como al presente. Dadas las circunstancias, lo que compartían cuando, de uvas a peras, salían a comer o a cenar, o cuando hablaban por teléfono, era lo máximo a lo que podían aspirar. Y ambos se aferraban a ese último lazo que los unía.

—No querrá seducirme —le aseguró Hope—. Probablemente tengo el doble de años de las mujeres con las que sale, si es tan libertino como dices. —Hope no parecía interesada ni preocupada. Era un cliente, no un ligue; al menos desde su punto de vista.

—No estés tan segura —le advirtió Paul con conocimiento de causa.

—Si intenta algo, le arrearé con el trípode —repuso ella con firmeza, y los dos se echaron a reír—. Además, me acompañará una ayudante; a lo mejor lo intenta con ella. Aunque está enfermo, y seguro que eso juega a mi favor.

Siguieron charlando animadamente mientras se comían el postre con calma. Paul intentó por dos veces tomarse el té que le habían servido sin éxito, y Hope no se atrevió a ofrecerse para sostenerle la taza, aunque lo estaba deseando. Después de comer, lo acompañó a la puerta del hotel y esperó a que el mozo pidiera un taxi para él.

—¿Volverás a Nueva York un día de estos? —preguntó esperanzada. Paul disponía de un apartamento en el hotel Carlyle, pero apenas lo usaba. Últimamente también evitaba poner los pies en Boston, excepto para recibir tratamiento médico. Visitar a sus viejos amigos le resultaba demasiado deprimente. Sus carreras profesionales seguían estando en pleno auge y la de Paul había acabado diez años atrás, mucho antes de lo que cabría haber esperado.

—Voy a pasarme el invierno en el Caribe. Y luego seguramente volveré aquí. —Le gustaba el anonimato que le otorgaba Londres, donde no lo conocía nadie y, por tanto, nadie se apenaba de él. Era demasiado doloroso observar la mirada de compasión de Hope. Ese era uno de los motivos por los que no había querido seguir casado con ella. No quería que le tuviera lástima. Prefería estar solo a ser una carga para alguien a quien amaba. Era una decisión que los había condicionado a ambos, pero cuando a Paul se le metía algo entre ceja y ceja no había quien lo hiciera apearse del burro. Hope había intentado hacerle cambiar de opinión en vano, y terminó por aceptar que tenía derecho a decidir cómo quería vivir sus últimos años. Lo que estaba claro era que, fuera por los motivos que fuese, no quería vivirlos junto a ella.

—Ya me contarás qué tal te va la entrevista con O'Neill —le comentó Paul mientras el portero del hotel le paraba un taxi. Entonces miró a Hope con una sonrisa y atrajo hacia sí su familiar figura menuda, y cerró los ojos cuando ella lo abrazó—. Cuídate, Hope —dijo con un nudo en la garganta, y ella asintió. A veces Paul se sentía culpable por dejarla marchar, pero en su día había actuado con el firme convencimiento de que era lo mejor para ella, y todavía lo creía. No tenía ningún derecho a arruinarle la vida en beneficio propio.

—Sí, tú también —respondió ella mientras lo besaba en la mejilla y lo ayudaba a entrar en el taxi. Al cabo de un instante, el vehículo se puso en marcha y Hope se quedó de pie frente al hotel Claridge's, agitando la mano en pleno frío, hasta que se alejó. Siempre la entristecía ver a Paul, pero era la única familia que tenía. Cuando se disponía a entrar de nuevo en el hotel, reparó en que había olvidado desearle feliz Navidad, aunque era mejor así. Mencionar las fiestas solo habría servido para traer a la memoria recuerdos compartidos que les habrían resultado muy, muy dolorosos.

Subió a la habitación y se puso unos zapatos planos y un abrigo más grueso. Minutos más tarde, volvía a abandonar el hotel con sigilo para dar un largo y solitario paseo.

3

Fiona Casey, la persona que el representante de Hope había seleccionado para que la ayudara, se personó en la habitación del hotel a las nueve en punto de la mañana siguiente. Era una chica pelirroja con un talento prometedor y un carácter divertido que admiraba muchísimo a Hope. Estaba estudiando fotografía en la Royal Academy of Arts y se ganaba la vida trabajando por cuenta propia. Cuando se disponía a trasladar el equipo de Hope a la furgoneta de alquiler, supo que iban a retratar a Finn O'Neill y se quedó tan impresionada que dio un traspié. Llegaron a casa del escritor a las diez en punto. Hope no había vuelto a tener noticias de él y, por tanto, daba por sentado que se encontraría en condiciones de llevar a cabo la sesión.

El chófer que el hotel había contratado junto con la furgoneta recorrió la corta distancia hasta el elegante edificio construido a partir de un antiguo establo reconvertido en vivienda de un barrio de moda. La casa era diminuta, igual que todas las del estrecho callejón, y en cuanto Hope llamó con el picaporte de bronce, una criada uniformada abrió la puerta y las hizo pasar. Las guió hasta una sala de estar cercana a la entrada que parecía de casa de muñecas, repleta de muebles antiguos de estilo inglés mal conservados. La librería estaba llena a rebosar, y también había libros amontonados en el suelo que

Hope, al echar un vistazo, descubrió que en su mayoría eran ejemplares antiguos con las tapas de piel, aunque al fijarse mejor vio que también había algunas ediciones príncipe. No cabía duda de que allí vivía un hombre que amaba los libros. Los sofás, muy antiguos y tapizados en piel, eran cómodos, y en la chimenea ardía un buen fuego que parecía la única fuente de calor de la sala. La estancia contigua era un comedor pintado de verde oscuro y la siguiente, una pequeña cocina. Todas las habitaciones eran muy reducidas pero desprendían mucho encanto.

Fiona y Hope llevaban allí sentadas esperando a Finn casi media hora cuando ambas se levantaron para acercarse al fuego y se pusieron a charlar en voz baja. La casa era tan pequeña que resultaba extraño hablar en un tono más elevado porque daba la sensación de que alguien podría oírlas desde fuera. Y en ese momento, justo cuando Hope empezaba a preguntarse dónde se habría metido su cliente, un hombre alto con una melena oscura y unos ojos azul eléctrico irrumpió en la sala. La casa parecía tener unas dimensiones ridículas para un hombre de su estatura; daba la impresión de que si estiraba los brazos podría abarcar la sala de pared a pared y hacerla girar. Era absurdo que viviera allí, sobre todo después de haber visto imágenes en internet de la casa solariega de Irlanda que Paul había mencionado el día anterior.

—Siento haberlas hecho esperar —se disculpó Finn con un acento estadounidense corriente. Hope no sabía por qué, pero después de todo lo que había leído sobre O'Neill y los lazos que lo unían a Irlanda esperaba más bien que hablara con cierto deje. Sin embargo, la noche anterior, por teléfono, descubrió que tenía un acento que recordaba al de cualquier neoyorquino con un buen nivel cultural, aunque su aspecto era más europeo. Fueran cuales fuesen sus orígenes, él era tan estadounidense como Hope. Y parecía bastante recuperado del resfriado. Tosió unas cuantas veces, pero ya no daba la impresión de que se estuviese muriendo. Más bien se le veía asombrosamente sano y lleno de vida. Y sonrió de una manera que hizo que Fiona se derritiera al instante cuando pidió a la criada que le sirviera una taza de té mientras invitaba a Hope a acompañarlo a la planta superior. Se disculpó ante Fiona por marcharse con Hope y dejarla sola, pero quería conocer un poco mejor a su fotógrafa.

Hope lo siguió por una estrecha escalera de caracol y se encontró en una sala de estar, también acogedora pero más amplia, llena de libros, antigüedades, objetos, recuerdos, viejos sofás de piel y cómodas sillas, y en cuya chimenea ardía un buen fuego. Era una estancia en la que a uno le apetecía refugiarse y permanecer durante días. Todos los objetos resultaban fascinantes y enigmáticos. Algunos procedían de sus viajes y otros parecía atesorarlos desde hacía años. La sala rezumaba personalidad y calidez, y a pesar de la corpulencia y la estatura de aquel hombre, por algún motivo parecía el lugar perfecto para él. Sucumbió al abrazo de un viejo sillón demasiado mullido y estiró sus largas piernas para acercarlas a la chimenea mientras obsequiaba a Hope con una amplia sonrisa. Ella se fijó en que llevaba unas elegantes botas de montar de cuero negro muy desgastadas.

—Espero que su ayudante no se lo tome a mal —dijo en tono de disculpa—. Es que he pensado que vale la pena que nos conozcamos un poco antes de entrar en materia. Siempre me siento cohibido cuando me fotografían. Como escritor que soy, estoy acostumbrado a observar, no a que me observen. No me gusta ser el centro de atención —explicó con una sonrisa inocente y ligeramente ladeada que conquistó de inmediato el corazón de Hope. El encanto le rezumaba por todos los poros de la piel.

—A mí me pasa exactamente lo mismo. Tampoco me gusta que me fotografíen. Prefiero ser yo quien accione el disparador. —Hope ya estaba pensando en cuál sería el mejor lugar para tomar las imágenes. La verdad era que casi lo prefería donde estaba, arrellanado frente al fuego con la cabeza un poco hacia atrás, para que se le viera bien el rostro—. ¿Se encuentra mejor? —Parecía tan sano y vital que costaba creer que hubiera estado enfermo. Aún tenía la voz un poco ronca, pero estaba lleno de energía y sus ojos azules se iluminaban cuando reía. A Hope le recordaba al apuesto príncipe de los cuentos de hadas de su infancia o al héroe de alguna novela, a pesar de que en sus obras la mayoría de los personajes eran bastante siniestros.

—Ahora estoy bien —respondió él en tono despreocupado, y tosió un poco—. Esta casa es tan pequeña que siempre me siento algo raro, pero es tan cómoda y confortable que no podría pasar sin ella. Hace años que la tengo. Aquí he escrito algunos de mis mejores libros. —Entonces se volvió para señalar la mesa que tenían detrás. Era un magnífico escritorio doble antiguo, que al parecer habían encontrado en un barco. Dominaba el ángulo más alejado de la sala, y con el ordenador encima daba la extraña sensación de estar fuera de lugar—. Gracias por venir —dijo con amabilidad. Parecía agradecido de veras. En ese momento entró la criada con una bandeja de plata en la que había dos tazas de té—. Sé que es descabellado pedirle que trabaje en estas fechas, pero en la editorial necesitan la foto, y la semana que viene termino un libro y tengo que empezar el siguiente justo después, así que volveré a Dublín para ponerme a trabajar. Lo más sensato era que nos viéramos antes en Londres.

—No hay problema —aseguró Hope sin rodeos cogiendo una de las tazas de té. Finn se quedó con la otra y al instante la criada desapareció escalera abajo—. No tenía nada mejor que hacer —admitió, y él la escrutó con detenimiento. Era más joven de lo que esperaba, y más guapa. Estaba sobrecogido por su figura menuda y delicada, y por la intensidad de sus ojos violeta.

—Por fuerza tiene que tener espíritu deportivo para viajar hasta aquí justo antes de Navidad —comentó mientras Hope observaba la luz y las sombras de su rostro. Iba a resultar fácil fotografiarlo. Todo en él era pura expresividad y poseía un atractivo sorprendente.

—Londres resulta muy entretenido en esta época del año —dijo ella con una sonrisa mientras depositaba la taza de té sobre el tambor militar que Finn utilizaba a modo de mesita. A un lado de la chimenea había apilado un bello conjunto de maletas de piel de cocodrilo. Mirara donde mirase, siempre veía algún objeto digno de admiración—. No suelo celebrar la Navidad, así que ha estado bien venir. Este encargo ha sido una grata sorpresa y ha llegado en buen momento. ¿Y usted? ¿Pasará la Navidad en Irlanda o aquí? —Le gustaba conocer un poco a sus clientes antes de empezar a trabajar, y O'Neill era tranquilo y de trato fácil. No parecía una persona complicada, y se le veía abierto y accesible cuando le sonrió por encima de la taza de té. Poseía una belleza y una gracia especiales.

—Me quedaré aquí unos días antes de volver a Irlanda —respondió—. Mi hijo vendrá a pasar la Navidad conmigo. Estudia en el MIT en Massachusetts, es un chico brillante, un genio de la informática. Tenía siete años cuando murió su madre, y se crió conmigo. Desde que estudia en Estados Unidos lo echo mucho de menos. A él le gusta más estar aquí que en Dublín. Luego se marchará a esquiar con unos amigos. Estamos muy unidos —dijo Finn con orgullo, y entonces la miró fijamente. Hope le despertaba curiosidad—. ¿Usted tiene hijos?

—No. —Ella sacudió la cabeza despacio—. No los tengo. —La respuesta sorprendió a Finn; Hope daba otra impresión, no tenía el aspecto de esas mujeres volcadas en su trabajo que deciden no tener hijos. Se la veía más bien maternal y desprendía una evidente ternura. Hablaba a media voz y parecía amable y dispuesta a entregarse a las personas de su entorno.

—¿Está casada? —Le miró la mano izquierda; no llevaba anillo.

—No. —Entonces Hope se sinceró un poco—. Lo estaba.

Mi marido era un cirujano cardiovascular que daba clases en Harvard. Su especialidad eran los trasplantes cardiopulmonares. Se retiró hace diez años. Y llevamos más de dos divorciados.

—En mi opinión, la jubilación acaba con las personas. Yo pienso seguir escribiendo hasta que me den la patada. No sabría qué otra cosa hacer si no. ¿Para su marido el retiro fue muy duro? Seguro que sí. Los cirujanos son una especie de héroes, y supongo que en Harvard aún más.

—No tenía elección. Se puso enfermo —dijo ella en voz baja.

—Eso es aún peor. Debió de resultarle muy difícil tomar la decisión. ¿Tiene cáncer? —Quería saber cosas de ella, y mientras hablaban Hope se fijó en los movimientos de su rostro y en el intenso azul de sus ojos. Por suerte iban a hacer las fotografías en color; habría sido una lástima no plasmar el auténtico tono de esos ojos. Eran los más azules que había visto jamás.

—No, Parkinson. Dejó de operar en cuanto se enteró. Aun así siguió dando clases durante varios años, pero al final también acabó dejándolo. Lo pasó muy mal.

—Seguramente usted también. Debe de ser un revés brutal para un hombre en mitad de una carrera así. ¿El divorcio fue por eso?

—Entre otras cosas —dijo ella con vaguedad, echando otro vistazo a la sala. Había una fotografía de Finn con un muchacho rubio y bien parecido que Hope supuso que era su hijo, y él asintió al ver que la miraba.

—Es mi hijo, Michael. Como decía, desde que está en la universidad lo echo mucho de menos. Me cuesta acostumbrarme a no tenerlo cerca.

—¿Se crió en Irlanda? —Hope sonrió ante la imagen. El joven era tan atractivo como su padre.

—Conmigo vivió en Nueva York y en Londres. Me trasladé a Irlanda dos años después de que ingresara en la universidad. Él es estadounidense de pies a cabeza, pero yo no lo he sido nunca; siempre me he sentido distinto, tal vez porque mis padres no nacieron allí. Ellos no hacían más que hablar de regresar a Irlanda, así que es lo que yo acabé haciendo.

—¿Y en Irlanda se siente como en casa? —preguntó Hope cuando sus miradas se cruzaron.

—Ahora sí. He recuperado la casa familiar, aunque tardaré un siglo en restaurarla. Prácticamente se estaba derrumbando cuando conseguí hacerme con ella, y aún hay zonas que están fatal. Es una gran mansión palladiana, diseñada por sir Edward Lovett Pearce a principios del siglo XVIII. Por desgracia, mis padres murieron mucho antes de que pudiera recuperarla, y Michael cree que me he vuelto majareta. —Sobre la repisa de la chimenea había una fotografía de la casa, y se la entregó a Hope. Era una construcción enorme de estilo clásico con una amplia escalinata en la fachada principal y los laterales redondeados y bordeados por columnas. En la fotografía, Finn aparecía frente a la casa montando un elegante caballo negro. Tenía todo el aspecto de ser el amo y señor de la finca.

—Es una casa impresionante —observó Hope admirada—. Supongo que la restauración le llevará mucho trabajo.

—Así es, pero yo lo hago por gusto. Algún día se la dejaré en herencia a Michael. Para entonces ya estará más o menos en condiciones, suponiendo que viva cien años más para terminarla, claro. —Al decirlo, se echó a reír, y Hope le devolvió la fotografía. Ahora lamentaba que la sesión de fotos no tuviera lugar allí. En comparación con el palacete palladiano, la casa de Londres parecía ridículamente pequeña. Claro que lo que el editor quería era un primer plano, y para eso la acogedora sala en la que se encontraban era más que suficiente.

—Será mejor que avise a mi ayudante para que se prepare —dijo Hope poniéndose en pie—. Tardaremos un rato en disponerlo todo. ¿Tiene alguna preferencia sobre el sitio? —preguntó, y echó otro vistazo alrededor. Le gustaba el aspecto que tenía recostado relajadamente en el sillón, hablando de su casa de Dublín. También quería hacerle una foto en el escritorio, y tal vez un par junto a la librería. Siempre resultaba difícil saber cuándo entraría en juego la magia, hasta que en algún momento de la sesión conectaba con el cliente. Este parecía fácil de retratar; era abierto y relajado en todos los aspectos. Y al mirarlo a los ojos tuvo la sensación de que era la clase de hombre en quien se podía confiar. Transmitía calidez y buen talante, como si fuera capaz de tolerar sin problemas las rarezas de la gente y los caprichos de la vida. Y en sus ojos se atisbaba un gesto risueño. También resultaba sexy, pero de un modo distinguido, aristocrático. En él no había nada sórdido, por mucho que el representante de Hope le hubiera advertido de que era una especie de donjuán. Al verlo, comprendió que era fácil confundir las cosas. Desprendía un gran encanto, parecía muy considerado y físicamente era un monumento de hombre. Hope sospechaba que si se proponía dar rienda suelta a su atractivo, debía de resultar difícil resistirse. Se alegraba de que en su caso la relación fuera estrictamente laboral y no tuviera que verse en esa tesitura. Finn había elogiado mucho su trabajo. Por las preguntas que le había hecho y las cosas de las que le había hablado, Hope supo que había buscado información sobre ella en internet. Parecía saberse de cabo a rabo la lista de los museos en los que había expuesto, y de algunos la mayoría de las veces ni siquiera ella se acordaba. Se había informado muy bien.

Hope regresó a la planta baja y ayudó a Fiona a seleccionar el material. Le explicó lo que quería y luego subieron y le mostró dónde tenía que situar los focos que utilizarían. Primero quería fotografiarlo en el sillón y luego en el escritorio. Mientras ella vigilaba que Fiona lo preparara todo, Finn subió a su dormitorio y volvió a bajar al cabo de una hora, cuando Hope envió a la criada para que le avisara de que estaban a punto. Apareció vestido con un suave jersey de cachemir del mismo azul que sus ojos. Le sentaba bien y hacía resaltar su figura de un modo sexy y masculino. Hope observó que acababa de afeitarse, y llevaba el pelo natural pero recién cepillado.

—¿Listo? —Hope le sonrió mientras cogía su Mamiya. Le indicó cómo debía sentarse en el sillón y Fiona hizo una prueba de luz mientras el flash empezaba a destellar bajo la lona. Entonces Hope dejó la Mamiya y tomó una rápida Polaroid para mostrarle el efecto de la pose y el entorno. Finn dijo que le parecía estupendo. Al cabo de un minuto, Hope empezó a disparar, alternando la Mamiya con la Leica y la Hasselblad que utilizaba para las tomas más clásicas. Casi todas las fotos que hizo eran en color, aunque también gastó algunos rollos en blanco y negro. Siempre los prefería para dar un aire más interesante al retrato, pero el editor había sido muy claro sobre ese aspecto y Finn también se decantaba por las fotos en color. Dijo que era más natural de cara a mostrar su imagen a los lectores y facilitarles que conectaran con él, y le parecía mejor que una fotografía más artística en blanco y negro en la contracubierta.

—Usted manda —dijo Hope sonriendo mientras volvía a pegar el ojo a la cámara, y él se echó a reír.

—No, la artista es usted. —Daba la impresión de que estaba la mar de cómodo delante de la cámara, moviendo la cabeza y cambiando de expresión en fracciones de segundo con la facilidad de quien ha hecho eso mismo mil veces, y Hope sabía que así era. Ese retrato era para su undécima novela, y todas las anteriores, escritas a lo largo de veinte años, habían resultado éxitos de ventas. A sus cuarenta y seis años, Finn O'Neill era toda una institución en el mundo literario, igual que Hope lo era en su campo. Habría resultado difícil decidir cuál de los dos era más famoso o más respetado. Estaban igualados en cuanto a la reputación y el talento en sus respectivas especialidades.

Trabajaron una hora seguida, durante la cual Hope no paró

de alabar a Finn por la gracia de sus movimientos y su giro de cabeza hacia la derecha. Estaba casi segura de que había conseguido la mejor foto durante la primera media hora, pero la experiencia le decía que no debía dejarlo ahí. Indicó a Fiona que cambiara la posición de los focos para alumbrar el escritorio y le sugirió a Finn que se tomara un descanso de media hora, y tal vez que se cambiara y se pusiera una camisa blanca con el primer botón desabrochado. Él le preguntó si prefería parar para comer, pero Hope le dijo que, si no le importaba, prefería seguir trabajando. No quería que se estropeara la atmósfera, o sentirse lenta y perezosa por culpa de la comida. Había descubierto que solía ser mejor terminar el trabajo de una tacada cuando tanto ella como el retratado se sentían a gusto. Una comida larga o una copa de vino podían romper la magia para alguno de los dos o para ambos, y no quería que eso sucediera. Estaba encantada con lo que estaban consiguiendo. Finn O'Neill era una delicia posando, y también resultaba divertido charlar con él. El tiempo volaba.

Media hora más tarde regresó a la sala de estar ataviado con una camisa blanca, tal como Hope le había aconsejado, y se sentó en su bonito escritorio doble. Hope retiró el ordenador porque resultaba inapropiado en ese lugar. Retratar a Finn era muy agradecido; hacía payasadas, contaba anécdotas e historias graciosas sobre conocidos artistas y escritores, hablaba de su casa de Irlanda y de las curiosas situaciones en que se había visto durante los viajes promocionales de los libros que había hecho en su juventud. En un momento dado, los ojos se le arrasaron de lágrimas al hablar de su hijo y de cómo había tenido que criarlo solo tras la muerte de su madre. Había habido momentos tan especiales mientras hablaban que Hope estaba segura de que podría elegir entre una multitud de imágenes, a cual más conveniente.

Y, por fin, después de hacerle unas cuantas fotos apoyado en una escalera de mano antigua frente a la librería, Hope dio la sesión por terminada. En cuanto lo anunció, él estalló en una carcajada con expresión alegre y aliviada, y ella le robó una última imagen que bien podía resultar la mejor de todas. A veces ocurrían cosas así. Y entonces él la obsequió con un cálido abrazo, justo después de que hubiera entregado la Leica a Fiona y esta la cogiera con gesto reverencial y la depositara sobre una mesa junto con las otras cámaras. Luego empezó a desenchufar los focos y a desmontar los dispositivos para llevárselos de la sala mientras Finn guiaba a Hope a la cocina.

—¡Trabaja demasiado! ¡Me estoy muriendo de hambre! —se quejó abriendo la nevera y volviéndose a mirarla—. ¿Quiere que le prepare un poco de pasta o una ensalada? Estoy a punto de desmayarme. No me extraña que sea tan poca cosa, seguro que no come nunca.

—Cuando trabajo no —reconoció—. Me enfrasco tanto en lo que estoy haciendo que no me acuerdo de comer, y la verdad es que hacer fotos me divierte tanto o más. —Hope sonrió con timidez y Finn se echó a reír.

—A mí casi siempre me pasa eso mismo cuando estoy escribiendo, aunque a veces también lo detesto, sobre todo si se trata de revisar el original. Mi redactor de mesa es muy pesado, y tenemos una relación amor-odio. Pero es muy bueno con los libros. La revisión es un mal necesario. En cambio, usted no tiene ese problema con su trabajo —observó, envidiándola.

—Yo misma me exijo revisarlo. Pero como contrapartida tengo que vérmelas con quienes me hacen los encargos, como su editor, y con los conservadores de los museos, que pueden llegar a ser muy duros de roer. Claro que tener que reescribir una obra debe de ser distinto. Me gustaría saber escribir —confesó—, pero apenas soy capaz de poner dos líneas en una postal. Para mí todo es visual, veo el mundo a través de una lente; incluso el alma de las personas.

—Ya lo sé, eso es lo que admiro de su trabajo, y por lo

que le pedí a mi editor que le encargara a usted la foto para la solapa del libro. —Se echó a reír y se dispuso a preparar hábilmente una tortilla para los dos, moviéndose como un torbellino en la diminuta cocina. Mientras hablaban, ya había preparado la ensalada—. Espero que mi alma no se revele demasiado negra en las fotos que me ha hecho —dijo adoptando un aire preocupado, y ella lo miró fijamente.

—¿Por qué habría de ser así? No he visto ninguna señal de que tenga el alma negra ni la personalidad oscura. ¿Se me ha escapado algo?

—Tal vez cierta locura hereditaria de carácter amistoso, pero es inofensiva. Por lo que he leído sobre mis antepasados irlandeses, algunos estaban bastante chiflados. Pero, en general, eran más bien excentricidades, nada grave. —Al decirlo, le sonrió.

—Eso no tiene nada de malo —señaló Hope con benevolencia mientras él servía las tortillas en sendos platos—. Todo el mundo tiene un punto de chifladura. Después de separarme de mi marido, pasé una temporada en la India tratando de comprender lo que había ocurrido. Supongo que también podría considerárseme un poco loca —explicó, y tomaron asiento en la bella mesa de caoba del agradable comedor pintado de verde oscuro. En las paredes había colgadas escenas de caza y un cuadro de pájaros de un famoso pintor alemán.

—¿Qué tal fue la experiencia? —preguntó Finn con interés—. Siempre he querido viajar a la India, aunque de momento no lo he hecho.

—Fantástica —respondió Hope, y se le iluminaron los ojos—. Fue la época más emocionante y plena de toda mi vida. Me cambió para siempre, ahora veo las cosas de otro modo, incluida a mí misma. Y es uno de los lugares más bellos del planeta. Acabo de inaugurar una exposición con algunas de las fotografías que hice allí.

—Creo que vi algunas publicadas en una revista —comentó Finn terminando la tortilla y disponiéndose a empezar con la ensalada—. Eran imágenes de mendigos y niños, y había una de una increíble puesta de sol en el Taj Mahal.

—También visité unos cuantos lagos de una belleza impresionante. Son los lugares más románticos que se pueda imaginar; y otros, los más tristes. Me alojé durante un mes en el hospital Madre Teresa, y también viví en un monasterio del Tíbet y en un *ashram* indio, donde volví a conectar conmigo misma. Creo que podría haberme quedado allí para siempre. —Él la miró a los ojos y vio mucha profundidad y mucha paz; y más allá de eso, en lo más hondo, vio dos abismos de tristeza. Reparó en que Hope era una mujer que había sufrido y se preguntó si tan solo se debía al divorcio y a la enfermedad de su marido. Fuera lo que fuese por lo que había pasado, Finn notaba que había sido un infierno o algo peor, y sin embargo se la veía perfectamente equilibrada y en paz consigo misma al mirarlo desde el otro extremo de la mesa con una dulce sonrisa.

—Siempre he querido hacer algo así —reconoció ante ella—, pero nunca he tenido la valentía suficiente. Creo que tengo miedo de enfrentarme a mí mismo. Antes preferiría vérmelas con un millar de monstruos. —Era muy honrado por su parte admitirlo, y Hope asintió.

—Se respira una paz maravillosa. En el monasterio no se nos permitía hablar. Es increíble lo relajante y terapéutico que resulta. Algún día me gustaría repetir la experiencia.

—A lo mejor ahora le toca divertirse. —Finn lo dijo con un repentino aire malicioso—. ¿Cuánto tiempo se quedará en Londres? —Se recostó en la silla y le sonrió. Hope le resultaba misteriosa y fascinante.

—Mañana mismo vuelvo a Nueva York —respondió ella sonriéndole.

—En Londres no basta con tan poco tiempo. ¿Qué planes tiene para esta noche?

—Seguramente pediré que me suban una sopa a la habitación y me quedaré durmiendo —explicó con una sonrisa de oreja a oreja.

—¡Menuda ridiculez! —exclamó él con una mueca de absoluta desaprobación—. ¿Quiere cenar conmigo?

Ella vaciló y acabó por asentir. No tenía nada mejor que hacer, y resultaba interesante charlar con él.

—No he traído ropa decente —confesó con aire de disculpa.

—No la necesita. Le basta con unos pantalones y un jersey. Es nada menos que Hope Dunne, puede hacer lo que le venga en gana. ¿Quiere que cenemos en Harry's Bar? En mi opinión es el mejor restaurante italiano del mundo. —Ella conocía el sitio, pero no lo frecuentaba. Era uno de los locales nocturnos más elegantes de Londres, toda la gente importante iba a cenar allí. Las mujeres solían llevar elegantes vestidos de cóctel y los hombres, trajes de color oscuro. Y Finn tenía razón, la comida era deliciosa.

—Me encantaría. ¿Seguro que no le molestará que no lleve un vestido? —Ella se sentía ligeramente violenta, pero le encantaba la idea de cenar con él. Entre otras cosas, era inteligente, interesante y despierto. No se había aburrido ni un minuto en su compañía. Sabía muchas cosas sobre varios temas, era culto, educado y brillante. Costaba resistirse a la oportunidad de pasar unas cuantas horas con él y conocerlo mejor. Había viajado hasta Londres exclusivamente por él. Y Paul acababa de marcharse.

—Será un honor cenar contigo, Hope —dijo él en tono sincero, y daba la impresión de que hablaba en serio. Era la mujer más interesante que había conocido en muchos años—. Así podrás contarme más cosas de la India, y yo te hablaré de Irlanda —bromeó—. Y de lo que supone restaurar una casa de trescientos años de antigüedad.

Finn se ofreció a recogerla en el hotel a las ocho y media de la tarde, y al cabo de unos minutos Hope se marchó de su casa junto con Fiona después de que el chófer las ayudara a transportar todo el material. Fiona había aguardado en la pequeña sala de estar leyendo un libro con discreción después de que la criada le sirviera un sándwich para comer. No le importaba esperar a Hope, y le había encantado pasar el día trabajando con ella.

Cuando llegaron al hotel, la ayudante ordenó todo el material de Hope y guardó las cámaras. Cuando se marchó eran las cinco, y confesó que había pasado un día estupendo. Entonces Hope se tumbó en la cama y se puso a pensar en la conversación que había mantenido con Finn y en su invitación para cenar con él. Era una de las cosas que más le gustaban de hacer retratos. El trabajo no la apasionaba, pero la gente sí. Finn era un hombre de mucho talento, como la mayoría de los personajes a quienes retrataba. A Hope siempre le había gustado mucho la obra de Finn y le parecía fascinante poder descubrir al hombre que había detrás. Los argumentos de sus novelas eran inquietantes, a veces daban miedo de verdad. Quería preguntarle cosas sobre eso. Y, al parecer, a él también le interesaban sus fotografías.

Durmió dos horas y se despertó justo a tiempo de darse una ducha y vestirse para salir a cenar. Tal como había advertido a Finn, se puso unos pantalones negros y un jersey, y los únicos zapatos de tacón alto que había en su equipaje. De lo que sí se alegraba era de haber llevado el abrigo de piel. Por lo menos no dejaría a Finn del todo en ridículo. No podía compararse con las mujeres vestidas a la última que habría cenando en Harry's Bar, pero tenía un aspecto sobrio, sencillo y pulcro. Se recogió el pelo en un moño y se puso un poco de maquillaje discreto y pintalabios rojo antes de salir de la suite y bajar a esperarlo.

Hope estaba sentada en el vestíbulo cuando Finn llegó con los cinco minutos de cortesía de retraso, vestido con un traje azul marino y un abrigo negro de cachemir de corte selecto. Tenía una figura imponente y todo el mundo se volvió a mirarlos cuando la saludó y salieron juntos del hotel. Muchos lo reconocieron al escoltarla hasta el Jaguar que había aparcado junto a la acera. Hope no había previsto una noche así, pero le parecía divertido salir a cenar con Finn y lo obsequió con una amplia sonrisa mientras se ponían en marcha.

—Es fantástico. Gracias, Finn —dijo en tono cariñoso, y él se volvió a mirarla y le sonrió. El restaurante se encontraba a pocas manzanas de distancia.

—Yo también lo estaba deseando. Tienes un aspecto magnífico, no sé qué es lo que te preocupaba. Estás muy elegante.

—Hacía muchísimo tiempo que Hope no salía a cenar a un restaurante de lujo, ya no solía hacer esas cosas. Era raro que saliera de noche a menos que fuera para asistir a una velada en algún museo o a la inauguración de alguna exposición suya. Las cenas en sitios como Harry's Bar formaban parte del mundo de Paul y ella ya no estaba vinculada a él. En Nueva York ella se relacionaba más bien con artistas, con entornos más cercanos a su trabajo. Frecuentaban restaurantes sencillos de Chelsea y del SoHo, no locales de lujo.

El maître saludó a Finn con cordialidad, era obvio que lo conocía bien. Los acompañó hasta una mesa tranquila situada en un rincón, cruzando junto a otras con comensales de tiros largos procedentes de distintos países. Hope oyó hablar en italiano, árabe, español, ruso, alemán y francés, además de en inglés. En cuanto se sentaron, Finn pidió un martini. Hope optó por una copa de champán mientras miraba alrededor. Las paredes estaban decoradas con las mismas caricaturas de siempre; no había cambiado nada desde la última vez que estuvo allí con Paul.

—Cuéntame cómo empezaste a hacer fotos —inquirió Finn mientras les servían las bebidas, y Hope dio un sorbo de champán y se echó a reír.

—Me enamoré de las cámaras a los nueve años. Mi padre daba clases en Dartmouth y mi madre era pintora. Fue mi abuela quien me regaló una cámara por mi cumpleaños, y el flechazo fue instantáneo. Yo era hija única, así que estaba acostumbrada a entretenerme sola. Y en New Hampshire, donde me crié, la vida era muy tranquila. A partir de que tuve la cámara en las manos, no me aburrí nunca. ¿Y tú? —preguntó—. ¿Cuándo empezaste a escribir?

—Me pasó igual que a ti. Empecé de pequeño. También era hijo único y me pasaba los días leyendo. Era la forma de evadirme.

—¿De qué? —inquirió ella con interés. Sus actividades eran distintas, pero ambas tenían un gran componente creativo.

—De una infancia solitaria. Mis padres estaban muy unidos y yo siempre tuve la sensación de que sobraba. En su vida no había mucho espacio para los niños. Eran bastante mayores. Mi padre era médico y mi madre era famosa en Irlanda por su belleza. El trabajo de mi padre la tenía fascinada, le interesaba bastante más que yo. Por eso desarrollé una gran imaginación y me pasaba la vida leyendo. Siempre supe que quería dedicarme a escribir. A los dieciocho años terminé mi primera novela.

—¿La publicaron? —quiso saber ella, impresionada. Pero él se echó a reír y sacudió la cabeza.

—No, no. Los tres primeros libros no llegaron a publicarse. Por fin, con el cuarto lo conseguí. Acababa de terminar la universidad. —Hope sabía que había estudiado en Columbia y luego en Oxford—. El éxito no se hizo esperar.

—Y ¿a qué te dedicabas antes de que empezaran a publicarte las novelas?

—Estudiaba, leía y no dejaba de escribir. También bebía mucho. —Soltó una carcajada—. Y perseguía a las mujeres. Me casé bastante joven, con veinticinco años, justo después de que saliera a la venta la segunda novela. También trabajé de camarero y de carpintero. La madre de Michael era modelo y vivía en Nueva York. —Sonrió a Hope con timidez—. Siempre he sentido una gran debilidad por las mujeres guapas, y ella era imponente, aunque también estaba demasiado consentida y tenía un carácter difícil y narcisista. Pero era una de las mujeres más bellas que he conocido en toda mi vida. La cuestión es que también era muy joven, y cuando tuvimos a Michael nuestro matrimonio se desmoronó. Creo que ninguno de los dos estaba preparado para tener hijos. Ella dejó de ejercer de modelo. Estábamos acostumbrados a salir con frecuencia y yo no ganaba mucho dinero, así que nos sentíamos muy desgraciados.

—¿Cómo murió? —preguntó Hope con delicadeza. Por cómo lo describía, daba la impresión de que para él había supuesto más una especie de separación anticipada que una trágica pérdida, y no andaba desencaminada.

—La atropelló un conductor borracho una noche que volvía de una fiesta en los Hamptons. Antes de eso ya nos habíamos separado varias veces. Pero, gracias a Dios, cuando salía en ese plan siempre dejaba a Michael conmigo. Ella tenía veintiocho años y yo, treinta y tres. Lo más probable es que hubiéramos acabado divorciándonos, pero cuando murió yo aún llevaba muy mal lo de nuestra relación. Y de repente me quedé solo con mi hijo. No fueron unos años fáciles. Por suerte, Michael es un chico estupendo y parece haberme perdonado la mayoría de los errores que cometí, que no fueron pocos. En esa época también perdí a mis padres, así que no tenía a nadie que me ayudara; pero salimos adelante. Me encargué solo del cuidado de Michael. Y crecí con él. —Entonces Finn esbozó aquella sonrisa medio infantil medio de príncipe azul con la que llevaba años encandilando a las mujeres, y no costaba comprender por qué. En él había algo muy sincero, muy abierto e ingenuo. No se esforzaba lo más mínimo por ocultar sus flaquezas ni sus miedos.

—¿No has vuelto a casarte? —La historia de su vida tenía fascinada a Hope.

—Andaba excesivamente ocupado educando a mi hijo. Y ahora tengo la impresión de que es tarde. Soy demasiado egoísta y estoy acostumbrado a ir muy a la mía. Además, desde que Michael no vive conmigo estoy solo por primera vez, y quiero disfrutarlo un tiempo. Estar casada con un escritor no es muy divertido, me paso los días encadenado al escritorio. A veces pasan meses enteros sin que salga de casa. No puedo pedirle a nadie que viva de esa forma, y a mí me gusta.

—Yo también me siento igual con respecto a mi trabajo —convino ella—. A veces me absorbe por completo. Mi marido lo llevaba muy bien y me apoyaba en todo. Además, él también andaba siempre muy ocupado, estaba en el auge de su carrera. La vida de la esposa de un médico también es muy solitaria. Pero yo no me sentía sola. —Vaciló un momento y apartó la mirada, y luego se volvió hacia Finn y le sonrió con nostalgia—. Tenía cosas de las que ocuparme. —Él dio por sentado que se refería a su trabajo, y le pareció lógico. Había creado una gran cantidad de obras a lo largo de los años.

—¿Qué hizo él cuando tuvo que retirarse?

—Se dedicó a dar clases en Harvard. Yo estaba familiarizada con el mundo académico gracias a mi padre, aunque en Harvard había más competitividad que en Dartmouth; más arrogancia, tal vez, y menos escrúpulos. A Paul no le bastaba con la enseñanza, así que colaboró en la creación de dos empresas de fabricación de equipos quirúrgicos. Se involucró mucho, y se le daba muy bien. Creo que eso fue lo que lo salvó durante los primeros años, hasta que ya no pudo continuar. Al menos durante un tiempo logró triunfar en otra cosa, y la enfermedad le resultaba menos traumática. Pero se puso peor y el panorama cambió. Cuesta mucho verlo tan enfermo porque aún es relativamente joven. —Se la veía triste al hablar de ello. Recordaba el aspecto que tenía Paul el día anterior, durante la comida en el restaurante, y lo mucho que le costaba caminar y comer; y, sin embargo, a pesar de lo delicado que estaba, aparentaba fortaleza y dignidad.

—¿Qué hace ahora? ¿Lo echas de menos?

—Sí. Pero no quiere que me dedique a cuidarlo, es muy orgulloso. Y la relación se resintió mucho a partir de la enfermedad... y de otras cosas. A veces la vida te arrastra por caminos insospechados, y por mucho que ames a alguien no encuentras la forma de volver atrás. Hace tres años se compró un barco y pasa allí mucho tiempo. Cuando no está navegando vive en Londres, y de vez en cuando viaja a Boston para recibir tratamiento y pasa unos días en Nueva York. Cada vez le cuesta más valerse por sí mismo. La vida en el barco le resulta más fácil, la tripulación cuida bien de él. Hoy ha partido hacia el Caribe.

—Qué triste —comentó él con aire pensativo. Le costaba comprender que Paul hubiera renunciado a Hope. Finn notaba que seguía amando a su ex marido y le preocupaba lo que pudiera ocurrirle—. Tiene pinta de ser divertido hacer cosas así si gozas de buena salud, pero imagino que cuando estás enfermo nada es lo mismo.

—No, no lo es —respondió Hope en voz baja—. Paul forma parte de un programa experimental para el tratamiento del Parkinson en Harvard. Hasta hace poco le iba muy bien.

—¿Y ahora?

—Ya no tanto. —No quiso contar más detalles, y Finn asintió.

—¿Y tú? ¿Qué haces cuando no estás recluida en monasterios del Tíbet y la India? —Formuló la pregunta con una sonrisa. A esas alturas, los dos habían apurado sus bebidas.

—Vivo en Nueva York, aunque mi trabajo me obliga a viajar a menudo. Y cuando tengo tiempo, cosa que ocurre pocas veces, voy a Cabo Cod. Pero la mayor parte del tiempo ando de un lado a otro haciendo fotografías o visitando museos para preparar exposiciones de mi obra.

—¿Por qué vas a Cabo Cod?

—Mis padres me dejaron en herencia una casa. De niña pasaba allí los veranos, y el sitio me encanta. Está en Wellfleet, un pueblecito con muy poca vida pero mucho encanto. No tiene nada de moderno ni lujoso, la casa es muy sencilla, pero a mí me gusta así y me siento cómoda. Desde allí hay una bonita vista de la costa. Cuando estaba casada con Paul también veraneábamos allí. Entonces vivíamos en Boston, y hace dos años me mudé a Nueva York. Tengo un loft muy acogedor en el SoHo.

—¿Y no lo compartes con nadie?

Ella sonrió mientras negaba con la cabeza.

—Me va bien tal como están las cosas. Digo lo mismo que tú, resulta difícil estar casado con una fotógrafa que nunca para en casa. Me paso la vida viajando por el mundo, siempre con la maleta a cuestas; justo al contrario que tú, que estás siempre encerrado en tu cuarto escribiendo. Pero viajar o trabajar fuera de casa tampoco resulta muy entretenido para quien comparte la vida contigo. Nunca me he planteado que sea una opción egoísta —tal como él había afirmado de su trabajo—, aunque igual tienes razón. Pero ahora no me debo a nadie ni tengo que dar explicaciones sobre dónde estoy o dónde dejo de estar. —Él asintió mientras escuchaba. Y entonces pidieron la cena. A los dos les apetecía tomar pasta y decidieron que fuera plato único. Resultaba muy interesante conocer cosas de la vida del otro, y él le contó más cosas de su casa de Irlanda. No costaba adivinar el apego que le tenía y lo mucho que significaba para él. Formaba parte de su historia, del tejido de su vida; era un pedazo de su alma del que no podía desvincularse.

—Algún día tienes que venir a verla —la invitó, y ella sintió curiosidad.

—¿Qué especialidad era la de tu padre? —preguntó Hope mientras atacaban la pasta, que estaba deliciosa, tal como ella recordaba y él le había prometido. Aquella comida era la mejor del mundo.

—Era médico de familia. Mi abuelo tenía tierras en Irlanda y nunca hizo gran cosa. Pero mi padre era más inquieto y había estudiado en Estados Unidos. Regresó a Irlanda para casarse con mi madre y la llevó con él, pero ella nunca terminó de adaptarse a la vida fuera de su tierra natal. Murió siendo bastante joven, y mi padre no duró muchos años más. Yo entonces estaba estudiando la carrera y siempre me había fascinado Irlanda. El hecho de que ellos fueran de allí me facilitó las cosas cuando quise solicitar la nacionalidad.

»Como allí los escritores tienen ventajas fiscales, no me costó acabar renunciando a la nacionalidad estadounidense. Es imposible resistirse a la tentación de no tener que pagar impuestos. Cuando los libros empezaron a tener éxito, me pareció el lugar perfecto para vivir. Y, ahora que he recuperado la casa de mis tatarabuelos, no creo que me marche nunca, aunque no creo que logre convencer a Michael para que se venga allí conmigo. Cuando termine los estudios en el MIT quiere hacer carrera en el mundo de la alta tecnología. En Dublín hay muchas oportunidades en ese sector, pero él está decidido a quedarse en Estados Unidos y trabajar en Silicon Valley o en Boston. Es un muchacho muy hecho a la vida allí. Y ha llegado el momento de que encuentre su propio camino. Yo no quiero entrometerme, aunque lo echo muchísimo de menos. —Al decirlo esbozó una sonrisa lastimera, y Hope asintió con aire pensativo—. A lo mejor cambia de opinión y acaba por trasladarse a Irlanda, igual que yo. Lleva la tierra en la sangre. La verdad es que me encantaría que lo hiciera, pero de momento no le apetece nada.

Finn se preguntó por qué Hope no había tenido hijos, pero no se atrevió a preguntárselo. Quizá su marido estuviera demasiado enfrascado en su carrera de médico en Harvard para desearlos, y ella había estado demasiado ocupada atendiéndolo a él. Era tan amable y se volcaba tanto en ayudar a los demás que bien podía ser el tipo de mujer que hiciera una cosa así, aunque ahora también ella estaba muy implicada en su carrera. Le dijo que habían estado casados veintiún años.

Contándose sus mutuas historias y hablando de sus pasiones artísticas, la noche pasó volando, y ambos lamentaron que la velada hubiera tocado a su fin. Abandonaron el restaurante tras una cena deliciosa, tal como esperaban. Antes de marcharse Hope se permitió probar los dulces y bombones por los que Harry's Bar era famoso, y Finn le confesó que siempre se había sentido tentado de robar alguno de los ceniceros venecianos de vivos colores que ponían en las mesas cuando aún estaba permitido fumar en el local. Ella se echó a reír al imaginar a Finn escondiéndose un cenicero en el bolsillo de su selecto traje azul marino. No concebía que fuera capaz de hacer una cosa así, aunque tenía que reconocer que debía de resultar muy tentador. A ella también le gustaban los ceniceros. Ahora se consideraban objetos de coleccionista.

Finn enfiló el camino hacia el Claridge's, pero vaciló un momento antes de llegar.

—¿Me dejas que te invite a una última copa? No puedes marcharte de Londres sin ir a Annabel's, y menos tan cerca de Navidad. Habrá mucho ambiente —dijo con aire esperanzado, y ella estuvo a punto de declinar la invitación, pero no quiso herir sus sentimientos. Estaba cansada, pero se animó a aceptar una copa de champán. Se sentía muy cómoda hablando con él; además, hacía años que no pasaba una noche así y dudaba que volviera a hacerlo pronto. En Nueva York llevaba una vida muy tranquila y solitaria y no frecuentaba los clubes nocturnos ni los restaurantes de lujo, ni tampoco recibía invitaciones de hombres tan atractivos como Finn.

—De acuerdo, solo una —convino.

Annabel's estaba a rebosar cuando entraron. Y había mucha animación, tal como Finn había prometido. Se sentaron ante la barra, pidieron dos copas de champán cada uno y Finn bailó con ella antes de abandonar el local y acompañarla al hotel Claridge's. Había sido una noche fantástica, para ambos. A él le encantó charlar con ella, y ella también disfrutó mucho de su compañía.

—Después de una noche así, me pregunto qué hago viviendo solo a las afueras de Dublín. Haces que me entren ganas de quedarme aquí —comentó Finn cuando llegaron al hotel. Apagó el motor del coche y se volvió a mirarla—. Creo que esta noche me he dado cuenta de que echo de menos Londres. Paso muy poco tiempo en esta ciudad. Pero aunque viniera

más a menudo, tú no estarías, así que tampoco me divertiría.
—Ella se echó a reír ante la observación. Finn tenía un aire infantil que le resultaba atractivo, y cierta sofisticación que la tenía un poco encandilada. Era una mezcla irresistible. Y él se sentía de la misma forma con respecto a ella. Le gustaban su dulzura, su inteligencia y su sentido del humor sutil pero no por ello menos vivo. Lo había pasado genial, como no le ocurría desde hacía años; o, al menos, eso decía. Finn deslumbraba un poco, así que Hope no sabía seguro si decía la verdad; aunque, en realidad, eso importaba bien poco. Era obvio que los dos lo habían pasado bien.

—Lo he pasado estupendamente, Finn. Gracias. No tenías por qué molestarte —dijo Hope con amabilidad.

—Yo también lo he pasado genial. Ojalá no tuvieras que marcharte mañana —añadió con tristeza.

—A mí también me da pena —confesó ella—. Siempre me olvido de lo mucho que me gusta Londres. —La ciudad siempre había tenido mucha vida nocturna, y a Hope le encantaba ir a museos que esa vez no había tenido tiempo de visitar.

—¿Puedo pedirte que te quedes un día más? —preguntó Finn esperanzado, y ella vaciló, pero acabó negando con la cabeza.

—No. La verdad es que debo volver; entre otras cosas, tengo que revisar tus fotos. Hay muy poco margen para la entrega.

—El deber te llama. Detesto las obligaciones —confesó con aire decepcionado—. Te llamaré la próxima vez que vaya a Nueva York —prometió—. No sé cuándo será, pero lo haré tarde o temprano.

—No seré capaz de ofrecerte una velada tan fantástica.

—En Nueva York también hay sitios muy agradables. Tengo localizados algunos a los que suelo ir. —Hope estaba segura de ello. Y también debía de tener sus preferencias en Dublín, o allá donde estuviera. Finn no parecía el tipo de hombre que se quedaba en casa de brazos cruzados, excepto cuando escribía—. Muchas gracias por cenar conmigo esta noche, Hope —comentó con amabilidad cuando se apearon del coche. Hacía un frío tremendo, y él la acompañó hasta el vestíbulo mientras ella avanzaba contra el viento gélido, arropándose con el abrigo—. Nos mantendremos en contacto —prometió cuando ella volvió a darle las gracias—. Que tengas un buen viaje de vuelta.

—Y tú disfruta las vacaciones junto a Michael —dijo en tono cariñoso, y le sonrió.

—Solo se quedará aquí unos días, luego se marchará a esquiar con unos amigos. Últimamente no consigo pasar más de cinco minutos seguidos con él. Cosas de la edad. Yo ya voy estando caduco.

—Pues disfruta del tiempo que te dedique —le aconsejó ella sabiamente, y él le dio un beso en la mejilla.

—Cuídate, Hope. He pasado un día maravilloso.

—Gracias, Finn. Yo también. Te mandaré las pruebas de las fotos en cuanto pueda. —Él le dio las gracias y agitó la mano en señal de despedida mientras ella entraba sola en el hotel, cabizbaja y pensativa. Lo había pasado muy bien, mucho mejor de lo que esperaba. Cuando entró en el ascensor y subió hasta la planta en la que se alojaba, lamentaba de veras tener que marcharse al día siguiente. Después de la visita a Londres, aún iba a parecerle más deprimente pasar la Navidad en Cabo Cod.

4

Cuando Hope llegó a Nueva York volvía a estar nevando. A la mañana siguiente se asomó a la ventana ante el manto de quince centímetros que cubría Prince Street y decidió no marcharse a Cabo Cod. El viaje a Londres le había hecho recordar lo amena que era la vida en la ciudad. Por la tarde del día anterior a Nochebuena, cuando todo el mundo estaba de compras, fue al Metropolitan Museum para visitar una nueva exposición de arte medieval y luego regresó al SoHo en mitad de lo que para entonces ya se consideraba una ventisca.

La ciudad estaba prácticamente paralizada. No se veía tráfico en las calles, era imposible dar con un taxi y tan solo unos cuantos valientes como ella se abrían paso con fatigas a través de la nieve camino de sus casas. Las oficinas habían cesado su actividad temprano y las escuelas ya estaban de vacaciones. Tenía las mejillas enrojecidas y los ojos llorosos, y cuando llegó al loft y puso a hervir la tetera notaba en las manos el cosquilleo del frío. La caminata le había resultado vigorizante; había pasado una tarde deliciosa. Acababa de sentarse con una taza de té humeante en las manos cuando Mark Webber la telefoneó desde su casa. Tenía el despacho cerrado hasta Año Nuevo porque había pocas perspectivas de recibir encargos durante esos días.

—Bueno, ¿cómo ha ido? —preguntó. O'Neill le despertaba la curiosidad.

—Es estupendo. Interesante, inteligente, fotogénico; tiene un encanto impresionante. Es todo lo que esperas que sea, y no tiene nada que ver con sus libros, siempre tan enrevesados y oscuros. Aún no he empezado a revisar las fotos, pero hemos conseguido algunas magníficas.

—¿Intentó violarte? —preguntó Mark medio en broma, pero interesado en cómo la había tratado.

—No. Me invitó a una cena de lo más exquisito en Harry's Bar, y después me llevó a tomar una copa a Annabel's. Me ha tratado como si fuera un alto dignatario o bien su tía abuela.

—A una tía abuela no se la lleva al restaurante más en boga ni a un club nocturno.

—Estuvo muy correcto —lo tranquilizó Hope—, y me encantó hablar con él. Es un hombre lleno de inquietudes. Ojalá lo hubiera retratado en Dublín, da la impresión de que allí se encuentra más en su elemento. Pero estoy prácticamente segura de que hemos conseguido las imágenes que quería su editor, tal vez incluso más de las que necesitan. Se le ve muy dispuesto a colaborar y es muy agradable trabajar con él. —No añadió que tenía el aspecto de un galán de cine, lo cual también era cierto—. Su casa de Londres es del tamaño de una caja de cerillas, y fue un auténtico latazo tener que entrar con todo el equipo. Pero logramos apañárnoslas. En cambio, por lo que dice, la que tiene a las afueras de Dublín debe de ser como el Palacio de Buckingham. Me habría encantado verla.

—Bueno, gracias por aceptar el encargo con tan poco tiempo de antelación. Ese editor ha tenido una suerte cojonuda. ¿Qué vas a hacer durante las fiestas, Hope? ¿Sigues queriendo marcharte a Cabo Cod? —Parecía poco probable en plena ventisca, y también poco sensato. Esperaba que hubiera cambiado de idea.

Ella sonrió mientras contemplaba por la ventana los continuos remolinos de nieve. La capa que cubría el suelo ascendía ya más de medio metro, y el viento la elevaba en torvas colosales. Habían pronosticado que por la mañana el nivel casi se duplicaría.

—Con este tiempo no —respondió ella sin dejar de sonreír—. Ni siquiera yo estoy tan loca, aunque una vez allí se estaría muy bien. —Por la tarde la mayoría de las carreteras habían quedado cortadas y habría sido una pesadilla intentar llegar—. Me quedaré aquí. —Finn le había regalado un ejemplar de su última novela, y también tenía que seleccionar las fotografías para una galería de San Francisco que quería montar una exposición suya. Además, debía revisar los retratos que había hecho de Finn.

—Llámame si te sientes sola —ofreció Mark con amabilidad, aunque sabía que no lo haría. Hope era muy independiente, y había llevado una vida solitaria y tranquila durante años. Pero al menos quería que supiera que alguien se preocupaba por ella. A veces temía por su bienestar, a pesar de que era consciente de que se las ingeniaba bien para mantenerse ocupada. Lo mismo podías encontrarla haciendo fotos por las calles de Harlem en Nochebuena como en un bar de camioneros de la Décima Avenida a las cuatro de la madrugada. Esa era la clase de cosas que hacía, y así era como le gustaba pasar el tiempo. Mark la admiraba por ello, y las obras resultantes la habían hecho famosa.

—Estaré bien —lo tranquilizó, y daba la impresión de que hablaba en serio.

Después de colgar, encendió unas cuantas velas, apagó la luz y se sentó a contemplar la nieve que caía en el exterior a través de los grandes ventanales sin cortinas. Le encantaba la luz natural y nunca se había molestado en instalar nada que la interceptara. Las farolas iluminaban la estancia junto con las velas. Estaba tumbada en el sofá, contemplando el paisaje invernal, cuando volvió a sonar el teléfono. No imaginaba quién podía llamarla a esas horas un día antes de Nochebuena. Su teléfono solo sonaba durante la jornada laboral y siempre era por algún asunto de trabajo. Cuando contestó, la voz le resultó desconocida.

—¿Hope?

—Sí. —Aguardó a oír quién era.

—Soy Finn. Te llamo para asegurarme de que has llegado en condiciones. He oído que en Nueva York hay una tormenta de nieve. —Tenía una voz cálida y cordial, y la llamada sorprendió gratamente a Hope.

—Has oído bien —respondió para confirmar lo de la tormenta—. He caminado desde el Metropolitan Museum hasta el SoHo. Ha sido una gozada.

—Eres muy valiente —dijo él echándose a reír. Hope reparó en su voz grave y aterciopelada—. Te encantarían las montañas que rodean mi casa de las afueras de Dublín. Puedes caminar durante horas entre un pueblo y el siguiente. Yo lo hago a menudo, pero no se me ocurriría salir en plena ventisca en Nueva York. Hoy he llamado a la editorial, pero está cerrada.

—Eso no tiene nada que ver con la nieve, estos días todo el mundo está de vacaciones.

—¿Y qué harás tú por Navidad, Hope? —Era evidente que no pensaba ir a Cabo Cod en pleno temporal.

—Supongo que salir a pasear y hacer fotos. Tengo unas cuantas ideas. Además, quiero echar un vistazo a tus retratos y empezar a trabajar en el encargo.

—¿No tienes a nadie con quien pasar la Navidad? —Parecía sentirlo por ella.

—No. Me gusta pasarla sola. —Eso no era del todo cierto, pero no podía cambiar su situación. Gracias a los monjes del Tíbet y a la estancia en el *ashram*, había aprendido a aceptar la realidad—. En el fondo, es una fecha como otra cualquiera. ¿Qué tal está tu hijo? —preguntó, cambiando de tema.

—Bien. Ha salido a cenar con un amigo. —Hope miró el reloj y reparó en que en Londres eran las once de la noche. Eso le recordó la velada tan agradable que habían pasado juntos—. Se marcha a Suiza dentro de dos días. Esta vez no voy a verle mucho el pelo. En fin, los veinteañeros son así, no puedo culparlo por ello. A su edad yo hacía lo mismo; ni por todo el oro del mundo me habrían convencido para pasar muchas horas con mis padres. Y él se porta bastante mejor que yo. Mañana llegará su novia y por lo menos estaremos juntos antes de que se marchen el día de Navidad por la noche.

—¿Y qué harás después? —preguntó, llena de curiosidad. En cierta forma parecía estar tan solo como ella, a pesar de que se relacionaba mucho más y tenía un hijo. Pero tal como le había descrito el tiempo que pasaba en Dublín mientras escribía, se parecía en gran parte a lo que hacía ella en su loft del SoHo, o en Cabo Cod. A pesar de sus distintos estilos de vida, habían descubierto que tenían mucho en común.

—Creo que yo también me marcharé esa misma noche; volveré a Dublín. Tengo que terminar una novela y estoy trabajando en el argumento de otra nueva. Además, todo el mundo abandonará Londres cual barco que hace agua rumbo a sus casas de campo, así que estaré mejor en Russborough. —Ese era el nombre de la población de las afueras de Dublín más cercana a su casa. Se lo había explicado durante la cena. Su mansión se encontraba justo al norte de Russborough, donde había otra casa palladiana muy parecida a la suya pero, según él, mejor conservada. Hope estaba segura de que también su casa era muy bella, aunque estuviera en muy mal estado—. ¿Y tú? ¿Te irás a Cabo Cod cuando pase la tormenta?

—Seguramente, dentro de unos días. Aunque en la costa hará mucho frío si la tormenta avanza hacia allí, y eso es lo que dicen que ocurrirá. Por lo menos esperaré a que se despejen las carreteras. La verdad es que en la casa se estará muy a gusto.

—Bueno, pues que pases una feliz Navidad, Hope —dijo en tono amable, y su voz denotaba cierta nostalgia. Le había gustado conocerla. En realidad, no tenía ninguna excusa para llamarla hasta que hubiera visto los retratos que le había hecho. Estaba impaciente por recibirlos y tener la oportunidad de volver a hablar con ella. Sentía que conectaban de una forma extraña, no sabía muy bien por qué. Era una mujer agradable y había tenido la sensación de que podía perderse en sus ojos. Quería conocerla mejor, y ella le había explicado muchas cosas, de su vida junto a Paul y de su divorcio; pero le daba la impresión de haber topado con un muro construido mucho tiempo atrás que nadie estaba autorizado a traspasar. Hope era muy reservada, pero también era cariñosa y compasiva. Le parecía misteriosa, igual que en parte también él se lo parecía a ella. Y las preguntas sin respuesta los tenían intrigados a ambos. Eran personas acostumbradas a indagar en el corazón y el alma del prójimo, y sin embargo se habían mostrado esquivos el uno con el otro.

—Tú también. Que pases una Navidad muy agradable con tu hijo —dijo en voz baja, y enseguida colgaron. Ella permaneció sentada contemplando el teléfono, por algún motivo sorprendida de que la hubiera llamado. Lo había hecho por puro gusto, y se había mostrado cordial y agradable. Eso le recordó la grata velada que habían pasado juntos dos días atrás. Parecía que hiciera siglos que había regresado a Nueva York. Tenía la impresión de que Londres se encontraba a un millón y medio de kilómetros de distancia, en otro planeta.

Sin embargo, aún se sorprendió más cuando esa misma noche, más tarde, recibió un correo electrónico de Finn:

> Me ha gustado mucho hablar contigo hace un rato. Me obsesionan tus ojos y todos los misterios que he visto en ellos. Espero que volvamos a encontrarnos pronto. Cuídate. Feliz Navidad. Finn.

No sabía qué hacer con ese mensaje. La incomodaba un poco, y recordó las advertencias de su representante acerca de la fama de mujeriego de Finn. ¿Estaba intentando engatusarla? ¿Se trataba de una más de sus conquistas? Sin embargo, en Londres se había mostrado muy moderado. ¿A qué misterios se refería? ¿Qué era lo que veía en sus ojos? ¿O tan solo estaba jugando con ella? Con todo, algo en el tono de ese mensaje y de la conversación que habían mantenido un rato antes le decía que era sincero. Tal vez fuese cierto que era un crápula, pero no tenía la sensación de que estuviera tratando de conquistarla. También le llamó la atención el verbo «obsesionar». No le respondió hasta el día siguiente. No quería que diera la impresión de que estaba impaciente, porque no era así. Esperaba que pudieran ser amigos. A veces le sucedía eso con sus clientes, había muchos que con los años se habían convertido en buenos amigos, aunque tardaran bastante tiempo en verse y solo hablaran muy de vez en cuando.

Respondió al correo de Finn por la mañana, cuando se sentó frente a su escritorio con una taza de té. En el mundo exterior, cubierto por un manto de nieve virgen, reinaban el silencio y la blancura. En Londres era ya por la tarde.

> Gracias por tu mensaje. A mí también me gustó hablar contigo. Aquí el día está precioso. Parece un auténtico paraíso invernal, y mire donde mire solo veo nieve virgen. Voy a ir a Central Park a hacer fotos de niños en trineo. Es un tema muy manido, pero me parece bonito. Respecto a los misterios, no hay ninguno; solo se trata de preguntas sin responder porque no tienen respuesta, de recuerdos de personas que entran y salen de nuestras vidas antes o después, que se quedan con nosotros tan solo mientras deben hacerlo. No podemos cambiar el curso de la vida, solo podemos observarlo y amoldarnos a sus azares con la mayor elegancia. Espero que pases una Navidad cálida y feliz. Hope.

Para su sorpresa, él respondió al cabo de una hora, justo cuando estaba a punto de salir de casa equipada con las prendas para la nieve y la cámara al hombro. Oyó que el ordenador la avisaba de que tenía un correo, se acercó para comprobarlo y se quitó los guantes para abrirlo. Era de Finn.

Eres la mujer más interesante que he conocido. Ojalá hoy estuviera ahí contigo. Me gustaría ir a Central Park a deslizarme en trineo con los niños. Llévame contigo. Finn.

Hope sonrió ante la respuesta. Su faceta infantil se dejaba notar de nuevo. No le respondió. En vez de eso, volvió a ponerse los guantes y salió de casa. No sabía muy bien qué decir y no estaba segura de desear establecer una correspondencia regular con él. No quería seguirle el juego y permitirle que fuera más allá.

Vio un taxi en la puerta del hotel Mercer, a menos de una manzana de distancia. El vehículo tardó media hora en llevarla a Central Park. Algunas calles estaban despejadas, pero la mayoría no y el tráfico iba muy lento. El taxista la dejó en la entrada sur del parque y Hope cruzó a pie por el zoo y por fin llegó a las pistas donde los niños se deslizaban por la nieve. Algunos lo hacían en trineos clásicos, otros, en discos de plástico, y muchos se contentaban con la gran bolsa en la que sus padres los habían envuelto. Las madres aguardaban de pie, observándolos mientras luchaban para no enfriarse, y los padres los perseguían pendiente abajo y los ayudaban a levantarse cuando se caían. Los niños chillaban y reían divertidos mientras Hope iba fotografiándolos discretamente, captando primeros planos de sus expresiones de completo entusiasmo y admiración; y, de repente, de forma inesperada, la escena la hizo retroceder en el tiempo y en su corazón se clavó una espina que no logró arrancarse ni siquiera apartando la vista. Notó los ojos llorosos, pero no por el frío, y para distraerse se dedicó a fotografiar las formas abstractas de las ramas heladas de los árboles. Sin embargo, fue inútil; el dolor era tan fuerte que le cortaba la respiración. Así que, al final, con los ojos arrasados de lágrimas, se cargó la cámara al hombro, se dio media vuelta y emprendió el camino de regreso. Abandonó el parque como alma que lleva el diablo, tratando de huir de los fantasmas que se le habían aparecido, y no dejó de correr hasta que llegó a la

Quinta Avenida y se dirigió de nuevo al centro de la ciudad. Hacía muchos años que no le ocurría una cosa así. Cuando llegó a casa, todavía estaba muy afectada.

Se quitó el abrigo y estuvo mirando por la ventana mucho rato, y cuando se dio la vuelta, vio la pantalla del ordenador con el mensaje que Finn le había escrito por la mañana y volvió a leerlo. No se sentía con ánimo ni fuerzas de responderle. Las emociones provocadas por la escena del parque la habían dejado agotada. Y al apartarse del ordenador recordó con el corazón encogido que era Nochebuena, lo cual contribuía a empeorar la situación. Siempre hacía todo lo posible por evitar las situaciones delicadas por Navidad, y más desde el divorcio. Pero al haber visto a los niños deslizándose en trineo en el parque, todo aquello que normalmente luchaba por ahuyentar la había agredido de forma brutal e imponía su presencia. Puso la televisión para distraerse, pero al instante le asaltó el sonido de los villancicos interpretados por un coro de niños. Rió con tristeza para sus adentros mientras desconectaba el aparato, y se sentó frente al ordenador con la esperanza de entretenerse respondiendo el mensaje de Finn. No se le ocurría qué otra cosa hacer. La noche que tenía por delante se le antojaba larga y dura, como la ascensión de una cordillera de montañas.

Hola. Es Nochebuena y estoy por los suelos. Odio estas fiestas. Hoy he recibido una visita del fantasma de una Navidad pasada y ha estado a punto de acabar conmigo. Espero que lo estés pasando bien con Michael. ¡Feliz Navidad! Hope.

Tecleó rápidamente y dio a «Enviar», pero lo lamentó al instante cuando hubo releído el mensaje. Incluso a ella le parecía patético. Pero no podía hacer nada por recuperarlo.

En Londres era medianoche, y no esperaba recibir noticias suyas hasta el día siguiente como pronto. Por eso la sorprendió que el ordenador la avisara de que tenía un mensaje. Era la respuesta inmediata de Finn.

Dile al fantasma de esa Navidad pasada que se largue y cierre bien la puerta. En la vida lo importante es el futuro, no el pasado. De todos modos, a mí tampoco me entusiasma la Navidad. Quiero volver a verte. Cuanto antes. Finn.

El mensaje era breve y directo, y la asustaba un poco. ¿Por qué quería volver a verla? ¿Por qué se estaban enviando mensajes? Y, lo más importante, ¿por qué le escribía a ese hombre? No tenía ni idea de cuál era la respuesta a esa pregunta, ni qué esperaba obtener de él.

Ella vivía en Nueva York, él, en Dublín. Tenían vidas distintas e intereses distintos, y él era un cliente a quien había retratado, nada más. Sin embargo, no dejaba de pensar en las cosas que le había dicho durante la cena, y en cómo la miraba. Había empezado a sentirse acosada por él, y lo mismo le sucedía ahora con las cosas que le decía en el mensaje. La hacía sentirse un poco incómoda, pero respondió de todos modos mientras se recordaba a sí misma que debía utilizar un tono profesional y optimista. No quería empezar una relación inmadura por correo electrónico solo porque era Navidad y se sentía sola; sabía perfectamente que habría sido un gran error. Además, él estaba fuera de su alcance. Se pasaba la vida viajando de un país a otro como si perteneciera a la jet set, y tenía a un montón de mujeres a sus pies. No sentía ningunas ganas de ser una más de sus admiradoras, ni deseo alguno de competir por él.

Gracias. Perdona que te haya enviado un mensaje tan ñoño. Estoy bien, solo un poco afectada por las fechas, pero no es nada que no pueda aliviarse con un baño caliente y una noche de sueño reparador. Que te vaya bien. Hope.

Cuando lo envió, estaba un poco más convencida. Pero él respondió enseguida y parecía molesto.

Es normal que estas fechas te afecten cuando se tienen más de doce años. ¿Y qué quiere decir «Que te vaya bien»? No seas tan cobarde. No voy a comerte y no soy el fantasma de la Navidad. Bah, paparruchas. Tómate una copa de champán, siempre ayuda. Con cariño, Finn.

—¡Mierda! —exclamó ella al leerlo un minuto más tarde—. «Con cariño», ¡y un jamón! ¡Mira lo que has hecho! —se dijo en voz alta sintiéndose aún más nerviosa. Decidió no responder, pero siguió uno de sus consejos y se sirvió una copa. Dejó el mensaje abierto en la pantalla dispuesta a no hacerle caso en toda la noche, pero antes de acostarse volvió a leerlo y trató de convencerse de que no significaba nada. Aun así, creyó más apropiado no contestar, y cuando subió la escalera hasta el altillo para acostarse pensó que por la mañana se sentiría mejor. Al ir a apagar la luz se fijó en la serie de fotografías de la joven bailarina. Se quedó mirándolas unos momentos y luego se metió en la cama, pulsó el interruptor y enterró la cara en la almohada.

5

Tal como había imaginado, cuando se despertó por la mañana se sentía mejor. Era Navidad, pero no tenía motivos para actuar de un modo distinto a cualquier otro día. Llamó a Paul, que estaba en su barco, y ese fue el único lujo que se permitió. A él se le oía bien, aunque había pillado un resfriado en el avión de Londres, y en sus condiciones eso suponía un riesgo adicional. Se desearon feliz Navidad, evitaron los temas delicados y colgaron al cabo de pocos minutos. Después de eso, Hope cogió una caja que contenía las fotografías que debía revisar para la siguiente exposición y pasó varias horas concentrada en las imágenes. Cuando miró el reloj eran las dos de la tarde, y decidió salir a dar un paseo. Pero antes volvió a leer el correo electrónico de Finn y apagó el ordenador. No quería alentarlo ni iniciar nada que no estuviera dispuesta a proseguir o acabar.

Cuando se hubo vestido y salió de casa, notó que el aire era fresco. Se cruzó con personas que iban a visitar a algún familiar y con otras que regresaban de comer en el hotel Mercer. Paseó por el SoHo, recorriendo todo el barrio. Hacía una tarde soleada y la nieve que había caído el día anterior estaba empezando a mancharse de barro. Se sintió mejor cuando regresó a su loft, y siguió trabajando un rato. A las ocho se dio cuenta de que no tenía nada para la cena. Pensó en saltársela, pero estaba hambrienta y al final decidió ir al establecimiento de comida preparada más cercano a comprarse un sándwich y una ración de sopa. Ese día había resultado bastante más sereno que el anterior, y al siguiente tenía pensado acercarse a la galería del Upper East Side para comentar cosas de la exposición. Al ponerse el abrigo, se sintió aliviada de haber sobrevivido a otra Navidad. La fecha la aterraba, pero, a excepción del mal momento que había vivido el día anterior en Central Park, ese año no había resultado muy complicada. Le hizo gracia ver que en la tienda de comida preparada había una fila de pavos rellenos asados, a punto para quien necesitara una cena de Navidad lista para servir.

Pidió un sándwich de pavo con jalea de arándano y una ración de sopa de pollo. El dependiente la conocía, y le preguntó qué tal había pasado el día de Navidad.

—Bien —respondió sonriéndole mientras él clavaba la mirada en sus ojos violeta. Por la cantidad de comida que solía pedir, el hombre deducía que Hope vivía sola. Y al parecer no comía demasiado. Era menuda y a veces se la veía muy frágil.

—¿Qué tal si se lleva un trozo de pastel? —El hombre tenía la impresión de que le sentaría bien ganar unos kilitos—. ¿De manzana? ¿De carne? ¿De calabaza? —Hope sacudió la cabeza, pero se sirvió un helado de ponche de huevo, que siempre le había encantado. Pagó, dio las gracias al dependiente, le deseó felices fiestas y se marchó con todas las provisiones en una bolsa marrón. Esperaba no derramar la sopa y que el helado no se derritiera debido a la proximidad con el recipiente caliente. Estaba pendiente de eso cuando subió los escalones de su edificio y vio a un hombre de espaldas en la puerta esforzándose por distinguir un nombre entre los timbres de la entrada. Estaba inclinado para poder leer bajo la tenue luz. Hope se había situado tras él para abrir la puerta con la llave cuando el hombre se dio la vuelta. Al mirarlo, tuvo que ahogar un grito. Era Finn, con un gorro de punto de color negro, vaqueros y un grueso abrigo de lana también negro. Al verla, le sonrió. Y al hacerlo, se le iluminó todo el rostro.

—Bueno, esto facilita las cosas. Estaba quedándome ciego intentando leer los nombres. Me he dejado las gafas en el avión.

—¿Qué estás haciendo aquí? —preguntó ella sorprendida. No daba crédito.

—No contestaste a mi último correo electrónico, así que he decidido venir a averiguar por qué. —Parecía relajado y la mar de cómodo mientras charlaban de pie en el umbral. Hope, en cambio, estaba temblando cuando él le quitó la bolsa marrón de las manos. No comprendía qué estaba haciendo él allí, pero la asustaba. Se le veía muy seguro de sí mismo, y la ponía nerviosa.

—Cuidado, no la vuelques. Es sopa —le advirtió, sin saber muy bien cómo proseguir—. ¿Quieres subir a casa? —Era lo mínimo. No podía pasar de largo, entrar en el edificio y dejarlo plantado en la puerta.

—Estaría bien —respondió él sonriendo, pero Hope no alegró la cara. Le daba pánico pensar que estaba hablando con Finn en la puerta de su casa. Había penetrado en su mundo sin que ella lo invitara, sin previo aviso. Y ahora la miraba con dulzura; notaba que estaba molesta—. ¿Estás enfadada conmigo porque he venido a verte? —La miró preocupado mientras el viento hacía ondear su pelo en el aire.

—No. Lo que pasa es que no sé por qué lo has hecho. —Parecía asustada.

—Tenía que venir de todos modos para hablar con mi agente y con mi editor. Pero, para serte sincero, quería verte. No he dejado de pensar en ti desde que te fuiste. No sé muy bien por qué, pero no consigo apartarte de mis pensamientos. —Eso sí que le arrancó una sonrisa. Abrió la puerta del edificio mientras se preguntaba si debería regresar a la tienda a comprar más comida. No sabía si sentirse halagada o enfadada con él por entrometerse en su vida sin preguntar primero. Era impulsivo, y derrochaba tanto encanto como la primera vez que lo vio. Le resultaba difícil estar enfadada con él, y el miedo inicial empezó a disiparse mientras subían la escalera.

Sin decir nada más, lo guió hasta su piso y abrió la puerta. Llevó la comida a la cocina y salvó el helado antes de que acabara de derretirse. Luego se volvió para mirar a Finn, que estaba observando las fotografías colgadas en las paredes.

—Es la bailarina más bella que he visto en mi vida —dijo examinando de cerca cada una de las imágenes. Entonces se volvió y miró a Hope con desconcierto—. Se parece a ti. ¿Eres tú de jovencita? —Ella sacudió la cabeza y lo invitó a tomar asiento. Le ofreció un vaso de vino, pero él no lo aceptó. En vez de eso, contempló la decoración tranquila y austera mientras Hope encendía las velas y luego tomaba asiento en el sofá situado frente a él con expresión seria.

—Espero que no te hayas visto obligado a venir por algo de lo que he dicho —comentó ella en voz baja, todavía incómoda por tenerlo en su casa. Se sentía responsable porque pensaba que tal vez lo hubiera alentado, aunque no creía que fuera así.

—Se te notaba triste. Y te echaba de menos, no sé muy bien por qué —admitió él con sinceridad—. Algún día tenía que venir a Nueva York de todos modos, y he decidido que ahora era un buen momento, antes de terminar el libro y empezar el siguiente. Luego tendré que encerrarme durante varios meses. Además esta mañana yo también estaba triste; Michael se ha ido antes de lo que esperaba. No te pongas nerviosa, no he venido para presionarte en ningún sentido. —Hope era consciente de que Finn debía de tener a muchas mujeres dispuestas a complacerlo siempre que quisiera. Lo que no entendía era qué buscaba en ella. Le ofreció compartir su sándwich y él le sonrió y negó con la cabeza. El hecho de que estuviera allí obedecía a un impulso muy repentino, y Hope no sabía si se sentía halagada o asustada. Ambas cosas, más bien.

—Estoy bien, en el avión me han servido comida abundante. Pero te haré compañía mientras cenas. —Ella se sentía muy tonta comiéndose un sándwich sola delante de él, así que lo dejó a medias, y entonces él accedió a compartir la sopa y el postre. Cuando le tocó el turno al helado de ponche de huevo, Hope estaba riéndose de las historias que Finn le contaba y había empezado a relajarse a pesar del impacto inicial provocado por la visita inesperada de un hombre a quien apenas conocía. Le resultaba violento verlo allí, cómodamente sentado en el sofá de su casa y tan pancho.

Estaban a punto de terminar el helado cuando volvió a preguntarle por la bailarina.

—¿Por qué tengo la impresión de que eres tú? —Aún se le hacía más raro porque la chica de las fotos era rubia y Hope tenía el pelo muy oscuro. Sin embargo, había cierto parecido entre ella y la joven bailarina, tenían un aire familiar. Entonces Hope respiró hondo y le confesó algo que no se había propuesto compartir con él.

—Es mi hija, Camille.

Él se quedó estupefacto ante la respuesta.

—Me has mentido —le reprochó sintiéndose herido—. Me dijiste que no tenías hijos.

—Y no los tengo —repuso Hope en voz baja—. Camille murió hace tres años, a los diecinueve.

Finn guardó silencio unos momentos, y Hope también.

—Lo siento mucho —dijo, y ella pareció turbarse cuando él se estiró para cogerle la mano y la miró fijamente a los ojos.

—No pasa nada —respondió ella, de nuevo con un hilo de voz, como si hablara consigo misma—. Antes era antes y ahora es ahora. —Era lo que los monjes le habían enseñado en el Tíbet—. Al cabo de un tiempo, aprendes a vivir con ello.

—Era una chica muy guapa —opinó él volviendo a mirar las fotografías y luego de nuevo a Hope—. ¿Qué le ocurrió?

—Estudiaba en la universidad, en Dartmouth, donde mi padre daba clases cuando yo era niña, aunque para entonces él ya no trabajaba allí. Una mañana me telefoneó. Tenía la gripe y parecía encontrarse muy mal. Su compañera de piso la acompañó a la enfermería y al cabo de una hora me avisaron. Tenía meningitis. Hablé con ella y se la oía fatal. Yo estaba en Boston y cogí el coche para ir a verla. Paul vino conmigo. Murió media hora antes de que llegáramos. No pudieron hacer nada por salvarla. Ocurrió y ya está. —Mientras lo contaba, Finn observó que las lágrimas le rodaban lentamente por las mejillas, aunque tenía el semblante tranquilo. A él, en cambio, la historia lo había dejado deshecho—. En verano, siempre bailaba con el New York City Ballet. Se había planteado no cursar estudios universitarios y dedicarse solo a bailar, pero consiguió compaginarlo. En la compañía estaban dispuestos a contratarla en cuanto terminara la carrera, o antes si ella quería. Bailaba de maravilla. —Entonces, tras pensarlo dos veces, añadió—: La llamábamos Mimi. —La voz de Hope era poco más que un susurro cuando lo dijo—. La echo muchísimo de menos. Y su muerte dejó destrozado a su padre, fue la gota que colmó el vaso. Llevaba varios años enfermo y bebía en secreto. Cuando Mimi murió, no se quitó la borrachera de encima en tres meses. Uno de sus antiguos compañeros de Harvard habló con él y logró que ingresara en el hospital e hiciera una cura de desintoxicación. Pero luego decidió que no quería seguir casado conmigo. Tal vez fuera porque le recordaba demasiado a Mimi y siempre que me veía se acordaba de que la había perdido. Vendió sus acciones, compró un barco y me dejó. Dijo que no quería tenerme atada esperando a que muriera; decía que yo me merecía algo mejor. Pero la verdad es que perder a Mimi nos dejó a los dos destrozados y nuestro matrimonio se fue a pique. Seguimos siendo buenos amigos, pero cada vez que nos vemos pensamos en Mimi. Paul solicitó el divorcio y yo me marché a la India. Todavía nos amamos, pero supongo que a ella la amábamos más. Después de aquello, nuestro matrimonio no tenía mucho sentido. Cuando Mimi murió, en cierta forma morimos todos. Él ya no es la misma persona, y seguramente yo tampoco. Es difícil afrontar algo así sin dejarse la piel por el camino. Eso es todo —concluyó con tristeza—. En Londres no quise hablarte de ello porque no es algo que suela ir contando por ahí. Me resulta demasiado triste. Mi vida es muy distinta desde que ella no está, por no pintarlo peor. Ahora solo me dedico a trabajar, no tengo nada más en que volcarme. Por suerte, hago algo que me gusta, y eso ayuda.

—Santo Dios —exclamó Finn con lágrimas en los ojos. Hope notaba que mientras le hablaba de Mimi él había estado pensando en su hijo—. No alcanzo siquiera a imaginar tanto dolor. Yo me moriría.

—Yo también estuve a punto de morirme —confesó ella. Él se acercó para sentarse a su lado en el sofá y le pasó el brazo por los hombros. Hope no se opuso. El hecho de notarlo cerca le hacía sentirse mejor. Detestaba hablar de aquello, y rara vez lo hacía, pero todas las noches contemplaba las fotografías colgadas en la pared y seguía pensando en Mimi sin tregua—. Me ayudó el hecho de marcharme un tiempo a la India. Y al Tíbet. Encontré un monasterio precioso en Ganden y tuve un maestro extraordinario. Creo que eso contribuyó a que aceptara lo que me había tocado vivir. La verdad es que no te queda otro remedio.

—¿Y tu ex marido? ¿Cómo lo lleva? ¿Ha vuelto a beber?

—No, sigue sin probar el alcohol. Ha envejecido mucho en los últimos tres años y se encuentra mucho peor, pero no sé si la causa es Mimi o la enfermedad. En su barco es todo lo feliz que puede ser. Yo compré este piso cuando regresé de la India, pero viajo mucho, así que casi nunca estoy en casa. No necesito demasiadas cosas para vivir, sin Mimi nada tiene sentido. Ella era el centro de nuestras vidas y cuando desapareció los dos nos encontramos bastante perdidos. —La dolorosa experiencia se ponía de manifiesto en su trabajo. Sentía una profunda conexión con el sufrimiento humano que quedaba plasmada en las fotografías que tomaba.

—Aún no eres demasiado mayor para volver a casarte y tener otro hijo —dijo Finn con dulzura, sin saber qué añadir para reconfortarla. ¿Cómo se consuela a una mujer que ha perdido a su única hija? Lo que Hope acababa de contarle era tan tremendo que no se le ocurría cómo podía ayudarla. La historia lo había dejado conmocionado. Hope se enjugó los ojos y le sonrió.

—En teoría aún estoy a tiempo de volver a ser madre, pero no es probable que ocurra y no le veo mucho sentido. No me imagino volviéndome a casar, no he estado con nadie desde que Paul y yo nos divorciamos. No he conocido a ningún hombre con quien me apetezca salir, y no estoy preparada para eso. Solo llevamos divorciados dos años y Mimi nos dejó hace tres. Entre todo ha sido una pérdida demasiado grande. Y para cuando encuentre a la persona adecuada, si es que eso llega a ocurrir, ya seré demasiado mayor. Tengo cuarenta y cuatro años, y me parece que el tiempo de tener hijos ha tocado a su fin o pronto lo hará. Además, no sería lo mismo.

—No, claro que no, pero tienes muchos años por delante. No puedes pasarlos sola, o no deberías. Eres una mujer muy bella, Hope, y estás llena de vida. No puedes cerrarle la puerta a todo en este momento.

—En realidad, para serte sincera, ni me lo planteo. Intento no pensar en ello. Tan solo me levanto por la mañana y trato de afrontar el día, y eso ya me supone un gran esfuerzo. Por lo demás, me vuelco en mi trabajo. —Era evidente. Entonces, sin mediar palabra, él la rodeó con los brazos y la estrechó. Quería protegerla de todos los pesares de la vida. Y ella se sentía sorprendentemente cómoda en aquel sereno abrazo. Nadie había hecho eso en años; ni siquiera se acordaba de cuándo había sido la última vez. De repente, se alegró de haber recibido la visita de Finn. Apenas lo conocía, pero tenerlo allí le parecía todo un lujo.

Él permaneció abrazándola largo rato, hasta que ella levantó la cabeza y le sonrió. Resultaba agradable estar sentada a su lado sin necesidad de hablar. Poco a poco, Finn se fue separando, y ella se levantó para prepararse una taza de té y ponerle un vaso de vino a él; y él la siguió hasta la cocina y se sirvió más helado de ponche de huevo. Le ofreció un poco a Hope, pero ella sacudió la cabeza, y entonces se le ocurrió pensar que tal vez tenía hambre. Era muy tarde; de hecho, en Londres a esas horas ya era noche cerrada.

—¿Quieres que te prepare unos huevos? Es todo lo que tengo.

—Ya sé que suena tonto —empezó él con aire cohibido—, pero me apetece mucho la comida china. Me muero de hambre. ¿Conoces algún sitio por aquí? —Era la noche de Navidad y no había casi nada abierto, pero allí cerca había un restaurante chino que cerraba muy tarde. Hope llamó. Estaba abierto, pero no servían comida para llevar.

—¿Quieres que vayamos? —preguntó, y él asintió.

—¿Te parece bien? Si estás cansada puedo ir solo, aunque me encantaría que me acompañaras. —Ella le sonrió, y él volvió a rodearla por los hombros. Se sentía como si esa noche hubiera sucedido algo importante entre ellos, y ella también.

Al cabo de unos minutos, se pusieron los abrigos y salieron a la calle. Ya eran casi las once, y hacía un frío que pelaba. Corrieron hasta el restaurante chino. Aún estaba abierto y les sorprendió ver a bastantes clientes. Había mucha luz y mucho ruido, olía a comida china y en la cocina hablaban a gritos. Cuando tomaron asiento, Finn sonreía.

—Es exactamente lo que quería. —Se le veía feliz y relajado, y a ella también.

Hope se encargó de elegir los platos porque conocía el sitio. Poco después se los sirvieron, y ambos se lanzaron al ataque. Hope se sorprendió a sí misma al atacar la comida con tantas ganas. Parecían dos muertos de hambre; prácticamente dejaron los platos limpios mientras charlaban, esta vez de temas más intrascendentes. Ninguno de los dos volvió a mencionar a Mimi, aunque seguían teniéndola presente. Hablaron el uno con el otro mientras degustaban la cena, y veían que a su alrededor todos los clientes del restaurante estaban felices. Para algunos de ellos, una cena así era el colofón perfecto del día de Navidad.

—Es más divertido esto que comer pavo —observó Hope con una risita mientras apuraba la carne de cerdo. Finn, por su parte, sonrió y terminó de dar cuenta de las gambas.

—Sí, sí que lo es. Gracias por acompañarme. —La miró con dulzura. Estaba profundamente conmovido, ahora que sabía por todo lo que había pasado. A ojos de Finn, Hope era una persona vulnerable y se sentía muy sola.

—¿Dónde te alojas, por cierto? —preguntó ella en tono liviano.

—Suelo alojarme en el Pierre —respondió él recostándose en la silla. La miró sonriente; se le veía satisfecho y feliz—. Pero esta vez he reservado una habitación en el Mercer porque está más cerca de tu casa. —Era cierto que había ido a Nueva York para verla. Eso le imponía más presión de la que le habría gustado, pero en esos momentos no le importaba. Estaba pasando un rato agradable. Y por algún motivo le encontraba sentido a estar allí con él. Apenas se conocían, pero después de contarle lo de Mimi notaba que los unía un fuerte vínculo.

—Pues es un hotel muy bonito —dijo tratando de aparentar tranquilidad con respecto al hecho de que se alojara tan cerca de su casa. Seguía chocándole un poco que estuviera allí.

—En realidad, la habitación me da igual. —Él hizo una mueca de pesar—. Lo que quería era verte a ti. Gracias por no haberte puesto hecha un basilisco al encontrarme en la puerta de tu casa.

—Es un gesto más bien exagerado, lo admito. —Recordó el desconcierto que había experimentado al encontrarlo en la puerta de su casa—. Pero no deja de ser bonito. Creo que nadie había cogido nunca un avión para venir a verme. —Le sonrió en el momento en que el camarero les traía las galletas de la suerte y la cuenta. Cuando leyó el mensaje de la suya, se echó a reír y se lo pasó a Finn para que también lo leyera.

—«Recibirás la visita de un amigo». —Él soltó una carcajada y luego le leyó el suyo—: «Pronto recibirás buenas noticias». Me gustan estos mensajes. Normalmente siempre me tocan los del tipo: «Un maestro es un hombre sabio», o «Haz la colada antes de que empiece a llover».

—Sí, a mí también. —Hope se echó a reír de nuevo. Regresaron caminando tranquilamente hasta su casa y él se despidió en la puerta. Había pasado por el hotel a dejar la maleta antes de ir a verla por la tarde. Ahora era casi la una de la madrugada, las seis de la mañana en Londres, y empezaba a caerse de sueño—. Gracias por venir, Finn —dijo ella en voz baja, y él le sonrió y la besó en la mejilla.

—Me alegro de haberlo hecho. Me ha gustado la cena de Navidad; tendríamos que instaurar la tradición de comer comida china en vez de pavo. Te llamaré por la mañana —prometió, y ella abrió la puerta y entró en el edificio. Luego le dijo adiós con la mano y lo observó alejarse por la calle en dirección al hotel. Cuando subió la escalera, seguía pensando en él. Había pasado una velada agradable y totalmente inesperada. No cabía duda de que para ella eso era algo completamente fuera de lo común.

Se estaba desvistiendo cuando el ordenador la avisó de que tenía un correo. Se acercó y vio que era de Finn.

> Gracias por la maravillosa velada. Ha sido la mejor Navidad de mi vida, y la primera que pasamos juntos. Que duermas bien.

Esa vez sí que respondió, tras sentarse frente al escritorio. Todo lo ocurrido la abrumaba un poco, y no sabía qué pensar.

—Para mí también ha sido maravilloso. Gracias por venir. Hasta mañana.

Al levantarse echó un vistazo a las fotografías de Mimi. Se alegraba de haberle contado su historia a Finn. Aunque resultara un tanto extraño, le había servido para adquirir cierta perspectiva, al menos durante unos instantes. A esas alturas Mimi tendría veintidós años, y todavía le costaba hacerse a la idea de que ya no estaba. Era raro cómo ciertas personas aparecían en la vida de uno, y cómo desaparecían, y cómo, cuando menos lo esperabas, aparecían otras. En esos momentos, la compañía de Finn era un regalo inesperado. Ocurriera lo que ocurriese, se alegraba de haber pasado la noche de Navidad con él. Seguía sorprendida de tenerlo allí. Pero había tomado la determinación de no preocuparse por eso y dedicarse a disfrutar del tiempo que compartieran.

6

Finn la llamó a la mañana siguiente y la invitó a desayunar en el hotel Mercer. Hope no tenía nada importante que hacer y le encantó reunirse con él. La estaba esperando en el vestíbulo. Estaba igual de guapo que en Londres. Llevaba un jersey negro de cuello alto y vaqueros, y el pelo oscuro recién peinado. A primera vista se le veía muy despierto, y luego él admitió que llevaba varias horas levantado y que incluso había salido a dar una vuelta por el barrio de buena mañana. Su ritmo biológico todavía estaba en sintonía con el horario de Londres.

Hope pidió huevos Benedict, y Finn, gofres. Dijo que en Europa los echaba de menos porque nunca los preparaban como allí. La masa era distinta y en Francia los comían con azúcar. Los cubrió con sirope de arce y Hope se echó a reír. Los había empapado, pero se quedó tan pancho cuando dio el primer mordisco.

—¿Qué planes tienes hoy? —preguntó él mientras se tomaba el café.

—Pensaba ir a la galería donde están expuestas algunas de mis fotografías de la India. ¿Te gustaría acompañarme?

—Me encantaría. Quiero ver la exposición.

Después de desayunar, tomaron un taxi en dirección a la zona alta. Finn se quedó muy impresionado cuando vio su trabajo. Estaba expuesto con mucho gusto en una galería grande y prestigiosa. Luego pasearon por Madison Avenue y se acercaron hasta Central Park para poder pisar nieve limpia. En el resto de la ciudad había empezado a derretirse y se había tornado fangosa; en cambio en el parque seguía conservando la blancura prístina.

Él le preguntó cosas de la India, y luego hablaron de sus viajes al Tíbet y Nepal. Se detuvieron ante un puesto ambulante de libros del parque y encontraron una de las antiguas novelas de Finn. Hope quiso comprarla, pero él no se lo permitió; esa obra no le gustaba especialmente. Entonces empezaron a hablar de él, de su trabajo, de agentes y trayectorias profesionales. Finn se quedó boquiabierto ante la cantidad de obras que Hope había expuesto en museos y ella estaba impresionada de saber que había ganado el National Book Award. Se despertaban gran admiración mutua y parecían tener muchas cosas en común, y cuando salieron del parque él la invitó a montar en un coche de caballos, lo cual a ambos se les antojó muy frívolo pero muy divertido. Mientras se cubrían bien con la manta, se echaron a reír como chiquillos.

Para cuando el paseo tocó a su fin ya era la hora de comer, y Finn la llevó a La Grenouille, un local muy elegante donde tomaron unos platos deliciosos. A Finn le gustaba comer bien, a diferencia de Hope, que a menudo se saltaba las comidas. Después emprendieron el camino de regreso por la Quinta Avenida y, tal como ella solía hacer, llegaron a pie hasta el SoHo. Los dos estaban cansados, pero habían disfrutado pasando el día juntos. Él la acompañó a casa y ella lo invitó a subir, pero Finn dijo que prefería regresar al hotel a echarse una cabezada.

—¿Te gustaría salir a cenar luego, o tienes alguna otra cosa que hacer? No quiero ocuparte todo el tiempo —dijo pensativo, aunque precisamente para eso había ido a Nueva York.

—Me encantaría, si no te has cansado de mí —respondió ella esbozando una sonrisa—. ¿Te gusta la comida tailandesa?

—Él asintió con entusiasmo y ella le sugirió ir a uno de sus restaurantes preferidos del East Village.

—Pasaré a recogerte a las ocho —prometió Finn, y la besó en la coronilla. Luego ella subió a casa y él regresó al hotel. Hope pasó las siguientes horas pensando en él, por mucho que se hubiera propuesto no hacerlo. Su compañía le resultaba muy grata, podían mantener conversaciones interesantes y de repente se le antojó que era todo un personaje. No tenía ni idea de qué ocurriría con él, ni siquiera de si tenía que planteárselo.

Cuando pasó a recogerla, ella se había vestido con unos pantalones grises y un jersey rosa. Tomaron una copa de vino antes de salir. Esa vez él no hizo ningún comentario sobre las fotografías de Mimi, pero se detuvo a admirar otros trabajos de Hope. Dijo que al día siguiente le gustaría ir al MoMA para ver algunas de sus obras anteriores.

—Eres la única persona que conozco que expone fotografías en museos —comentó manifestando su admiración.

—Y tú eres el único escritor que conozco que ha ganado el National Book Award, y a quien han concedido el título de «sir» —observó ella con igual orgullo—. Eso me hace pensar que no te he llamado ni una vez «sir Finn». ¿Debo hacerlo?

—No, a menos que quieras que me eche a reír. Yo mismo sigo sintiéndome raro cuando lo utilizo. Aunque fue muy emocionante conocer en persona a la reina.

—Seguro que sí. —Hope le dirigió una amplia sonrisa y a continuación sacó una caja de fotografías que había prometido enseñarle. Eran del Tíbet. Las imágenes eran impresionantes, y señaló a algunos de los monjes a los que adoraba.

—No sé cómo te las arreglaste para pasar un mes entero sin hablar. Yo sería incapaz —reconoció él sin reparos—. Seguramente no aguantaría ni un día.

—Fue fantástico. De hecho, lo que me costó fue volver a hablar cuando regresé. Todo lo que decía me parecía excesivo y superfluo. La verdad es que una experiencia así te ayuda a pensar mejor lo que dices. Allí se portaron muy bien conmigo. Me encantaría volver algún día; les prometí que lo haría.

—Me gustaría mucho visitar el sitio, pero no iré si tengo que dejar de hablar. Aunque supongo que siempre podría escribir.

—Yo escribí un diario mientras estuve allí. El hecho de no hablar deja espacio para pensamientos más profundos.

—Me lo imagino —admitió él sin darle más vueltas. Entonces Hope le preguntó en qué parte de Nueva York se había criado.

—En el Upper East Side —respondió él—. El edificio ya no existe, lo derribaron hace años. Y el piso donde vivía con Michael está en la calle Setenta y nueve Este. Era más bien pequeño. Eso fue antes de empezar a tener verdadero éxito con los libros. Pasamos unos cuantos años de vacas flacas —dijo sin avergonzarse—. Cuando mis padres murieron, se habían gastado casi toda la fortuna familiar. Estaban bastante mal acostumbrados, sobre todo mi madre. La casa de Irlanda pertenecía a su familia, y como no había herederos masculinos, la vendieron. Estoy muy contento de haberla recuperado. A Michael le gustará disponer de ella algún día, aunque dudo que quiera vivir en Irlanda, a menos que se haga escritor. —Finn hizo una mueca ante la idea y Hope sonrió. Irlanda era famosa por su política de no gravar impuestos a los escritores. Hope conocía a varios que se habían trasladado allí, la tentación era irresistible.

Fueron al restaurante tailandés y cenaron muy a gusto. Durante la velada, Finn preguntó a Hope qué tenía pensado hacer en Nochevieja.

—Lo mismo de cada año —dijo con una mueca—. Acostarme a las diez en punto. Odio salir en Nochevieja, todo el mundo se emborracha y anda como loco. Es una noche fantástica para quedarse en casa.

—Pues este año tenemos algo mejor que hacer —insistió Finn—. A mí tampoco me entusiasma celebrarla, pero por lo menos debemos probarlo. ¿Por qué no hacemos alguna ridiculez como ir a Times Square y contemplar el descenso de la bola de cristal? Solo lo he visto por la tele, pero me imagino que debe de haber un ambiente increíble.

—Sería divertido hacer fotos —dijo ella con aire pensativo.

—¿Por qué no lo probamos? Si no nos gusta, volvemos a casa y ya está.

Hope se echó a reír ante la idea, y al final accedió.

—Entonces tenemos una cita —corroboró él con aire complacido.

—¿Cuánto tiempo te quedarás en Nueva York? —preguntó ella mientras terminaban de cenar.

—Aún no lo he decidido. Tendría que adelantar un poco de trabajo con el corrector antes de regresar a casa. —Entonces la miró detenidamente—. El resto depende de ti. —Ella sintió que un cosquilleo nervioso le recorría la columna vertebral. No sabía qué responder cuando él le decía cosas así, y lo había hecho ya unas cuantas veces. Saber que había ido a Nueva York expresamente para verla suponía una gran responsabilidad, por mucho que la halagara. Estaba terminándose el postre cuando él la miró desde el otro lado de la mesa y le dijo algo que la dejó sin habla.

—Creo que me estoy enamorando de ti, Hope.

Ella habría preferido que no le dijera una cosa así, y no tenía ni idea de qué responder: ¿Ya me avisarás cuando lo sepas seguro? ¿No seas tonto? ¿Yo también de ti? Todavía no tenía claro lo que sentía por él, pero le gustaba mucho; de eso estaba segura. Pero ¿le gustaba como amigo o como pareja? Aún era pronto para saberlo.

—No tienes por qué decir nada —soltó él leyéndole el pensamiento—. Solo quería que supieras lo que siento.

—¿Cómo puedes estar seguro tan pronto? —preguntó ella con aire preocupado. Daba la impresión de que las cosas estaban yendo demasiado deprisa. Se preguntó si a su edad había lugar para ese tipo de amor.

—Lo estoy y punto —se limitó a responder él—. Nunca me había sentido así. Ya sé que todo ha ocurrido muy rápido, pero puede que a veces las cosas sean así cuando el sentimiento es auténtico. Creo que a nuestra edad uno ya sabe lo que quiere, quién es y cómo se siente. Cuando encuentras a la persona adecuada lo notas, no hace falta que pase mucho tiempo. Somos adultos y hemos cometido errores. A estas alturas, todos hemos roto unos cuantos platos.

Hope no quería confesarle que él tenía mucha más experiencia que ella, pero tenía que saberlo de todos modos. Tenía que notarlo. Había estado casada casi media vida y solo llevaba separada dos años.

—No quiero que mis sentimientos te presionen, Hope —prosiguió—. Tenemos toda la vida por delante para decidir lo que vamos a hacer. O el tiempo que tú desees. —Hope tenía que reconocer que se sentía cautivada por él, y eso era algo completamente distinto a lo que le había ocurrido con Paul. Finn estaba mucho más asilvestrado, era más creativo, toda su vida estaba rodeada de mayor libertad. Paul era una persona extremadamente disciplinada en todos los sentidos, y muy comprometida con su trabajo. Finn parecía más partidario de disfrutar de la vida y del mundo. Y su mundo era muy amplio, lo cual atraía mucho a Hope. También ella había ampliado mucho sus horizontes en los últimos años. Estaba abierta a nuevas gentes, a nuevas tierras, a nuevas ideas como las que había conocido en el monasterio del Tíbet y en el *ashram* de la India, lugares a los que nunca se habría planteado ir antes de perder a Mimi y a Paul.

Después de la cena regresaron a su casa, y esa vez él subió a tomar una copa. Hope estaba nerviosa por si intentaba besarla; aún no se sentía preparada para ello. Pero no lo hizo. Se le veía relajado, pero se comportó como un caballero y respetó su espacio. Notaba que ella no estaba todavía en disposición de dar ningún paso más allá de lo que hacían: pasear, charlar, salir a comer o a cenar e irse conociendo. Para eso había ido a verla, y era exactamente lo que quería. Hope, por su parte, tenía la impresión de que nunca nadie había estado tan pendiente de ella conociéndola tan poco. Paul no se había comportado así cuando empezaron a salir juntos; andaba demasiado ocupado, y además le llevaba dieciséis años, lo cual cambiaba mucho las cosas. Finn tenía prácticamente su misma edad, pertenecían a la misma generación y compartían muchos intereses. Si hubiera confeccionado una lista de lo que esperaba de un hombre, Finn cumpliría casi todos los requisitos. Aunque ese era un tema aparcado desde que se había divorciado de Paul. Sin embargo, ahora tenía delante a Finn, y era tan desbordante y tan real como la vida misma. Solo hacía una semana que lo conocía, pero había sido una semana muy intensa, y habían pasado mucho tiempo juntos.

Al día siguiente fueron al MoMA, y al otro, al Whitney Museum. Comieron en todos los restaurantes favoritos de Hope, y también en los de Finn. Él quedó en encontrarse con su agente para hablar del contrato de un nuevo libro. Y, para gran sorpresa de Hope, durante las horas que no estuvieron juntos lo echó de menos. Aparte de eso, él pasó a su lado cada minuto a excepción de las noches, cuando se despedían después de acompañarla a casa. Todavía no la había besado, pero volvió a decirle que se estaba enamorando de ella. Y Hope se limitó a mirarlo con expresión preocupada. ¿Y si le tomaba el pelo? Claro que casi le daba más miedo que hablara en serio. ¿Y si aquello era real? ¿Qué ocurriría? Él vivía en Irlanda y ella, en Nueva York. Pero no quiso darle más vueltas. Era demasiado pronto; no tenía sentido. Aunque en el fondo sabía que sí que lo tenía. Aquello tenía mucho sentido para ambos. Ella podía vivir y trabajar en cualquier parte del mundo, y los dos lo sabían. Y a él le ocurría igual. Era una situación ideal. Parecían estar hechos el uno para el otro.

Hope no le explicó a Mark Webber, su representante, lo que estaba ocurriendo cuando la llamó. Y no tenía a nadie más a quien contárselo. Mark era su mejor amigo, y su esposa también le caía bien. La invitaron a cenar con ellos, pero les dijo que no. No quería revelarle a Mark que Finn había ido a visitarla. Sabía que se quedaría atónito, o como mínimo un poco sorprendido, y probablemente adoptaría una actitud recelosa y protectora. Ella prefería pasar la noche con Finn. Por eso les dijo que estaba ocupada con un nuevo proyecto, y Mark prometió que volvería a llamarla a la semana siguiente y le recomendó que no trabajara demasiado.

En Nochevieja, tal como habían acordado a principios de semana, Finn y Hope fueron a Times Square. Ella cogió una vieja cámara para hacer fotos en blanco y negro. Llegaron allí alrededor de las once y consiguieron abrirse paso con habilidad entre la multitud que llevaba horas aguardando. Estaban rodeados de personajes fascinantes, y Finn disfrutó mucho viéndolo todo a través de los ojos de Hope. Lo pasaron muy bien.

A medianoche, la bola se deslizó desde lo alto de un mástil con las luces destellando en su interior, y todo el mundo empezó a proferir gritos y ovaciones. Allí había especímenes de todas las variedades humanas: prostitutas, camellos, turistas y universitarios de fuera de la ciudad, y Hope estaba tan enfrascada fotografiándolos que se quedó atónita cuando, al tocar las doce, Finn le quitó la cámara de las manos, se le plantó delante y la estrechó en sus brazos. Antes de que pudiera reaccionar la besó, y ella perdió el mundo de vista. Más tarde, todo cuanto recordaba era que Finn la había besado y que ella se sentía segura y protegida entre sus brazos, deseando que el momento fuera eterno; y cuando luego lo miró a los ojos atónita, supo que ella también se estaba enamorando. Era el principio perfecto de un nuevo año. Y tal vez de una nueva vida.

7

Finn se alojó en el hotel Mercer durante las dos semanas siguientes. Se reunió con su agente y su editor, grabó dos entrevistas, y siempre que podía veía a Hope. Estaba presente a todas horas, continuamente dispuesto a modificar su agenda por ella; quería pasar a su lado todos los momentos posibles. Hope se sentía desconcertada por la velocidad a la que progresaba la relación, aunque todavía no se habían acostado juntos; pero su compañía le hacía bien. Se debatía entre advertirse a sí misma que para él esa historia debía de ser más bien un pasatiempo y el deseo de creer que era algo genuino y, por tanto, mostrarse vulnerable. Él era muy abierto, amable, cariñoso y atento, y juntos lo pasaban muy bien; era imposible resistirse. Nunca se cansaba de complacerla, y para ello hacía todo lo imaginable. Tenía mil detalles: le regalaba flores, bombones, libros. Y cada vez ella se dejaba llevar más y más por la oleada de emociones que le provocaba. Después de tres semanas en las que prácticamente no se habían separado ni un momento, una tarde que cruzaban Washington Square Park de vuelta de un largo paseo, él le dijo algo que la dejó seca.

—Ya sabes qué nos está pasando, ¿no? —dijo con seriedad mientras ella caminaba cogida de su brazo. Habían estado hablando de arte renacentista y de la belleza de la galería de los Uffizi de Florencia, por la que ambos sentían debilidad y de la que Finn era gran conocedor. Él tenía diversas inquietudes y numerosas habilidades; y Hope no se quedaba atrás. En muchos aspectos, parecían hechos el uno para el otro. Además, aquel era con mucho uno de los hombres más interesantes que había conocido en toda su vida, y el más atento. Sin duda, se trataba del apuesto príncipe con el que toda mujer soñaba, y encima era cariñoso. Le preguntó por todas las cosas que le preocupaban y que deseaba, y continuamente les sorprendía descubrir que sus gustos coincidían en casi todo. Era su alma gemela.

—¿Qué? —preguntó ella sonriéndole y mirándolo con ternura. No cabía duda, se estaba enamorando de él aunque solo hacía unas semanas que lo conocía. Era la primera vez que le ocurría una cosa así; no le había sucedido ni siquiera con Paul. La relación con Finn estaba avanzando a velocidad supersónica—. Sea lo que sea, es maravilloso. Y no pienso cuestionármelo. —Hope tenía la impresión de que si hablaba con alguien de la incipiente relación con Finn, no lo comprendería y le aconsejaría que se tomara tiempo antes de dejarse llevar. Era cierto, se estaba dejando llevar; pero tenía el firme convencimiento de que podía confiar en ese hombre y en la situación. No dudaba de él. No tenía motivos para hacerlo. Sabía quién era, y percibía en él una ternura oculta que la conmovía profundamente.

—Nos estamos fusionando —prosiguió él con delicadeza—. Una fusión se produce cuando dos personas pasan a ser una sola.

Ella lo miró con expresión inquisitiva. El término la había sorprendido, y le preguntó qué quería decir.

—A veces, cuando dos personas se enamoran —empezó él—, establecen una relación tan estrecha y encajan tan bien que sus identidades se diluyen y ya no se sabe dónde empieza la una y dónde termina la otra. Se unen íntimamente y ya no pueden seguir viviendo separadas. —A Hope la idea la asustaba un poco, y no era lo que se había planteado. Paul y ella habían gozado de una buena relación hasta que él se puso enfermo y Mimi murió, pero nunca se habían «fusionado», ni se habían convertido en uno solo. Eran dos seres muy diferenciados, con distintas personalidades, necesidades e ideas. Siempre habían funcionado bien así.

—Creo que no estoy de acuerdo contigo —musitó ella—. Creo que dos personas pueden enamorarse y seguir siendo ellas mismas, manteniéndose la una al lado de la otra, cada cual como un ser íntegro que aporta cosas al otro, o que lo complementa, sin necesidad de «fusionarse» y convertirse en uno solo. A mí eso no me parece sano —dijo con sinceridad—. Y seguro que no es lo que quiero —añadió con firmeza—. Yo quiero ser una persona íntegra, independiente; y tú me gustas tal como eres, Finn. No necesitamos ser uno solo. Si no, los dos perderíamos una parte importante de nosotros mismos, que es lo que nos hace ser quienes somos.

Finn parecía disgustado por su respuesta. Era la primera vez que no estaban de acuerdo.

—Pero yo quiero formar parte de ti —repuso con tristeza—. Te necesito, Hope. Ha pasado poco tiempo, pero siento que te llevo muy dentro.

A ella seguía sin parecerle bien su planteamiento, aunque resultara halagador y significara que la amaba muchísimo. Se le antojaba claustrofóbico y extremado, y más habiendo pasado tan poco tiempo. Apenas se conocían. ¿Cómo podían convertirse en una sola persona? Y ¿por qué tendrían que querer hacerlo? Los dos habían trabajado mucho para llegar a ser quienes eran, Hope no quería echarlo todo a perder. Se estaba enamorando de él tal como era; no quería enamorarse de sí misma. Le parecía una aberración.

—A lo mejor es que no me amas tanto como yo a ti —concluyó él, con aire preocupado y herido.

—Me estoy enamorando de ti —respondió ella mirándolo con sus profundos ojos violeta—. Aún nos quedan muchas cosas por descubrir el uno del otro, y me apetece saborearlo. Eres una persona muy especial —añadió con dulzura.

—Tú también. Los dos lo somos —insistió él—. Nuestras dos partes hacen un todo más grande y mejor.

—Es posible —accedió ella—, pero no quiero que ninguno de los dos se pierda a sí mismo por el camino. Los dos hemos trabajado mucho para alcanzar lo que tenemos, y no debemos perderlo. Quiero estar a tu lado, Finn, no convertirme en ti. Y ¿por qué ibas a querer tú convertirte en mí?

—Porque te amo —respondió él atrayéndola hacia sí; y se contuvo para no besarla con pasión—. Te amo más de lo que te imaginas. —Lo dijo en un tono que no asustó a Hope, sino que le resultó conmovedor. Pero lo que le planteaba era excesivo para conocerse desde hacía tan poco tiempo—. Tal vez siempre te amaré más que tú a mí —prosiguió él con aire pensativo mientras continuaban caminando—. Creo que en toda pareja hay uno que ama más que el otro, y estoy dispuesto a ser yo —aseguró con generosidad, y a ella eso la hizo sentirse un poco culpable. Creía que lo amaba; pero también había amado a Paul durante muchos años, y le costaría cierto tiempo acostumbrarse a Finn y hacerle un lugar estable en su corazón. Antes necesitaba conocerlo bien, y por lo que parecía iba a tenerlo muy fácil. Estaban juntos a todas horas, excepto de noche, cuando ella regresaba a su loft.

En ese momento él cambió de tema y ella se sintió aliviada. No solo tenía que acostumbrarse a amarlo; aquella idea de la fusión le resultaba incómoda, y no era lo que deseaba de una relación ni lo que tenía en mente.

—¿Qué harás el fin de semana?

Ella lo pensó un momento antes de contestar.

—Me estaba planteando ir a Cabo Cod. Me gustaría que vieras la casa. No es gran cosa, pero me trae recuerdos de la infancia. Significa mucho para mí.

Él sonrió en cuanto la oyó decir eso.

—Estaba esperando que me lo pidieras —admitió pasándole el brazo por los hombros—. ¿Por qué no pasamos allí más días, si puedes permitírtelo? Creo que nos irá bien a los dos. —Él no tenía prisa por regresar a Irlanda. Los dos eran dueños de su tiempo y de su destino, y lo estaba pasando bien a su lado, aprendiendo a conocerla. Tampoco tenía prisa por volver a escribir, según dijo. Ella era más importante.

—Supongo que podríamos quedarnos cuatro o cinco días, incluso una semana. En invierno resulta bastante deprimente y hace mucho frío. Ya veremos qué tiempo hace cuando lleguemos.

Él asintió y se mostró de acuerdo.

—¿Cuándo te gustaría que fuéramos? —preguntó con entusiasmo. A Hope no le apremiaba ningún encargo por el momento. Disponía de tiempo libre, y él tampoco tenía trabajo urgente aparte de revisar la novela que estaba a punto de publicarse. Esa noche iban a una fiesta en el MoMA y a la semana siguiente él tenía que asistir a un acto organizado por la editorial. Los dos disfrutaban descubriendo sus mundos respectivos, y de buen grado cedían el protagonismo al otro y se colocaban en segundo plano. Parecía el equilibrio perfecto entre dos personas prestigiosas con carreras artísticas de éxito cuyos mundos se complementaban bien. Hope lo sentía tal como lo había expresado hacía un momento: estaban el uno al lado del otro sin necesidad de convertirse en uno solo. Todo lo relacionado con esa idea le parecía negativo.

—¿Por qué no nos vamos mañana? —propuso—. Lleva mucha ropa de abrigo. —Entonces abordó un tema delicado, porque aunque se sentía un poco incómoda quería dejar las cosas claras—. Mira, Finn, aún no estoy preparada para acostarme contigo. ¿Te importaría dormir en la habitación de invitados? —Había pasado mucho tiempo desde la última vez que mantuvo relaciones con Paul y quería estar segura de lo que hacía. Desde que su marido la dejó, no había habido nadie especial en su vida, y eso aún hacía que la cosa cobrara mayor importancia. Fuera lo que fuese, durara o no, tenía que descubrir de qué se trataba y lo que sentía antes de dar ese gran paso.

—No hay problema —respondió él con aire comprensivo. Parecía tener una capacidad ilimitada para hacer que ella se sintiera cómoda y feliz. La dejaba marcar el ritmo, acercarse o distanciarse de él según le apeteciera en cada momento. Era el hombre más amable y cariñoso que había conocido jamás. Un auténtico sueño hecho realidad. Si Hope hubiera estado deseando que apareciera un hombre en su vida, cosa que no había sucedido hasta que conoció a Finn, habría sido exactamente así. De momento no había nada de él que le disgustara o que la hiciera sentirse violenta, a excepción de esas estúpidas ideas sobre la fusión; pero estaba segura de que no era más que una forma de expresar su inseguridad y su necesidad de amor. Y lo cierto era que empezaba a amarlo; pero lo amaba por lo que era, no por que formara parte de ella. Hope era muy independiente, no había alcanzado lo que tenía por formar parte de otra persona y no deseaba que eso cambiara. Además, sabía que los monjes del Tíbet no aprobarían para nada una cosa así.

La fiesta de esa noche en el museo gozó de mucha asistencia y animación. Se trataba de un acontecimiento importante: la inauguración de una exposición notable. El conservador principal del museo se acercó a hablar con Hope y ella le presentó a Finn. Charlaron unos minutos, y muchos fotógrafos los retrataron para la prensa. Hacían muy buena pareja. En aquel entorno Hope era sin duda la estrella y Finn pasaba bastante desapercibido hasta que la gente se enteraba de quién era. Sin embargo, no parecía molestarle en absoluto quedar relegado a un segundo plano. Se mostraba afectuoso, cordial, encantador y modesto, a pesar de ser el gran sir Finn O'Neill. Nadie que lo hubiera observado en esas circunstancias habría pensado que era fanfarrón ni arrogante en ningún aspecto. Estaba más que contento de ceder a Hope el protagonismo que le correspondía en la fiesta del museo y parecía pasarlo bien charlando con diversas personas y admirando las obras de arte. Estaba de muy buen humor cuando regresaron en taxi al hotel. Por la mañana partirían hacia Cabo Cod.

—Cuando estamos entre tanta gente, te echo de menos —confesó él mientras Hope se acurrucaba a su lado en el taxi. Ella se había divertido en la fiesta, y estaba orgullosa de que Finn la hubiera acompañado. Le sentaba muy bien volver a tener pareja. No lo necesitaba para sentirse plena, pero resultaba agradable tenerlo allí y poder comentar los acontecimientos con él. Era algo que echaba de menos desde el divorcio. Las fiestas siempre eran más divertidas si después tenías a alguien con quien cotillear—. Estabas muy guapa. —La halagó gustoso, tal como había hecho varias veces durante la noche—. Me he sentido muy orgulloso de acompañarte. Lo he pasado bien de veras, pero tengo que admitir que me encanta tenerte para mí. Será genial poder pasar unos días solos en Cabo Cod.

—Es mejor poder disfrutar ambas cosas —comentó Hope con tranquilidad, apoyando la cabeza en el hombro de él—. Algunas veces resulta emocionante salir y conocer gente, y otras está muy bien poder pasar tiempo a solas.

—Detesto compartirte con un público tan devoto —la provocó él—. Me gusta más cuando estamos solos. Ahora todo es nuevo y emocionante entre nosotros, y todos los demás me parecen intrusos. —Lo dijo de una forma que halagó a Hope; era genial que tuviera tantas ganas de pasar tiempo con ella, pero había veces que le apetecía disfrutar de la compañía de colegas y amigos, y de vez en cuando también le gustaba sentirse admirada. Todo eso formaba parte de su vida desde que retomó el trabajo, aunque siempre sacaba buen partido de los momentos de soledad. Con todo, la conmovió que Finn estuviera tan ansioso de tenerla para él y no quisiera malgastar un solo instante que pudieran pasar a solas. En Cabo Cod dispondrían de mucho tiempo para eso.

—Tú también tienes un público muy devoto —contraatacó ella, y Finn agachó la cabeza en un repentino gesto de humildad poco frecuente que nadie habría esperado de él. A Hope se le hacía raro que un hombre tan famoso en el mundo literario y con un físico tan atractivo no fuera narcisista en absoluto. No era egoísta ni egocéntrico, se enorgullecía de los éxitos de ella, era discreto con respecto a los propios y no mostraba necesidad alguna de ser el centro de atención. Fueran cuales fuesen los puntos débiles de su carácter que Hope aún no había descubierto, saltaba a la vista que no tenía un gran ego. Era toda una joya de hombre.

Partieron hacia Cabo Cod a las nueve de la mañana siguiente en el coche que Finn había alquilado para pasar la semana en Nueva York, puesto que Hope no disponía de vehículo propio. Cuando necesitaba uno, también lo alquilaba. Al vivir en la ciudad era lo más lógico, y ya no solía ir muy a menudo a Cabo Cod. No había vuelto por allí desde septiembre, hacía cuatro meses. Le emocionaba la idea de ir con Finn y tener la oportunidad de compartir aquella experiencia. Era el lugar perfecto para un hombre que amaba la naturaleza y la soledad y que anhelaba pasar tiempo a solas con ella.

Estaba decidida a no acostarse con él ese fin de semana, y ya sabía qué cuarto iba a ofrecerle. Era la habitación en la que había pasado los veranos de su infancia, situada junto al antiguo dormitorio de sus padres, que ahora ocupaba ella desde hacía años.

Paul y ella habían pasado allí casi todos los veranos mientras estuvieron casados. En aquella época la simplicidad del lugar encajaba con los gustos de ambos, aunque últimamente, con las ganancias que había obtenido de la venta de su empresa, Paul vivía una vida más lujosa. Hope, en cambio, se había vuelto aún más austera con los años. No necesitaba lujos, comodidades sofisticadas ni excesos de ningún tipo. Era una persona modesta y franca, y disfrutaba llevando una vida sencilla. Igual que Finn, según le dijo.

De camino a Cabo Cod pararon para comer en el Griswold Inn, en Essex, Connecticut, y cuando pasaron junto a la salida de Boston, Finn mencionó a su hijo, que estaba estudiando en el MIT.

—¿Qué te parece si le hacemos una visita? —preguntó Hope con una amplia sonrisa. Después de todo lo que Finn le había contado del chico, tenía ganas de conocerlo. Pero Finn se echó a reír.

—Seguramente le daría un patatús si me ve por allí. Además, está de vacaciones, aún no han empezado las clases. Me dijo que primero iría a esquiar a Suiza con sus amigos y luego pasaría unos días en París o tal vez en mi piso de Londres. Ya iremos a visitarlo en otra ocasión. Tengo ganas de que lo conozcas.

—Yo también —respondió Hope en tono afectuoso.

Se desviaron hacia Wellfleet tras dejar atrás Providence y llegaron a la casa a las cuatro de la tarde, cuando empezaba a oscurecer. La carretera estaba despejada, pero daba la impresión de que podía empezar a nevar de un momento a otro, y hacía un frío glacial y un viento cortante. Hope indicó a Finn que enfilara el camino de entrada, algo cubierto de maleza. La casa destacaba del resto y estaba rodeada por un montículo cubierto de hierba. En esa época del año la visión resultaba más bien lóbrega, y Finn comentó que le recordaba a un cuadro de Wyeth que habían visto en el museo, lo cual hizo sonreír a Hope. Nunca había pensado en la casa de ese modo, pero Finn tenía razón. Se trataba de una vieja construcción con forma de establo al estilo de Nueva Inglaterra, pintada de gris con los postigos blancos. En verano lucían flores en el jardín de la entrada, pero ahora no había ninguna. El jardinero que había contratado para arreglarlo una vez al mes podaba todas las plantas cuando llegaba el invierno y no se molestaría en regresar hasta la primavera. No tenía nada que hacer allí en esa época. Y la casa, con los postigos cerrados, tenía un aspecto triste y desolado. Con todo, desde lo alto del montículo en el que se asentaba había una vista espectacular de la playa que se extendía kilómetros y kilómetros. Hope sonrió mientras contemplaba el panorama junto a Finn. Siempre sentía mucha paz allí. Lo abrazó por la cintura y él se inclinó para besarla, y luego ella sacó las llaves del bolso, abrió la puerta, desconectó la alarma y entró con Finn pisándole los talones. Los postigos estaban cerrados para evitar los embates del viento, así que Hope encendió la luz. Estaba anocheciendo deprisa.

Lo que Finn vio a la luz de la lámpara fue una acogedora sala con las paredes revestidas de madera. Los paneles, igual que el suelo, estaban descoloridos, y los muebles eran escasos y sobrios. Hope había retapizado los sofás hacía unos cuantos años porque estaban muy raídos. Las telas eran del azul pálido del cielo de verano y las cortinas consistían en un simple visillo. Había alfombras con las puntas levantadas, muebles sencillos del estilo de Nueva Inglaterra, una chimenea de piedra y fotografías suyas por todas las paredes. El lugar tenía un aire austero y exento de pretensiones que invitaba a alojarse allí, sobre todo en verano, cuando soplaba la brisa marina y se podía caminar descalzo sobre el suelo cubierto de arena. Era una residencia de playa perfecta, y Finn reaccionó de inmediato con una cálida sonrisa. Era el tipo de casa en la que todo niño debería pasar algún verano de su vida, y Hope lo había hecho, igual que su hija. Disponía de una gran cocina rústica con una mesa redonda antigua y las paredes recubiertas de baldosines blancos y azules conservados de la obra original. El lugar se veía desgastado por el uso y, lo más importante, se notaba que habían disfrutado de él.

—Qué sitio tan maravilloso —dijo Finn, y rodeó a Hope con los brazos y la besó.

—Me alegro de que te guste —respondió ella con aspecto feliz—. Me habría entristecido si no. —Salieron juntos al exterior para abrir los postigos, y cuando volvieron a entrar había una vista espectacular de la bahía de Cabo Cod con la puesta de sol. A Finn le entraron ganas de salir a dar un paseo por la playa, pero era tarde y hacía demasiado frío.

Habían comprado provisiones en Wellfleet y las desempaquetaron juntos. A Hope le daba la impresión de que estaban jugando a las casitas y le sentaba bien. Hacía años que no convivía con nadie y le encantaba estar con Finn. Luego él salió a buscar las maletas y ella le indicó dónde debía dejarlas. Finn subió con ellas a la planta superior, donde estaban los dormitorios, las dejó en su sitio y echó un vistazo. En todas las habitaciones se exponían fotografías de Hope, y había muchos retratos antiguos de ella con sus padres, y de Mimi con ella y con Paul. Era una auténtica residencia familiar de veraneo que se transmitía de generación en generación y alegraba el alma.

—Ojalá hubiera tenido una casa como esta de pequeño —comentó Finn al entrar con paso decidido en la cocina; tenía el pelo alborotado a causa del viento, lo que le confería aún mayor atractivo—. Mis padres tenían una residencia aburrida y claustrofóbica en Southampton que nunca me gustó. Estaba llena de antiguallas y trastos que no se me permitía tocar. No parecía que estuviéramos en la playa. En cambio esto sí que es una casa de veraneo auténtica.

—Sí, sí que lo es. —Hope le sonrió—. A mí también me gusta mucho, por eso la conservo. Ya no vengo muy a menudo, pero me encanta estar aquí. —La casa contenía demasiados recuerdos y fantasmas del pasado para que se deshiciera de ella—. No es muy lujosa, pero precisamente por eso me gusta. Resulta fantástica para el verano. De niña me pasaba el día entero en la playa, igual que Mimi. Y sigo haciéndolo.

Mientras hablaba con él, Hope estaba preparando una ensalada, y luego pensaban cocinar carne a la plancha. Los electrodomésticos eran modernos y funcionales, y en verano muchas veces utilizaban la barbacoa. Pero en esa época del año hacía demasiado frío. Finn puso la mesa y encendió la chimenea. Y poco después preparó la carne mientras Hope calentaba un poco de sopa y pan de barra que habían adquirido en la tienda de comestibles. Sirvieron quesos franceses en una bandeja, y cuando se sentaron a la mesa de la cocina se dieron un auténtico festín. Finn abrió una botella de vino tinto que había comprado y tomaron una copa cada uno. Disfrutaron de una cena perfecta en la acogedora vivienda, y luego se sentaron frente a la chimenea y se contaron historias de la infancia.

Hope había tenido una infancia sencilla y dichosa en New Hampshire, cerca de la Universidad de Dartmouth, donde su padre enseñaba literatura inglesa. Su madre era una pintora con talento, y Hope se había sentido una niña feliz a pesar de ser hija única. Decía que nunca le había preocupado no tener hermanos. Lo pasaba muy bien con sus padres y los amigos de estos, y siempre la llevaban consigo a todas partes. Muchas veces iba a visitar a su padre al despacho de la universidad. El hombre tuvo un gran disgusto cuando a los diecisiete años ella decidió estudiar en Brown, pero allí la cátedra de fotografía gozaba de más prestigio. Fue entonces cuando conoció a Paul; tenía diecinueve años y a los veintiuno se casó con él, que tenía treinta y siete. Hope le contó a Finn que sus padres murieron pocos años después de que ella se casara. Los echaba muchísimo de menos. Su padre murió de un ataque al corazón y su madre sufrió un cáncer que acabó con ella al cabo de un año. Era incapaz de vivir sin su marido.

—¿Ves a qué me refiero? —comentó Finn—. Eso es lo que quiero decir con lo de la fusión. Así es como deberían ser las auténticas relaciones de pareja, pero a veces puede resultar peligroso si la relación no funciona o uno de los componentes muere. Es como en el caso de los gemelos siameses; uno no puede vivir sin el otro.

A Hope seguía sin parecerle buena idea, y menos después de citar como ejemplo la muerte de su madre. No sentía deseos de ser siamesa de nadie, pero se ahorró el comentario. Sabía que a Finn le encantaba esa teoría, aunque a ella no. Representó un duro golpe perder a sus padres con tan poco tiempo de diferencia. Había decidido quedarse con la residencia de Cabo Cod y había vendido la vieja casa victoriana cercana a Dartmouth. Le contó que aún tenía guardados todos los cuadros de su madre. Eran buenos, pero no de su estilo, aunque estaba claro que la mujer tenía talento. Había impartido unas cuantas clases esporádicas en Dartmouth, pero no le interesaba la enseñanza. En cambio, el padre de Hope tenía un don especial para ello, y durante todos los años que trabajó allí sus alumnos lo adoraron y lo respetaron profundamente.

En comparación, los primeros años de vida de Finn habían sido mucho más exóticos. Ya le había contado a Hope que su padre ejercía la medicina y que su madre era guapísima.

—Creo que mi madre siempre tuvo la impresión de que se había casado por debajo de sus posibilidades. Había estado prometida con un duque irlandés que murió en un accidente mientras montaba a caballo, y poco después se casó con mi padre y se trasladó con él a Nueva York, donde montaron un consultorio que les permitía ganarse muy bien la vida. Pero su familia era mucho más rica, y siempre lo trataba con prepotencia. Creo que echaba de menos tener algún título nobiliario, ya que su padre era conde y ella habría sido duquesa si su prometido no hubiera muerto.

»Cuando era pequeño, recuerdo que siempre estaba delicada de salud, así que no la veía muy a menudo. A mí me cuidaba una niñera a quien habían contratado en Irlanda; y mientras tanto mi madre se pasaba los días atacada de los nervios y yendo de fiesta en fiesta mientras criticaba a mi padre. La casa de Irlanda que ahora me pertenece era de su bisabuelo, y creo que la habría hecho feliz saber que vuelve a estar en manos de la familia. Yo le tengo mucho cariño precisamente por eso.

»Para mi padre fue un gran disgusto que yo no quisiera

ser médico como él, pero no estaba hecho para eso. Él se ganaba muy bien la vida y a mi madre la llevaba en bandeja, pero a ella eso no le bastaba. Estaba casada con un hombre que no era de familia noble, y detestaba vivir en Nueva York. No sé si alguna vez fueron felices juntos, aunque siempre lo llevaron con discreción. Nunca los vi discutir, pero en nuestro piso de Park Avenue se respiraba una frialdad innegable. Mi madre lo odiaba porque no estaba en Irlanda, aunque el espacio era muy bonito y estaba muy bien decorado con muebles antiguos. La verdad es que no era una mujer feliz. Y ahora que vivo en Irlanda, comprendo por qué. Los irlandeses tienen una forma de ser especial, adoran su país: las montañas, las casas, la historia, e incluso los pubs. No tengo claro que puedan ser felices lejos de su tierra. Suspiran por ella, y deben de llevarlo en la sangre porque en el instante en que pisé por primera vez la casa de mi tatarabuelo supe que mi sitio estaba allí. Era una sensación que llevaba aguardando toda la vida. Enseguida supe que aquel era mi verdadero hogar.

»Mis padres también murieron bastante jóvenes, en un accidente de tráfico. Creo que si mi madre hubiera sobrevivido y mi padre no, habría regresado a Irlanda. Se había pasado los años de casada en Nueva York esperando ese momento. Supongo que en el fondo quería a mi padre, pero solo anhelaba volver a casa. Así que yo lo hice por ella. —Sonrió con tristeza—. Espero que vengas a hacerme alguna visita, Hope. Es el lugar más bello del mundo. Puedes pasarte horas paseando por las colinas entre flores silvestres sin ver ni un alma. Los irlandeses tienen una naturaleza híbrida y un tanto extraña; por una parte son emotivos y solitarios pero, por otra, hacen mucha vida social en los pubs. Creo que yo también soy así; a veces necesito estar solo y otras me encanta sentirme rodeado de gente y pasarlo bien. Cuando estoy en Irlanda, o bien me encuentras encerrado en casa escribiendo o pasándolo de miedo en el pub local.

—Parece una vida agradable —comentó Hope, acurrucada a su lado en el sofá mientras el fuego se iba consumiendo lentamente. Habían pasado una velada maravillosa y se sentía comodísima con él, igual que si se conocieran desde hacía años. Le encantaba que le hablara de su infancia y de sus padres, aunque a veces parecía que se había sentido un poco solo. No daba la impresión de que su madre fuera una persona feliz, y su padre siempre andaba ocupado con los pacientes, o sea que ninguno de los dos parecía disponer de mucho tiempo para dedicarle. Decía que por eso había empezado a escribir, y durante la infancia y la juventud era un lector compulsivo. Leer, y luego escribir, habían sido su válvula de escape a una infancia solitaria, por mucho que en Park Avenue llevaran una vida acomodada. Hope sentía que ella había sido mucho más feliz con la vida sencilla de la que había disfrutado junto a sus padres en New Hampshire y Cabo Cod.

Tanto Finn como Hope se habían casado jóvenes, así que también tenían eso en común. Los dos se dedicaban a una profesión artística, aunque en campos distintos. Los dos eran hijos únicos, y sus hijos respectivos se llevaban solo dos años de diferencia, así que habían sido padres aproximadamente a la misma edad. Y, aunque por motivos muy distintos, sus matrimonios habían fracasado. El de Hope terminó por cuestiones complejas y el de Finn lo hizo oficialmente cuando su esposa murió, pero no tuvo problemas en admitir que la relación con la madre de Michael nunca había funcionado bien, y probablemente habría acabado en divorcio si ella no hubiera fallecido, lo cual había resultado muy traumático tanto para él como para su hijo. Finn le contó que era una mujer narcisista en extremo, guapa y consentida, y que solía comportarse mal. Lo había engañado en bastantes ocasiones. Él se había enamorado muy joven por su belleza, y luego se había visto desbordado por todo lo que ocultaba. Finn y Hope tenían mucho en común en bastantes aspectos, aunque sus matrimonios habían sido distintos y el hijo de él estaba vivo. Pero en sus vidas había muchos aspectos similares, y además tenían casi la misma edad, solo se llevaban dos años.

Cuando el fuego terminó de extinguirse, Hope apagó la luz y se dirigieron a la planta superior. Él ya sabía cuál era su dormitorio porque antes había subido con las maletas, y también había visto el de ella. Solía dormir en una cómoda cama de matrimonio en la acogedora habitación que antes habían ocupado sus padres, y desde que no estaba con Paul le sobraba espacio. La del dormitorio de Finn era tan pequeña que Hope se mostró avergonzada y se ofreció a cambiársela, aunque tenía la sensación de que tampoco la suya era lo bastante grande para él.

—No pasa nada —la tranquilizó, y le dio un delicado beso de buenas noches. Luego entraron en sus respectivos dormitorios. Cinco minutos después, Hope estaba acostada con un grueso camisón de cachemir y unos patucos, y se echó a reír cuando Finn volvió a darle las buenas noches y su voz resonó en la pequeña vivienda.

—Que duermas bien —respondió ella alzando la voz; y, pensando en él, se dio media vuelta en la oscuridad. Hacía poquísimo que se conocían, pero nunca se había sentido tan unida a nadie. Durante unos momentos se preguntó si Finn estaba en lo cierto con su teoría de la fusión, pero ella no deseaba que fuera así. Quería creer que podían amarse y seguir conservando cada cual su vida, su personalidad y su talento. Eso era para ella lo normal. Estuvo despierta mucho rato. Recordaba las cosas que él le había contado de su infancia y lo solitario que le parecía. Se preguntó si por eso tenía tantas ganas de formar un todo con otra persona. Daba la impresión de que su madre no había estado muy pendiente de él, y reparó en lo interesante que resultaba que considerara a su madre una mujer guapa e insatisfecha y que a su vez se hubiera casado con otra mujer que también era guapa y egoísta y a quien no consideraba una buena madre para su hijo. Era curioso cómo en algunos casos la historia se repetía y la gente recreaba las mismas situaciones que los habían atormentado de niños. Se preguntó si Finn había intentado buscar un final distinto a la misma historia pero había acabado por fracasar.

Mientras pensaba en ello oyó un golpe y creyó que Finn se había caído de la cama, y a continuación un sonoro «¡Joder!» la hizo echarse a reír; cruzó sigilosamente el vestíbulo con el camisón y los patucos de cachemir para comprobar qué le había ocurrido.

—¿Estás bien? —susurró en la oscuridad, y oyó que él se reía.

—Esa cajonera me ha atacado cuando iba al baño.

—¿Te has hecho daño? —Hope estaba preocupada y se sentía culpable por haberle adjudicado una habitación tan pequeña.

—Me sale mucha sangre —respondió él en tono angustiado—. Necesito una enfermera.

—¿Quieres que llame a urgencias? —preguntó ella con una carcajada.

—Ni se te ocurra. Seguro que un médico muy feo pretende hacerme el boca a boca y me veo obligado a propinarle un rodillazo en la entrepierna. ¿Qué tal si me das un beso?

Hope entró en la habitación y se sentó en la estrecha cama que en otro tiempo había ocupado ella, y él la rodeó con los brazos y la besó.

—Te echaba de menos —musitó.

—Yo también —susurró ella a su vez. Y luego, vacilando, añadió—: ¿Quieres que me quede a dormir aquí?

Él prorrumpió en carcajadas.

—¿En esta cama? Me encantaría verte hacer contorsionismo, pero no es lo que me había planteado. —Hubo un largo silencio, y él no insistió. Le había prometido que dormirían en habitaciones separadas y que no harían el amor, y estaba decidido a mantener su palabra a pesar de que deseaba lo contrario. Ahora ella se sentía como una tonta por proponérselo.

—Supongo que es una estupidez, ¿no? Nos queremos, y no creo que tengamos que dar explicaciones a nadie.

—Más o menos, sí —respondió él con dulzura—. Pero eso es cosa tuya, amor mío. Estoy dispuesto a dormir aquí si es lo que quieres. Siempre y cuando mañana me lleves a un masajista para que me ponga las vértebras en su sitio.

Ella se echó a reír de nuevo y le quitó de encima la ropa de cama mientras él se incorporaba.

—Venga, que ya tenemos una edad. —Le tendió la mano y lo guió hasta su dormitorio, y él no se opuso. Pero había dejado la decisión en sus manos. Sin más comentarios, treparon a la pequeña cama de matrimonio y se acostaron el uno al lado del otro, y entonces la estrechó entre sus brazos.

—Te amo, Hope —susurró.

—Yo también te amo, Finn —susurró ella a su vez. Y sin más comentarios ni explicaciones, y sin volver a mencionar para nada la fusión, él le hizo el amor como nunca nadie lo había hecho en toda su vida.

8

Finn y Hope disfrutaron de unos días mágicos en Cabo Cod. Se despertaban tarde y hacían el amor antes de levantarse. Él le preparaba el desayuno y luego se ataviaban con ropa de abrigo y salían a dar largos paseos por la playa. Cuando regresaban, Finn encendía la chimenea de la sala de estar. Pasaban horas leyendo, y ella se dedicaba a retratarlo. Por la tarde, volvían a hacer el amor, cocinaban juntos, dormían juntos y charlaban durante horas de todo lo que más les importaba. Hope no había pasado tanto tiempo junto a nadie en toda su vida.

Encontró cajas llenas de fotografías antiguas de Mimi y de sus padres, y las estuvo viendo con Finn. De vez en cuando salían a cenar a algún restaurante del pueblo y pedían langosta y se reían el uno del otro al verse con los baberos de papel gigantes y la mantequilla chorreándoles por el mentón, y Hope también retrató a Finn de ese modo. Una vez le pidió al camarero que les hiciera una foto juntos, y Finn se enfadó un poco y la acusó medio en broma de querer ligárselo, lo cual no era cierto.

Fue casi como una luna de miel. Pasaron allí una semana, y al fin, a regañadientes, abandonaron la casa. Finn cerró todos los postigos y regresaron a Nueva York. Pero esa vez él no se alojó en el Mercer, sino que se fue al loft de Hope. A ella le pareció de lo más natural. Se encontraba muy a gusto con él.

La primera noche asistieron a la velada literaria de Finn, y esa vez fue él quien acaparó toda la atención mientras ella lo fotografiaba en silencio desde cierta distancia, sonriéndole con dulzura; y de vez en cuando sus miradas se cruzaban desde distintos lugares de la sala. Al observarlo, Hope se sentía orgullosa de él, y él también estaba orgulloso de tenerla allí. La única pena que los acechaba era que él pronto regresaría a Dublín.

Hablaron de ello más tarde, cuando ya estaban en casa. Finn se veía abatido a pesar de que habían disfrutado de una velada encantadora.

—¿Cuándo podrás venir a verme? —preguntó con el aspecto de un niño que está a punto de ser abandonado por su madre o enviado a un campamento de verano.

—No lo sé. Antes tengo que cumplir con un encargo; la primera semana de febrero iré a Los Ángeles para retratar a un actor. Después de eso, estoy bastante libre.

—Para eso aún faltan dos semanas —dijo él con aire taciturno, y arrugó la frente al formularle la siguiente pregunta—: ¿Qué actor?

—Rod Beames —respondió ella con indiferencia. Ya lo había retratado una vez, y ahora estaba nominado para el Oscar al mejor actor.

—Mierda —renegó Finn lanzándole una mirada de enfado—. ¿Has estado liada con él?

—Claro que no. —A Hope le extrañaron su reacción y su pregunta—. Es un cliente, no mi novio. Nunca me acuesto con las personas a quienes retrato. —En cuanto lo dijo, se echó a reír, porque eso era precisamente lo que había ocurrido con Finn—. Tú eres el primero —lo tranquilizó—. Y el último —prometió inclinándose para besarlo.

—¿Cómo sé que es cierto? —Parecía molesto y preocupado, y eso la conmovió. Paul nunca había sido celoso, pero a todas luces Finn sí que lo era. En un restaurante de Cabo Cod había comentado algo de un camarero y la había acusado medio en broma de querer ligárselo, lo cual no era cierto, por supuesto. Hope se rió de la reacción de Finn y él se disculpó. El simple planteamiento hacía que se sintiera muy joven y atractiva, pero solo tenía ojos para él.

—Porque te lo digo yo, tonto —repuso, y volvió a besarlo—. Supongo que desde Los Ángeles podría volar a Dublín. ¿Hay vuelos directos o tengo que hacer escala en Londres? —Hope ya se estaba anotando mentalmente las fechas.

—Lo comprobaré. ¿Qué tienes con Beames? —Finn insistió en el tema.

—Lo mismo que tú con la reina Isabel. No me preocupa en absoluto. Y a ti tampoco debe preocuparte Beames.

—¿Estás segura?

—Del todo. —Le sonrió, y él se relajó un poco.

—¿Y si esta vez te pide que salgas con él?

—Le diré que estoy locamente enamorada de un irlandés estupendo y que no tiene nada que hacer conmigo. —Hope aún sonreía, y Finn seguía observándola nervioso. Era cierto. Una vez que empezaron a tener relaciones, Hope se olvidó de todas sus reservas y bajó la guardia. Confiaba en él por completo y su corazón le pertenecía. Habían hablado de lo rápido que había sucedido todo y de lo enamorados que estaban el uno del otro. Era lo que los franceses llamaban un *coup de foudre*; los dos habían sentido un flechazo instantáneo y Finn no cesaba de repetir que la cosa no tenía vuelta atrás. Se había enamorado de ella para siempre, y a ella le había sucedido lo mismo con él.

Hope llegó a la conclusión de que era lo normal a su edad; los dos se conocían a sí mismos y sabían qué querían, eran conscientes de los fallos que habían cometido en el pasado y ambos tenían la certeza de que esa relación duraría por siempre, aunque ella consideraba que era demasiado pronto para contarlo a los demás. Llevaban saliendo juntos tan solo un mes y Hope nunca había estado tan segura de nada como de lo mucho que amaba a Finn; y a él le ocurría lo mismo. Los dos sabían que la cosa iba en serio, y coincidían en que era lo mejor que les había sucedido en la vida.

Finn prometió que al día siguiente comprobaría los vuelos entre Los Ángeles y Dublín; y resultó que había uno directo. Se quedó en Nueva York una semana más y lo pasaron de maravilla juntos. Hope incluso se planteó presentarle a Mark Webber, pero decidió que era demasiado precipitado. Nadie entendería cómo podían estar seguros de lo que sentían el uno por el otro con tanta rapidez. Resultaba más fácil no tener que dar explicaciones y disfrutarlo en privado. Además, Finn solo deseaba estar a solas con ella antes de marcharse. Decía que no quería que nadie les robara un tiempo que era cada vez más precioso a medida que pasaban los días y se acercaba el momento de su partida.

La mañana que lo ayudó a hacer la maleta se le veía acongojado. Estaba muy triste por tener que marcharse y aún lo ponía nervioso la sesión de fotos con Rod Beames. No paraba de sacar el tema y Hope empezaba a sentirse muy estúpida por tener que tranquilizarlo. Claro que como a él lo había conocido precisamente porque le habían encargado un retrato suyo y se habían enamorado, era normal que las sesiones fotográficas le hicieran saltar la alarma. Pero ella le aseguró una y otra vez que no tenía de qué preocuparse, y antes de ir al aeropuerto hicieron el amor. Hope nunca había tenido relaciones con tanta frecuencia como en las últimas semanas.

Habían comentado por encima la posibilidad de casarse, aunque no se lo habían planteado en serio ni con carácter inmediato. Lo cierto es que era demasiado pronto, pero los dos habían coincidido en que no les desagradaba la idea. A Finn le daba igual el tiempo que tardaran o cómo lo hicieran; la cuestión es que quería pasar el resto de su vida con ella. Y ella empezaba a creer lo mismo, aunque no estaba segura de que para eso fuera necesario casarse. Más o menos, ya estaban viviendo juntos. Y en Irlanda también lo estarían.

Finn la sorprendió cuando le planteó tener un bebé. Dijo que quería intentar tener un hijo con ella. Hope le explicó con tacto que probablemente el proceso requeriría de bastante intervención y asistencia médica, y que no se sentía preparada para emprender un proyecto así; por lo menos, de momento. Prefería hablarlo más adelante, cuando llevaran más tiempo juntos. Pero, por descabellado que pareciera, en lo más hondo de su ser la idea le resultaba atractiva. Sobre todo cuando miraba las fotografías de Mimi y recordaba lo adorable que era de pequeñita. La posibilidad de tener un hijo con Finn la asustaba, pero también le parecía estimulante. Y al planteárselo volvía a sentirse joven. Él le recalcó que a su edad aún era posible, que otros lo habían hecho, incluidos varios amigos suyos. Insistía mucho en que debían intentarlo, pero convino en esperar al menos un par de meses antes de volver a hablar de ello.

Durante el trayecto hacia el aeropuerto en la limusina, Finn la tuvo abrazada en silencio mientras se besaban y se susurraban palabras cariñosas. Le prometió que la llamaría en cuanto pusiera los pies en casa. Iba a coger un vuelo nocturno y para ella sería muy tarde cuando llegara, pero para él ya sería de día.

—Me dedicaré a poner la casa a punto para cuando vengas —prometió. Dijo que aprovecharía para hacer una limpieza a fondo, y también tenía que avisar al técnico de la caldera para no pelarse de frío en la parte de la casa que iban a ocupar. Le advirtió que llevara un montón de jerséis y chaquetas de abrigo, y unos zapatos cómodos y resistentes para caminar por la montaña. Hope llegaría a principios de febrero, el momento del año en que el tiempo era más frío y lluvioso. Le había prometido que se quedaría con él un mes, y tenía muchas ganas de que llegara ese día. De todos modos, en marzo él tenía que dedicarse a escribir y ella tenía compromisos de trabajo en Nueva York, así que no podría quedarse más tiempo. Pero un mes no estaba nada mal para empezar; como mínimo le permitiría asentarse. De momento, solo habían pasado cuatro semanas juntos en Nueva York.

Al despedirse en el aeropuerto, ambos tuvieron la sensación de que les estaban arrancando una parte de sí. Hope no se había sentido tan ligada a nadie en toda su vida a excepción de Mimi, y menos en tan poco tiempo. Ni siquiera con Paul le había sucedido nada parecido. La relación con él había sido mucho más mesurada y avanzó más despacio, sobre todo porque entonces ella aún estudiaba en la universidad y él le llevaba bastantes años. Paul había ido con pies de plomo para que las cosas no se desbocaran. Finn, en cambio, no tenía manías y se había entregado a ella en cuerpo y alma. Claro que a su edad era diferente. Los dos conocían a personas que se habían enamorado cumplidos los cuarenta y que enseguida se habían dado cuenta de que aquella era su media naranja, y por eso se habían casado en cuestión de meses y vivían felices desde entonces. Sin embargo, también eran conscientes de que a su entorno le resultaría difícil comprenderlo. En tan solo un mes, se habían enamorado locamente y estaban decididos a pasar juntos el resto de sus días.

Hope estaba convencida de que todavía no debía contarle nada a Paul. No quería que se disgustara, y no tenía ni idea de cómo iba a reaccionar. Llevaba sola mucho tiempo y, aunque no se veían a menudo, él sabía que estaba a su disposición siempre que la necesitara; por eso Hope tenía la sensación de que podía molestarle que hubiera iniciado una relación con otra persona. Con todo, creía que cuando se conocieran llegarían a ser buenos amigos. De momento Finn no se había mostrado celoso de Paul, lo cual era una suerte porque a Hope eso sí que le habría preocupado. Paul era muy importante para ella. Lo quería muchísimo, aunque ya no se sentía atraída por él, y sabía que lo querría mientras viviera; ojalá que fueran muchos años. Durante el mes de enero había hablado con él una vez. Seguía en el barco, rumbo a San Bartolomé. No le dijo nada de Finn. De todos modos, Paul podría localizarla en cualquier parte gracias al móvil, incluso cuando estuviera en Irlanda, así que no tendría necesidad de darle explicaciones a menos que tomara la decisión de hacerlo sobre la marcha. De momento, prefería ser discreta.

Finn y Hope se dieron un último beso, y ella agitó la mano en señal de despedida mientras él cruzaba el puesto de seguridad y desaparecía de su vista. Luego ella regresó a la ciudad en la limusina que él había alquilado. Era la primera vez que estaba sola en todo un mes, y se le hacía raro. Claro que el hecho de no tener que pelearse por ganar espacio en su pequeña cama suponía una ligera ventaja. Era imposible que cupieran bien los dos, pero Finn se empeñaba en acostarse allí con ella todas las noches. Hope le prometió que intentaría encajar una cama más grande en el altillo antes de que volviera a alojarse en su casa, pero aun así estarían apretados.

Tras la marcha de Finn, el piso se veía muy vacío, y Hope estuvo un rato deambulando sin hacer nada en particular, hasta que se puso a contestar correos electrónicos, comprobó su correspondencia, dejó escritas unas cuantas instrucciones para la persona encargada de realizar los retoques de sus fotografías y, finalmente, se dio un baño y se acostó con un libro en las manos. Echaba de menos a Finn, pero tenía que reconocer que, durante un breve espacio de tiempo, tener ratos para ella sola le resultaba agradable. Finn requería mucha atención, la enfrascaba en conversaciones interesantes a todas horas y siempre quería que estuvieran juntos. Y, aunque solo fuera por cambiar, era casi divertido volver a estar sola. Claro que a él no podía decírselo; lo habría dejado hecho polvo.

El teléfono móvil la despertó a las tres de la madrugada. Era Finn, que acababa de llegar. La llamaba para decirle que la amaba, y que la echaba muchísimo de menos. Hope le dio las gracias y le dijo que ella también lo amaba, le envió un beso y se acostó otra vez. A las nueve volvió a llamarla. Le explicó todos los preparativos que estaba haciendo en la casa en previsión de su llegada, y ella sonrió mientras lo escuchaba. Parecía un niño pequeño, y eso era algo que le encantaba de él. Desprendía una inocencia y una dulzura irresistibles. Cuando estaban juntos, le resultaba muy fácil olvidar su fama y su éxito, igual que a él le sucedía con ella. No daban importancia a esas cosas.

La llamaba tres veces al día, y ella hacía lo mismo, entre proyectos y conversaciones de trabajo, visitas a galerías y reuniones con conservadores. Parecía el mismo de siempre, hasta que llegó el día en que Hope iba a viajar a Los Ángeles, y entonces volvió a mencionar a Rod Beames; y, al pensar en lo que había ocurrido cuando se conocieron, le advirtió que no se enamorara de él y que ni siquiera aceptara una invitación para salir a cenar. Ella le aseguró que no lo haría y le recordó que la esposa de Beames tenía veinticinco años y estaba embarazada, así que resultaba obvio que no iba a dedicarse a flirtear con ella.

—Nunca se sabe —repuso Finn en tono preocupado—. A mí me gustas más tú que cualquiera de veinticinco.

—Por eso me enamoré de ti —respondió Hope sonriendo. Tenía que salir corriendo hacia el aeropuerto, así que colgó.

Una vez en Los Ángeles, Finn le telefoneaba constantemente. Al final tuvo que apagar el móvil durante la sesión de fotos, y luego, cuando volvió a encenderlo, él se quejó con amargura.

—¿Qué estabas haciendo con ese tío? —preguntó en tono airado.

—Retratarlo, tonto —repuso Hope intentando que se calmara. Era la primera vez que se enfrentaba a unos celos semejantes. Ni Paul ni ella se habían comportado nunca de ese modo—. Ya he terminado, y estoy de vuelta en el hotel. Por la mañana tengo una reunión en el County Museum para hablar de una exposición prevista para el año próximo, y ya estaré lista. Mañana mismo cojo el avión, así que deja de preocuparte. Y no volveré a ver a Beames. —La verdad es que su esposa y él la habían invitado a cenar, pero no había aceptado porque Finn había insistido mucho en el tema. Le parecía una lástima, le gustaba cenar con sus clientes antes o después de una sesión de fotos. Era la primera vez que se planteaba no hacerlo, no quería que Finn se molestara. Tenía la esperanza de que pronto superaría lo de los celos. Era un poco exasperante, pero también la halagaba; la hacía sentirse como un bomboncito a quien todos los hombres del planeta quieren ligarse, aunque ya le había dejado claro a Finn que ese no era ni mucho menos su caso. Con todo, él seguía estando celoso.

En lugar de salir a cenar, pidió que le subieran algo a la habitación que ocupaba en el hotel Beverly Hills. Cuando Finn la llamó antes de acostarse, estuvo contento de que hubiera decidido quedarse a cenar allí. Se mostró cariñoso y encantador; apenas podía esperar a que llegara a Irlanda.

Hope cogió el avión rumbo a Dublín después de la reunión en el County Museum de Los Ángeles, que resultó muy positiva. El vuelo era largo, y cuando aterrizaron tuvo la sensación de que llevaba días enteros en el avión. Sería mucho más fácil cuando tuviera que volar a Irlanda desde Nueva York.

Cruzó enseguida la aduana, y cuando salió Finn la estaba esperando y rápidamente la estrechó en sus brazos. Cualquiera diría que no la había visto en años. Tenía para ella un enorme ramo en tonos rojos, amarillos y rosas; eran las flores más hermosas que Hope había visto en su vida. Charlaron animadamente mientras acudían a recoger las maletas, y luego ella lo siguió hasta el coche. Le resultaba agradable oír hablar con acento irlandés a su alrededor, y Finn lo imitaba a la perfección. Le abrió la puerta del Jaguar con una gran reverencia, y ella entró con el ramo en la mano. No se lo dijo, pero se sentía igual que una novia.

Desde Dublín, viajaron poco más de una hora en dirección suroeste hasta que llegaron a la población de Blessington y la cruzaron. Luego Finn siguió las indicaciones hacia Russborough por estrechas carreteras secundarias, conduciendo con habilidad por el lado izquierdo, hasta que por fin enfiló un camino de grava. Estaban rodeados por completo de las pequeñas colinas de las que le había hablado, los montes Wicklow. Había bosques y campos de flores silvestres que habían brotado con las lluvias de febrero. Hacía frío, pero no tanto como en Cabo Cod. El tiempo era húmedo y gris, y durante el camino desde el aeropuerto cayeron varios chubascos. En cuanto enfilaron el camino de entrada de la casa, Finn detuvo el coche, la tomó en brazos y la besó con tal ímpetu que la dejó sin respiración.

—Por Dios, creía que no llegarías nunca. No pienso volver a perderte de vista. La próxima vez que tengas que viajar, iré contigo. No había echado tanto de menos a nadie en toda mi vida.

Solo habían pasado una semana separados.

—Yo también te he echado de menos —dijo ella sonriendo, contenta de estar allí e impaciente por ver la casa.

Él volvió a poner el coche en marcha. Era un Jaguar verde oscuro con la tapicería de cuero, muy apropiado para él. Le dijo que podía cogerlo cuando quisiera, pero como Hope tenía miedo de conducir por el lado equivocado, él le prometió que sería su chófer siempre que tuviera que ir a alguna parte, lo cual a ella le pareció perfecto. De todas formas, no tenía motivos para desplazarse sola. Había ido allí para estar con él.

El camino de grava parecía no tener final; lo bordeaba un camino de árboles y se veían zonas boscosas en la distancia. Entonces Finn tomó una curva con elegancia y, de repente, Hope se encontró frente a la casa. La visión la dejó atónita. Estuvo unos instantes sin poder pronunciar palabra mientras él sonreía. A él siempre le ocurría lo mismo al volver a ver la casa, sobre todo si llevaba bastante tiempo fuera.

—¡Santo Dios! —exclamó Hope volviéndose a mirarlo con una amplia sonrisa—. ¿Estás de broma? Esto no es una casa, ¡es un palacio! —Aquello era asombroso; se trataba de una construcción colosal. Tenía el mismo aspecto que la fotografía que Finn le había mostrado en Londres, pero al natural se veía mucho más grande; tanto que la dejó anonadada.

—¿A que es bonita? —dijo él con modestia en el momento en que detenía el coche para apearse. La casa era majestuosa, la escalinata parecía conducir directamente al reino de los cielos y las columnas le conferían elegancia—. Bienvenida a Blaxton House, amor mío. —Ya le había explicado que la casa llevaba el apellido de soltera de su madre, el mismo que había tenido siempre. Finn la rodeó con el brazo y la guió por los grandes escalones de piedra de la entrada. Un anciano con un delantal negro salió a recibirlos, y al cabo de un momento también apareció una criada de las de toda la vida, vestida con un uniforme y un jersey negro y el pelo recogido en un moño muy tirante. Ambos parecían tener más años que la propia casa, pero se mostraron sonrientes y afables cuando Finn hizo las presentaciones. Se llamaban Winfred y Katherine, y luego Finn explicó a Hope que ya trabajaban allí cuando compró la finca, y también hizo el comentario de que parecían tener casi tantos años como esta.

Dentro había una gran colección de retratos de la familia cubiertos de polvo en mitad de un pasillo largo y oscuro decorado con tapices y muebles de aspecto lóbrego. La casa no disponía de una buena iluminación, y Hope apenas pudo distinguir los retratos cuando pasó frente a ellos. Winfred había salido a recoger las maletas y Katherine se había marchado para prepararles té. A ambos lados del pasillo se veían salones enormes amueblados con escasas piezas antiguas y mal conservadas. Hope reparó en las bonitas alfombras Aubusson de tonos apagados que requerían una restauración urgente. Los ventanales, en cambio, eran altos y anchos, y permitían que la luz entrara a raudales. Había bellas cortinas antiguas, recogidas con unas borlas enormes pero a las que apenas les quedaban unas hebras que colgaban de algún cabo suelto.

El comedor era digno de un palacio, y en la mesa, donde

según Finn cabían hasta cuarenta comensales, se exhibían unos enormes candelabros de plata que alguien había pulido hasta dejarlos relucientes. Al lado estaba la biblioteca, que parecía alojar un millón de libros. Finn guió a Hope por la amplia escalera que conducía a la planta superior, donde había media docena de dormitorios equipados con pequeños vestidores y salas de estar. El mobiliario era antiguo, pero todas las habitaciones estaban llenísimas de polvo y tenían las cortinas echadas. Al final, después de subir otra escalera más estrecha, llegaron a la planta más acogedora, que era la que ocupaba Finn. Allí los dormitorios eran más pequeños, había más luz y los muebles y las alfombras se veían en mejor estado. No había cortinas y la luz parecía bañar las habitaciones a pesar de que hacía un día gris. Finn había encendido un buen fuego para Hope, y en todas partes había dispuesto jarrones con flores silvestres. Llegaron a un cálido dormitorio donde había una gigantesca cama con dosel, y Hope supo de inmediato que era el de Finn. Igual que en el antiguo establo reconvertido en casa que ocupaba en Londres, había estanterías llenas de libros por todas partes, sobre todo en la habitación que utilizaba como despacho.

Katherine llegó en el momento en que Hope se estaba quitando el abrigo, y dejó una bandeja de plata en una de las pequeñas salas de estar. En la bandeja había una tetera también de plata, un plato con bollitos y crema de leche. Los obsequió con una tímida sonrisa reverencial y se marchó.

—Bueno, ¿qué te parece? —la instó él con aire impaciente. Llevaba toda la mañana preguntándose qué haría si a Hope la casa le parecía abominable y salía corriendo. A él le encantaba el lugar, pero estaba tan acostumbrado a aquel estado de confort decadente que ya ni siquiera lo percibía. Tenía miedo de que a ella la casa le pareciera sombría o deprimente y no quisiera quedarse. Sin embargo, en vez de eso, le estaba sonriendo y le tendía los brazos.

—Es la casa más bonita que he visto jamás —le aseguró—,

y a ti te quiero más que a mi propia vida. —Cuando dijo eso, él sintió que su aprobación y su amor lo acogían como un lecho de plumas y los ojos se le arrasaron de lágrimas.

—Hacen falta algunos retoques —reconoció con timidez, y Hope se echó a reír.

—Sí, es cierto, unos cuantos; pero no hay prisa. Esta planta es muy agradable. ¿Podemos visitar el resto más tarde? Tanto espacio resulta un poco abrumador al principio. —Hope se sentía desbordada por todo lo que había visto hasta el momento, pero quería familiarizarse bien con la casa y ayudar a Finn en todo lo que pudiera.

—Te acostumbrarás, te lo prometo. —Finn se sentó y le sirvió una taza de té, y ella echó mano a un bollito. También rellenó otro con crema de leche para él—. Espera a ver los cuartos de baño; las bañeras son tan grandes que cabemos los dos juntos. Y esta tarde quiero que salgamos a dar un paseo. Detrás de la casa hay un viejo establo magnífico, pero aún no he tenido tiempo de pensar qué haré con él. Ya tengo bastante trabajo con lo demás. Todo lo que cobro de derechos de autor lo invierto aquí, pero esta casa se traga hasta el último centavo y no le hace justicia. Un día de estos tendré que plantearme comprar muebles decentes, no hay prácticamente una silla ni un sofá que no estén rotos. Los que hay ahora ya estaban en la casa cuando yo llegué. —En general, por lo que Hope veía, hacía falta sobre todo una buena limpieza y una mano de pintura, o varias. Claro que no costaba mucho hacerse a la idea de que restaurar una casa así debía de costar una fortuna. Finn tardaría años en terminar de arreglarla. Y, de repente, le entraron unas ganas irresistibles de ayudarle. Sería emocionante compartir un proyecto así con él.

Pero antes de que tuviera tiempo de terminarse el bollito y dar el primer sorbo de té, él la arrastró hasta la enorme cama con dosel y se abalanzó sobre ella con pasión. Había cerrado la puerta con llave y tardó menos de un minuto en arrancarle la ropa; luego le hizo el amor hasta dejarla sin aliento y saciar su propio deseo. Tenían una vida sexual digna de una pareja de adolescentes. Hope no dejaba de sorprenderse.

—¡Uau! —Cuando terminaron, sonrió a Finn mientras se preguntaba cómo se las había arreglado para sobrevivir una semana entera sin él. No cabía duda de que creaba hábito, y la pasión que compartían era completamente adictiva. Aquel hombre le proporcionaba placeres con los que ni siquiera había llegado a soñar.

—No pienso volver a perderte de vista —dijo él, también sonriendo. Estaba desnudo y tendido al través en la que ya era oficialmente la cama de ambos—. De hecho, a lo mejor te encadeno a la cama. Estoy seguro de que alguno de mis antepasados hizo algo así en algún momento, y me parece una idea excelente. Claro que igual basta con que te encadene a mí.

Ella se echó a reír.

Finn le mostró el enorme cuarto de baño con la bañera gigantesca. Luego le preparó un baño, y Hope se alegró mucho de haber podido echar una cabezada en el avión porque, por lo que veía, allí no iba a dormir mucho. Se deslizó en la bañera llena de agua caliente y él apareció con su té servido en una exquisita taza dorada de porcelana de Limoges. Ella se lo tomó sentada dentro de la bañera, y se sintió como una niña mimada. Aquello no tenía nada que ver con los placeres sencillos de su casa de Cabo Cod o su loft de Nueva York. Blaxton House era excepcional, y Finn aún lo era más.

Él también entró en la bañera, y en cuestión de momentos le estaba haciendo de nuevo el amor. Tal como le había ocurrido alguna vez en Nueva York y en Cabo Cod, se preguntó si llegarían a salir de casa. Finn insistía en que nadie lo había excitado tanto en su vida y a ella le costaba creerlo, pero era agradable que se lo dijera, sobre todo después de los últimos años de vida monacal. Finn era una explosión de dicha y lujuria que no había imaginado que llegaría a experimentar.

Al final, él le permitió que se pusiera los vaqueros, un jersey y los mocasines, y luego lo siguió a la planta baja. Esa vez recorrieron las habitaciones con más detenimiento. Hope subió todas las persianas, aunque la mayoría se caían nada más rozarlas, y descorrió las cortinas para ver las estancias con mayor claridad. Las paredes estaban revestidas con bellos paneles de madera y algunas molduras exquisitas. Pero los muebles estaban hechos un desastre, las antiguas alfombras necesitaban una restauración urgente y no había ni una cortina que tuviera remedio.

—¿Por qué no te deshaces de todo lo que está roto o muy deteriorado, haces una buena limpieza y empiezas a pintar habitación por habitación? Te serviría para empezar de cero, aunque al principio la casa se vería un poco vacía. —Hope intentaba pensar qué podía hacer para colaborar mientras se alojaba allí. Ayudarle con aquello supondría un reto y estimularía su creatividad; incluso podría seguir haciéndolo mientras él escribía. Si tenía algo para ofrecerle, era tiempo.

—Si solo fuera un poco. —Finn rió ante el comentario—. La casa se vería desolada. Me parece que no hay gran cosa que merezca la pena conservar.

La mayoría de los muebles tenían un aspecto horrendo, y con la luz del sol las tapicerías se veían bastante opacas. Algunas sillas solo tenían tres patas, las mesas se sostenían porque se apoyaban contra las paredes, las telas estaban sucias y raídas y el olor del polvo lo saturaba todo. Winfred y Katherine eran demasiado mayores para mantener el lugar limpio. Básicamente, se encargaban de arreglar las habitaciones que Finn ocupaba en la planta superior y prescindían del resto. Daba la impresión de que no se había hecho una limpieza a fondo de la casa en años, y Hope expresó su opinión con tacto.

—No te he traído aquí para que te pongas a limpiar —repuso él en tono de disculpa, visiblemente avergonzado, aunque ella no pretendía menospreciar la casa ni hacer que él se sintiera mal. Sabía que era su tesoro particular.

—Pues me encantaría hacerlo. Me resultaría divertido encargarme de la decoración. ¿Por qué no aprovechamos el tiempo que estoy aquí para revisar los muebles, habitación por habitación, y decidir con qué quieres quedarte?

—Seguramente lo tiraré todo. Esto es peor que *La caída de la casa Usher* —observó él mirando alrededor, como si ahora que Hope estaba allí viera la casa por primera vez desde otra perspectiva—. Lo que pasa es que no puedo hacer frente a todas las reparaciones necesarias. —Puso cara de lamentarlo. Se había hecho ilusiones de que a ella le gustara tal como estaba.

—Eso ya lo decidiremos cuando hayamos hecho limpieza. Por algo hay que empezar. A lo mejor podemos comprar telas en algún mercado de por aquí y forrar unos cuantos sofás. No se me dan mal los trabajos manuales —dijo, y se puso como un tomate ante la mirada lasciva con que él la obsequió.

—¡Nada mal! —exclamó Finn, y Hope se echó a reír.

Cuando hubieron echado un vistazo a la casa, él la llevó a visitar los alrededores. Le dejó una chaqueta vieja que le iba enorme y salieron a ver el establo, los jardines y lo que llamaban el parque, y anduvieron hasta donde empezaba el bosque más cercano. Había una densa neblina, así que Finn no le propuso que se adentraran en el monte, aunque estaba impaciente por mostrárselo. En vez de eso, la acompañó en coche al pueblo y la llevó a las tiendas más singulares. Más tarde se detuvieron a tomar algo en el pub, y Hope pidió una taza de té y Finn, una gran jarra de cerveza negra tibia. Charlaron con los demás clientes que entraban y salían del local, entre los que a Hope le sorprendió ver que había abuelas, niños, ancianos y jóvenes de ambos sexos. Aquello parecía más bien un club social, el ambiente no tenía nada que ver con el de los bares de Estados Unidos. Era una especie de mezcla entre una cafetería y un bar, y todo el mundo se comportaba con gran cordialidad. Lo único que molestó a Finn fue que, según él, había dos hombres mirando a Hope, en lo cual ella no se había fijado. Se comportaba con ella de un modo muy posesivo, pero

Hope no era el tipo de mujer que da pie a ese tipo de comportamientos; en ese sentido estaba muy tranquila. Nunca había sido amiga de flirteos, ni siquiera de más joven; además, tenía un gran sentido del honor y siempre era fiel a su pareja. Finn no tenía nada que temer.

Regresaron a casa y al cabo de un rato tomaron lo que los oriundos llamaban el té, pero que en realidad era una especie de cena. Había sándwiches, distintas clases de viandas, patatas, queso y una sopa de carne de sabor fuerte típica de Irlanda. Quedaron ahítos, y después estuvieron un rato sentados junto al fuego en la pequeña sala de estar de la planta superior. Se acostaron temprano. Hope trepó a la cama y se arropó con el edredón. Y esa vez se quedó profundamente dormida antes de que Finn pudiera hacerle el amor.

9

Al día siguiente de la llegada de Hope a Blaxton House, Winfred, Katherine y Finn empezaron a descorrer cortinas, levantar persianas y abrir porticones para que pudiera ver mejor el estado en el que se encontraban las habitaciones. Finn le había dado carta blanca para que hiciera lo que quisiera, y por la tarde la casa estaba inundada de luz. Había eliminado las persianas rotas, había descolgado las cortinas raídas para examinarlas mejor y ahora estaban tiradas en el suelo. Había apartado todos los muebles rotos en un extremo del salón principal y había elaborado una larga lista de lo que necesitaba hacerse. Quería ventilar las alfombras antiguas cuando hiciera mejor tiempo, pero de momento era imposible porque se ponía a llover cincuenta veces al día. La casa estaba llena de polvo, y cuando terminó la ronda por la planta principal tenía tos. De hecho, allí había muebles muy valiosos, aunque hacía falta reforzarles las patas y tenían la tapicería prácticamente destrozada. Pensó en contratar a un restaurador del pueblo; seguro que había alguno, con tantas mansiones en la zona. De momento, tenía identificados dieciséis muebles que requerían un buen arreglo, y solo siete que resultaban imposibles de salvar. A última hora de la tarde le pidió a Finn que la acompañara al pueblo para comprar cera; quería intentar reparar ella misma parte de la carpintería y los revestimientos, aunque implicaba un trabajo de chinos. Winfred y Katherine quedaron impresionados de lo que estaba haciendo, y Finn no daba crédito. Al día siguiente, hizo lo mismo en la segunda planta. Fue habitación por habitación, y bajo las sábanas que cubrían los muebles encontró algunas piezas preciosas. Se lo estaba pasando en grande. Y a Finn le encantaban ella y su labor.

—Santo Dios —exclamó sonriéndole—. No esperaba que te pusieras a arreglar mi casa con tus propias manos. —Se sentía conmovido por lo que Hope estaba haciendo. Era muy trabajadora y tenía buen ojo. Ella le pidió que la acompañara a Blessington para encontrar un restaurador, y lo logró; quedaron en que este visitaría la casa al día siguiente. Se llevó todos los muebles que Finn convino en que era necesario reparar, y al día siguiente Hope quiso que la acompañara a Dublín, donde compró metros y metros de tela para tapizar muebles y otros pocos de raso en tonos pastel para decorar los dormitorios. Se aseguró de que a él le gustaran los colores, y lo pagó todo de su bolsillo para obsequiarlo.

Durante muchos días se dedicó a limpiar la casa junto con Winfred y Katherine y eliminaron todo el polvo y las telarañas. Dejó puestas algunas cortinas aunque estuvieran algo deterioradas, y se deshizo de las que no tenían remedio. Las ventanas tenían mejor aspecto desnudas que con los viejos colgajos. La casa se veía más limpia y alegre, y descorrió las cortinas de terciopelo verde oscuro de la galería, de modo que el ambiente no resultara tan lóbrego al entrar. Aquel lugar tenía mejor aspecto según pasaban los días. Hope incluso comentó que pensaba dar un baile.

—Venga —dijo Finn una tarde—, vamos a dar una vuelta. Quiero enseñarte los alrededores. —La llevó a ver otras casas del mismo estilo, pero Hope le aseguró que no había ninguna tan bella como la suya. Blaxton House parecía la casa grande de Russborough. Y Hope se había puesto como objetivo ayudarle a reconstruirla. Representaba demasiado trabajo para él solo, y por algún motivo tenía la sensación de que no andaba sobrado de dinero, así que procuró ceñirse a un presupuesto ajustado y pagar las compras siempre que podía, aunque sin ofenderlo. Finn se mostró muy agradecido con todo lo que estaba haciendo. Sabía que era una obra de amor hacia él, y los resultados ya empezaban a apreciarse.

Siempre que él tenía trabajo, ella se dedicaba a aplicar cera y pulir la madera; poco a poco todas las habitaciones fueron teniendo la carpintería reluciente. El restaurador se había llevado los muebles que estaban en malas condiciones, y un tapicero del pueblo iba a forrar algunas piezas. En la planta superior, Hope había encontrado auténticos tesoros bajo los lienzos de lino holandés. El dormitorio principal resultó ser una auténtica maravilla con sus muebles exquisitos y los bellos frescos de las paredes. En su opinión, se parecía a Versalles.

—Eres impresionante —dijo Finn, admirado.

Cuando no estaba aplicando cera y puliendo la carpintería o trasladando muebles de aquí para allá, Hope se dedicaba a fotografiar a los lugareños o a hurgar en tiendas de antigüedades tratando de encontrar alguna joya para la casa. Una tarde lluviosa, incluso ayudó a Katherine a sacar brillo a los cubiertos de plata, y esa noche cenaron en el comedor, en un extremo de la larguísima mesa, en lugar de hacerlo en el dormitorio con bandejas. Hope llevaba puestos unos vaqueros y un viejo jersey de Finn que le daban el aspecto de una niña pequeña. En la casa seguía haciendo bastante frío.

—Me siento como uno de esos personajes de las viñetas de *The New Yorker* —comentó Finn entre risas cuando Winfred les sirvió la cena en la gigantesca estancia. La cocina se encontraba en el sótano y era viejísima, pero todo funcionaba y Hope la había dotado también de su toque mágico. Al cabo de dos semanas de su llegada, daba la impresión de que hubiera estado meses trabajando en la casa; todo tenía mucho mejor aspecto.

Después de cenar, estaba haciendo fotos de los frescos del techo del salón principal cuando Finn entró y sonrió al verla allí. Cada vez que la miraba, a Hope se le alegraba el corazón.

—¿Crees que nos costaría mucho trabajo pintar la casa nosotros mismos? —preguntó ella con aire distraído, y él la rodeó con los brazos y la besó.

—Estás loca, pero te quiero. ¿Cómo podía vivir sin conocerte? Mi casa estaba hecha un asco, mi vida era caótica y no sabía lo que me estaba perdiendo. Pero ahora ya lo sé. Creo que no voy a dejar que vuelvas a Estados Unidos. —Lo dijo con cara seria, y ella se echó a reír. Los dos lo estaban pasando bien trabajando en la casa, y estaba adquiriendo un aspecto fantástico. Hope notaba lo mucho que Finn amaba aquel espacio, y a ella le encantaba adecentarlo para él.

—¿Por qué no invitamos a cenar a algún vecino un día de estos? —sugirió ella. Deben de vivir personas muy interesante en esas casas tan grandes. ¿Conoces a muchas? —preguntó con interés. Le resultaba estimulante sentar a la mesa del comedor a gente con inquietudes, y tenía ganas de conocer a algunos de los habitantes del pueblo.

—No conozco a nadie —respondió Finn—. Cuando vengo aquí siempre es para trabajar, no tengo tiempo de salir. Prácticamente solo hago vida social en Londres.

—Pues me parece buena idea tener invitados; tal vez cuando los muebles vuelvan a estar en su sitio —dijo ella, pensativa.

—Prefiero que estemos tú y yo solos —respondió él con sinceridad—. No pasarás aquí mucho tiempo, y no quiero compartirte con nadie. Es mucho más romántico así —afirmó con determinación. Era obvio que la quería para él, pero Hope tenía ganas de conocer a más gente y enseñarles la casa.

—Podemos hacer las dos cosas —resolvió ella con lógica—. Podemos tener invitados, y también podemos pasar tiempo a solas. —Se le hacía muy raro pensar que Finn llevaba dos años viviendo allí y no conocía a nadie.

—Cuando vuelvas a venir, tal vez —repuso él poco convencido, y en ese momento sonó el móvil de Hope y contestó. Era Paul. Se sentó en un pequeño recoveco del salón para charlar. Hacía semanas que no hablaba con él. Seguía a bordo del barco, y le dijo que se encontraba bien. Ella le explicó que había ido a Irlanda a visitar a un amigo que tenía una mansión antigua fabulosa. Lo notó cansado, pero no insistió en el tema; al cabo de unos minutos colgó, justo en el momento en que Finn se le acercaba—. ¿Quién era? —preguntó él con aire preocupado. Hope sonrió y él se sentó a su lado.

—Era Paul. Le he hablado de tu casa.

—Qué bien. ¿Sigue enamorado de ti? —Hope negó con la cabeza.

—Está demasiado enfermo como para pensar en nadie que no sea él mismo. Se divorció de mí, ¿recuerdas? Ahora no es más que un amigo muy especial. De hecho, lo considero mi familia. Estuvimos casados muchos años. —Finn asintió y no hizo más comentarios al respecto; parecía aliviado por la respuesta.

Salieron a dar un paseo por las montañas y Hope regresó con dos cestas llenas de flores silvestres que repartió en varios jarrones. Finn la contemplaba con cara alegre, y esa noche volvió a proponerle que tuvieran un bebé, aunque había prometido darle margen. Dijo que la amaba demasiado y no podía evitarlo. Insistió en que deseaba tener un hijo con ella, y ella le recordó que era demasiado pronto. No se lo reveló, pero no quería que tuvieran un hijo si no se casaban, y aún no era seguro que fueran a hacerlo, a pesar de que cada vez parecía más probable.

—Quiero que tengamos una niña que se parezca mucho a ti —dijo Finn con aire nostálgico mientras la abrazaba después de que hicieran el amor—. Quiero a nuestro bebé, Hope —le suplicó.

—Ya lo sé —respondió ella soñolienta—. Yo también... Pero, de todos modos, a mi edad no es seguro que salga bien.

—Hoy en día sí que lo es. Podemos buscar ayuda médica. Los ingleses son bastante buenos en ese campo. —Insistía mucho en que se quedara embarazada, pero de momento utilizaban protección, así que no era probable que ocurriera nada. A ella le parecía realmente muy pronto. Tener un hijo era una decisión muy importante, y no estaba preparada para tomarla todavía. Una cosa era ayudar a Finn a arreglar la casa y otra muy distinta tener un bebé.

—Bueno, ya veremos —repuso, y se acurrucó contra él, entre sus brazos, sonriendo feliz y pensando que no había pasado unos días tan agradables en toda su vida, o, como mínimo, en mucho, mucho tiempo.

Cuando llevaba tres semanas en Irlanda, Finn la sorprendió proponiéndole que pasaran el fin de semana en París. Ella no había pensado en viajar por Europa mientras estaba allí, pero le encantó la idea. Finn hizo una reserva en el Ritz, que era el hotel favorito de Hope, y cuando llegó el fin de semana cogieron un avión rumbo a París. De regreso harían escala en Londres, y a ella le vino de perlas porque quería reunirse con el conservador de la sección fotográfica de la Tate Modern, con quien concertó una cita el día anterior a su partida. El hombre se mostró encantado de poder conocerla personalmente.

La estancia en París cumplió todas sus expectativas. La habitación del Ritz era pequeña pero elegante, pasearon por toda la ciudad y comieron en viejos bistrots maravillosos de la Rive Gauche. Visitaron Nôtre Dame y el Sacré Coeur, y echaron un vistazo a tiendas de antigüedades en busca de objetos para Blaxton House. Fueron unos días mágicos, como todos los que habían compartido hasta el momento. Pero en París fue todo más especial, más romántico incluso. Era la ciudad ideal para ello.

—Nunca me habían mimado tantísimo. —Hope quiso pagar alguna cena, pero Finn no se lo permitió. Tenía ideas un poco anticuadas sobre el tema, aunque sí que le dejó que comprara unas cuantas cosas para la casa. Ella habría querido corresponderle con más. Sabía que sus libros se vendían muy bien, pero tenía un hijo a quien mantener y pagar los estudios. Michael estaba en la universidad, y aunque en Irlanda no tuviera que pagar impuestos, conservar y cuidar una casa del tamaño de Blaxton House suponía muchos gastos. Además, la vida estaba cara en todas partes. Ella tenía mucho dinero que le había dejado Paul y se sentía culpable por no ayudar más a Finn. Un día, durante la comida, trató de explicárselo.

—Sé que te resulta violento que te eche una mano con los gastos —dijo con amabilidad—, pero Paul me dejó muy bien situada cuando nos divorciamos. Acababa de vender su empresa, y como ya no tenemos a Mimi ninguno de los dos sabe qué hacer con tanto dinero. Él se pasa la vida en el barco, y yo apenas tengo que costear nada. La verdad es que me gustaría que me dejaras pagar a mí de vez en cuando.

—No va conmigo —respondió Finn en tono resuelto, y entonces se le ocurrió una cosa—. Ahora que no tienes a Mimi, ¿a quién le dejarás todo ese dinero? —Resultaba extraño que se lo preguntara, pero entre ellos no había secretos. Hablaban de todo, y ella misma se lo había planteado alguna vez. No tenía ningún pariente vivo excepto Paul, y él era dieciséis años mayor y estaba muy enfermo. No era probable que le sobreviviera, lo cual la ponía muy triste. Además, todo el dinero que tenía era gracias a él. Le había pagado una cifra astronómica cuando se divorciaron, a pesar de sus protestas; Paul insistió en que quería que tuviera la vida resuelta. Y lo que le quedara a él cuando muriera, también lo heredaría ella.

—No lo sé —respondió Hope con sinceridad, pensando en todo el dinero que dejaría a su muerte—. A lo mejor lo dono a Dartmouth, en honor a mi padre y a Mimi. O a Harvard. No tengo a nadie a quien dejárselo, resulta muy extraño. Ya hago importantes donativos todos los años para causas humanitarias con las que estoy sensibilizada. Sufrago una beca de Dartmouth que lleva el nombre de Mimi, porque estudiaba allí, y otra del New York City Ballet.

—A lo mejor podrías financiar algún proyecto que te apetezca.

—Ya lo he pensado. Llevo dos años tratando de acostumbrarme a tener tanto dinero. No lo necesito. Se lo dije a Paul cuando nos divorciamos, yo llevo una vida sencilla. —Y sus padres le habían legado lo suficiente para mantener la casa de Cabo Cod—. A veces me siento culpable —dijo con sinceridad—. Me parece un despilfarro. —Él asintió, se echó a reír y le dijo que le gustaría tener su mismo problema.

—Siempre quiero ahorrar para la casa, pero me cuesta muchísimo esfuerzo con un hijo en la universidad y varias viviendas que mantener. Bueno, dos. Un día de estos haré un buen arreglo. —Hope se moría de ganas de ayudarle, pero era demasiado pronto también para eso. Llevaban juntos dos meses, y en realidad no era mucho tiempo. A lo mejor dentro de unos cuantos meses más, si todo iba bien, le permitiría que aportara un poco de dinero para las obras de restauración de la casa. Tenía muchas ganas de hacerlo.

Después de eso, entraron en las Tullerías, visitaron el Louvre y regresaron al hotel Ritz para pasar su última noche. El fin de semana había resultado de ensueño, igual que todo lo que hacían juntos. Pidieron que les subieran la cena a la habitación y pasaron la noche en la cama, disfrutando de los lujos del hotel. Por la mañana cogieron el tren con destino a Londres, y al mediodía ya se encontraban en la pequeña casa que Finn tenía en la ciudad. A Hope le alegró el corazón verla y recordar la sesión de fotos que había tenido lugar allí. Tal como imaginaba, había dado como resultado varios retratos magníficos, y le encantaba el que Finn había elegido para cuando saliera publicada la novela. Hope había enmarcado unos cuantos más para regalárselos, y también algunos para ella.

Por la tarde tendría lugar su cita en la Tate Modern, y a

Hope le sorprendió mucho descubrir que Finn estaba molesto, lo cual a ella le parecía absurdo.

—¿Qué te pasa? —le preguntó mientras compartían una de las deliciosas tortillas de Finn en la cocina de su casa—. ¿Estás enfadado por algo? —Se había pasado toda la comida de morros con ella.

—No, solo que no entiendo por qué tienes que reunirte con un conservador justo hoy.

—Porque me han ofrecido exponer una retrospectiva de mi obra el año que viene —explicó ella con tranquilidad—. Es muy importante, Finn.

—¿Puedo ir contigo? —preguntó él, esperanzado, pero ella lo miró con aire de disculpa y sacudió la cabeza.

—No parecería serio que me presentara con compañía.

—Diles que soy tu ayudante. —Seguía estando enfurruñado.

—No se llevan ayudantes a las reuniones con los conservadores, solo a las sesiones de fotos. —Él se encogió de hombros a modo de respuesta, y no volvió a dirigirle la palabra hasta que estaba a punto de marcharse. Había pedido un taxi.

—¿Cuándo volverás? —preguntó él con frialdad.

—En cuanto pueda. Te lo prometo. Si quieres, puedes darte una vuelta por el museo mientras hablo con él; tiene una colección excelente. —Finn no dijo nada, pero negó con la cabeza. Al cabo de un minuto Hope salió de casa, sintiéndose culpable por dejarlo allí aunque sabía que era ridículo. Finn estaba intentando que se sintiera de esa forma, y lo había logrado. Como resultado tuvo la reunión con prisas, no formuló todas las preguntas que quería y regresó a casa al cabo de dos horas. Él estaba sentado en el sofá leyendo un libro, malhumorado. La miró con hosquedad cuando entró.

—¿Te parece que me he dado bastante prisa? —Ahora era ella la que estaba enfadada porque se había pasado toda la reunión impaciente por volver junto él. Finn se limitó a encogerse de hombros—. ¿Por qué te pones así? Ya no eres ningún chiquillo. A veces tengo que trabajar, igual que tú. Eso no significa que no te quiera.

—¿Por qué no me has llevado contigo? —preguntó él con expresión dolida.

—Porque somos dos personas independientes, cada una con su vida y su carrera. No puedo estar siempre pegada a ti.

—Pues yo quiero que lo estés. A mí siempre me parece bien que me acompañes.

—Y la mayoría de las veces a mí también me va bien que tú vengas conmigo, pero a ese conservador no lo conocía, y no quería que creyera que soy una inmadura que mezcla el trabajo con la vida personal. No es serio, Finn.

—¿Estamos juntos o no? —le cuestionó él con aire resentido, y ella aún se molestó más. No tenía motivos para sentirse culpable, y lo que le estaba haciendo la ofendía. Se había salido con la suya haciéndola sentir mal, y no le parecía justo. Ella también lo amaba, pero se estaba comportando como una criatura de dos años.

—Sí, pero no somos siameses. —Otra vez su teoría de la fusión, con la que ella nunca había estado de acuerdo. Finn quería que lo hicieran todo juntos, y a veces a ella no le era posible. Tampoco podía llevarlo consigo a las sesiones de fotos, igual que ella no podía escribir su libro con él. Por mucho que se empeñara en lo contrario, no eran una sola persona, sino dos. Ella lo tenía muy claro, aunque él no—. Eso no significa que no te quiera —repitió con dulzura, pero él no le hizo caso y continuó leyendo.

Tardó mucho rato en dirigirle la palabra, y cuando lo hizo, volvió a sorprenderla. La miró de repente y cerró el libro.

—He concertado una cita mañana. Para los dos.

—¿Con quién? —Hope estaba perpleja—. ¿Qué clase de cita?

—Con una doctora. Es una especialista en medicina reproductiva que suele tratar a pacientes de nuestra edad que quieren tener hijos. —Los dos sabían que la edad de Finn no representaba ningún problema; en cambio, la de Hope sí. Lo decía de esa forma para no ofenderla, y Hope lo miró con los ojos como platos.

—¿Por qué no me has preguntado antes de concertar la cita? —Le parecía una forma de actuar muy déspota, y más después de haberle dicho que ella prefería esperar, por lo menos unos meses.

—Di con su nombre y creí que era buena idea aprovechar la estancia en Londres para pedirle visita. Por lo menos oiremos lo que tenga que decirnos, y sabremos qué nos recomienda. Es posible que necesites empezar a prepararte ya si queremos que te quedes embarazada dentro de unos meses.

—Estaba yendo muy deprisa, igual que cuando empezaron a salir juntos. Pero esa era una decisión mucho más importante que implicaba una responsabilidad mucho mayor. Un hijo era para toda la vida, y Hope aún no estaba segura de que su relación con Finn también lo fuera.

—Mira, Finn, ni siquiera sabemos todavía si queremos tener un bebé. Solo llevamos juntos dos meses, y ese es un tema delicado; es una decisión muy importante, y no basta con que tú lo quieras, tenemos que estar de acuerdo los dos.

—¿No puedes por lo menos escuchar a la doctora? —Daba la impresión de que Finn estaba a punto de echarse a llorar, y Hope se sintió un monstruo. Pero no estaba preparada para una cosa así, y le daba pánico hablar de ello con un médico—. ¿Hablarás con ella? —Finn la miró con expresión suplicante, y ella no quiso herir sus sentimientos negándose.

Asintió despacio, pero no estaba muy contenta con la decisión.

—De acuerdo, hablaré con ella. Pero no quiero que me metan prisa en esto. Necesito tiempo para pensarlo bien. Y antes quiero que disfrutemos de la vida de pareja. —Él sonrió al oírla decir eso, y se inclinó para besarla.

—Gracias; significa mucho para mí. Es que no quiero que perdamos la oportunidad de tener un hijo que sea de los dos.

—Ella se sintió conmovida ante esas palabras, pero seguía molesta de que hubiera actuado por libre, sin siquiera consultárselo primero. Se preguntó si sería una forma de vengarse por no haber querido que la acompañara a la reunión del museo. Claro que, por otra parte, sabía que se moría de ganas de que tuvieran un hijo. El problema era que a ella le parecía demasiado pronto, y se lo había dejado muy claro desde el principio. Pero Finn era muy tozudo cuando se le metía una cosa en la cabeza; no aceptaba un «no» por respuesta.

Esa noche volvieron a cenar en Harry's Bar, y Hope se mostró muy callada; luego regresaron a casa e hicieron el amor. Pero por primera vez Hope se sintió algo distanciada de él. No quería que tomara decisiones en su lugar, y menos sobre temas tan importantes. Paul nunca había actuado de ese modo antes de divorciarse, siempre tomaban juntos las decisiones trascendentes, y se pedían opinión muy a menudo. Hope esperaba eso mismo de Finn, pero este tenía un carácter mucho más fuerte. Eran dos hombres muy distintos.

Pero cuando al día siguiente fueron a ver a la doctora, aún se molestó más. No se trataba de una mera visita informativa, era una revisión ginecológica completa, con toda una batería de pruebas de fertilidad entre las cuales había algunas muy desagradables; y Hope no se había preparado para eso. Empezó a mostrarse reacia en cuanto vio de qué iba aquello en realidad, y le hizo un comentario a la doctora, quien se mostró aún más sorprendida de que Hope no supiera lo que conllevaba la visita.

—Les envié un dossier informativo —dijo mirándolos con expresión confusa. Era una mujer muy agradable, y sin duda competente, pero saltaba a la vista que Hope no estaba precisamente contenta cuando se enteró de lo que tenían que hacerle ese día.

—Yo no he visto ningún dossier —se limitó a responder mirando a Finn, quien agachó las orejas al instante. Era obvio que él sí había recibido la información después de concertar la visita, pero no le había dicho nada. Aquel era su proyecto, y ella no pintaba nada—. Ni siquiera supe hasta anoche que íbamos a venir.

—¿Quiere hacerse las pruebas? —le preguntó la doctora sin rodeos, y Hope se encontró entre la espada y la pared. Si decía que no, Finn se sentiría herido, pero si no sería ella la que estaría molesta. Y las pruebas no parecían muy agradables. Lo pensó un momento, y al final decidió sacrificarse por Finn.

—De acuerdo, pero aún no he tomado ninguna decisión definitiva sobre si quiero o no quedarme embarazada.

—Yo sí —soltó Finn al instante, y las dos mujeres se echaron a reír.

—Entonces ten tú el bebé —repuso Hope de inmediato.

—¿Ha estado embarazada antes? —preguntó la doctora mientras le entregaba un taco de papeles para rellenar con sus datos y dos folletos con información sobre la fecundación in vitro y la donación de óvulos.

—Sí, una vez —respondió Hope con un hilo de voz, acordándose de su hija—. Hace veintitrés años. —Entonces miró el folleto que tenía en las manos—. ¿Tendremos que usar óvulos de donante? —A Hope no le hacía ninguna gracia la idea; significaba que, genéticamente, el bebé sería de Finn pero no de ella. No le parecía bien.

—Con suerte, no será necesario. Pero es una posibilidad. Antes tendremos que hacerle varias pruebas y comprobar si sus óvulos son viables. Los más jóvenes siempre ofrecen más garantías, desde luego. Pero es posible que los suyos estén en condiciones de ser fecundados, con un poco de ayuda. —Sonrió, y Hope se sintió ligeramente mareada. No estaba en absoluto preparada para un proceso semejante, y no estaba segura de llegar a estarlo jamás. Finn quería un hijo a toda costa, y lo que ella opinara no contaba. Sabía que quería ese hijo porque la amaba, pero a ella le suponía muchos contratiempos.

—¿Me harán hoy la prueba para determinar la viabilidad

de mis óvulos? —Hope era consciente de la envergadura del procedimiento.

—No, podemos hacérsela la próxima vez, si es necesario. Hoy comprobaremos sus niveles de FSH, y a partir de ahí decidiremos. —Entregó a Hope una lista de las pruebas que iban a hacerle, entre las que constaba una ecografía, un examen pélvico y una serie de análisis de sangre para comprobar sus niveles hormonales. Y también querían una muestra de esperma de Finn.

Tardaron dos horas en completar las pruebas, y Finn iba haciendo comentarios maliciosos en voz baja a Hope para que lo ayudara a obtener la muestra de esperma, pero ella no estaba de humor. Le dijo que se las apañara solo, y él le hizo caso y regresó muy orgulloso con la muestra mientras a ella le estaban haciendo la ecografía. La doctora anunció complacida que justo en ese momento Hope estaba ovulando, y que en la ecografía se veía todo bien.

—Podrían volver a casa y probarlo solos hoy mismo —comentó—, aunque sería más seguro si la inseminásemos artificialmente con el esperma del señor O'Neill. También podrían volver para eso esta tarde, si lo desean —propuso, y miró a Hope con expresión servicial.

—Yo no quiero —repuso Hope con la voz ahogada. Tenía la sensación de que, de repente, eran los demás los que gobernaban su vida, sobre todo Finn. Y parecía decepcionado por su respuesta.

—Tal vez el mes que viene —comentó la doctora con indiferencia, y luego retiró el lector óptico, enjugó del vientre de Hope el gel que había servido para la parte exterior de la prueba y le indicó que podía levantarse. Ella se sentía agotada, era como si estuviera viajando en un tren de alta velocidad sin haber comprado el billete ni querer subirse, con rumbo a un destino que ni siquiera había elegido. Acababa de echar un vistazo a los folletos de la agencia, y Finn ya trataba de decidir por ella adónde iban a viajar y cuándo.

Se reunieron con la doctora en su consulta después de completar las pruebas, y ella les informó de que por el momento todo pintaba bien. Aún no conocían los niveles de FSH y de estrógenos, pero los óvulos tenían buen aspecto. La cantidad de espermatozoides de Finn era elevada, y la doctora opinó que con la inseminación artificial tenían bastantes posibilidades. Si en los dos primeros meses no lograban un embarazo, administrarían clomifeno a Hope para que produjera más óvulos, aunque la doctora le advirtió que eso podría llegar a desencadenar un embarazo múltiple. Si al cabo de cuatro meses no había funcionado el tratamiento, empezarían con la fecundación in vitro. Y por último, si era necesario, utilizarían óvulos de donante. La doctora entregó a Hope un tubo de progesterona en crema y le explicó cómo debía utilizarlo todos los meses, entre la ovulación y la menstruación, para estimular la implantación y minimizar el riesgo de aborto. También le dijo que antes de salir del centro pasara a ver a la enfermera, quien le proporcionaría un test de ovulación. Cuando salieron de la consulta, Hope tuvo la sensación de que acababa de ser lanzada desde un cañón o reclutada en la marina de guerra.

—No ha ido tan mal la cosa, ¿verdad? —comentó Finn en cuanto pisaron la calle, mirándola con una amplia sonrisa y muy pagado de sí mismo; Hope rompió a llorar.

—¿Te da igual lo que yo piense? —preguntó ella entre sollozos. No sabía por qué, pero se sentía como si estuviera traicionando a Mimi, tratando de sustituirla por otro hijo, y tampoco estaba preparada para eso. No podía parar de llorar y él la rodeó con los brazos. Todavía lloraba cuando entraron en un taxi y Finn anunció la dirección de su casa.

—Lo siento, creía que te alegrarías después de haber hablado con la doctora. —Se le veía destrozado.

—Ni siquiera sé si quiero tener un bebé, Finn. Ya perdí a una hija a la que amaba, aún no lo he superado y no sé si lo graré algún día. Además, hace muy poco que estamos juntos.

—Pero no tenemos tiempo de andar tonteando —dijo él en tono suplicante. No quería ser grosero y soltarle que a los cuarenta y cuatro años se le estaban agotando las posibilidades.

—Entonces tal vez tendremos que contentarnos el uno con el otro —repuso ella en tono angustiado—. No estoy preparada para tomar una decisión así de momento, tras una relación de dos meses. —No quería herir los sentimientos de Finn, pero necesitaba sentirse segura. Una cosa era que llegaran a casarse y otra muy distinta tener un hijo—. Tienes que escucharme, Finn. Esto es importante.

—Para mí también es importante. Y quiero que tengamos un bebé antes de que se nos acabe el tiempo.

—Entonces necesitas una mujer de veinticuatro años, no de mi edad. No pienso actuar a contrarreloj en una decisión de semejante envergadura. Nos hace falta tiempo para poner las cosas en claro.

—A mí no —se obstinó él.

—Pues a mí sí —insistió ella con voz cada vez más desesperada. Se ponía tan terco que empezaba a sentirse acorralada y quería hacer que se echara atrás. Sabía lo mucho que la amaba, ella también lo amaba, pero no soportaba que la presionara.

—Nunca había deseado tener un hijo con alguien. Incluso lo de Michael fue un accidente, por eso me casé con su madre. Pero contigo sí que quiero tenerlo —reiteró con lágrimas en los ojos, mirándola a la cara en el asiento trasero del taxi.

—Entonces tendrás que darme tiempo para que me haga a la idea. En la consulta de la doctora me he sentido como si me estuvieran poniendo una pistola en el pecho. Si se lo hubiera permitido, hoy mismo me habría dejado embarazada.

—A mí no me habría parecido mal —observó Finn en el momento en que el taxi se detenía delante de su casa. Al cabo de un momento, Hope entraba en casa tras él, con aspecto frágil y abatido. Estaba exhausta, se sentía como si un caballo la hubiera arrastrado tras de sí aferrándose a las riendas con los dientes. La experiencia la había dejado emocionalmente agotada. Finn no dijo nada y le sirvió una copa de vino; daba la impresión de necesitarla. Ella estuvo a punto de rechazarla, pero lo pensó mejor. En pocos minutos la apuró, y Finn volvió a llenarla y se sirvió otra para él.

—Lo siento, cariño. No tendría que haberte presionado. Es que estaba tan emocionado ante la perspectiva... Lo siento —repitió con ternura, y la besó—. ¿Me perdonas?

—Puede ser —respondió ella sonriéndole con tristeza. La visita no le había resultado nada agradable, por no decir algo peor. Él le sirvió otra copa de vino y ella volvió a apurarla. Estaba molesta de veras, pero después de la tercera copa empezó a serenarse, y de repente se echó a llorar otra vez. Finn la cogió en brazos y la llevó arriba. Le preparó un baño caliente y ella se deslizó en el agua, agradecida, y cerró los ojos. Estuvo un rato allí tumbada, relajándose, tratando de apartar de la mente la desagradable visita a la doctora. Dentro del agua caliente se sentía mejor, y cuando abrió los ojos Finn le ofreció una copa de champán y un fresón gigante, y se deslizó en la bañera junto a ella con otra copa de champán. Hope soltó una risita cuando lo vio tumbarse cuan largo era.

—¿Qué estamos celebrando? —preguntó sonriéndole. Estaba un poco achispada, pero no borracha. Lo cierto era que necesitaba el vino para olvidarse de lo ocurrido por la tarde, y en cuanto se hubo terminado el champán, Finn le quitó la larga copa de las manos y la depositó en el suelo. Él también se había terminado el suyo. Entonces, como siempre que se bañaban juntos, Finn empezó con los preliminares a los que ninguno de los dos era capaz de resistirse. Ocurrió antes de que se dieran cuenta, sin pensarlo. Le hizo el amor en la bañera, y luego se tumbaron en la alfombra del suelo del cuarto de baño y culminaron la cópula. Fue un acto explosivo, apasionado, apresurado, cargado del sufrimiento y la agitación que Hope había acumulado por la tarde. Mientras yacía allí, solo sabía cuánto lo deseaba, y él la deseaba en igual medida. No se saciaban el uno del otro, fue un momento enérgico, febril, vertiginoso; y cuando finalmente él se derramó, se quedó unos instantes tumbado sobre ella, y luego se levantó despacio, la alzó en brazos como si fuera una muñeca y la tendió en la cama. La limpió suavemente con una toalla y la arropó. Ella le sonreía con la mirada algo vidriosa de quien ha bebido en exceso. Pero aquello no había sido solo producto del vino; allí había amor y ternura.

—Te quiero más que a ninguna otra cosa en el mundo —le susurró él.

—Yo también te quiero, Finn —respondió ella empezando a sucumbir al sueño, y él la abrazó con fuerza.

Seguían abrazados cuando se despertaron por la mañana, y Hope lo miró con los ojos entornados.

—Me parece que anoche me emborraché —dijo, un poco avergonzada. Recordaba lo que había ocurrido en la bañera y, después, lo impresionante que había sido. Claro que con él siempre lo era. De repente dio un respingo y se despertó de golpe. Acababa de acordarse del comentario de la doctora acerca de la conveniencia de que regresaran a la consulta por la tarde. Estaba ovulando y habían tenido relaciones sin medidas de protección. Se recostó en la almohada con un gemido y entonces miró a Finn—. Lo hiciste expresamente, ¿verdad? —Estaba enfadada con él, pero también había sido culpa suya y, por tanto, también estaba furiosa consigo misma. ¿Qué tontería habían cometido? Claro que a lo mejor no ocurría nada. A su edad quedarse embarazada bien podía llevarle un año o dos, no era el resultado inmediato de un momento de pasión en el baño, como si fuera una jovencita.

—¿El qué? —preguntó Finn con aire inocente.

—Sabes perfectamente a lo que me refiero —intentó hablarle con frialdad, pero no le salió bien. Lo amaba demasiado; y, de repente, se preguntó si también ella había deseado que ocurriera pero no era capaz de responsabilizarse de la decisión, y por eso permitió que la emborrachara y lo dejó hacer. Ella tampoco era inocente. Era una mujer adulta y sabía lo que se hacía. Se sentía desconcertada por completo—. Ayer estaba ovulando. La doctora nos lo dijo a los dos. Incluso se ofreció a proceder con la inseminación artificial por la tarde si queríamos.

—A nuestra manera fue mucho más divertido. Además, así la decisión será de Dios, no suya ni nuestra. Seguramente no pasará nada —dijo en tono benévolo, y Hope deseó que tuviera razón. Se sentó con la espalda apoyada en la almohada y miró a Finn.

—¿Y si me quedo embarazada, Finn? ¿Qué haremos? ¿De verdad estamos preparados para eso? ¿A nuestra edad? Es una responsabilidad enorme, incluso siendo más joven. ¿Estamos dispuestos a asumirla?

—A mí me harías el hombre más feliz del mundo —respondió él con orgullo—. ¿Qué dices tú?

—Yo me cagaría de miedo. Por el peligro, las implicaciones, la presión que nos impondría, los riesgos derivados de la edad. Y... —No fue capaz de pronunciar el resto, pero temía la posibilidad de perder a otro hijo a quien amaba. No sería capaz de volver a pasar por una cosa así.

—Si sucede, lo afrontaremos. Te lo prometo —dijo él, y la besó mientras la sostenía en brazos como si fuera un pedazo de lana de vidrio—. ¿Cuándo sabremos algo?

—¿Hoy en día? Dentro de un par de semanas, creo. Hace muchos años de la otra vez, pero ahora es muy fácil averiguarlo; solo hace falta un test de embarazo de la farmacia. —Lo pensó un minuto—. Para entonces estaré en Nueva York; ya te diré el resultado. —Al pensarlo, se le heló la sangre, y una parte diminuta de su ser deseó que fuera positivo, porque lo amaba; pero racionalmente no lo deseaba, solo si se dejaba llevar por los sentimientos. La cosa no tenía ninguna lógica. Se sentía completamente desconcertada.

—Quizá no deberías volver a Nueva York —apuntó él,

con aire preocupado—. Puede que no te convenga volar tan pronto.

—Debo hacerlo. Tengo tres encargos importantes.

—Si estás embarazada, lo más importante es eso. —De repente, Hope tuvo la impresión de que se iba a volver loca. Estaban actuando como si ya estuviera embarazada y hubieran planeado tener el bebé. Pero solo uno de ellos lo había hecho: Finn. Y ella se lo había permitido.

—No nos pongamos nerviosos todavía. A mi edad, tengo menos probabilidades de estar embarazada que de que me aplaste un cometa. Ya oíste a la doctora. Si alguna vez nos decidimos, es probable que necesitemos ayuda.

—O no. No lo dijo seguro. Creo que tiene que ver con tus niveles de FSH.

—Pues ojalá que sean muy bajos, o muy altos, o lo que menos convenga para el embarazo. —Entonces se levantó de la cama, y tuvo la sensación de que la había atropellado un autobús. Entre las emociones del día anterior y la resaca del vino y del champán, parecía que hubiera pasado dos semanas domando potros salvajes—. Me siento hecha una mierda —dijo dirigiéndose al cuarto de baño. Y él le dirigió una sonrisa de adoración.

—A lo mejor es porque estás embarazada —comentó con aire esperanzado.

—Cierra el pico, ¿quieres? —le espetó ella, y cerró la puerta de golpe.

Ninguno de los dos volvió a mencionar el tema durante el vuelo de regreso a Irlanda ni los días siguientes. Hope siguió encerando y puliendo los paneles de madera de la casa, y él no paraba de decirle que se lo tomara con calma, lo cual aún la enervaba más. No quería pensar en ello. Lo había pasado muy bien con él en París, pero estaba molesta por lo sucedido en Londres, tanto en la consulta de la doctora como en el desliz del cuarto de baño. Y el día anterior a su partida, la doctora llamó.

—¡Buenas noticias! —anunció—. Tiene los niveles de FSH como los de una veinteañera, y los estrógenos por las nubes.

—¿Qué significa eso? —preguntó Hope con el estómago revuelto. Tenía la sensación de que no iba a gustarle nada lo que tenía que decirle.

—Significa que pueden pasárselo en grande intentando concebir un hijo de forma natural. —Hope agradeció a la doctora su llamada y colgó sin decirle nada a Finn. Ya estaba bastante alterado. Si le decía que había bastantes posibilidades de que estuviera embarazada, no la dejaría regresar a Nueva York; no quería que se marchara. Ya había empezado a quejarse de que se sentiría solo, e insistía en saber cuándo volvería. Ella le había explicado que tenía trabajo, y que tenía que quedarse en Nueva York por lo menos tres semanas. Como siempre, tenía la impresión de estar abandonando a un chiquillo de cuatro años.

Pasaron una última noche muy agradable juntos e hicieron el amor dos veces antes de que Hope se marchara. Cuando Finn la acompañó al aeropuerto se le veía acongojado, y Hope se dio cuenta de que arrastraba serios problemas de abandono. No soportaba verla marcharse, ya se sentía deprimido.

En el aeropuerto le dio un beso de despedida y la obligó a prometerle que le telefonearía en el momento mismo en que llegara. Ella le devolvió el beso con una sonrisa. Lo cierto es que le inspiraba ternura verlo tan afectado porque iban a pasar unas semanas separados; aunque a su edad parecía un poco tonto. Él pensaba dedicarse a terminar la novela, y ella volvería a ponerse manos a la obra con la casa cuando volviera. Le recordó que debía llamar al restaurador para ver cuándo tendría listas las piezas. Y justo antes de que se marchara, él le entregó una cajita envuelta con papel de regalo. La sorpresa la emocionó.

—Ábrela cuando estés en el avión —le recomendó él. La besó por última vez y le dijo adiós con la mano mientras ella se dirigía a la puerta de embarque.

Hope siguió sus instrucciones y abrió el regalo justo cuando el avión despegaba rumbo a Nueva York. Y se echó a reír. Lo sostuvo en la mano mientras sacudía la cabeza con expresión atribulada. Era un test de embarazo. Y esperaba que saliera negativo. De todos modos, sabía que tendría que esperar una semana entera antes de averiguarlo. Se guardó la cajita e hizo todo lo posible por olvidarse de ella.

10

En Nueva York, Hope se mantuvo ocupada prácticamente todo el tiempo. Hizo un reportaje de moda para *Vogue*, realizó un retrato del gobernador y colaboró con una galería que estaba montando una exposición de obras suyas. Quedó para comer con Mark Webber y le contó que salía con Finn. Él se quedó anonadado y le recordó que ese hombre era un crápula. En Nueva York se le conocía bien por ello, pero eso Hope ya lo sabía. Aun así estaba segura de que a ella le sería fiel. Apenas la perdía de vista. Le explicó a Mark que Finn no paraba de hablarle de su teoría de la fusión de la pareja y que tenía celos de los otros hombres. Incluso se había molestado cuando quedó para comer con su representante. Esas eran las únicas cosas que le preocupaban de él. Nunca había salido con un hombre celoso, y Finn se mostraba muy posesivo. Ella seguía necesitando tiempo para estar sola. Trabajar en Nueva York le estaba sentando bien, la llenaba de energía y le hacía tener más ganas de volver a verlo. No quería que la relación la asfixiara al verse encadenada a Finn, tal como a él le habría gustado. El hecho de pasar unas semanas sola le sirvió para ver las cosas con mayor perspectiva y volver a sentirse independiente, lo cual le parecía importante. Daba la impresión de que Finn se sentía amenazado por todo aquel a quien Hope veía. Y cada vez que la llamaba le preguntaba cuándo pensaba volver. Ella no hacía más que recordarle que aún estaría fuera dos semanas, como si fuera una madre hablando con su hijo pequeño.

—Mantente alejada de los celosos —la previno Mark Webber—. A veces se pasan de la raya. Yo tuve una novia celosa y, cuando la dejé y le propuse a otra chica que fuera mi acompañante en el baile de la escuela, quiso atacarme con un cuchillo. Desde entonces, cada vez que alguien menciona los celos me acojono. —Hope se echó a reír al imaginar la situación.

—Me parece que Finn está bastante cuerdo. Pero en algunos sentidos es muy dependiente. No soporta que lo deje solo. Dentro de dos semanas volveré con él. —Hope llevaba en Nueva York una semana, y Finn se quejaba todos los días de su ausencia. Siempre que hablaban por teléfono se mostraba triste y desanimado.

—¿Crees que la cosa va en serio con él? —preguntó Mark con aire preocupado.

—Sí —respondió ella en voz baja. La cosa iba muy en serio. Pero no quería que Mark se inquietara por ella ni por su trabajo—. Aunque esté en Dublín, puedo venir siempre que tenga trabajo aquí —lo tranquilizó—. O volar a donde sea desde allí. No está tan lejos. Finn vive en una casa preciosa, más bien parece un castillo, aunque hace falta restaurarla.

Mark seguía sin poder dar crédito a lo que le estaba contando, pero se alegraba por ella.

—¿Se lo has explicado a Paul?

—Es demasiado pronto —respondió ella con aire pensativo. Pensaba hacerlo algún día, pero todavía no. No tenía ni idea de cómo reaccionaría, o de si le dolería. El día anterior había hablado con él. Había ido a Harvard para recibir tratamiento y no parecía encontrarse nada bien, pero le aseguró que no tenía de qué preocuparse. Ella se quedó triste y muy inquieta. Cada vez lo notaba más débil.

Cuando Mark y ella se separaron, Hope caminó un rato

sin rumbo y luego regresó a su casa. Sabía perfectamente qué día era, y Finn también. Ya la había interrogado dos veces. Era el gran día, el primero en que la prueba indicaría si estaba embarazada o no. Respiró hondo y entró en el cuarto de baño con el test que Finn le había regalado. Estaba convencida de que todo iría bien, pero aun así se sentía asustada. Siguió las instrucciones del prospecto, dejó la prueba en la repisa del lavabo después de realizarla y salió del cuarto de baño. El resultado tardaba cinco minutos en aparecer, y se le hicieron eternos. Estuvo unos momentos asomada a la ventana y luego regresó al cuarto de baño con miedo a saber la verdad y sin parar de repetirse que no estaba embarazada. Le parecía muy tonto preocuparse por una cosa así a su edad. Hacía años que no se sentía de esa forma, desde poco antes de cumplir los treinta, cuando también temía haberse quedado embarazada. Paul no quería tener más de un hijo, y a ella le bastaba con Mimi. En aquella ocasión el resultado fue negativo, y Hope se sorprendió a sí misma al descubrir que en lugar de sentirse aliviada estaba disgustada. Nunca más volvió a suceder. Siempre obraban con prudencia, no se descuidaban ni se dejaban llevar por la pasión como le había ocurrido con Finn. Paul y ella habían tomado la decisión de tener a Mimi de forma conjunta y consciente; no fue un desliz en el suelo del cuarto de baño.

Se dirigió hacia la repisa del lavabo como si se estuviera acercando a una serpiente venenosa. Las instrucciones del test dejaban muy claro cómo debía interpretarse. Si aparecía una línea, no estabas embarazada; si aparecían dos, sí. Podía hacerlo cualquiera. Desde cierta distancia distinguió una línea, y resopló aliviada. Entonces se acercó y cogió el test solo para asegurarse, y ya estaba a punto de soltar un gritito de alegría ante el resultado negativo cuando se fijó mejor. Había otra línea. Dos líneas, aunque la segunda era más débil que la primera; pero, según las instrucciones, eso también indicaba un resultado positivo. Mierda.

Miró la prueba horrorizada, la dejó de nuevo en la repisa y volvió a cogerla. Seguía habiendo dos líneas. La orina había cumplido su cometido debajo del protector de plástico blanco. Dos líneas. Sostuvo el test en alto bajo la luz y se quedó mirándolo perpleja y sin dar crédito. Dos líneas. Tenía cuarenta y cuatro años y estaba embarazada. Se sentó en el borde de la bañera, temblorosa, con el test aún en la mano. Y entonces lo tiró. Pensó en repetir la prueba, pero sabía que el resultado sería el mismo. Había preferido ignorarlo, pero llevaba dos días con los pechos doloridos. Se dijo que sería porque estaba a punto de venirle la regla, pero no era cierto. Y ahora tendría que explicárselo a Finn. Él se había salido con la suya. Le había tendido una trampa emborrachándola y ella se lo había permitido, y se preguntó si en lo más profundo de su ser deseaba quedarse embarazada. Amaba a Finn, pero aún no hacía tres meses que salían juntos y ya llevaba dentro un hijo suyo. Sí; en algún lugar recóndito de su fuero interno también ella deseaba ese hijo. Estaba confusa y muerta de miedo. Necesitaba tiempo para asimilarlo y decidir qué pensaba al respecto.

Fue a la sala de estar, se sentó y se quedó mirando al vacío. Y, al cabo de unos minutos, él la llamó por teléfono. Se sentía culpable por engañarlo, pero todavía no quería decírselo. Ya sabía cuál sería su reacción; de lo que aún no estaba segura era de lo que opinaba ella. En Irlanda eran las diez de la noche, así que sabía que Finn estaría escribiendo. Él le dijo que llevaba todo el día esperando el momento de llamarla y quiso saber si se había hecho la prueba. Sintiéndose una traidora, le mintió y le dijo que no con las lágrimas asomándole a los ojos. Una parte de ella deseaba ese bebé, pero otra no. Tenía miedo. Lo que se traía entre manos no era ninguna broma. Dentro de sí había empezado a formarse una nueva vida.

—¿Por qué no lo has hecho aún? —Parecía dolido y a Hope no se le ocurría ninguna excusa convincente.

—No sé dónde he metido el test. Lo guardé al llegar a casa

y ahora no lo encuentro. Es posible que la mujer de la limpieza lo haya tirado.

—Pues cómprate otro, por el amor de Dios —saltó él con voz insistente y angustiada. Hope volvía a estar entre la espada y la pared. Se sentía acorralada y traicionada por su propio cuerpo y por sus emociones trepidantes tanto como por él—. Vamos —dijo Finn en tono suplicante—. Sal y compra otro test. Quiero saberlo, cariño, ¿tú no? —Pero ella ya lo sabía, y no le hacía ninguna gracia. Le prometió que por la tarde se haría con otro test y lo llamaría en cuanto supiera el resultado. Él le propuso esperar juntos al teléfono hasta que lo obtuviera, y Hope se alegró mucho de no haberlo hecho así. Al cabo de dos horas volvió a llamarla, pero ella no cogió el teléfono. Sabía que no podía ocultárselo siempre, pero al menos necesitaba unas horas para serenarse y poner en orden sus ideas. De momento lo que sentía era más bien miedo teñido de algo más que aún no tenía claro qué era, pero se preguntó si podía tratarse de esperanza.

Finn volvió a llamarla a medianoche, cuando para él eran las cinco de la madrugada. Le dijo que se había pasado la noche levantado, trabajando en su nueva novela y preocupado por ella.

—¿Dónde te habías metido? Me tenías muy angustiado.

—He tenido que salir a comprar unos carretes —explicó ella, retrasando unos momentos lo inevitable. Sus vidas estaban a punto de cambiar de forma radical. Ese niño los ataría el uno al otro para siempre. Amaba a Finn, pero un paso así representaba un compromiso muy serio, tanto con el bebé como con él.

—¿Te has hecho la prueba? —Finn estaba empezando a molestarse, y ella respondió con un hilo de voz.

—Sí.

—¿Y bien?

Hope contuvo la respiración unos momentos y soltó el aire de golpe. No podía retrasar más la respuesta.

—Ha dado positivo. Acabo de verlo. —Volvió a mentirle. Finn se habría puesto hecho una furia si le hubiera dicho que hacía horas que lo sabía y no lo había llamado—. Hace nada que me he hecho la prueba, pero no quería despertarte. —Hope tenía la expresión triste y un nudo en el estómago, pero trató de aparentar normalidad, incluso mostrarse contenta.

—¡Oh, Dios mío! —gritó él desde el otro extremo de la línea telefónica—. ¡Oh, Dios mío! ¡Vamos a tener un bebé! —A pesar suyo, Hope sonrió ante la evidente explosión de júbilo de Finn—. Te quiero tanto, tanto... —Se apresuró a añadir, y dio la impresión de que estaba llorando. Se mostró tan cariñoso que, poco a poco, ahuyentó el miedo de Hope y la arrastró a los abismos de su propio entusiasmo. Ella se preguntó si, a fin de cuentas, era buena idea. Ojalá lo fuera. Mientras hablaba con Finn observó las fotografías de Mimi y rezó por que a ella le hubiera parecido bien. Y de repente le entró pánico otra vez. ¿Y si también perdía a este hijo? No lograría superarlo.

—¿Cuándo nacerá? —preguntó Finn emocionado.

—Creo que alrededor de Acción de Gracias. Quiero tenerlo aquí —dijo con firmeza tratando de avenirse a la idea mientras la expresaba. De pronto empezó a sentirlo como algo real. Iban a tener un bebé y tenía que tomar decisiones al respecto. Dentro de ella estaba creciendo un nuevo ser, una personita diminuta cuyo padre era Finn, un hombre a quien amaba pero al que apenas conocía.

—Como tú quieras. Te amo, Hope. Por el amor de Dios, cuídate. ¿Cuándo podrás volver a casa? —Ella no quiso decirle que ya estaba en casa. Ahora su casa estaba al lado de Finn, y para él eso equivalía a Blaxton House.

—Iré dentro de dos semanas —susurró sintiendo cuánto lo quería y cuánto la quería él; y empezó a tranquilizarse. Desde que se había hecho la prueba por la tarde, estaba muerta de miedo.

—¿Irás al médico?

—Sí, dentro de unos días. Deja que antes me haga a la idea, solo hace cinco minutos que lo sé. Esto es un paso muy importante, Finn. Muy, muy importante.

—No te arrepientes, ¿verdad? —preguntó él en tono preocupado, y un poco dolido.

—Aún no sé cómo me siento. Asustada, impresionada, aturdida en cierto modo. Feliz. —Al decir eso cerró los ojos y se sorprendió al descubrir que hablaba en serio. Se sentía feliz. Deseaba ese hijo, solo que habría preferido no tenerlo tan pronto. Antes le habría gustado asegurarse. Pero el mal ya estaba hecho. El deseo de Finn se había convertido en realidad.

—Vuelve a casa cuanto antes —dijo él con voz ahogada—. Os quiero a los dos.

—Yo también —respondió Hope, y colgaron. Se sentía conmocionada. Le costaba creer que estuviera embarazada, pero tal vez era lo que quería y el destino había jugado su papel. Amaba a Finn, y ese paso representaba un compromiso muy firme. Sabía que acabarían casándose en algún momento. De todos modos lo habrían hecho, pero seguramente ahora se darían más prisa. Tenía que explicárselo a Paul, y estaba segura de que también él se sorprendería mucho. Pero ahora su vida estaba junto a Finn. Tenían muchas cosas de las que hablar. Muchos planes que hacer. Mucho trabajo. Su vida juntos había empezado de verdad, y muy en serio. Esa noche trató de conciliar el sueño sin éxito; en su cabeza daban vueltas muchas ideas relacionadas con Finn y con el bebé. Los temores y las esperanzas se confundían. Se sentía completamente desbordada.

Cuando se despertó por la mañana descubrió que le habían dejado en la puerta un ramo de la floristería. Finn le enviaba dos docenas de rosas de tallo largo y una tarjeta que rezaba: TE ADORO. ESTO ES UN REGALO PARA LOS DOS. VUELVE A CASA PRONTO. Al leerlo, se echó a llorar. Sus emociones parecían una montaña rusa. Deseaba y no deseaba tener ese hijo, amaba a Finn y estaba asustada. Claro que ¿quién no lo habría estado? Alrededor de Acción de Gracias tendría a su bebé en brazos. Había muchas cosas en las que pensar. Y ahora todo cuanto quería era regresar a Irlanda y refugiarse en Finn, cuyo deseo se había convertido en realidad. De repente, Hope se acordó de la teoría de la fusión de la que él tanto le había hablado. Con aquel bebé, el lazo que los unía se perpetuaba.

11

Hope regresó a Irlanda al cabo de tres semanas de haberse marchado, tal como había prometido. Finn estaba esperándola en el aeropuerto, y en cuanto se encontraron la levantó en brazos. Estuvieron hablando del bebé durante todo el trayecto hasta su casa, y al llegar y verla, Hope tuvo la sensación de que ese era su hogar. Esa vez pensaba quedarse un mes entero como mínimo, tal vez un poco más. No tenía ningún compromiso en Nueva York hasta mayo, y para entonces ya estaría embarazada de diez semanas, así que era un momento delicado para viajar. Finn quería que aplazara todos los encargos y ella le dijo que tal vez lo hiciese. Antes de dejar Nueva York había ido a ver a su ginecóloga, y, según ella, todo marchaba bien. Sus niveles de HCG eran correctos y todo progresaba adecuadamente. Aún era demasiado pronto para saber gran cosa, así que le recomendó que volviera en cuanto regresara del viaje. También le aconsejó que los primeros tres meses se tomara las cosas con calma. A su edad había un elevado riesgo de aborto, por lo que le advirtió que no hiciera ningún esfuerzo grande. Las relaciones sexuales, sin embargo, no constituían problema alguno. Hope sabía que a Finn le aliviaría oír eso, aunque deseaba tanto tener ese hijo que incluso habría estado dispuesto a renunciar a su vida sexual; de hecho, llegó a preguntarle si debían hacerlo, y se había alegrado mucho al saber que no había problema. El sexo jugaba un papel importante en su relación. Él quería hacer el amor todo el tiempo; como mínimo una vez al día y a menudo más. Hope jamás había tenido una vida sexual tan activa.

En cuanto entró en Blaxton House descubrió que Finn había dispuesto flores por todas partes. El lugar estaba inmaculado y a Winfred y a Katherine les hizo mucha ilusión volver a verla por allí. Empezaba a sentirse como en casa. Y cuando subió al estudio de Finn vio que había estado trabajando mucho en la nueva novela. Por todo el escritorio se extendían montones de folios y documentación sobre los temas que estaba investigando. En cuanto entró en el dormitorio, él volvió a levantarla en brazos y la besó. Hope se sumergió en la bañera llena de agua caliente y él se bañó con ella, tal como hacía siempre. Era raro que le permitiera bañarse sola, decía que le agradaba demasiado su compañía y que en el agua estaba muy sexy. Y, como siempre, acabaron en la cama haciendo el amor, y él se mostró muy tierno. Estaba impresionado por el bebé que habían concebido y el milagro que iban a compartir. Decía que era su mayor sueño.

Katherine les sirvió la comida en sendas bandejas, y después salieron a dar un largo paseo por los montes Wicklow. Por la noche disfrutaron de una cena tranquila, y al día siguiente ella reemprendió el trabajo en la casa. Los muebles que habían enviado a restaurar ya estaban listos y tenían un aspecto magnífico, y todas las piezas tapizadas con la tela comprada en Dublín volvían a ocupar sus lugares originales en las diversas habitaciones. La casa ya se veía más luminosa, más limpia y más alegre, y la carpintería relucía en las zonas que Hope había pulido antes de marcharse. Se le habían ocurrido más ideas para decorar la casa y se las contó a Finn, pero él solo quería hablar del bebé. Decía que los uniría para siempre, y cada vez que lo mencionaba le brillaban los ojos. No cabía duda de que era el sueño de su vida, y poco a poco se estaba convirtiendo también en el de Hope, aunque todavía tenía que acabar de hacerse a la idea. Había transcurrido mucho tiempo desde su anterior embarazo, y ese estado le traía muchos recuerdos agradables. En secreto, deseaba que fuera una niña, y Finn también. Decía que quería tener una hija que fuera igual que Hope. Los cambios que estaban viviendo, y los que ella empezaría a experimentar pronto, requerían un importante esfuerzo de asimilación. Una y otra vez, al mirar a Finn, Hope tenía que recordarse a sí misma que aquello estaba ocurriendo de verdad, que era real.

Dos días después de regresar a Irlanda estaba examinando un bello escritorio antiguo de la biblioteca, tratando de decidir si valía la pena enviarlo a restaurar o era mejor que lo puliera ella misma, cuando abrió un cajón y en el fondo encontró la fotografía de una chica extremadamente bella posando junto a Finn. En la imagen ambos eran muy jóvenes. Él le pasaba el brazo por los hombros y se le veía tan enamorado que Hope supuso que la chica era la madre de Michael, puesto que nunca había visto ninguna foto suya. En otro cajón del escritorio encontró varias fotos más. No sabía si contárselo a Finn o no, pero sentía curiosidad. Estaba observando con detenimiento una de las imágenes cuando él entró en la biblioteca.

—¿Qué estás haciendo? —preguntó sonriéndole—. Te he estado buscando por todas partes. ¿Qué diabluras te traes entre manos? —quiso saber; y, al acercarse, vio que sostenía la foto. Se la quitó de las manos, la miró fijamente y sus ojos se entristecieron al instante. Hope nunca lo había visto ponerse así hablando de su difunta esposa, y se sorprendió.

—¿Es la madre de Michael? —preguntó en voz baja, y Finn negó con la cabeza mientras dejaba la fotografía en el escritorio y miraba a Hope.

—No, no es ella. Es una chica con la que salí hace mucho tiempo. Yo tenía veintidós años y ella, veintiuno. —Costaba creerlo, pero a juzgar por la imagen medio desvaída, Finn era entonces aún más atractivo. Desde la fotografía situada sobre el escritorio sonreía una pareja joven y bella.

—Es muy guapa —dijo Hope sin alterarse. A diferencia de Finn, ella no sentía celos, y menos de una chica con la que había salido veinticuatro años atrás.

—Lo era —repuso él volviendo a mirar la imagen. La chica tenía una melena rubia y lisa—. Se llamaba Audra. Murió dos semanas después de que nos hiciéramos esa foto. —Hope se demudó al oírle decir eso. Se la veía tan joven y llena de vida... Por fuerza tenía que haber ocurrido algún accidente.

—Qué horror. ¿Qué pasó? —Volvió a acordarse de Mimi. Era muy injusto que la gente muriera cuando aún era joven y no había tenido la oportunidad de vivir la vida. Esas personas no llegarían a casarse nunca, no tendrían hijos, ni envejecerían, ni serían abuelos, ni podrían experimentar las cosas buenas o malas que les sucedían a los demás.

—Se suicidó —confesó Finn con la cara desencajada—. Fue culpa mía. Tuvimos una discusión tremenda, por un motivo muy tonto en realidad. Yo estaba celoso. La acusé de haberse acostado con mi mejor amigo y le dije que no quería volver a verla nunca más. Ella me juró que no había ocurrido nada entre ellos, pero yo no la creí. Después mi amigo me contó que había quedado con ella para ayudarle a comprar un regalo de cumpleaños para mí. Me dijo que estaba locamente enamorada de mí, y yo estaba igual de loco por ella. Pero al pensar que me había engañado me enfadé tanto que le dije que todo había terminado, y me fui. Ella me suplicó que no me marchara. Más tarde su hermana me contó que estaba embarazada. Se había encariñado mucho conmigo y estaba especialmente sensible. Pensaba explicármelo después de mi cumpleaños, pero tenía miedo de mi reacción. Y, para serte sincero, no sé cómo me lo habría tomado. Ella quería que nos casáramos, pero yo no lo tenía claro. La cuestión es que tuvimos una trifulca tremenda y yo la planté y le dije que no quería volver a saber nada de ella porque estaba convencido de que me había engañado. Cuatro horas más tarde fui a verla para disculparme. Su familia se había marchado de viaje unos días. Estuve rato y rato llamando al timbre, pero no contestaba, así que me marché a casa. Al día siguiente me telefoneó su hermana. Audra se había cortado las venas, y me había dejado una carta. Entonces fue cuando su hermana me contó lo del bebé. Pasé una temporada fatal. Creo que por eso me casé con la madre de Michael cuando me dijo que estaba embarazada, aunque no la amaba. No quería que volviera a ocurrir otra vez lo mismo. Desde entonces, llevo cargando con ese peso en la conciencia.

Mientras se lo explicaba, Hope alargó la mano para acariciarlo y volvió a coger la fotografía. Costaba creer que aquella joven tan guapa había muerto tan solo unos días después. Era una historia tremenda, y había que reconocer que él no se había comportado de un modo muy responsable. Claro que era muy joven, y también era cierto que a veces la gente hacía cosas sin ton ni son tuviera la edad que tuviese; no siempre se era consciente de hasta qué punto alguien podía estar desesperado ni de lo intensos que podían ser sus miedos o sus sentimientos.

—Su hermana me dijo que su padre la habría matado al enterarse de que estaba embarazada, sobre todo si yo no me casaba con ella —prosiguió Finn—. Era un ser despreciable que se emborrachaba y trataba fatal a sus hijas. Su madre había muerto, así que Audra no tenía a nadie a quien acudir ni en quien refugiarse aparte de mí. Y yo la abandoné. Ella creyó que todo había acabado porque yo se lo aseguré, y por eso se mató. —Se le veía muy arrepentido; era obvio que le remordía la conciencia desde entonces.

—Lo siento mucho —dijo Hope en voz baja.

—Su hermana murió en un extraño accidente de barco poco después. Salí un tiempo con ella porque me recordaba mucho a Audra, pero eso hizo que nos sintiéramos aún peor. Fue una época de mi vida muy triste —explicó con un suspiro, y apartó las fotografías. Había sido completamente sincero—. Es una mierda tener que cargar con un peso así en la conciencia. No sé por qué fui tan cabrón, supongo que porque era joven y estúpido y me lo tenía muy creído, pero eso no es ninguna excusa. En realidad no tenía intención de dejarla, solo estaba cabreado y pretendía darle una lección por querer ligarse a mi amigo. Pero, en vez de eso, fue ella quien me dio una lección que no he olvidado y no olvidaré jamás. —Cuando lo dijo, Hope no pudo evitar pensar en las veces que se había mostrado celoso con ella y que le había hecho preguntas sobre las personas a quienes retrataba, sobre su ex marido, su representante, el camarero del restaurante de Cabo Cod y los dos hombres del pub de Blessington. Seguía siendo posesivo, pero últimamente se controlaba más. Y con Hope no tenía motivos para serlo; aunque, al parecer, con Audra tampoco. La historia era horrorosa, y Hope se sintió muy apenada por Finn. Veía en sus ojos lo culpable que seguía sintiéndose al cabo de tantos años.

—A lo mejor tenía problemas emocionales y tú no lo sabías —apuntó Hope tratando de consolarlo—. Las personas normales no hacen cosas así, no se suicidan por muy desesperadas que estén. —No podía imaginarse a Mimi haciendo algo así, ni a sí misma a esa edad. Pero, fuera cual fuese el motivo, la cuestión era que la chica de la foto estaba muerta.

—A veces las jovencitas sí que hacen cosas así —repuso Finn—, e incluso no tan jovencitas. Nunca he estado del todo seguro de que la madre de Michael no muriera por algo parecido. Era alcohólica, y nuestra vida en pareja era un desastre. Sabía que no la amaba, y creo que ella tampoco me amaba a mí. Era una mujer muy infeliz. Estábamos atrapados en un matrimonio sin amor y nos odiábamos el uno al otro. Yo no quería divorciarme por Michael, pero tendría que haberlo hecho. A veces no merece la pena aguantar —dijo con aire sombrío, y entonces miró a Hope y le sonrió. Y, por un instante, a Hope se le pasó por la cabeza la idea absolutamente descabellada de que, en el fondo, Finn estaba orgulloso de que aquellas mujeres hubieran muerto por él. Al pensarlo, se le pusieron los pelos de punta. Y entonces, como para confirmar su idea, él la miró de forma extraña y le formuló una pregunta peculiar—: ¿Tú serías capaz de suicidarte, Hope? —Ella negó con la cabeza despacio, pero fue sincera con él.

—Cuando murió Mimi se me pasó por la cabeza. Más de una vez. Y también cuando Paul me dejó. Pero no fui capaz de hacerlo. Por muy mal que me sintiera y muy desesperada que estuviera, no me cabía en la cabeza hacer una cosa así. En vez de eso, me marché a la India y traté de recuperarme; le encontraba más sentido. —Claro que Hope era, en general, una persona sana y tenía los pies en el suelo. Además, cuando le sucedió aquello era bastante más mayor, ya había cumplido los cuarenta. En cambio, las otras dos personas eran jóvenes, y a esa edad las mujeres tendían a dramatizar más, lo vivían todo con mucha intensidad y llevaban las cosas al extremo. Aunque, de todos modos, no concebía que Mimi hubiera sido capaz de hacer una cosa así, ni por una relación rota ni por cualquier otro motivo. No cabía duda de que aquellas mujeres estaban traumatizadas y se encontraban en situaciones muy desesperadas; la una se había quedado embarazada sin estar casada y tenía un padre alcohólico al que enfrentarse y un novio que creía que la había abandonado, y la otra estaba atrapada en un matrimonio sin amor con un hijo que no deseaba y un marido a quien, según Finn, odiaba. Resultaba duro pararse a pensarlo. Pero Finn se limitó a salir de la biblioteca y subir a su estudio para seguir trabajando en el libro.

Hope guardó las fotografías en el cajón del escritorio y decidió no restaurarlo. Después fue a dar un paseo sola y estuvo pensando en Finn. Había tenido unas relaciones muy turbulentas y dolorosas con las mujeres, y llevaba más de veinte años cargando con el peso de la muerte de una joven. Debía de ser muy duro vivir con todo eso a cuestas. Entonces pensó en lo rara que era la pregunta que le había hecho. A lo mejor solo quería asegurarse de que, ocurriera lo que ocurriese, no tendría que volver a afrontar una cosa así. Con Hope podía estar tranquilo; no había peligro de que se suicidara. Si la muerte de su hija no había acabado con ella, seguro que nada lo haría. En aquel momento también había tenido miedo de perder a Paul; y sabía que un día lo perdería. Solo esperaba, por el bien de ambos, que ese día tardara mucho, mucho tiempo en llegar.

Mientras caminaba pensaba con tristeza en la muerte y entonces se acordó del bebé que llevaba en su seno. El niño que Finn y ella habían concebido era una afirmación de la vida y de la esperanza, un antídoto contra todas las tragedias que a ambos les había tocado soportar. Nunca en toda su vida había sido tan consciente de la maravilla que eso suponía, y de pronto comprendió lo que pretendía Finn; se aferraba a la vida para ahuyentar los fantasmas de la muerte que llevaban persiguiéndolo durante años. Resultaba conmovedor, y Hope sintió que lo amaba más que nunca. Pensó en Audra y, aun sin conocerla, lloró su muerte en silencio. Hope estaba conmovida por la sinceridad con que Finn había reconocido su parte de culpa en la tragedia. No había hecho el mínimo intento de negarlo ni ocultarlo, lo cual decía mucho a su favor. Y Hope se arrepintió del fugaz pensamiento de que, en cierto modo, Finn se enorgullecía de que aquellas mujeres lo amaran tanto como para suicidarse por él. Estaba segura de que no era cierto y sentía habérselo siquiera planteado. Había sido una idea disparatada, pero, por un instante, algo en su mirada y la pregunta que le había formulado justo después la habían llevado a pensarlo. Se alegraba de no habérselo dicho. Le habría dolido que sospechara una cosa así de él, y con razón.

Cuando regresó a la casa se sentía mejor y decidió vaciar dos armarios que estaban llenos de ajuares antiguos saturados de polvo. Estaba en lo alto de una escalera de mano, estornudando sin cesar, cuando Finn la buscó a última hora de la tarde. No le costó nada encontrarla a causa de los estornudos, y lo primero que hizo fue llamarle la atención.

—¿Qué estás haciendo subida a la escalera? —preguntó con una mueca de desaprobación mientras ella lo miraba sonándose la nariz por enésima vez.

—Tirar toda esta porquería. —Estante por estante, iba retirando las ropas amarillentas y las arrojaba al suelo, y cada vez levantaba una nube de polvo que la hacía volver a estornudar—. Estos trapos deben de llevar aquí por lo menos cien años. Están roñosísimos.

—Y tú estás atontada —contestó él enfadado—. Baja de ahí ahora mismo. Si quieres, ya lo haré yo, pero si te caes matarás al bebé. —Ella se quedó mirándolo, y al cabo de un momento sonrió, emocionada de que se preocupara tanto.

—No voy a caerme, Finn. La escalera está en perfectas condiciones. La hemos encontrado en el establo. —Era la única lo bastante alta para poder llegar a los últimos estantes de los armarios porque los techos eran muy altos. Pero Finn hablaba en serio y sujetó la escalera mientras ella bajaba poco convencida—. No soy ninguna inválida, por el amor de Dios, y aún estoy al principio del embarazo. —Bajó la voz para que no la oyeran, aunque tanto Winfred como Katherine estaban tan sordos que era poco probable que captaran nada, y en la casa no había nadie más.

—Me da igual. Ahora tienes que ser responsable por los tres. No hagas estupideces —recalcó, y se subió a la escalera en su lugar. En menos de un minuto estaba estornudando también, y los dos se echaron a reír, lo cual era un alivio después de las cosas tan tétricas que habían salido a la luz ese día. Hope seguía teniendo en mente la lamentable historia de Audra, pero no volvió a mencionársela a Finn. Ahora ya sabía lo doloroso que le resultaba su recuerdo, y lo compadecía—. ¿Por qué no lo tiramos todo y punto? —preguntó él contemplando las prendas amarillentas amontonadas en el suelo. La mayoría eran manteles que nadie había usado en muchos años y el resto eran sábanas para camas de medidas que ya no existían.

—Sí, pero antes como mínimo tenemos que sacarlo del armario, no podemos dejarlo ahí por los siglos de los siglos. —Hope actuaba como si fuera la señora de la casa, y Finn estaba encantado.

—Menuda amita de casa estás hecha —la provocó, y le sonrió desde lo alto de la escalera—. No veo el momento de que tengamos al bebé rondando por aquí, entonces sí que parecerá un auténtico hogar. Hasta que tú viniste, Hope, esto no era más que una casa.

Ella le había infundido su vida y su espíritu tan solo limpiando y cambiando las cosas de sitio, y los muebles que había restaurado estaban preciosos, aunque aún quedaba muchísimo trabajo por hacer. La casa estaba prácticamente vacía y costaría una fortuna amueblarla entera. Hope no quería pasarse de la raya, así que intentaba hacer cuanto podía por salvar lo que había y solo añadió unos cuantos objetos que ofreció como regalo a Finn. Él le estaba profundamente agradecido por todo lo que hacía. Y el resultado era positivo, aunque no cabía duda de que costaría muchos años devolver a la casa su buen estado original, y probablemente más dinero del que Finn ganaría en toda su vida. Pero al menos se estaba ocupando de lo que había sido el hogar de la familia de su madre, y Hope sabía lo mucho que eso significaba para él.

Adoraba esa casa casi tanto como la adoraba a ella. Allí había hallado sus orígenes y los había recuperado. Era un paso muy importante para él. Se sentía como si hubiera pasado toda la vida esperando ese momento, y a menudo se lo decía a Hope. Sabía que, si su madre viviera, se habría sentido orgullosa. Y Hope estaba encantada de compartir la experiencia con Finn. Sus esfuerzos por mejorar el estado de la casa y devolverle su esplendor original eran un gesto de amor hacia él.

Finn pasó varias semanas más trabajando en el libro y Hope se dedicó a tomar fotografías. A veces hacía discretos retratos en el pub, la mayoría de personas de edad, y a nadie parecía importarle. En general, la gente se sentía halagada. Por las tardes, cuando Finn dejaba de escribir, salían a dar largos y tranquilos paseos por las montañas. Él le contó cosas de su trabajo y de cómo estaba evolucionando la novela. Ella prestaba mucha atención a todo lo que le decía y estaba fascinada por su forma de trabajar, igual que le sucedía a él con ella. Ya antes de conocerla le encantaban sus fotografías, y la nueva serie de retratos de personas mayores en pubs le gustaba especialmente. Tenían unos rostros fascinantes y unos ojos muy expresivos, y, vistos a través de la lente de Hope, reflejaban toda la ternura y el patetismo del alma humana. Respetaban mucho su trabajo mutuo. Nadie se había interesado nunca tanto por las obras de Hope, y a Finn le ocurría lo mismo.

Hablaron del bebé, aunque a ella no le apetecía ahondar en el tema. No quería formarse demasiadas expectativas ahora que había conseguido acostumbrarse a la idea. Los primeros tres meses siempre eran inciertos, y a su edad aún más. Cuando pasara ese período, daría rienda suelta a sus emociones y se atrevería a celebrarlo. Pero hasta entonces, aunque estaba esperanzada y emocionada, prefería esforzarse por conservar la calma y ser realista; y albergaba ciertas reservas. Finn, en cambio, ya había puesto toda el alma en ello, y por eso hacía tiempo que Hope lo había perdonado por la espantosa tarde que le había hecho pasar en la consulta de la especialista de Londres e incluso por emborracharla y dejarla embarazada esa misma tarde. El resultado de todo ello era demasiado goloso para resistirse, y Hope amaba a Finn más que nunca, sobre todo ahora que tenían un vínculo tan especial. Se sentía relajada, feliz y muy, muy enamorada.

Habían empezado a hablar de la posibilidad de casarse, y a los dos les encantaba la idea. Hope quería pasar con él el resto de su vida, y él deseaba exactamente lo mismo. Y los planes de boda a corto plazo aún hacían que Hope sintiera más suya la casa.

Un día estaba vaciando los cajones bajos del comedor en su incesante esfuerzo por despojar al caserón de los trastos viejos y sin interés, cuando dio con un documento que alguien había dejado en el interior de uno de ellos. Parecía bastante nuevo. Se disponía a guardarlo en el escritorio de Finn cuando reparó en lo que era. Se trataba del contrato de alquiler de Blaxton House por seis años que Finn había firmado hacía dos. Al leerlo comprendió que lo que había hecho con la casa era alquilarla, no comprarla. Se quedó de una pieza. Él le había dicho que la casa era suya.

Pensó en volver a dejar el contrato en el cajón y no mencionarlo; en realidad, no era asunto suyo. Pero estuvo dándole vueltas toda la tarde. No se trataba solo de que le hubiera mentido; sobre todo, lo que le extrañaba era que le hubiera dicho que la casa era de su propiedad cuando en realidad solo la había alquilado. Al final no pudo soportarlo más y decidió aclarar las cosas con él. Le parecía una cuestión lo bastante seria. La sinceridad era uno de los pilares de la relación que estaban construyendo y que los dos querían que durara muchos años; toda la vida, a ser posible. Así que Hope no estaba dispuesta a que hubiera secretos entre ellos. Ella no los tenía con él.

Esperó a la hora de la cena para preguntarle por el tema. Estaban tomándose los sándwiches y la sopa que Katherine les servía todas las noches. A mediodía siempre les preparaba un menú caliente con mucha carne y verduras, y patatas a la irlandesa, y Finn lo disfrutaba pero Hope no probaba bocado. Ella prefería las comidas más ligeras. Estaba contenta de encontrarse bien a medida que avanzaba el embarazo. Comía más de lo habitual y aun así no había notado ni una sola náusea. Claro que con Mimi tampoco las había tenido. En los veintitrés años transcurridos desde su anterior embarazo nada había cambiado; se sentía más sana que nunca y eso se traslucía en su aspecto. Toda la frescura de la juventud y la futura maternidad se reflejaban en sus ojos y en sus mejillas a pesar de la edad. De hecho, se la veía más joven que nunca.

Abordó la cuestión con delicadeza cuando estaban terminando de cenar. No sabía muy bien cómo decírselo, y no quería violentarlo ni que sintiera que lo ponía en evidencia por lo que había descubierto. Al final, decidió ir al grano.

—He encontrado una cosa en uno de los cajones del comedor —anunció mientras doblaba la servilleta, y Finn dio un gran trago de vino. Siempre bebía más por las noches cuando estaba escribiendo un libro. Lo ayudaba a relajarse después de haberse pasado todo el día concentrado en el argumento. Hope se daba cuenta de que era un trabajo agotador.

—¿Y qué es? —preguntó con aire distraído. Ese día había estado escribiendo un capítulo especialmente difícil.

—El contrato de alquiler de esta casa —se limitó a responder Hope mirándolo a los ojos para observar cómo reaccionaba. Él tardó un minuto en hacerlo, y acabó apartando la mirada.

—Vaya —respondió al fin, y la miró de nuevo a los ojos—. Me daba vergüenza reconocer que no soy el propietario. La verdad es que me siento como si lo fuera, pero no puedo permitirme comprarla, así que me ofrecieron alquilarla. Mi esperanza es ser capaz de reunir el dinero durante los seis años que dura el contrato, pero de momento algo es algo. Siento no haberte contado la verdad, Hope. Es humillante reconocer que no puedes comprar la casa de tu propia familia, pero de momento me es imposible, y tal vez no lo logre nunca. —Se le veía incómodo al contarlo, pero no por haberle mentido. En realidad, no lo había hecho, o no del todo. Hope se dijo que Finn no tenía por qué darle explicaciones, ni sobre la casa ni sobre su situación económica, aunque era el padre de su hijo y el hombre a quien amaba. Con todo, de momento no la mantenía, y era posible que nunca tuviera que hacerlo. Ella no necesitaba ese tipo de ayuda por su parte. Llevaba pensándolo toda la tarde desde que dio con el contrato. Lo único que le preocupaba de verdad era que estaban gastándose el dinero, por lo menos el de ella, en una casa que pertenecía a otra persona, y eso no le parecía sensato. Le chocaba un poco que Finn se lo hubiera permitido, pero lo cierto era que él sentía pasión por Blaxton House, fuera suya o no. La casa había pertenecido a sus antepasados y debería ser el legítimo heredero, aunque de momento solo la tuviera alquilada.

—No tienes por qué darme explicaciones, Finn —repuso ella en voz baja—. No pretendía ponerte entre la espada y la pared, pero sentía curiosidad. En realidad, no es asunto mío. —Él la miraba fijamente, era obvio que se sentía incómodo—. Quiero proponerte una cosa. Yo tengo mucho dinero gracias a Paul, y no tengo hijos... —Sonrió y posó la mano sobre la de él con suavidad—... de momento, aunque eso está a punto de cambiar. Paul fue muy generoso conmigo y me ayudó a hacer algunas inversiones muy acertadas que siguen dándome beneficios.

Hope no se planteaba ocultarle a Finn cuál era su situación económica, no tenía motivos para hacerlo. Era obvio que no estaba con ella por su dinero, y ella lo amaba. Se amaban el uno al otro y respetaban mucho el vínculo y la confianza que los unían; y más ahora, con el bebé. Finn le merecía a Hope todo el crédito del mundo, y estaba convencida de que no se equivocaba. Era una persona bondadosa e íntegra, aunque no dispusiera de mucho dinero. Eso a ella le daba igual. Paul tampoco era precisamente rico cuando se casaron, Hope no era ninguna cazafortunas. Lo que más valoraba era el amor que se tenían.

—Lo que quiero proponerte es comprar yo la casa. Si te sientes violento, puedes pagarme un alquiler, aunque en mi opinión no tienes por qué hacerlo. También puedes aportar una cantidad simbólica para que te parezca un trato legal, como un dólar al mes, o cien al año. A mí me da completamente igual. Podemos preguntar a los abogados cómo debe hacerse. Cuando nos casemos te la ofreceré como regalo, o te incluiré como heredero en mi testamento. Y si no nos casamos y no seguimos juntos, lo cual me pondría muy triste... —En ese momento Hope le sonrió; tal como les estaban yendo las cosas, los dos sabían que no corrían ese riesgo—... podemos hacer un trato para que me devuelvas el dinero dentro de treinta años, o cincuenta si de mí depende. La cuestión es que no pienso arrebatarte la casa; debería ser tuya, y yo estaré más tranquila sabiendo que te pertenece, o que pertenece a alguien que te ama y que no va a cambiar de opinión y rescindir el contrato. Esta es tu casa, Finn. Ha pertenecido a tu familia durante cientos de años. Si estás de acuerdo, a mí me parece bien comprarla y conservarla para ti y para nuestros hijos. Y, para asegurarme de que todo está claro, si por algún motivo el bebé no llega a nacer, seguiré manteniendo mi palabra. Yo no necesito ese dinero. No sé cuánto piden por ella, pero creo que será una cantidad ínfima comparada con todo lo que Paul me traspasó. —Hope estaba siendo completamente sincera con Finn, y él la miraba anonadado. Era el gesto más bonito que jamás habían tenido con él, y encima Hope no le pedía nada a cambio. Lo hacía solo porque lo amaba.

—Dios mío, ¿cuánto dinero te dejó? —Finn no pudo evitar preguntárselo. Hope no estaba preocupada en absoluto por la compra de la casa ni por el dinero que iba a costarle. Y Finn se daba cuenta de que lo estaba haciendo por amor hacia él.

Hope no vaciló ni un instante al contestar. Era algo que no le habría contado absolutamente a nadie a excepción de Finn, a quien no solo se sentía capaz de confiar su fortuna, sino también su vida y la del bebé. De todos modos, ella no consideraba que aquel dinero fuera suyo. Era de Paul, y debería haberlo heredado Mimi. Ahora sería el bebé que llevaba en el vientre quien lo heredaría al cabo de los años; y, a fin de cuentas, Blaxton House debería formar parte de su patrimonio porque pertenecía a Finn. Tan solo estaba ayudándole a reunir la herencia que iría a parar al hijo de ambos. Y, en cualquier caso, era un gesto hacia él.

—Me dejó cincuenta millones de la venta de su empresa. Le quedaron doscientos netos después de la operación. Cuando él muera, recibiré cincuenta más, pero espero que eso tarde mucho en ocurrir. Además, todo está muy bien invertido; el año pasado gané una cantidad importante. Supongo que dinero llama dinero. Francamente, es más que excesivo para alguien con tan pocas necesidades como yo. La cuestión es que puedo permitirme comprar la casa —dijo sin rodeos—. Y me gustaría hacerlo por ti. ¿Sabes cuánto piden? —Hope no tenía ni idea de lo que podía costar una casa así en Irlanda.

En respuesta, Finn se echó a reír.

—Un millón de libras esterlinas; es un poco menos de dos millones de dólares. —La cifra era irrisoria en comparación con las cantidades de las que Hope estaba hablando, unas cantidades que a él le resultaban inconcebibles. Sabía que Hope tenía dinero; era evidente, y además le había explicado que Paul había sido muy generoso con ella. Pero no tenía ni idea de que fuera tantísimo dinero. Aquellas cifras superaban con creces sus expectativas más disparatadas—. Y seguramente podríamos conseguir una rebaja si pagamos en efectivo; una rebaja importante. La casa está en bastante mal estado, como ya sabes. Podríamos llegar a conseguirla por setecientas u ochocientas mil libras. Para el vendedor sería una cifra muy golosa, y para nosotros, una ganga. Equivaldría a un millón y medio de dólares. —Entonces la miró muy serio—. Hope, ¿estás segura? Solo llevamos juntos cuatro meses y esto supone hacerme un favor inmenso. —Lo que ella estaba proponiéndole era el mayor regalo que podrían hacerle en la vida; escapaba a todo lo imaginable.

—Me gustaría que la arregláramos juntos, y ayudarte en todo lo que haga falta. Es una lástima permitir que un sitio como este quede reducido a un puñado de escombros, sobre todo si la compramos.

—Deja que me lo piense —respondió él. Parecía desbordado. Se inclinó hacia delante y la besó; luego apuró la copa de vino, volvió a llenarla y la apuró de nuevo. Y entonces soltó otra carcajada—. Creo que esta noche no me queda más remedio que emborracharme. Todas esas riquezas son demasiado para el cuerpo. Ni siquiera sé qué decirte, excepto que te quiero y que eres una mujer extraordinaria.

Poco después los dos se fueron a la cama. Estaban cansados, a Finn lo abrumaban tantas emociones juntas y acabó perdiendo el mundo de vista a causa del vino. Ambos se despertaron en mitad de la noche. Había estallado una terrible tormenta y Finn se volvió hacia Hope en la oscuridad y levantó la cabeza apoyándose sobre un hombro.

—¿Hope?

—Sí. —Ella le sonrió. Estaba satisfecha del ofrecimiento que le había hecho. Le parecía lo más normal y era muy poco dinero comparado con todo lo que poseía. Además, así tendrían una casa magnífica.

—¿Puedo aceptar tu oferta ahora, o tengo que esperar a mañana? —Parecía un niño grandote en medio de la oscuridad, con los ojos haciéndole chiribitas de puro entusiasmo. Hope estaba dispuesta a hacerle el mayor regalo de su vida y tenía miedo de que lo pensara mejor y se retractara. Claro que si pensaba eso era porque no conocía bien a Hope. Ella era una mujer de palabra.

—Puedes aceptarla cuando te plaza —respondió ella posándole la mano en el cuello con suavidad mientras el viento aullaba en el exterior. Estaba lloviendo mucho. En Irlanda costaba que llegara la primavera, y a ella se le hacía raro, sobre todo sabiendo que ahora ese era su hogar; aunque también le encantaba. Además, estaba orgullosa de la casa solariega de Finn, de compartirla con él y esperaba que también con su hijo, o sus hijos. Tenían un magnífico futuro por delante.

—A lo mejor deberíamos esperar a ver si la casa se viene abajo esta noche. Hace un aire tremendo —observó Finn con gesto risueño.

—A mí me parece que resistirá —dijo ella aún sonriendo.

—Entonces quiero aceptar tu generoso ofrecimiento. Gracias por devolverme mi casa. Te prometo que cuando estemos casados y reúna el dinero suficiente te pagaré. Te la alquilaré por lo mismo que me cuesta ahora. Y te iré entregando el resto a plazos siempre que pueda. Seguramente tardaré bastante en cubrirlo todo, pero lo conseguiré.

—Puedes hacerlo como te venga en gana. Pero quiero que sepas que la casa es tuya y no podrán arrebatártela. De hecho, nadie debería hacerlo; tú eres el legítimo heredero.

Él asintió con lágrimas en los ojos, aunque estaba feliz. Hope volvía a inspirarle un respeto reverencial.

—Gracias. No sé qué más decir. Te amo, Hope.

—Yo también te amo, Finn.

Él apoyó la cabeza en su hombro y se dispuso a dormir, igual que un niño. Parecía sentirse a salvo y en paz, y ella permaneció tendida abrazándolo y acariciándole el pelo con suavidad. Y por fin también se quedó dormida mientras fuera seguía rugiendo la tormenta.

12

El día posterior a la tormenta Hope llamó al banco y completó todos los trámites para comprar la casa, y Finn la ayudó. Durante la noche habían perdido un árbol, pero no les importaba. No había ningún herido por el temporal, y tampoco había provocado daños materiales. El dueño de la propiedad, que la había comprado para hacer una inversión, se mostró satisfecho con la oferta de setecientas ochenta mil libras; un millón quinientos mil dólares. El precio era irrisorio, y Finn no cabía en sí de gozo. Hope ordenó la transferencia y, puesto que Blaxton House estaba libre de cargas, al cabo de ocho días se convirtieron en los propietarios. Legalmente la finca era de Hope, pero arregló todos los papeles para legársela a él en caso de morir, y de momento se contentó con que pagara un alquiler simbólico. Cuando estuvieran casados, su hijo pasaría a ser el heredero legítimo de la propiedad. Y si por algún motivo no llegaban a casarse o no tenían hijos, siempre cabía la posibilidad de que, pasado cierto tiempo, él se la comprara.

A él le pareció un trato estupendo, no habría podido conseguirlo de otro modo. Y Hope ya estaba haciendo planes para devolver a la casa su esplendor original. No veía la hora de poder dedicarse de lleno a restaurarla. Ella no ganaba nada con aquello, excepto la satisfacción de hacer feliz a Finn y de saber que eran los dueños de la casa donde vivían y donde criarían a su hijo. A ese respecto le recordó a Finn que el acuerdo no estaba condicionado al embarazo. Si por algún motivo perdían al bebé, no cambiaba nada. Y si la relación fracasaba, seguiría estando dispuesta a permitir que le comprara la casa cuando transcurriera el plazo reglamentario. Para él era un trato ideal, y le dijo que era la mujer más generosa del mundo, pero Hope le recalcó que era bueno para los dos. No había pedido consejo a nadie y no necesitaba que nadie le diera permiso. Lo hizo y punto; y notificó al banco que transfiriera el dinero al actual propietario. Todo el mundo quedó más que satisfecho con la operación. Sobre todo Finn, pero Hope también estaba contenta. Finn guardó la escritura en el cajón de su escritorio como si fuera oro en paño. Y entonces se dio la vuelta y se arrodilló ante Hope mirándola a los ojos.

—¿Qué estás haciendo? —preguntó ella riendo, pero entonces observó su expresión grave. No cabía duda de que para él era un momento importante.

—Te estoy pidiendo formalmente que te cases conmigo —dijo en tono solemne, y le cogió la mano. Hope no tenía a nadie a quien pedir consejo, su única familia era Paul y no habría resultado apropiado que se lo preguntara a él, aunque Finn le estaba igualmente agradecido por lo generoso que había sido con ella—. ¿Quieres ser mi esposa, Hope? —A ella se le arrasaron los ojos de lágrimas al verlo arrodillado, y asintió. Estaba demasiado emocionada para hablar, y ahora que llevaba un hijo en el vientre lloraba con mucha más facilidad.

—Sí, sí que quiero —respondió con la voz quebrada, y entonces la ahogó un sollozo. Él se levantó, la estrechó en sus brazos y la besó.

—Te prometo que cuidaré de ti durante toda tu vida. No lo lamentarás ni un solo instante. —Eso ella ni se lo había planteado—. La próxima vez que vayamos a Londres te compraré un anillo de compromiso. ¿Cuándo te parece bien que nos casemos? —Estaba previsto que Hope tuviera al bebé en noviembre, y ella quería que se casaran antes, aunque solo fuera por que su hijo naciera dentro del matrimonio. De todos modos, no le apetecía demorarlo. Los dos estaban muy seguros de sus sentimientos.

—Tal vez deberíamos esperar a que se lo hayas contado a Michael antes de planearlo más en serio —dijo Hope pensando en el hijo de Finn, quien no deseaba que se sintiera al margen—. A lo mejor podemos casarnos el próximo verano en Cabo Cod. —A ella le habría hecho mucha ilusión.

—Prefiero que nos casemos aquí —repuso Finn con sinceridad—. No sé por qué me parece más formal. Claro que puede ser en verano, cuando venga Michael. Siempre pasa unos días aquí, aunque no muchos.

—Antes de que se lo digamos, tendrás que presentármelo —observó Hope con buen criterio, y los dos convinieron en que no querían comunicárselo por teléfono. Michael no sabía nada de Hope, y sería raro llamarlo para decirle que su padre iba a casarse con una extraña y que iban a tener un bebé. Eran demasiadas novedades para digerirlas de golpe. Hope quería darle tiempo para que la conociera y se hiciera a la idea. Ella, por su parte, tendría que explicárselo a Paul, y sabía que de entrada sería un duro golpe para él enterarse de que salía con otro hombre y que iba a tener un hijo suyo. Necesitaban tiempo para que las personas de su entorno asimilaran sus planes. El verano, o incluso el otoño, le parecía una fecha lo bastante cercana. Así también ellos dispondrían de tiempo para organizarse. Les habían ocurrido muchas cosas en muy pocos meses; habían empezado a salir juntos, iban a tener un hijo y ahora estaban pensando en casarse. Era todo tan trepidante que Hope sentía que le faltaba el aire. En cuestión de cuatro meses su vida había cambiado por completo. Un hombre, un hijo, una casa. Pero Finn le parecía maravilloso y estaba segura de lo que hacía.

Una vez completada la compra, Hope descubrió que tenía más trabajo que nunca. Ya era bien entrado abril, y decidió retrasar los trabajos que tenía previstos para mayo en Nueva York; no quería coger ningún avión hasta haber cumplido el primer trimestre, para cuando disminuyese el riesgo de perder al bebé. Le pidió a Mark que retrasara todos los compromisos hasta mediados de junio sin explicarle el motivo, aunque se había enterado de lo de la compra de la casa por el banco.

—Así que has comprado una casa en Irlanda —dijo con interés—. Tendré que ir a ver qué te llevas entre manos por allí. ¿Qué tal te va todo con Finn?

—Perfectamente —respondió ella, exultante—. No había sido tan feliz en toda mi vida. —Él se lo notaba en la voz, y se alegraba por ella. Lo cierto era que había atravesado momentos muy difíciles y se merecía que por fin le sonriera la suerte.

—Nos veremos en junio. Me encargaré de solucionarlo todo, no te preocupes por eso. Tú diviértete en tu castillo, o lo que sea. —Ella le describió un poco la casa y a él le encantó oír su voz alegre y emocionada. Hacía años que no la oía tan bien.

Durante los dos meses siguientes, Finn y Hope no pararon ni un instante. Hope contrató a un albañil y empezaron las reparaciones que tanta falta hacían en la casa. Tenían que construir un nuevo tejado; valía la pena hacerlo aunque costase una fortuna. Colocaron burlete en las ventanas por las que llevaba cincuenta años filtrándose el agua. Retiraron toda la madera podrida y Hope se encargó de que pintaran la casa por dentro mientras ellos pasaban el verano en Cabo Cod. Entretanto iba adquiriendo piezas antiguas en tiendas y subastas para amueblar la casa tal como merecía. Y cada vez que Finn se fijaba en ella la veía cargando con algún paquete, arrastrando una caja, trepando por la escalera de mano o retirando el revestimiento de alguna pared. Guardó todos los libros de la biblioteca en cajas para que pudieran reparar la estantería. No paraba nunca, y más de una vez Finn tuvo que cantarle las cuarenta y recordarle que estaba embarazada. Ella se comportaba igual que durante el embarazo de Mimi, y Finn le insistía en que ya no tenía veintidós años. A veces Hope era consciente de que debía andarse con cuidado, pero el resto del tiempo se reía de él y le decía que no estaba enferma. Nunca se había sentido más sana ni feliz en su vida. Era como si estuviera recibiendo la compensación por todo lo que había sufrido en el pasado. Estaba convencida de que Finn era una bendición de Dios, y no paraba de repetírselo.

Una tarde trabajó con especial ahínco para embalar la vajilla y que así pudieran pintar el interior de las vitrinas, y luego se quejó de dolor de espalda. Llenó la bañera de agua caliente y una vez dentro se sintió mejor, pero dijo que aun así le dolía mucho, por lo que Finn volvió a leerle la cartilla, pero luego sintió lástima y le dio un masaje.

—Eres tonta —la riñó—. Al final tendrás algún problema y todo será por tu culpa, y te advierto que me voy a enfadar mucho. Trabajas como una mula y te estás jugando a nuestro hijo con tanto meneo. —Pero Finn también estaba emocionado de ver que ponía tanto empeño en su casa y que lo hacía por él. Quería dejarla bonita para que estuviera orgulloso. Lo hacía por amor a Finn, y también tendría un hijo por él.

Esa noche a Hope le costó dormir, y al día siguiente se quedó toda la mañana en cama. Se quejaba de que seguía doliéndole la espalda y él se ofreció a avisar a un médico, pero ella dijo que no hacía falta. Él le dio crédito, aunque no tenía buen aspecto. La encontraba pálida y era evidente que sufría dolores. Al cabo de una hora fue a ver qué tal estaba y la encontró en el cuarto de baño con un charco de sangre en el suelo. Ella lo miró, pero apenas era capaz de sostenerse a cuatro patas. Al verla así, a Finn le entró pánico y corrió hacia el teléfono. Llamó a urgencias y le suplicó a la telefonista que se dieran prisa, y luego regresó al cuarto de baño donde estaba Hope. Cuando llegaron los médicos, Finn la sostenía entre sus brazos y tenía los vaqueros empapados de sangre. Había perdido al bebé y estaba sufriendo una hemorragia; perdió el conocimiento cuando la levantaron para colocarla en la camilla y llevarla a la ambulancia. Finn salió corriendo tras ellos. No paraba de rezar para que sobreviviera, y cuando al cabo de varias horas y después de que le hubieran vaciado el útero hubo pasado el peligro, vio que Finn la miraba con aire sombrío. Ella le tendió la mano, pero él se levantó de la silla y se dio media vuelta. Hope se echó a llorar. Él estuvo un rato frente a la ventana y luego se volvió a mirarla. Se le veía enfadado y triste a la vez, y también tenía los ojos arrasados de lágrimas. Pensaba más en su propia pérdida que en la de ella.

—Has matado a nuestro hijo —soltó con brutalidad, y ella estalló en un sollozo y volvió a tenderle la mano, pero él no se acercó. Hope intentó incorporarse, pero estaba demasiado débil. Habían tenido que hacerle dos transfusiones para reponer la sangre que había perdido.

—Lo siento —consiguió balbucir entre sollozos.

—Con tanto ir y venir tontamente, mira lo que has conseguido. Habías logrado superar los tres primeros meses y ahora lo has enviado todo al carajo. —No dijo nada para consolarla ni tranquilizarla, y Hope estaba completamente abatida cuando volvió a arremeter contra ella—. Nos has hecho una buena faena al bebé y a mí. Te has cargado a un niño sano, Hope. —No se le ocurrió pensar que tal vez el niño no estuviera tan sano puesto que no había sobrevivido más tiempo, pero tampoco había forma de saberlo seguro, y lo último que necesitaba Hope era ponerse a discutir—. ¿Cómo has podido ser tan egoísta y estúpida? —Ella seguía sollozando mientras aguantaba el chaparrón, y al cabo de unos instantes él se marchó enfurecido. Ella se quedó tumbada en la cama, desconsolada, pensando en todas las acusaciones de Finn, hasta que al fin la enfermera, al verla gritar cosas incoherentes, le inyectó un tranquilizante. Cuando se despertó al cabo de varias horas, Finn volvía a estar sentado a su lado. Seguía teniendo la expresión adusta, pero le había cogido la mano—. Siento todo lo que te he dicho —se disculpó con brusquedad—. Es que estaba muy disgustado, tenía muchas ganas de tener ese hijo. —Ella asintió y se echó a llorar de nuevo, y esa vez él la estrechó entre sus brazos y la consoló—. No pasa nada —dijo—, ya tendremos otro. —Ella asintió y se limitó a permanecer sollozando entre sus brazos—. Aunque a veces me comporte como un estúpido, te quiero, Hope. —Y cuando dijo eso, también a él, como a ella, le rodaron las lágrimas por las mejillas.

13

Hope partió hacia Nueva York al cabo de dos semanas, en junio. Estaba delgada y pálida, y carecía de vitalidad. Sabía que Finn seguía enfadado con ella, la culpaba totalmente del aborto e insistía en que todo había ocurrido por su falta de cuidado. Se negaba a aceptar que la edad podía haber influido, o que tal vez habría sucedido de todos modos. No perdía ocasión de inculcarle que era culpa suya. Le decía que ambos se sentirían mejor cuando se quedara embarazada de nuevo y la cosa acabara bien, lo cual solo servía para exacerbar el propio sentimiento de culpa que Hope no manifestaba. Ya se había disculpado mil veces ante Finn, pero él actuaba como si lo hubiera traicionado y, al mismo tiempo, hubiera traicionado a su hijo. Cada vez que lo miraba, tenía la sensación de ser una asesina, y se preguntaba si llegaría a perdonarla algún día. Él no sabía más que repetir que tenían que intentarlo de nuevo. Para Hope fue casi un alivio subir al avión rumbo a Nueva York y perderlo de vista. No estaba en absoluto preparada para quedarse embarazada otra vez, y menos tan pronto. Finn se comportaba como si le debiera un hijo. Pero el aborto la había hecho revivir de forma inesperada el duelo por la pérdida de Mimi y la había dejado muy afligida. Y, para colmo, la relación con Finn atravesaba un mal momento, lo cual le provocaba una pena muy profunda.

Consiguió cumplir con los compromisos adquiridos en Nueva York, y esperaba poder ver a Paul puesto que ya habían transcurrido seis meses desde su último encuentro, lo cual le parecía muchísimo tiempo. Pero cuando lo llamó al móvil, él le explicó que se encontraba en Alemania probando un nuevo tratamiento para el Parkinson y que tenía previsto quedarse allí algún tiempo. Hope sintió mucho que no pudieran verse, pero convinieron en aplazarlo hasta el otoño.

Quedó para comer con Mark Webber, quien le dijo que tenía aspecto de estar agotada y que trabajaba demasiado. Pero ella insistió en que era feliz, y Mark se esforzó por creerlo. Sin embargo, su aspecto no se correspondía con el estado de ánimo que le había transmitido por teléfono. Las duras críticas de Finn por la pérdida del bebé habían hecho mella. Se había mostrado tan cruel que a Hope le costaba olvidarlo. Era la primera vez que la trataba mal en los seis meses que llevaban juntos, y el único momento en que su relación se había enfriado.

Mark le había conseguido varios encargos para el otoño, pero Hope no sabía si aceptarlos o no. Si volvía a quedarse embarazada, Finn no le permitiría volar a Nueva York. De repente, algo que había sido fruto de un afortunado accidente se había convertido para él en una cuestión de vida o muerte. Y por primera vez Hope se sintió insegura de sí misma. Tenía un profundo sentimiento de culpa y le inquietaba plantearse un nuevo embarazo.

Acudió a su ginecóloga de Nueva York, y ella le recomendó esperar por lo menos tres meses antes de volver a intentarlo. También le recordó con sensatez que podría haber perdido al bebé de todos modos, aunque no hubiera hecho otra cosa que permanecer en cama. Pero después de todo lo que Finn le había dicho, Hope se sentía culpable y deprimida. Ya había decidido retrasar la boda hasta diciembre, puesto que ahora no había ninguna prisa. Estaba demasiado abatida para hacer planes.

Finn se presentó en Nueva York en cuanto Hope hubo cumplido con todos sus compromisos. Estaba de mucho mejor humor que la última vez, y se comportaba de un modo muy cariñoso con ella. Hope trató de evitar el tema del aborto, pero él insistió varias veces en que, cuando regresaran, quería que pidiera consejo a la especialista de Londres. No estaba dispuesto a perder tiempo y actuaba de una forma que hacía que Hope se sintiera en deuda con él. Ella todavía se encontraba demasiado débil, cansada y deprimida para discutir o plantarse, así que acabó por transigir. Resultaba más fácil que llevarle la contraria. Iban a pasar juntos los meses de julio y agosto en Cabo Cod, mientras los decoradores pintaban Blaxton House de arriba abajo. Hope estaba segura de que después del verano se sentiría mejor y dejaría de verlo todo tan negro. Aún estaba recuperándose de los cambios hormonales derivados de un aborto tras tres meses de embarazo y de la gran pérdida de sangre. Todavía tenía el cuerpo descolocado. Además, la brutal respuesta de Finn y sus duras acusaciones la habían trastornado de forma considerable. Su reacción ante el aborto era muy poco coherente con el habitual comportamiento extremadamente cariñoso de los últimos seis meses. Hope estaba ansiosa por que se serenara; estaba segura de que lo haría.

Lo mejor que ocurrió desde la llegada de Finn a Nueva York fue que su hijo Michael viajó desde Boston para cenar con ellos, y a Hope le pareció un muchacho de lo más entrañable. Era inteligente, extrovertido, cariñoso, bien educado y encantador en todos los sentidos. Acababa de cumplir veinte años y se parecía mucho a Finn. No paraba de provocar a su padre y era bastante descarado con él, pero Hope se sorprendió de lo bien que se llevaban. Decía mucho en favor de Finn haber criado solo a un chico tan maravilloso, y ella pensó que por fuerza tenía que ser un buen padre para que su relación fuera tan fluida.

Hope invitó a Michael a ir con ellos a Cabo Cod, pero él

se disculpó diciendo que iba a pasar el verano en California con sus abuelos maternos, tal como hacía todos los años. Les explicó que tenía una oferta de trabajo en la Bolsa de Valores de San Francisco para los meses de julio y agosto, y se mostró entusiasmado al respecto. El hecho de tener allí a Michael hizo que Hope volviera a echar mucho de menos a Mimi; y por la noche, cuando el chico se hubo marchado, lo alabó ante Finn.

—Es un chico fabuloso. Has hecho un buen trabajo —dijo, y él le sonrió. Por primera vez, Hope tuvo la sensación de que las cosas entre ellos estaban volviendo a su cauce. La pérdida del bebé había supuesto un duro golpe para ambos. No quisieron contarle a Michael de buenas a primeras que estaban planeando casarse; convinieron en explicárselo en septiembre, cuando fuera a visitarlos a Irlanda. Hope no veía la hora de mostrarle todos los cambios que estaban haciendo en la casa; ella misma se moría por verlos. Tenía muchas ganas de volver a pasar tiempo con Michael, quería conocerlo mejor.

Cuando llegaron a Cabo Cod era como si entre ellos no hubiera habido roce alguno. Finn no volvió a mencionar el aborto y abandonó las acusaciones y los comentarios mordaces que amedrentaban a Hope. Se mostraba tan cariñoso, gentil y agradable como siempre. Volvía a ser el hombre del que ella se había enamorado unos meses antes; mejor, incluso. Y ella empezó a relajarse y a sentir que podía comportarse con más naturalidad. Ganó algo de peso y recuperó la salud. Estaban juntos a todas horas. Finn se había llevado consigo el manuscrito y aseguraba que el trabajo iba viento en popa.

Lo único que molestaba a Hope era que él se negaba a conocer a sus amigos de Cabo Cod. Paul y ella siempre habían tenido la puerta de su casa abierta y solían recibir visitas a menudo. Sin embargo, Finn decía que no le parecía bien, que le impedía trabajar; y las pocas veces que alguien se dejaba caer por allí, se le notaba incómodo. El Cuatro de Julio, Hope lo llevó a una comida informal en casa de una pareja a la que conocía de toda la vida, pero él se mostró distante y desagradable. Varias personas alabaron sus novelas, y aun así su respuesta fue fría y le insistió a Hope para que se marcharan temprano.

Cuando al día siguiente ella le cuestionó su comportamiento, él alegó que detestaba el ambiente de las urbanizaciones veraniegas y que no tenía nada en común con aquella gente. Además, ¿de qué servía que intimaran? Ellos vivían en Irlanda. De lo que Hope se daba cada vez más cuenta era de que la quería para él solo. Se quejaba incluso si iba a comprar comida sin él. Quería que lo hicieran todo juntos. A Hope por una parte le resultaba halagador, pero había veces en que la agobiaba. Finn le dijo que prefería el invierno al verano en Cabo Cod; se respiraba más tranquilidad y no se veía ni un alma alrededor. Rechazó a todos los amigos de Hope sin excepción. Ella los veía muy poco desde que no vivía en Boston, y siempre le había gustado la atmósfera que se creaba allí, pero estaba claro que eso no iba a formar parte de su vida con Finn. Aunque él había disfrutado de una gran vida social cuando era joven y había salido con millones de mujeres antes de conocerla a ella, cuando tenía una relación estable prefería llevar una vida tranquila y no dedicar el tiempo libre a nadie más.

A veces a Hope eso le provocaba una sensación de aislamiento, pero él insistía en que así era más romántico, y se negaba a compartirla. La verdad era que se mostraba tan cariñoso con ella que no cabían las quejas. Al final del verano, el desencuentro pasajero que habían experimentado en torno al aborto estaba por fin superado y olvidado. Finn volvía a ser el príncipe azul en persona, y aunque Hope apenas había visto a sus amigos, se sentía aliviada de notarlo a él más cerca que nunca. En definitiva, tenía la impresión de que el disgusto por la pérdida del bebé había servido para unirlos y había despertado en Finn un sentimiento de amor más profundo. Y si ello implicaba tener que renunciar a ver a sus amigos de

Cabo Cod, el sacrificio merecía la pena. Era más importante su vida con Finn y el bien de la relación.

Regresaron a Nueva York después del día del Trabajador, que en Estados Unidos se celebraba el primer lunes de septiembre. Finn tenía planeada una importante reunión con su editor en Gran Bretaña y regresó a Londres de inmediato, y Hope aprovechó para ultimar unos cuantos detalles en Nueva York. Antes de dejar la ciudad tenía que ir a ver al director del banco y a su abogado, y también tenía que reunirse con su representante. Había previsto regresar a Irlanda el fin de semana siguiente y pasar allí todo septiembre. En realidad, no tenía motivos para volver a Nueva York hasta noviembre. Trató de no pensar en que esa era la fecha en que habría nacido el bebé. A lo mejor Finn tenía razón y era buena idea que intentaran tener otro hijo. Que fuera lo que Dios quisiera. La cuestión era que se sentía recuperada y podía afrontar el tema con más filosofía. Además, desde julio Finn no había vuelto a mencionar a la especialista en medicina reproductiva.

Cuando se encontró con Mark, él le contó que tenía un encargo fabuloso en América del Sur para el mes de octubre. Hope tenía que admitir que la cosa pintaba muy bien, pero vaciló. Sabía que a Finn le molestaría, y si por casualidad volvía a quedarse embarazada no querría que viajara en avión por mucho que el médico asegurara que no había peligro. No tenía ganas de volver a despertar su ira ni de arriesgarse a sufrir otro aborto, así que miró a Mark con tristeza y le dijo que no creía que fuera a aceptarlo.

—¿A qué viene esto ahora? —se extrañó él, descontento.

—Creo que mi relación con Finn no está atravesando el mejor momento para que me vaya a la otra punta del mundo. Estamos haciendo obras en la casa, y a él no le gusta que viaje. —No quería confesarle a Mark que había estado embarazada hacía poco y que era posible que volviera a intentarlo.

—Me parece que te equivocas de medio a medio dejando que él influya en los encargos que aceptas y los que no, Hope.

Nosotros no nos entrometemos en su vida profesional, y no hay ningún motivo de peso para que él se entrometa en la tuya. Menuda gilipollez. ¿Qué le parecería si tú le dijeras que no quieres que escriba la siguiente novela? Los dos tenéis mucho talento y una trayectoria importante, la única forma de que lo vuestro funcione es que los dos respetéis la parcela del otro. Él no es nadie para convencerte de que no trabajes; y si lo intenta, no debes permitírselo.

—Ya lo sé —repuso ella, nerviosa—. ¿Qué quieres que te diga? Se comporta como un niño pequeño. Pensamos casarnos a finales de este año, tal vez luego se tome las cosas con más calma. —Tenía la esperanza de que fuera así, aunque de momento, siempre que se marchaba, Finn le hacía sentir que lo estaba abandonando, por mucho que el viaje se debiera a motivos de trabajo. Por otra parte, insistía en que estaba orgulloso de su talento y demostraba respeto por su obra. Hope recibía mensajes contradictorios y eso le hacía sentirse insegura y dudar de sí misma.

—¿Y si no es así? —preguntó Mark con aire preocupado.

—Ya hablaremos de eso cuando llegue el momento. Solo llevamos juntos nueve meses.

—Precisamente por eso. Me parece un poco pronto para que te joda la carrera; de hecho, eso no debería ocurrir nunca.

—Ya lo sé, Mark —repuso ella con un hilo de voz—. Finn necesita que le demuestre continuamente cuánto me importa, es algo muy curioso. Requiere mucha atención.

—Pues entonces adóptalo en vez de casarte con él. Será mejor que pongas las cosas en su sitio cuanto antes; si no, acabarás lamentándolo.

Hope asintió. Sabía que Mark tenía razón, pero costaba menos decirlo que hacerlo. Además, a excepción de la desacertada reacción que había tenido con respecto al aborto, Finn se había comportado con ella como nadie lo había hecho jamás. La mezquindad con que había respondido en aquella ocasión se debía a un mero desliz, estaba convencida de ello;

y en los meses transcurridos desde entonces lo había compensado mostrándose más amable que nunca. Ella, por su parte, no tenía problema en ajustar la agenda durante un tiempo para amoldarse a sus necesidades. De todos modos, ya tenía tres importantes encargos previstos para noviembre; no necesitaba para nada un cuarto. No valía la pena jugársela, así que rechazó la oferta. Bien había hecho eso mismo por Mimi cuando era pequeña. Claro que ella era una niña, no su pareja. Pero Hope había perdido a demasiados seres queridos en la vida como para arriesgarse a perder a uno más. Si Finn volvía a ponerse igual de furioso que con lo del aborto, tal vez acabaría dejándola, y no quería correr ese riesgo.

Quedó con Paul su último día en Nueva York. Pensaba explicarle lo de Finn, quería decirle que iban a casarse, pero lo vio tan enfermo que no tuvo agallas. Apenas podía andar y tuvo que darle ella la comida; había envejecido veinte años en uno solo, y al verlo se asustó. Él le contó que el tratamiento que había probado en Alemania no había funcionado, y que luego había estado en varios balnearios y había acabado ingresado en el hospital por culpa de una infección. Se sentía contento de haber regresado a Estados Unidos; estaba de paso en Nueva York antes de regresar a Boston para someterse al tratamiento. De camino al aeropuerto, tras despedirse de él, Hope se echó a llorar. Era horrible comprobar que se iba apagando de esa forma y verlo tan débil. Cuando subió al avión, aún se sentía deprimida.

Se pasó casi todo el viaje durmiendo y llegó a Dublín a primera hora de la mañana. Finn la estaba esperando con aquella sonrisa amplia y pausada que Hope conocía tan bien y que tanto le gustaba. En el instante en que lo vio supo que entre ellos todo iba bien. Él la llevó en su coche hasta Blaxton House, y diez minutos después de llegar ya se estaban acostando juntos. Finn se mostró más apasionado que nunca con ella, y muy cariñoso. Estuvieron en la cama charlando, susurrando y haciendo el amor hasta el mediodía, y luego él la llevó a la planta baja y le mostró lo bella que se veía la casa recién pintada. Hope se estaba dejando una fortuna allí, pero los dos convinieron en que valía la pena.

Sentaba muy bien estar de vuelta; se sentía la dueña y señora de la casa. Al cabo de unos días estaba previsto que Michael fuera a visitarlos, y Hope se alegró de poder disfrutar antes de unos días con Finn. Empezaba a pensar que él tenía razón, que era mejor cuando estaban los dos solos. Cada momento que compartían estaba lleno de amor y romanticismo, y resultaba imposible lamentarse de eso. Al terminar el día, tras haber disfrutado recorriendo sus dominios, subieron la escalera cogidos de la mano y volvieron a meterse en la cama.

14

Cuando llegó Michael, Finn fue a recogerlo al aeropuerto y Hope decidió esperarlos en casa. No quería inmiscuirse en la relación, puesto que disponían de tan poco tiempo para compartir. Se sentía feliz de tener al chico con ellos. Había preparado para él uno de los dormitorios de invitados recién pintados, y había incluido un enorme jarrón con flores amarillas. También le había comprado unas cuantas revistas en el pueblo, y trataba de pensar en todos los detalles que pudieran gustarle. Sabía cuánto se querían Finn y él, tras pasar solos tantos años hasta que Michael se hizo adulto. Tenía muchas ganas de conocerle mejor. Finn pensaba llevárselo unos cuantos días a pescar a los lagos de Blessington, había hecho una reserva para volar en ala delta y tenía previsto alquilar caballos. Quería que el chico lo pasara bien, y Hope estaba dispuesta a contribuir en todo lo posible, aunque para ello tuviera que mantenerse al margen, pero Finn le dijo que no se molestara.

Esa vez iban a contarle a Michael que tenían pensado casarse en diciembre. Puesto que para entonces sería invierno, Hope había accedido a que la boda se celebrara en Irlanda, aunque también le atraía la idea de casarse en Londres para que a los invitados como Mark les resultara más fácil llegar. Finn era partidario de que la ceremonia tuviera lugar en la diminuta iglesia de Russborough y de ofrecer luego una recepción en casa, y comentó que le daba igual si estaban los dos solos. No estaba seguro de que Michael fuera a ir desde Boston, y dijo que eso tampoco le importaba. La única que le importaba que estuviera presente era Hope, no necesitaba que hubiera ninguna otra persona. Finn distaba mucho de ser el animal social que Hope creía que era cuando se conocieron. En realidad, era una especie de ermitaño que no deseaba estar con nadie más que con ella. Él insistía en que era la prueba del inmenso amor que le profesaba, y ella le daba crédito. El mayor tributo que podía rendirle era querer dedicarle cada instante de su vida.

Cuando Michael y su padre llegaron del aeropuerto, el chico obsequió a Hope con un cálido abrazo y dio su opinión sobre los cambios en la casa. Estaba muy impresionado.

—¿Qué ha pasado? ¿Es que te ha tocado la lotería, papá? —bromeó Michael. Padre e hijo siempre se hablaban con un ligero retintín y en los comentarios del chico solía apreciarse cierta ironía, pero la cosa no revestía mayor importancia. Era el tipo de cosas que se decían los hombres cuando uno de ellos pujaba por entrar en el dominio de la hombría y el poder mientras el otro luchaba con uñas y dientes por mantenerse en él. Hope los observaba y se preguntaba si era por eso por lo que Finn quería a toda costa tener un bebé. Era una forma de aferrarse a la virilidad y la juventud y demostrarse a sí mismo y al mundo que aún conservaba todo el vigor. Pero, en su opinión, había otros modos de hacerlo patente.

Hope guió a Michael por la casa y le mostró todos los cambios y las obras de restauración. Las paredes, antes tan deslucidas, habían mejorado mucho con la mano de pintura que les habían dado en verano. Hope se había deshecho por fin de las alfombras y había conseguido que repararan los bonitos suelos antiguos. La casa seguía siendo la misma, pero tenía otro aspecto, y Michael elogió con amabilidad todas las mejoras a las que Hope había contribuido.

Al día siguiente los dos hombres partieron hacia el lago. Tenían previsto estar fuera tres días. Después, Michael quiso que su padre lo acompañara un par de días a Londres, y Hope se quedó en casa para seguir con las obras. En realidad, no tuvo ocasión de pasar tiempo con Michael hasta el día anterior a su partida. El chico debía regresar al MIT para empezar el tercer curso. Finn se encontraba en el pueblo comprando el periódico cuando Hope se sentó a desayunar con él. Katherine les había preparado huevos, salchichas y té, y a Michael pareció gustarle. Al principio se mostró callado, y los dos se concentraron en el desayuno. Finn le había confesado a Hope que todavía no le había contado a su hijo lo de la boda y no quería ser ella quien le diera la noticia; no le correspondía. Decírselo era cosa de Finn, y se preguntó cuándo pensaba hacerlo puesto que el muchacho tenía previsto marcharse al día siguiente.

—Tu padre te echa muchísimo de menos —dijo para iniciar la conversación—. Después de vivir juntos tantos años, a ti también debe de costarte el cambio; supongo que acusas igual que él la distancia.

Michael levantó la vista del plato de salchichas y se quedó mirando a Hope con expresión perpleja, pero no dijo nada.

—Seguro que estáis muy unidos al haber pasado tantos años los dos solos. —Hope se sentía un poco extraña hablando con él; Michael se mostraba amable y simpático, pero no daba mucho pie para que conversaran. Se preguntaba si las figuras maternas lo incomodaban puesto que había crecido sin madre, lo cual era muy triste—. Tu padre me ha explicado que lo pasabais muy bien cuando vivíais en Londres y en Nueva York. —Se estaba esforzando por que interviniera, pero Michael se recostó en la silla y la miró fijamente. Cuando habló, lo resumió todo en una frase.

—No he vivido nunca con mi padre. —No lo dijo en tono de enfado ni de decepción, sino como un simple dato objetivo, y Hope se quedó estupefacta.

—¿No vivíais juntos? Él... Me dijo... Lo siento, debo de haberlo entendido mal. —Se sentía como una imbécil, y la verdad era que lo parecía. Con todo, Michael estaba impasible.

—Mi padre dice en cada momento lo que le parece bien, o lo que cree que le hace quedar bien. Se inventa las cosas, igual que en los libros. Él es así, confunde la realidad con la ficción —dijo sin condenarlo, aunque era una apreciación muy grave. Hope no sabía qué responder ni qué pensar.

—Seguro que la que está confundida soy yo —se retractó llena de pánico. Sin embargo, los dos sabían que lo único que pretendía era salvar la incómoda situación y buscar alguna excusa para defender a Finn.

—No, no es cierto —repuso Michael terminándose la salchicha—. Me crié en California, con mis abuelos. A mi padre apenas le vi el pelo hasta que empecé la universidad. —De eso solo hacía dos años, lo cual significaba que lo de que habían vivido juntos en Londres y en Nueva York era una mentira, o una fantasía, o un mero deseo, o a saber qué. Hope no lo comprendía, y se esforzaba por que Michael no notara lo afectada que estaba—. Sé que mi padre se preocupa por mí, y que ahora quiere compensar su negligencia, pero para mí ha sido casi toda la vida un extraño; en muchos aspectos todavía lo es.

—Lo siento —dijo Hope, con aire desolado—. No quería sacar a colación un tema tan doloroso. —Se sentía fatal, pero el chico sentado frente a ella no parecía haberse alterado lo más mínimo. Estaba acostumbrado a tratar con Finn y conocía sus rarezas; y, al parecer, una de ellas era inventarse cosas.

—Por eso es tan buen escritor. Creo que, de hecho, él mismo se cree lo que se inventa. Desde el momento en que dice algo, lo considera cierto. Son los demás los que no lo ven así. —El chico demostraba una clarividencia asombrosa, y Hope no pudo evitar pensar en lo bien que lo habían educado sus abuelos. Era un joven llano, íntegro, sano, equilibrado; solo que no lo era gracias a Finn, sino precisamente a pesar de no haberlo tenido a su lado.

—Supongo que son tus abuelos maternos. —Hope decidió averiguarlo, y Michael asintió—. ¿Tu madre murió?

—Cuando yo tenía siete años —confirmó él con bastante frialdad, lo cual sorprendió a Hope. Por lo menos ese dato era cierto, pero todo lo demás acerca de su infancia era invención de Finn. Y en ese momento se le ocurrió algo.

—Mira, Michael, yo detesto los secretos, pero, si no te importa, sospecho que a tu padre todo esto podría resultarle violento. Creo que es mejor que no le digamos que hemos tenido esta conversación, no quiero que se disguste contigo por habérmelo contado. —De hecho, era ella quien estaba muy disgustada, y con razón. El tema sobre el que Finn le había mentido era muy importante, se trataba de la infancia y la adolescencia de su hijo y de su relación con él. Se preguntó por qué lo habría hecho, y no se le ocurría cómo iba a arreglárselas para sacar el tema. No quería ponerlo entre la espada y la pared, pero sabía que en algún momento tendría que acabar aclarando las cosas. Michael, por su parte, asintió enseguida a su sugerencia.

—No es la primera vez que ocurre —se limitó a decir—. Mi padre suele contarle a la gente que me crió él. Creo que le resulta violento reconocer que se desentendió y que no me veía nunca, o casi nunca. —Hope estaba de acuerdo con él, pero aun así la cosa resultaba preocupante—. No te preocupes por mí, estoy bien. No le diré nada. —Y casi en el instante en que acababa de pronunciar las palabras, Finn entró en la cocina con una amplia sonrisa. Hope se quedó mirándolo fijamente de forma involuntaria, y de repente reaccionó y se puso en pie para besarlo, aunque la sensación fue muy distinta a la de otras veces. Ahora sabía que le había mentido, y no podría volver a comportarse con naturalidad con él hasta que no supiera por qué.

Esa noche salieron a cenar los tres juntos al pub del pueblo, y, mientras se tomaba una cerveza, Finn mencionó como de pasada que Hope y él tenían pensado casarse en algún momento. Michael asintió y pareció alegrarse por ellos vagamente. Hope le caía bien, pero al chico no le iba ni le venía demasiado lo que hiciera su padre; y, en consecuencia, tampoco ella. Ahora Hope comprendía por qué. Finn y su hijo apenas se conocían, si lo que el chico le había contado era cierto, y la verdad era que a ella se lo parecía; no tenía motivos para no creerle. Estaba claro que uno de los dos mentía, y Hope intuía que era Finn.

No había invitado a su hijo a la boda, ni siquiera le había hablado de cuándo pensaban casarse. Claro que, de momento, no tenían nada planeado. Pero Hope quería que hubiera una pequeña ceremonia a la que asistieran sus amigos más íntimos; y, por supuesto, el hijo de Finn. En ese momento se dio cuenta de que Finn hablaba en serio cuando decía que prefería que lo celebraran los dos solos. A ella le parecía muy triste, pero no dijo nada. Esa noche tenía muy poco que decir, y Michael y ella evitaron todo contacto visual. Al día siguiente, antes de marcharse, lo abrazó y le dio las gracias por haber ido a visitarlos.

—Espero que vuelvas otro día —dijo, y hablaba en serio.

—Lo haré —respondió Michael con cortesía, y le dio las gracias por su hospitalidad. Finn lo acompañó en coche al aeropuerto, y entonces Hope reparó en lo curiosa que resultaba aquella visita. Tenía la sensación de que Finn y Michael eran dos extraños, o meros conocidos. Y, en vista de lo que el chico le había contado el día anterior, le chocaba incluso que se hubiera dejado caer por allí.

Seguía dándole vueltas al tema cuando Finn regresó, y lo miró extrañada. Él se dio cuenta y le preguntó qué ocurría. Hope estaba a punto de obviar la explicación, pero decidió ser franca. De todos modos, tenía la impresión de que no le quedaba otro remedio. Necesitaba saber por qué se había inventado aquella historia. Si iba a pasar el resto de su vida con él, tenía que estar convencida de que era sincero con ella, y de momento no lo había sido.

—Lo siento... —dijo disculpándose de antemano—. Odio tener que sacar este tema, no quiero que tengas problemas con Michael. Ayer estuve hablando con él y le expliqué lo mucho que le quieres y lo importante que es para ti haberlo educado solo. —Respiró hondo y prosiguió—. Pero él me dijo que se había criado con sus abuelos maternos en California. ¿Por qué no me lo habías contado? —Miró a Finn a los ojos, y él entristeció al instante.

—Ya lo sé. Te mentí, Hope —admitió de inmediato, sin rodeos ni vacilación—. Me siento fatal por ello. Cuando me hablaste de Mimi vi que habías sido una madre maravillosa, y no creía que comprendieras que yo había dejado la educación de mi hijo en manos de los padres de mi mujer. Intenté encargarme yo —explicó tomando asiento, y enterró la cara en las manos. Estaban en el jardín y se había sentado en el tocón del árbol caído, y entonces levantó la cabeza para mirarla—. Pero no fui capaz. No estaba por la labor, y era consciente de que lo que hacía no bastaba. Sus abuelos eran buena gente y lo querían mucho, así que dejé a Michael a su cargo. Por aquel entonces me estaban amenazando con llevarme a juicio para conseguir la custodia de su nieto, y yo no quería que nos peleáramos ni hacer pasar al niño por una cosa así; por eso permití que se fuera a vivir con ellos. Al principio lo pasé fatal, pero a la larga creo que para él ha sido mejor así. Es un chico magnífico, han hecho un buen trabajo con él. —En ese momento Finn miró a Hope con pesadumbre—. Creía que si te lo contaba, tendrías mala opinión de mí, y no quería que pasara eso. —Levantó los brazos y la rodeó por la cintura para atraerla hacia sí, y ella lo miró compadecida—. Quería que me amaras, Hope, no que me consideraras indigno de ti. —Entonces un sollozo ahogó sus palabras y por la mejilla le rodó una lágrima. Hope se sentía fatal viéndolo así.

—Lo siento —se disculpó abrazándolo con fuerza—. No tienes que hacer nada para ganarte mi aprobación. Yo te amo y puedes decirme siempre la verdad, sea cual sea. Te habría costado mucho criar a un niño tú solo. —Otros lo habían hecho, pero Hope imaginaba lo difícil que le habría resultado. Y le sabía mal que hubiera tenido que mentirle pensando que, si no, no le amaría—. Te quiero, sea lo que sea lo que hayas hecho. Créeme, yo también he cometido errores.

—No lo creo —dijo estrechándola con más fuerza, con la cara enterrada en su vientre. Y entonces recordó una cosa y la miró a los ojos—. ¿Verdad que hoy es el día en que se supone que estás ovulando? —Ella se echó a reír; Finn no perdía la cuenta de los días de su ciclo menstrual. Y ahora comprendía mejor por qué estaba tan desesperado por tener un bebé. No había podido disfrutar de la infancia de Michael, y, después de lo que acababa de confesarle, se sentía capaz de perdonarle por haberle mentido. Sobre todo después de ver que tenía tantos remordimientos.

—¿Me prometes una cosa? —preguntó Hope, y él la miró con mucha atención—. Sea cual sea la verdad, no volverás a ocultármela. Una mentira siempre es peor. —Él asintió—. Una mentira puede destruir toda una relación, mientras que el dolor causado por la verdad es pasajero.

—Ya lo sé. Tienes razón. Yo también pienso lo mismo. He sido un cobarde. —Era la segunda vez que le mentía; primero por lo de la casa y ahora por lo de Michael, y en ambas ocasiones lo había hecho porque se avergonzaba de la verdad. Hope no lo comprendía, pero se sentía mucho mejor después de que hubieran hablado de ello. Finn sabía hacerse perdonar, y ella lo amaba a pesar de todos sus defectos.

Entonces él se puso en pie, la rodeó con los brazos y la estrechó. Luego la besó y volvió a preguntarle si estaba ovulando.

—No lo sé. Dímelo tú, que parece que lo sabes mejor. Yo siempre pierdo la cuenta. Tal vez es mejor que esperemos a estar casados, solo faltan unos cuantos meses. —Hope seguía disgustada porque Finn no había invitado a Michael a la boda y quería que la celebraran los dos solos. Ella le había prometido a Mark Webber que podría asistir; si no, lo lamentaría, y ella también.

—No tenemos tiempo de esperar a estar casados para que te quedes embarazada —soltó Finn de modo un tanto desagradable—. No andamos sobrados precisamente.

—Te refieres a que yo no ando sobrada —le espetó ella. Por lo menos ahora comprendía por qué tenía tanta prisa. Trataba de recuperar el tiempo perdido, y era lógico. A su edad, el reloj biológico corría más deprisa—. Bueno, que sea lo que Dios quiera —concluyó con vaguedad. Temía que acabara ocurriéndole lo mismo que en junio, fuera cual fuese el motivo; aunque sabía que para él lo del bebé era un tema importante, así que no descartaba un segundo embarazo. Además, una pequeña parte de su ser tenía miedo de que, si no colaboraba, él se buscara a una mujer más joven que le diera hijos sin problemas; aunque eso no pensaba decírselo.

—A lo mejor podemos ir a ver a la doctora de Londres y pedirle que obre el milagro —sugirió Finn mientras subían los escalones de la entrada.

—La última vez nos fue bastante bien solos —le recordó Hope—. Estoy segura de que volveremos a conseguirlo. —Finn no estaba tan seguro como ella, tenía más fe en la ciencia, aunque el vino blanco y el champán habían surtido su efecto seis meses atrás. Esa noche quiso que Hope se hiciera el test de ovulación, pero resultó negativo. Aun así, hicieron el amor por puro placer, lo cual a ella le parecía más agradable. Finn seguía siendo el mejor amante que había tenido jamás, y el incidente con Michael quedó olvidado. Estaba segura de que en adelante sería siempre sincero con ella. No tenía motivos para mentir. Lo quería, y con eso bastaba.

15

En octubre viajaron a Londres, pero no fueron a ver a la especialista en medicina reproductiva. Se alojaron en el Claridge's, visitaron tiendas de antigüedades y acudieron a dos subastas en Christie's. Hope se sorprendió un poco cuando Finn pujó por dos muebles, un ropero espectacular y un escritorio doble, cuyo precio ascendía a casi cincuenta mil libras cada uno. Se había dejado llevar por el entusiasmo, y cuando regresaron al hotel se deshizo en disculpas e incluso se ofreció a revenderlos en Christie's si Hope no estaba dispuesta a gastarse todo ese dinero. Pero a ella también le encantaban, así que al día siguiente fueron a pagarlos y dejó de importarle su precio, aunque al principio lo encontró desorbitado. Nunca había comprado muebles tan caros. Finn tuvo remordimientos el resto del día; claro que habían conseguido dos piezas preciosas. Pidieron que se las enviaran a Irlanda en barco, y esa misma noche volaron a Dublín. Hacía un tiempo otoñal muy agradable y ambos se alegraron de estar de vuelta. En la casa se respiraba paz y tranquilidad, y dedicaron la velada a pensar dónde colocarían los muebles nuevos. Estuvieron de acuerdo en todo. Lo único que estropeó el ambiente fue que a Hope le vino la regla y Finn sufrió una tremenda decepción. Se pasó el resto de la noche malhumorado y bebió en exceso, y luego se enfadó con ella y la culpó por no haberse quedado embarazada todavía; decía que no se esforzaba lo suficiente. Sin embargo, no había nada que Hope pudiera hacer al respecto, excepto empezar a tomar medicamentos para aumentar la fertilidad, y a eso sí que no estaba dispuesta. Además, la doctora de Londres les había dicho que no era necesario. Solo necesitaban tener paciencia.

Al día siguiente le alivió descubrir que Finn estaba más alegre. Él le contó que había recibido el nuevo contrato de su editor y que le supondría unos ingresos tremendamente suculentos. Lo firmó y fue a la oficina de DHL para enviarlo, y por la noche la invitó a una agradable cena en Blessington. Le explicó que era un contrato muy importante que incluía tres obras. A raíz de eso, estaba de un humor excelente y dio la impresión de haberla perdonado por no conseguir quedarse embarazada. El tema se estaba convirtiendo en un gran obstáculo para la relación. Ya habían pasado cuatro meses desde el aborto, pero Finn se mostraba mucho más impaciente que Hope. Ella seguía albergando sentimientos encontrados al respecto, mientras que Finn lo tenía muy claro. Quería un bebé. ¡Y lo quería ya!

Los muebles antiguos que habían comprado en Londres llegaron al cabo de unos días, y cuando los transportistas los colocaron en su sitio el efecto fue espectacular. Finn dijo que bien valían cada penique que Hope había pagado por ellos, y a ella no le quedó más remedio que darle la razón. Además, los dos sabían que podía permitírselos.

Al día siguiente, Hope estaba hablando por teléfono con Mark sobre las tres sesiones de fotos que tenía programadas en noviembre y la siguiente exposición en la Tate Modern cuando él hizo un comentario sobre Finn.

—Qué lástima lo del contrato. Debe de estar muy disgustado. —Hope se sintió desconcertada al instante. Hacía tan solo unos días que lo habían celebrado.

—¿Qué quieres decir?

—Me he enterado de que se lo han cargado. No llegó a entregar los dos últimos manuscritos, y las ventas de sus obras han caído en picado. Supongo que la gente encuentra sus argumentos demasiado retorcidos. A mí me ponen los pelos de punta —añadió—. Ayer publicaron un artículo sobre él en *The Wall Street Journal*. Le han rescindido el contrato, e incluso lo han amenazado con presentar una demanda para recuperar el dinero de los dos libros que no ha llegado a entregar. Es impresionante cómo a veces la gente se jode la vida por no tener disciplina e incumplir los acuerdos. —Hope se estaba poniendo mala escuchándolo, y se preguntó si Finn estaba escondiendo otra vez la cabeza bajo el ala por vergüenza. Pero a ella bien podía habérselo contado, y, además, celebrar la firma de un nuevo contrato era llevar las cosas al límite. Se preguntó qué era lo que había firmado y enviado.

Por lo que Mark decía, seguro que no era un contrato de trabajo. A lo mejor eran documentos. O nada. No quería reconocer ante su representante que Finn le había ocultado la verdad. En Irlanda no tenía opción de leer *The Wall Street Journal*, y Finn lo sabía, así que, en teoría, estaba a salvo. De hecho, apenas leía ningún periódico a excepción de la prensa local. Vivían aislados al pie de los montes Wicklow, y Finn se había aprovechado de ello. Sin embargo, la historia resultaba muy chocante. Si era cierta, Finn debía de encontrarse en serios apuros económicos; y si lo demandaban, la situación aún empeoraría más. Seguramente por eso no se lo había dicho. Se estaba comportando como un niño que esconde a sus padres las notas con los suspensos, pero Hope era consciente de que, en su caso, la cosa revestía una gravedad mucho mayor. Le estaba mintiendo sobre lo que ocurría en su vida presente, no solo sobre el pasado. Y no sabía hablar de otra cosa que no fuera el embarazo.

Entonces reparó en otro detalle, y cuando colgó el teléfono comprobó la cuenta bancaria. Finn no le había pagado el alquiler mensual desde que compraron la casa en abril. A ella el dinero le daba igual, y no lo mencionaba nunca ante Finn por no avergonzarlo, pero eso era una clara señal de que estaba teniendo problemas económicos y no se lo había dicho. Estaba segura de que, si dispusiera del dinero, lo habría ingresado en la cuenta. Y no lo había hecho. Ella nunca se acordaba de comprobarlo, puesto que, de todos modos, era un mero formalismo.

Utilizó eso como excusa para sacar el tema a colación esa noche, y le preguntó a Finn si todo iba bien ya que había notado que no había ingresado el dinero del alquiler. Él se echó a reír ante la pregunta.

—¿Acaso mi casera se está impacientando? —dijo, y le dio un beso antes de sentarse a cenar con ella en la cocina—. No te preocupes por eso. Dentro de pocos días recibiré el anticipo por la firma del contrato. —No le dijo de qué cantidad se trataba, pero a ella se le cayó el alma a los pies. Le estaba mintiendo otra vez, y no sabía si enfadarse o asustarse. La cuestión era que la habilidad de Finn para eludir las verdades, tergiversarlas o directamente fabricar mentiras empezaba a sacarla de quicio, y en su cabeza se disparó la alerta roja. No volvió a hacerle ningún comentario al respecto, pero Finn acababa de suspender el examen y eso supuso un gran escollo para la relación durante las semanas siguientes, que Hope vivió con preocupación hasta que llegó el momento de hacer las maletas para marcharse a Nueva York.

Finn entró en el dormitorio en el instante en que Hope estaba a punto de cerrar la maleta, y enseguida puso su cara de niño abandonado.

—¿Por qué tienes que irte? —preguntó enfurruñado, y la arrastró a la cama con él. Quería que lo dejara todo y se pusiera a jugar, pero ella tenía mucho que hacer antes de marcharse a la mañana siguiente. Además, estaba molesta con él. Aún no le había contado la verdad sobre el contrato, y si todo lo que decía Mark era cierto, su situación laboral era desastrosa. Seguía trabajando en el libro, pero hasta entonces ella no se había percatado de que, en realidad, llevaba dos obras de retraso. Él no se lo había dicho; más bien se mostraba displicente al respecto. A Hope la ponía nerviosa saber que no le estaba contando la verdad, pero no quería forzar otro enfrentamiento. Lo que él hiciera con su vida laboral no era asunto suyo, pero la sinceridad sí. Y, de momento, no estaba siendo sincero—. Quiero que anules el viaje —dijo mientras la retenía en la cama y le hacía cosquillas. Y, a pesar suyo, Hope se echó a reír. A veces Finn era como un niño, un niño guapo y crecidito que mentía a su mamá; pero sus mentiras eran adultas y cada vez más graves. La última era monumental. Hope estaba segura de que actuaba así por vergüenza. Entre ellos nunca había habido competitividad, los dos tenían carreras importantes en distintos campos y brillaban con luz propia. Pero si a Finn la editorial le había dado la patada y pensaba demandarlo, eso lo situaba en una posición inferior y era probable que supusiera un golpe para su ego al compararse con Hope y su carrera estable, sólida y de éxito creciente. Hope no sabía qué decirle, y él tampoco abría la boca sobre el tema.

—No puedo anular el viaje —respondió—. Tengo que trabajar.

—A la mierda el trabajo. Quédate conmigo. Te echaré demasiado de menos.

Ella estaba a punto de pedirle que la acompañara cuando se dio cuenta de que necesitaba un respiro. Se pasaban el día juntos. Además, le costaría trabajar teniéndolo cerca. Finn solicitaba atención constante y la quería para él solo. En su casa de Irlanda eso no suponía ningún problema, pero le resultaba imposible intentar trabajar así en Nueva York. Y tenía ganas de pasar unas semanas en su loft del SoHo. Le prometió a Finn que estaría de vuelta para el día de Acción de Gracias, al cabo de tres semanas.

—¿Por qué no te dedicas a terminar el libro mientras estoy fuera? —En Irlanda hacía muy mal tiempo en esa época del año, y no parecía que Finn tuviera muchas opciones. A lo mejor así la editorial no lo demandaba. Tras hablar con Mark Webber, Hope había buscado el artículo de *The Wall Street Journal* en internet, y la situación la asustaba. De hecho, si le ocurriera a ella estaría aterrada, y era probable que él se sintiera así y quisiera ocultárselo para no quedar mal. Iban a reclamarle más de dos millones de dólares, y con los intereses sumaban tres en total. Era una cantidad enorme que él no podría pagar de ningún modo si perdía. Por suerte, la casa estaba a nombre de Hope. Se le había pasado por la cabeza ponerla a nombre de él, y pensaba hacerlo como regalo de boda; pero ahora se alegraba de ser ella la propietaria, y si cuando se casaran el proceso seguía abierto, la conservaría tal cual. Claro que lo de la boda la tenía cada vez más intranquila. Finn le había contado demasiadas mentiras, y le estaba costando mucho olvidarlo. También sabía que era muy infrecuente que una editorial demandara a un escritor en lugar de mantener el asunto de puertas para adentro. Tenían que estar muy furiosos con él para llegar tan lejos.

Finn estaba de muy mal humor al día siguiente cuando la acompañó al aeropuerto, y por primera vez desde que se conocían, Hope se sintió aliviada cuando el avión despegó. Recostó la cabeza en el respaldo y se pasó todo el viaje intentando dilucidar qué estaba ocurriendo. Se sentía desconcertada. La mayoría de las veces, Finn era el hombre más maravilloso con que se había topado en la vida. Pero se había comportado con mucha crueldad cuando perdió al bebé; se había puesto hecho un basilisco y la había culpado sin motivo. También estaba obsesionado con dejarla embarazada otra vez, se gastaba su dinero sin mesura, le había mentido sobre la compra de la casa y sobre la educación de Michael, y ahora no abría la boca sobre el lío monumental que tenía con su editor. Hope tenía un nudo del tamaño de un puño en el estómago, y se alegró de encontrarse de vuelta en su cómodo piso y retomar su vida anterior por unas semanas. De repente, necesitaba espacio y aire.

Era demasiado tarde para telefonear a Finn cuando el avión aterrizó, y por una vez también eso le supuso un alivio. Tenía la sensación de que sus conversaciones estaban teñidas de insinceridad porque él callaba demasiadas cosas y ella tampoco podía mencionarlas puesto que él no era consciente de que las sabía. El sueño se estaba convirtiendo en una pesadilla, y Hope necesitaba aclarar las cosas antes de que lo que compartían quedara destruido de modo irreparable.

Se había tomado dos días de margen para organizarse antes de la primera sesión de fotos, y al día siguiente fue a hacer una visita a Mark Webber. Él se sorprendió de verla en la oficina; nunca se presentaba sin llamar primero, y notó que estaba alterada. La guió hasta su despacho particular y cerró la puerta. Ella tomó asiento en el lado opuesto del escritorio y lo miró con expresión preocupada.

—¿Qué ocurre? —Mark siempre iba directo al grano, y ella tampoco era amante de andarse con rodeos. Además, estaba demasiado preocupada.

—Finn no me ha contado que su editor quiere llevarlo a juicio ni que le han rescindido el contrato. De hecho, me dijo que acababa de firmar uno, y al parecer todo es una pantomima. Creo que le da vergüenza contármelo, pero a mí me pone nerviosa la gente que hace eso. —Mark también se puso nervioso escuchándola. Siempre había tenido la mosca detrás de la oreja con respecto a Finn. Solo se habían visto una o dos veces, y le parecía demasiado deslumbrador y un poco marrullero—. Es la primera vez que hago una cosa así en la vida —prosiguió Hope en tono de disculpa—, pero ¿hay alguna forma de que podamos averiguarlo todo sobre él, su pasado, su presente, lo que sea? Hay cosas que no me incumben, pero al menos así sabré lo que es cierto y lo que no. Quizá hay más cosas que tampoco me ha contado. Solo quiero saberlo. —Mark asintió, aliviado de oírla decir eso. Llevaba pensando en sugerírselo desde que ella le dijo que estaba enamorada de él y que planeaban casarse. Mark creía que, en según qué circunstancias, valía la pena llevar a cabo una investigación previa, y en el caso de Hope resultaba esencial.

—Mira, Hope, conmigo no tienes por qué disculparte —la tranquilizó—. No estás metiendo las narices donde no te llaman, solo estás actuando con prudencia. Eres una mujer muy rica, y por muy noble que alguien te parezca, no puedes olvidar que eres un bocado muy suculento. Incluso el hombre más bueno sobre la faz de la tierra adora el dinero. Vamos a echar un vistazo a sus cuentas y a lo que ha hecho en la vida.

—No tiene dinero —dijo Hope en voz baja—. O eso creo. A lo mejor sí que lo tiene. Quiero saberlo todo, desde el principio. Sé que se crió en Nueva York y en Southampton, y que luego se mudó a Londres. Tiene una casa allí. Y hace dos años se trasladó a Irlanda. La casa en la que vivimos ahora era de su tatarabuelo. También sé que se casó hace más o menos veintiún años, y que tiene un hijo de veinte llamado Michael. Su esposa murió cuando el niño tenía siete años. Eso es todo. Ah, y sus padres eran irlandeses. Su padre era médico. —Reveló a Mark la fecha de nacimiento de Finn—. ¿Conoces a alguien que pueda comprobar esos datos sin que se entere nadie? —A Hope aún le costaba hacerse a la idea de que iba a indagar en la vida de una persona a quien amaba tanto, en quien deseaba confiar y no podía por culpa de las mentiras. Finn tenía explicación para todo, pero ella estaba intranquila.

—Conozco a la persona ideal. Lo llamaré personalmente —se ofreció Mark con tranquilidad.

—Gracias —respondió ella con aire abatido, y al cabo de unos minutos salió del despacho con un tremendo sentimiento de culpa. Estuvo fatal el resto del día, sobre todo cuando Finn la llamó y le dijo lo mucho que la amaba y lo triste que se sentía sin ella. Casi le propuso coger un avión y plantarse en Nueva York, pero ella le recordó con tacto que tenía que trabajar. Incluso le habló en un tono más cariñoso de lo habitual por lo mal que se sentía a causa del encargo que le había hecho a Mark. Sin embargo, su representante tenía razón; era lo más sensato. Si no encontraban ningún trapo sucio ni ningún otro problema al margen de la demanda, sabría que no tenía de qué preocuparse y que podían casarse con toda tranquilidad. Había empezado la cuenta atrás, puesto que tenían pensado celebrar la boda en Nochevieja y faltaban menos de dos meses. Quería estar segura de antemano de que todo iba bien, y de momento no se lo parecía en absoluto. La voz de alarma era cada vez más fuerte, y se sentía tensa y mareada.

Le costó muchísimo cumplir con su trabajo al día siguiente. Estaba nerviosa y distraída, y no era capaz de conectar con el cliente, lo cual resultaba insólito. Al final consiguió concentrarse haciendo un esfuerzo enorme y completó la sesión de fotos, pero no fue una de las mejores. Y el resto de la semana le ocurrió más o menos lo mismo. Ahora que por fin alguien estaba investigando la vida de Finn, quería tener ya la información, afrontar lo que fuese y zanjar el tema. La incertidumbre la estaba matando. Deseaba que todo saliera bien.

El fin de semana fue a Boston a visitar a Paul, que estaba ingresado en el hospital de Harvard. Había cogido una grave infección respiratoria en el barco y temían que derivara en neumonía. El capitán había conseguido que una ambulancia lo trasladara por aire hasta Boston, y seguramente eso le había salvado la vida.

Paul se encontraba mejor, pero solo un poco, y durante la visita estuvo durmiendo casi todo el tiempo. Hope se sentó a su lado y le cogió la mano, y él de vez en cuando abría los ojos y le sonreía. Resultaba doloroso pensar que había sido un hombre tan vital, tan brillante en su campo, tan lleno de vida en todos los sentidos, y que ahora estaba así. Se le veía envejecido y débil, aunque acababa de cumplir tan solo sesenta y un años. Le temblaba todo el cuerpo. En un momento dado, miró a Hope y sacudió la cabeza.

—Yo tenía razón —musitó—. No querrías seguir casada conmigo.

Al oír eso, a Hope se le arrasaron los ojos de lágrimas y lo besó en la mejilla.

—Sí que me gustaría seguir casada contigo, y lo sabes. Fuiste un tonto divorciándote de mí, y te costó demasiado dinero —le riñó.

—Pronto recibirás el resto, a excepción de lo que irá a parar a Harvard. —Paul apenas podía hablar, y Hope arrugó la frente mientras lo escuchaba.

—No digas eso. Te pondrás mejor. —Él no respondió, se limitó a sacudir la cabeza y luego cerró los ojos y se quedó dormido. Hope estuvo sentada a su lado durante unas horas, y por la noche regresó a Nueva York. Nunca se había sentido tan sola en su vida, a excepción de cuando murió Mimi, pero entonces tenía a Paul. Ahora, en cambio, no tenía a nadie; solo a Finn. Al día siguiente intentó explicarle la situación por teléfono.

—Fue muy triste verlo así —dijo con voz temblorosa, y se enjugó las lágrimas que le rodaban por las mejillas—. Está muy enfermo.

—¿Sigues enamorada de él? —preguntó Finn con frialdad, y Hope cerró los ojos al otro lado del hilo telefónico.

—¿Cómo puedes decir eso? —le preguntó—. Por el amor de Dios, Finn. Estuve veinte años casada con él, es mi única familia. Y solo me tiene a mí.

—Pero tú me tienes a mí —respondió Finn. Todo giraba siempre en torno a él.

—Eso es diferente —intentó explicarle—. A ti te amo, pero Paul y yo tenemos un pasado en común, tuvimos una hija, aunque ya no siga entre nosotros.

—Nuestro hijo tampoco está entre nosotros, gracias a ti. —Era un comentario muy cruel, pero Finn tenía celos de Paul y quería herirla sin importarle cómo. Hope detestaba esa faceta de su personalidad. El hecho de insistir en que toda la culpa del aborto era suya no lo convertía en algo cierto, solo le hacía parecer mezquino. No le gustaba nada que se comportara así, aunque había muchas otras cosas de él que le encantaban. Era muy bueno con ella en muchos sentidos.

—Tengo que volver al trabajo —repuso ella parándole los pies. No quería discutir con él otra vez sobre el aborto, ni sobre sus celos de Paul, y menos ahora. Si pensaba ponerse tonto era problema suyo, no de ella. Resultaba muy decepcionante oírle hablar de esa forma.

—Si fuera yo quien estuviera tan enfermo, ¿también estarías a mi lado? —Parecía un niño pequeño.

—Pues claro —respondió ella con voz sombría. A veces la infinita necesidad de atención de Finn resultaba imposible de satisfacer, y ahora era uno de esos momentos.

—¿Cómo puedo estar seguro?

—Porque te lo digo yo. Te llamaré esta noche —lo atajó mirando el reloj. Tenía que estar en la zona alta al cabo de media hora.

Allí le esperaba otra jornada dura e interminable, puesto que estaba de un humor de perros. Tenía la sensación de que últimamente Finn no hacía más que sacarla de sus casillas. Le molestaba que se hubiera marchado, y le dijo que no le estaba yendo bien con la novela. Hope aún esperaba noticias del detective contratado por Mark y le inquietaba lo que pudiera contarles. Esperaba que Finn tuviera un historial limpio. Claro que eso no eliminaba la mentira sobre su situación laboral actual, pero por lo menos, si todo lo demás estaba en orden, Hope sabría que solo se trataba de una reacción equivocada ante una situación difícil. Y podría perdonarle.

No volvió a recibir noticias de Mark hasta finales de semana; el detective tenía órdenes de enviarle a él la información. El viernes por la tarde Mark telefoneó a Hope y le preguntó si podía ir a verlo al despacho porque tenía unos documentos y unas fotografías que mostrarle. No parecía muy contento, y Hope prefirió no hacerle preguntas hasta que estuviera allí. Pasó muchos nervios durante el trayecto. Mark la recibió con cara de póquer y no cambió la expresión hasta que hubieron tomado asiento. Entonces abrió la carpeta que tenía sobre el escritorio y le entregó una fotografía pequeña y vieja. Su semblante era grave.

—¿Quiénes son? —preguntó Hope al contemplar la imagen. En la fotografía amarillenta y medio rota se veía a cuatro niños pequeños

—Uno es Finn. —Hope le dio la vuelta y vio que en el reverso había anotados cuatro nombres: Finn, Joey, Paul y Steve—. No sé cuál de ellos. —Los cuatro llevaban sombrero de vaquero y tenían edades parecidas—. Los otros son sus tres hermanos. —Cuando Mark dijo eso, Hope sacudió la cabeza.

—Tiene que tratarse de un error. Finn es hijo único. Estos deben de ser otros O'Neill, es un apellido muy común. —Estaba segura de que esa parte era cierta, pero Mark la miró y le leyó un documento—. Finn es el menor de cuatro hermanos. Joey ingresó en la prisión federal y sigue cumpliendo condena por secuestrar un avión con destino a Cuba hace un montón de años. Cuando ocurrió eso, estaba en libertad condicional por haber robado un banco. Una joya de muchacho. Steve murió a los catorce años atropellado por un conductor que se dio a la fuga en el Lower East Side, donde vivían. Paul es policía y trabaja en la sección de narcóticos. Es el mayor de los cuatro y fue quien le entregó la foto al detective. Le prometimos que se la devolveríamos. El padre murió durante una pelea en un bar cuando Finn tenía tres años. Se dedicaba a todo y a nada en particular. La madre, según Paul, trabajaba de criada para una familia adinerada de Park Avenue, y vivía con sus cuatro hijos en un piso de un solo dormitorio que tenía alquilado en uno de esos bloques sin ascensor del Lower East Side. El dormitorio lo ocupaban los niños, y ella dormía en un sofá de la sala de estar. Creo que se llamaba Lizzie. Murió a causa de un cáncer de páncreas hace unos treinta años, cuando los chicos aún eran jovencitos. La cosa estaba sentenciada. Poco después, a Finn y a uno de sus hermanos les asignaron una familia de acogida, y Finn se escapó de casa.

»A los diecisiete años, después de la muerte de su madre, encontró trabajo de estibador. Pero su hermano dice que siempre fue muy listo, y escribió un libro que tuvo un éxito aplastante. Desde entonces no ha parado, y ha vivido muy bien hasta hace poco. —Mark miró la carpeta que tenía enfrente con evidente gesto reprobatorio mientras Hope escuchaba en silencio, llena de pesar. Mark detestaba hacerle eso, pero ella quería saber la verdad y ahora ya la conocía. Casi nada de lo que Finn le había contado sobre su vida era cierto. De nuevo se avergonzaba demasiado para contarle la verdad, en este caso sobre sus orígenes humildes y poco sólidos en comparación con los de ella. Se sintió muy apenada por él y por lo que Mark acababa de contarle sobre su juventud—. Paul sabe que consiguió ingresar en el City College, y a partir de ahí nunca ha vuelto a ver a sus hermanos.

»La madre de Finn le puso ese nombre por un poeta irlandés, y supongo que resultó profético. Paul dice que la mujer era una soñadora, que siempre les explicaba cuentos antes de que se fueran a dormir y luego se tumbaba en el sofá y se emborrachaba hasta que perdía el mundo de vista. Nunca volvió a casarse, y parece que llevó una vida bastante miserable, igual que ellos. Dan mucha lástima. —Le entregó una fotografía de Finn a los catorce años aproximadamente. Era un chico muy guapo, y no cabía duda de que se trataba de él. Su aspecto no distaba mucho del actual, las facciones eran las mismas—. No tenían dinero. Su madre acabó perdiendo el trabajo y tuvo que acogerse a las ayudas sociales hasta que Paul pudo contribuir con su sueldo de policía. Pero no debió de resultarle nada fácil ayudarla puesto que ya se había casado y tenía hijos.

»Su madre murió en la sala de asistencia social de un hospital benéfico. Nunca tuvieron un solo centavo. No hubo ningún piso en Park Avenue ni ninguna casa en Southampton. El padre de Finn no era médico. Sus abuelos eran emigrantes irlandeses, su puerta de acceso a Estados Unidos fue Ellis Island, pero Paul no sabe nada de que la casa en la que estáis viviendo perteneciera a ningún antepasado, y duda que sea cierto. Me ha contado que sus abuelos y sus bisabuelos se dedicaban a cosechar patatas, y que emigraron a Estados Unidos durante la Gran Hambruna, como muchos otros irlandeses. Era imposible que tuvieran una mansión semejante. Después de ser estibador, Finn se dedicó a varias cosas: fue camarero, chófer, portero y voceador en un club de striptease. También fue camionero y repartidor de periódicos, y supongo que empezó a escribir siendo bastante joven; sus libros se vendían bien. Su hermano no sabe muy bien qué fue de él después de terminar la universidad. Cree que dejó embarazada a una chica y se casó, pero no la conocía y no ha visto nunca a su hijo. Llevan muchos años desconectados.

»Según el detective, la situación económica de Finn es una mierda. Está de deudas hasta el cuello, algunas son enormes; y su clasificación crediticia es desastrosa. Se declaró en quiebra, y seguramente por eso acabó marchándose a Irlanda. Parece que es incapaz de tener un centavo en el bolsillo, a pesar de que en los últimos años ha ganado bastante dinero con las novelas. Pero ahora la editorial lo ha mandado al carajo, así que se ha quedado sin su fuente de ingresos. Parece que lo mejor que le ha sucedido en la vida fue tropezarse contigo hace un año. Y permíteme que te diga que el muy cabrón dará el braguetazo del siglo si llegáis a casaros. Claro que para ti no será precisamente una suerte.

»Sus orígenes no tienen nada de malo, no es nada vergonzoso haber nacido pobre. Mucha gente ha superado situaciones parecidas y ha llegado a ser alguien en la vida. Así fue precisamente como se formó este país. La verdad es que el tipo es digno de admiración por haber conseguido salir del pozo. Su economía es un desastre, pero eso tampoco es el fin del mundo si estás dispuesta a ayudarle. Lo que no me gusta

—prosiguió Mark mirándola por encima de la carpeta— es que no ha hecho más que contarte una maldita mentira tras otra. Es posible que se avergüence de sus orígenes, lo cual me parece muy triste. Pero casarse con una mujer aparentando ser quien no eres y lo que no eres demuestra tener muy poca integridad, aunque eso no es asunto mío si es que le amas. Solo te digo que todo esto me huele mal. Ese tipo es un mentiroso de marca mayor. Se ha sacado la vida entera de la manga, incluidos los antepasados aristócratas, los títulos nobiliarios, un padre médico y toda una serie de personas que no existen. O tal vez sí, pero en todo caso no guardan ninguna relación con él, y eso me asusta.

Entregó a Hope la carpeta sin más comentarios, y ella echó un vistazo al informe bien documentado y mecanografiado con pulcritud del detective privado. Mark le contó que pensaban seguir indagando y le prometió más información sobre el pasado de Finn durante las semanas siguientes. Lo cierto era que hasta el momento se habían esmerado mucho, y cuando Hope le devolvió la carpeta a Mark se sentía fatal, no porque la información fuese terrible o inaceptable, sino porque todos y cada uno de los detalles que Finn le había contado eran un puro embuste, y le dolía pensarlo. Había tenido una infancia horrible viviendo en un cuchitril con una madre borracha y un padre que había muerto en una pelea de bar, y había acabado en manos de una familia de acogida, lo cual también debió de ser una auténtica pesadilla. Pero en lugar de confiar en ella y explicárselo, se había inventado una madre irlandesa de alta alcurnia guapísima y consentida y un padre que era médico en Park Avenue. No era de extrañar que se aferrara a ella como si fuera un niño abandonado cada vez que se alejaba dos pasos. ¿Quién no lo haría con una infancia semejante? El problema era que le había mentido con respecto a demasiadas cosas. Hope se preguntó qué más se habría inventado, qué secretos le ocultaba. Ni siquiera le había explicado que su editor le había dado la patada y pensaba demandarlo. Miró a Mark desde el otro lado del escritorio con los ojos arrasados de lágrimas.

—¿Qué piensas hacer? —preguntó él con delicadeza. Lo sentía mucho por ella. Después de lo de Paul, solo le faltaba caer en las garras de Finn O'Neill. Mark sabía que Hope estaba enamorada, pero tenía miedo de que él le estuviera ocultando cosas peores. Y Hope temía lo mismo. Había pasado once meses maravillosos al lado de aquel hombre, once meses dorados exceptuando el aborto y su consiguiente reacción. Aparte de eso, todo había sido puro amor y felicidad. Sin embargo, ahora tenía la impresión de que su vida se estaba desmoronando, y con ella su imagen de Finn, lo cual resultaba muy deprimente.

—No lo sé —respondió ella con sinceridad—. Necesito pensarlo. No estoy segura de lo que significa todo esto. No sé si el problema es que le da demasiada vergüenza reconocer sus orígenes y quiere quedar bien conmigo, lo cual no demuestra una actitud admirable, pero puedo llegar a aceptarlo, o si es que carece de toda honradez. —Mark se decantaba más por la segunda opción, e incluso creía que estaba con Hope solo por su dinero. Vista la situación actual de Finn, no costaba convencerse de ello, y a Hope también se le había pasado la misma idea por la cabeza. No obstante, quería concederle el beneficio de la duda y pensar bien. Lo amaba, pero no quería andar a ciegas ni comportarse como una estúpida. Había sido ella quien había solicitado la información, y ya la tenía, así que debía asimilarla y sacar sus propias conclusiones. No quería explicarle nada a Finn hasta que decidiera qué iba a hacer. No estaba dispuesta a que le contara más mentiras; eso solo serviría para empeorar la situación.

—Todavía no han averiguado gran cosa de su anterior matrimonio. Tienen el nombre de la mujer, y las fechas y las circunstancias parecen coincidir con lo que tú sabes. A lo mejor en eso no te ha mentido, solo en lo relacionado con su infancia. Seguirán investigando para verificar la causa de la muerte. Según tú, fue en un accidente de coche. El detective me ha dicho que tendrá la información la semana que viene, o como mucho para Acción de Gracias.

—Para entonces ya estaré de vuelta en Irlanda —se lamentó ella.

—Ten cuidado, Hope —le advirtió Mark—. Más vale que te andes con pies de plomo con lo que le cuentas. Aunque le ames, puede que no sepas quién es ese hombre ni lo que es capaz de hacer. Lo más probable es que se trate de un mentiroso compulsivo, y por eso es tan buen escritor. Pero también existe la posibilidad de que sea algo mucho peor. Nunca se sabe. No se te ocurra acorralarlo y vomitarle toda esta información. Guárdatela para ti, para tomar la decisión más conveniente. Pero ten mucho, mucho cuidado con cómo lo tratas. No despiertes a la bestia. Si te sirve de algo, su hermano cree que es un sociópata, pero él no es psiquiatra, solo es un policía que considera que su hermano está chalado. Lo más sorprendente es que hasta ahora nadie ha desenmascarado a Finn, ni siquiera su propio hermano, lo cual me parece alucinante. Según Paul O'Neill, el tipo miente más que habla, y por lo que sabemos no cabe duda de que debe de ser así, aunque hasta ahora todos sus embustes parecen inofensivos. La cosa no pasa de ser lamentable. Pero ten cuidado y no despiertes en él algo peor. Si lo violentas con esto, las cosas podrían ponerse feas para ti. —Mark estaba preocupado de veras, sobre todo después de haber leído toda la información de que disponía. Sospechaba que Finn O'Neill era un verdadero psicópata, y dadas las circunstancias le costaba creer que quisiera a Hope por otra cosa que no fuera su dinero. Y en Irlanda estarían solos y alejados del mundo, en un caserón desierto en plena montaña. A Mark Webber la perspectiva no le gustaba ni un pelo.

—Lo más triste es que nadie había sido tan agradable conmigo en toda mi vida. Finn es la persona más encantadora que hay sobre la faz de la tierra, exceptuando un par de veces en que se ha puesto hecho un basilisco. En general es amable y cariñoso, y se hace querer. —Hope se había tragado todo lo que él le había dicho.

—Y, por lo que parece, también es un mentiroso compulsivo. Si lo acorralas, aunque sea sin proponértelo, es posible que deje de ser tan agradable. —Hope asintió. Era consciente de que Mark estaba en lo cierto, y cuando tuvo el aborto Finn había sido muy cruel con ella. Por algún motivo se lo tomó como una ofensa personal, como si ella hubiera perdido al bebé expresamente para fastidiarlo. Se preguntó si de verdad lo creía, aunque empezaba a ocurrírsele que el hecho de tener un hijo con ella lo situaba en una posición más fuerte. Había llegado un punto en que costaba saber cuáles eran sus verdaderos motivos y qué era cierto y qué no—. Quiero que me prometas una cosa, Hope. Los abogados con los que solemos tratar en la agencia tienen un bufete en Dublín. —Mark sonrió—. Como todos los escritores que quieren dejar de pagar impuestos se trasladan a Irlanda, hace unos doce años abrieron un despacho allí.

»He hablado con ellos esta mañana. El actual encargado del bufete de Dublín estuvo trabajando con nosotros en Nueva York durante años; es un hombre muy serio y responsable, y un abogado excelente. Hoy me han pasado sus números de teléfono fijo y móvil, y les he pedido que se pongan en contacto con él y le den tu nombre. Es posible que incluso hubiera colaborado en tus asuntos mientras trabajaba aquí. Es norteamericano y se llama Robert Bartlett. Si tienes cualquier problema, quiero que le llames. También puedes llamarme a mí, pero yo estoy mucho más lejos. Si en un momento dado lo necesitas, él puede coger el coche e ir a verte. —En cuanto terminó de decirlo, Hope sacudió la cabeza.

—A Finn le daría un ataque y sospecharía algo raro. Siempre está celoso de todo el mundo, y a menos que ese tipo sea un viejo decrépito se pondría hecho una fiera. —Esa confesión no dejó a Mark muy tranquilo, pero de todos modos le entregó los números de teléfono anotados en el bloc de notas de su escritorio.

—Creo que tiene unos cuarenta años, si te sirve de algo saberlo. En otras palabras, no es ningún chaval ni tampoco un carcamal. Es amable, sensato, maduro, espabilado y respetable. Nunca se sabe, igual algún día necesitas su ayuda.

—Hope asintió y se guardó los números de teléfono en el bolsillo interior del monedero, aunque esperaba no tener que utilizarlos.

La reunión no había resultado muy agradable y Mark se entristeció al verla marcharse, sobre todo en esas circunstancias. Estaba metida en un buen embrollo con un elemento peligroso que cuando menos mentía como un bellaco, y tendría que tomar decisiones muy difíciles. Por lo que Hope decía, el tipo no parecía peligroso, pero de todos modos no iba a resultarle fácil vérselas con él. Mark detestaba pensar que se marchaba tan lejos.

—No me pasará nada —lo tranquilizó ella, y entonces se le ocurrió una cosa—. Si me llamas, ándate con cuidado. Guardaré la carpeta en un cajón de mi piso, bajo llave. No quiero que Finn la encuentre. Y, por favor, no la menciones cuando hablemos por teléfono.

—Claro que no —dijo él sin animarse un ápice.

Hope lloró durante todo el trayecto en taxi hasta su piso. Tenía el corazón partido por la cantidad de mentiras que le había contado Finn. Sentía mucho que lo hubiera pasado tan mal de pequeño, pero estaba llevando la cosa al extremo con tanta patraña. No tenía ni idea de qué iba a hacer.

16

Antes de marcharse de Nueva York, Hope volvió a hablar
con Mark. Los detectives no disponían de más información
por el momento, y ella había cumplido con todos los compromisos de trabajo. Había llamado al hospital de Boston a
diario para saber de Paul. Seguía más o menos igual, y siempre que lo llamaba estaba durmiendo, así que habló con su
médico, quien le dijo que su estado de salud había empeorado, pero que la cosa no era para que cundiera el pánico. Paul
estaba débil, pero era lo normal. Iba perdiendo vitalidad poco
a poco. En el hospital le prometieron que la telefonearían a
Irlanda si observaban cualquier cambio repentino en el pro-
nóstico. El médico sabía que en el momento en que ocurriera algo así, ella se personaría allí de inmediato. Los conocía a
ambos desde antes de que se casaran, y siempre había mostrado compasión por los tremendos giros que había dado su
destino, primero por la enfermedad de Paul y su retiro forzo-
so, y luego por la muerte de su hija y la decisión que él había
tomado de divorciarse.

Hope llamó a Finn antes de dejar la ciudad para decirle
que regresaba y él se puso como unas pascuas. A ella la entristeció oírlo así. Después de todas las falsedades que acababa de descubrir, tenía la impresión de que su mundo común
se estaba desmoronando. Esperaba que consiguieran recon-

ducir la situación y superarla. Quería encontrar la forma de ofrecerle la confianza que necesitaba para que no tuviera que mentirle sobre su infancia ni su vida en general, ni sobre los problemas con la editorial. Ninguna de esas cosas empeoraría la opinión que tenía de él, pero las mentiras sí. Y la sacaban de sus casillas. Ya no sabía qué creer ni en qué confiar. De todos modos, estaba dispuesta a condenar la acción, no a la persona. Seguía creyendo que Finn tenía buen fondo, pero aún no le había confesado su situación laboral desastrosa. Hope se hacía cruces de que todavía no le hubiera dicho ni una palabra sobre el tema, e incluso la había invitado a cenar para celebrar un contrato que no había firmado. Pero no estaba enfadada con él. Lo que estaba era muy triste. Amaba a Finn, y no quería que tuviera miedo de contarle la verdad.

—Ya tenía ganas de que volvieras, joder —dijo él con una amplia sonrisa, y ella le notó en la voz que había bebido bastante más de la cuenta. Finn le contó que había hecho un tiempo horrible y que desde que ella se marchó había estado muy triste. Hope se preguntó si el rechazo por parte de la editorial lo habría sumido en una especie de espiral de desánimo.

—Sí, yo también tenía ganas de estar aquí —respondió ella en voz baja. El viaje no había resultado muy agradable, ni siquiera había disfrutado del trabajo esa vez. Se había pasado las tres semanas muy molesta con Finn. Y en el avión había estado rompiéndose la cabeza sobre qué hacer con respecto al informe del detective. No era prudente desoír una señal de alarma. Pero además del miedo, en su interior sentía que allí había amor. Y no deseaba dejarlo en ridículo poniéndole el informe en las narices.

Cuando se encontraron en el aeropuerto se le veía cansado, y Hope reparó en que tenía muchas ojeras, como si no hubiera dormido bien. Esa vez a ella ni siquiera le hizo ilusión ver la casa. Hacía un frío que pelaba y Finn había olvidado poner en marcha la calefacción. Además, cuando subió a la planta superior, vio que en el escritorio de su despacho no había más de una decena de folios nuevos. Por teléfono él le había explicado que había escrito un centenar de páginas en su ausencia, pero ahora que había vuelto se daba cuenta de que también eso era mentira.

—¿Qué has hecho mientras he estado fuera? —preguntó Hope tratando de no revelar su decepción. Finn la observaba mientras deshacía la maleta y colgaba la ropa en el armario. Se estaba esforzando por aparentar un tono natural y liviano, pero no consiguió engañarlo. Él notó que algo iba mal desde el instante en que se encontraron en el aeropuerto.

—¿Qué ocurre, Hope? —le preguntó con tranquilidad, atrayéndola hacia la cama y abrazándola.

—Nada. Estoy disgustada porque Paul está fatal. —A él no pareció alegrarle la respuesta, pero a Hope no se le ocurría qué otra cosa decir. No estaba preparada para contarle que sabía que todo lo que le había explicado sobre su infancia era mentira, y que la casa solariega que había comprado para contentarlo pertenecía a otra familia, no a la suya. No podía dejar de pensar en la vieja fotografía en la que aparecían los cuatro hermanos con sus sombreros de vaquero, y se sintió tremendamente apenada por él. Ni siquiera era hijo único, tal como le había asegurado. Costaba hacerse a la idea de quién era en realidad y qué significaba todo aquello.

—A lo mejor vuelve a recuperarse —comentó él tratando de mostrarse agradable; y entonces deslizó una mano por debajo del jersey de Hope y le acarició los pechos. Mientras lo hacía, Hope se preguntó si en eso consistía todo, en un puñado de mentiras y una vida sexual alucinante.

No quería hacer el amor con él, pero no se lo dijo. Tenía la impresión de que todo su mundo se estaba desmoronando, pero intentó aparentar que nada había cambiado entre ellos. Resultaba muy desconcertante saber que se había inventado tantas historias sobre sus padres, sobre su vida, sobre la casa de Southampton, sobre la escuela, sobre las personas a quienes conocía. Hope imaginaba que tenía un deseo imperioso de que lo aceptaran y ser como los demás. Y probablemente le hería el orgullo tener que admitir que su familia era más pobre que las ratas. Se esforzó por no pensar en ello ni en las cosas que su hermano les había revelado de él, y dejó que le quitara la ropa poco a poco; y a pesar de todo lo que pensaba, de inmediato se sintió excitada. No podía negarse que Finn tenía unas manos maravillosas. Pero, aunque lo amaba, no bastaba con eso. También tenía que poder confiar en él.

Y a él, después de tres semanas, todo le sabía a poco. Mostraba tanta avidez como un hombre que hubiera estado a punto de morir de hambre y de sed, y quiso hacerle el amor una vez tras otra. Después, cuando por fin se quedó dormido, Hope se dio media vuelta en la cama y se echó a llorar.

A la mañana siguiente, mientras desayunaban, él le preguntó como quien no quiere la cosa cuándo iban a casarse. Antes de que Hope se marchara a Nueva York habían tanteado la posibilidad de que fuera en Nochevieja. Él consideraba que sería divertido celebrar su aniversario en esa fecha. Pero ahora, cuando volvía a preguntárselo, ella le respondía con evasivas. Después de todo lo que acababa de descubrir sobre él, necesitaba tiempo para pensarlo. Además, aún tenía que acabar de averiguar el resto. Con todo, no quería enfrentarse a Finn hasta que no dispusiera de toda la información. A lo mejor el resto de la verdadera historia resultaba ser distinto, más fiel a lo que él le había contado.

—¿A qué viene todo esto? —preguntó él, con repentino nerviosismo—. ¿Te has enamorado de otro en Nueva York? —Le resultaba evidente que Hope quería obviar el tema y no tenía ganas de hacer planes ni definir la fecha.

—Por supuesto que no —respondió ella—. Es que se me hace raro casarme estando Paul tan enfermo. —Fue la única excusa que se le ocurrió, y a él no le gustó un pelo. No le veía sentido.

—¿Qué tiene que ver eso? Lleva años así. —Finn parecía molesto.

—Pero está empeorando mucho —repuso ella con desánimo mientras jugueteaba en el plato con los restos de un huevo revuelto.

—Ya sabías que eso ocurriría.

—Sí, pero no me siento bien organizando una celebración cuando es posible que él se esté muriendo. —En su último encuentro había tenido un mal presentimiento y temía no volver a verlo con vida—. Además, tú no quieres que invitemos a nadie y me parece muy triste. Considero más divertido celebrar la boda el verano que viene en Cabo Cod. Así podrán venir mi representante y tu agente, y también a Michael le resultará más fácil que tener que viajar hasta Irlanda. —Finn le había explicado que su hijo no iba a ir a visitarlo ese año durante las Navidades. En vez de eso, iba a ir a Aspen a ver a unos amigos.

—¿Te estás echando atrás, Hope? Parece que se te hayan pasado las ganas. —Finn parecía herido.

—Claro que no. Solo es que no me parece el momento más apropiado —respondió ella con un hilo de voz, sin levantar la vista del plato.

—Se suponía que íbamos a casarnos en octubre —le recordó él, y los dos sabían por qué.

—Sí, porque estaba previsto que al mes siguiente naciera el bebé —dijo ella en voz baja, y lo miró.

—Y los dos sabemos por qué ocurrió lo que ocurrió —le espetó Finn con muy poco tacto. Nunca perdía ocasión de hacerle sentir mal por ello. Los primeros seis meses se había mostrado muy cariñoso, pero ahora parecía estar casi siempre enfadado con ella. O a lo mejor estaba enfadado consigo mismo; daba la impresión de que todo le salía mal. La cuestión era que, de repente, la estaba presionando mucho, cosa a la que no tenía ningún derecho después de todas las falsedades que le había contado. Claro que Finn no parecía sospechar lo más mínimo que ella sabía que le estaba mintiendo. Pero ahora los dos jugaban con las mismas cartas, y Hope lo detestaba. Apenas era capaz de mirarlo a los ojos—. Supongo que mientras estabas en Nueva York te vino la regla —dijo mientras dejaba los platos en el fregadero para que Katherine los lavara más tarde. Hope asintió a modo de respuesta, y él se quedó callado unos instantes, pero cuando ella se dio la vuelta vio que estaba sonriendo—. Eso significa que justo ahora debes de estar ovulando. —Hope estuvo a punto de estallar en llanto en cuanto le oyó decir eso. Se sentó a la mesa de la cocina y enterró la cara entre los brazos cruzados.

—¿Por qué me presionas ahora con eso? —preguntó, con la voz amortiguada por la postura, y luego levantó la cabeza y lo miró angustiada—. ¿Por qué te importa tanto? —Pero mientras formulaba la pregunta se dio cuenta de que cualquiera que fuese su respuesta no obedecería a la verdad. Ya no lo creía capaz de ser sincero. Mark tenía razón, Finn era un mentiroso compulsivo.

—¿Qué te pasa, Hope? —preguntó con dulzura, y se sentó a su lado—. Antes tú también querías tener un bebé y no veías el momento de que nos casáramos. —A Hope le entraron ganas de decirle que eso era antes de saber que era un embustero.

—Necesito un poco de tiempo para poner las cosas en orden. Solo hace cinco meses que perdí al bebé. Y no quiero casarme justo cuando mi ex marido se está muriendo.

—Todo eso no son más que gilipolleces, y tú lo sabes.

Cuando lo miró a la cara, supo que tenía que explicarle la verdad. Al menos en parte.

—A veces tengo la impresión de que no eres sincero conmigo, Finn. En Nueva York llegaron a mis oídos algunos comentarios; me dijeron que tu editor te ha puesto una demanda y que no te renovarán el contrato porque no has entregado las dos últimas novelas. ¿Qué está pasando? La noticia aparece en *The Wall Street Journal* y en *The New York Times*. Yo era la única que no sabía nada. ¿Por qué no me lo contaste? ¿Y por qué me dijiste que acababas de firmar un nuevo contrato? —La expresión de Hope era tremendamente inquisitiva, pero en su mente había otras muchas preguntas. Eso no era más que el comienzo. Y Finn la estaba mirando con aire furioso.

—¿Es que tú me lo cuentas todo sobre tu trabajo, Hope? —Le estaba gritando.

—Pues mira, sí. Yo te cuento todo lo que pasa en mi vida.

—Claro, porque todos los museos se disputan tus obras, en las galerías te suplican que les permitas exponer tus fotos. Los jefes de Estado quieren que seas tú quien los retrate y todas las revistas del mundo pagan fortunas por tu trabajo. ¿De qué narices tendrías que avergonzarte? Yo paso por una mala temporada, no entrego un par de novelas, y lo siguiente que hacen los muy cabrones es reclamarme casi tres millones de dólares. ¿Te crees que me siento muy orgulloso de eso? Estoy cagado de miedo, por el amor de Dios. ¿Cómo narices quieres que encima te lo cuente para que puedas compadecerme a gusto o para que me abandones porque estoy arruinado?

—¿En serio creías que eso era lo que haría? —preguntó ella mirándolo con tristeza—. No pienso abandonarte porque estés arruinado. Pero tengo derecho a saber lo que ocurre en tu vida, y más si son cosas tan importantes como esas. Detesto que me mientas. No quiero que disfraces las cosas, que me cuentes como cierto lo que no es más que tu sueño. Lo único que quiero es saber la verdad.

—¿Para qué? ¿Para restregarme por la cara el éxito que tienes y la puta fortuna que te dejó tu marido? Pues mira, me alegro por ti, pero no pienso humillarme para que te crezcas a mi costa. —Le estaba hablando como si fuera el enemigo, trataba de justificar todas las mentiras que le había contado.

—No pretendo crecerme —saltó ella con tristeza—. Solo quiero que tengamos una relación sincera. Necesito saber que puedo creer lo que me cuentas. —Estuvo a punto de revelarle alguno de los detalles de su infancia, pero prefirió esperar a saber toda la historia por boca del detective. Poner en evidencia sus mentiras solo serviría para que el barco hiciera aguas e incluso se hundiera, y aún no estaba preparada para eso. Pero resultaba duro saber lo que sabía y no decírselo.

—¿Y eso qué más da? Además, no te mentí sobre lo de la demanda, simplemente no te lo expliqué.

—Me dijiste que habías firmado un contrato nuevo, y no era cierto. Me dijiste que habías escrito cien páginas mientras estaba en Nueva York y apenas tienes diez o doce. No me mientas más, Finn. Lo detesto. Te quiero tal y como eres, aunque no hayas firmado ningún contrato nuevo ni hayas escrito más páginas. Pero no me digas cosas que no son ciertas porque entonces empezaré a preocuparme de todas las otras cosas que me escondes. —Estaba siendo todo lo sincera posible con él sin soltarle lo que aparecía en el informe del detective y dejarlo como un trapo. No quería entrar en el tema de momento.

—¿Como por ejemplo qué? —la desafió él, y situó el rostro a pocos centímetros del suyo.

—No lo sé, dímelo tú. Parece que tienes mucha imaginación. —También le había mentido con respecto a su hijo, y a la casa que decía que había comprado sin ser cierto.

—¿Qué se supone que significa eso?

—Lo único que significa es que quiero estar segura de que el hombre con quien voy a casarme es una persona honesta.

—Soy honesto —repuso él en tono beligerante—. ¿Me estás llamando mentiroso? —La estaba empujando a que lo hiciera, y ella se estaba esforzando por no caer en la trampa. Solo serviría para empeorar las cosas.

—A veces no sé quién eres en realidad. Solo te pido que no me mientas, Finn, nada más. Quiero confiar en ti, no me apetece tener que preguntarme continuamente si me estás contando la verdad.

—A lo mejor resulta que la verdad no es asunto tuyo, coño —le espetó, y salió de la cocina como un cohete. Al cabo de un minuto, Hope oyó el golpe de la puerta y vio que Finn bajaba a toda prisa los escalones de la entrada, subía al coche y se alejaba. No era precisamente un buen comienzo, por no decir algo peor, pero no podía callarse por más tiempo. Ya no podía seguir fingiendo que creía todo lo que él le contaba, porque no era así. En ese momento recordó las palabras de Mark y salió al jardín para tomar un poco el aire. No era buena idea acorralar a Finn enfrentándolo a sus mentiras, solo serviría para crear situaciones como la que acababa de tener lugar, y ella solo quería que le contara la verdad, poder volver a confiar en él y seguir adelante con su vida. Todavía no había perdido la esperanza, aunque Mark Webber sí que lo hubiera hecho tras leer el informe. Hope seguía creyendo que podían reconducir la situación y quería que Finn la ayudara a hacerlo. Era imposible que lo consiguiera sola.

Subió los escalones de la puerta con el corazón encogido en el momento en que Finn enfilaba el camino de entrada. Cuando se apeó del coche, se le veía arrepentido. Se acercó hasta donde ella estaba y le dio la vuelta para que lo mirara.

—Lo siento, Hope. Me he portado como un gilipollas. Es que a veces me avergüenzo de no haber hecho mejor las cosas. Quiero que todo salga bien, pero no siempre lo consigo y entonces finjo. Deseo tanto que todo vaya bien que supongo que por eso acabo inventándome las cosas.

A Hope aquella confesión la conmovió; y eso hizo que concibiera esperanzas y pensara que la situación tenía arreglo. Se sentía fatal por todo lo que sabía de la infancia y la juventud de Finn, aunque él no era consciente de eso. Le sonrió, y él la rodeó con los brazos y la besó. Y aún la conmovió más ver que tenía los ojos llenos de lágrimas. Se había rebajado ante ella y había reconocido su error. Hope solo rezaba para que eso significara que no iba a volver a hacerlo. Lo único que le pedía era que fuera sincero.

—Te amo, Finn —dijo cuando entraban en casa de la mano—. No tienes por qué disfrazar las cosas por mí. Te amo tal y como eres, aunque no todo sea perfecto. ¿Qué piensas hacer con la demanda?

—Terminar los libros, si puedo. Este último me está costando sangre, sudor y lágrimas, llevo meses estancado. Además, mi agente está intentando pararle los pies a la editorial. Me han dado tres meses más, pero sin un nuevo contrato estoy en la ruina. No me queda dinero, no tengo ni un puto centavo. Gracias a Dios que compraste la casa, si siguiera estando de alquiler me echarían de una patada en el culo, y la casa de mis tatarabuelos iría a parar a manos de otra familia. —Acababa de mentirle otra vez, pero Hope decidió ignorarlo por el momento. Si él prefería inventarse historias sobre su niñez para quedar bien, lo dejaría estar. Se avergonzaba demasiado de sus orígenes para reconocer la verdad ante ella. En comparación con la infancia de cuento de hadas que ella había vivido en New Hampshire, la suya era una pesadilla. De momento le bastaba con que no siguiera mintiéndole sobre su situación actual. Y lamentaba mucho saber que andaba tan mal de dinero, aunque no le sorprendía. Lo sospechó en el momento en que vio que no había ingresado el alquiler que tenían pactado. Sabía que lo habría pagado de haber podido. Al parecer, todas las mentiras se debían a la vergüenza.

—Bueno, por lo menos no tienes que preocuparte por el dinero —dijo ella con amabilidad—. Yo puedo correr con todos los gastos. —Ya lo estaba haciendo.

—¿Y qué se supone que debo hacer? —preguntó él con aire abatido mientras se quitaban los abrigos y los colgaban en un armario del recibidor—. ¿Me asignarás una paga? ¿O tendré que pedirte la calderilla para el periódico todos los días? Sin un nuevo contrato estoy jodido. —La cosa parecía tenerlo amargado, pero como mínimo ya no estaba enfadado con ella. Mientras subían la escalera juntos poco a poco, Hope pensó que las cosas se estaban poniendo en su sitio.

—Si terminas el libro, te ofrecerán un nuevo contrato —trató de tranquilizarlo.

—Les debo dos novelas, Hope, no una. —Al menos le estaba contando por fin la verdad.

—¿Cómo has llegado a esta situación?

Él sonrió con arrepentimiento y se encogió de hombros.

—Pasándomelo en grande, hasta que te conocí a ti. Por suerte ahora tengo más tiempo, lo que pasa es que no me encuentro con ánimos de ponerme a escribir. Solo me apetece estar contigo. —Hope eso ya lo sabía, pero había tenido tres semanas para trabajar mientras ella estaba fuera y no las había aprovechado. Tenía que poner orden en su vida de forma imperiosa. Mientras ella limpiaba la casa, él no había hecho otra cosa que andarle detrás.

—Me parece que será mejor que te pongas manos a la obra —le sugirió con tranquilidad.

—¿Sigues queriendo casarte conmigo? —preguntó él, y de nuevo parecía un niño pequeño. Ella le echó los brazos al cuello y asintió.

—Sí, sí que quiero. Solo necesito estar segura de que los dos nos comportamos como personas adultas y somos sinceros el uno con el otro, Finn. Es imprescindible si queremos que lo nuestro funcione.

—Ya lo sé —respondió él. Se le habían bajado los humos. A veces Finn era maravilloso y otras, muy poco razonable. La había tratado con crueldad culpándola por lo del aborto; y siempre que lo hacía, Hope se sentía fatal. No era justo, ni demostraba verdadero cariño—. ¿Qué te parece si nos vamos a la cama y nos echamos una siesta? —propuso con aire malicioso, y Hope soltó una carcajada y subió corriendo la escalera detrás de él. Al cabo de unos instantes, él cerró con llave la puerta del dormitorio, la alzó en brazos como si fuera una chiquilla y la tumbó en la cama; y de inmediato se arrojó sobre ella. Esa tarde no había trabajado nada, pero lo habían pasado bien juntos y parecían haber superado sus desavenencias. Finn no siempre era sincero, pero resultaba encantador e increíblemente sexy.

Al día siguiente por la tarde, Finn acompañó a Hope en coche hasta Dublín para comprar tela y otras cosas que necesitaba para la casa. A ella le sabía mal robarle horas de trabajo, pero seguía sin sentirse cómoda conduciendo en Irlanda y Winfred era un chófer terrible, así que Finn se ofreció a llevarla. La relación volvía a ser fluida y agradable, y los dos estaban muy animados. Compraron todo lo que deseaban, y a Hope le alegró ver que Finn estaba de buen humor, ya que últimamente no siempre era así y tenía la sensación de que bebía más de lo habitual. Habló del tema con Katherine, y ella opinaba lo mismo; pero no le dijo nada a Finn. Sabía que le preocupaban muchas cosas, sobre todo lo de la demanda por parte de la editorial de Nueva York y los dos libros que le faltaban por escribir.

—¿Sabes? He estado dándole vueltas a algo —empezó él mientras se dirigían a Blessington por la estrecha carretera que atravesaba la campiña irlandesa. A Hope seguía pareciéndole un paisaje de postal, incluso en un frío día de noviembre—. Me facilitaría mucho las cosas, y me resultaría menos violento, que abrieras una cuenta corriente de donde pueda sacar dinero sin tener que pedírtelo. —Al principio ella se sorprendió mucho, aunque la cosa tenía su lógica. Pero aún no estaban casados, y le pareció una propuesta un tanto atrevida.

—¿Qué tipo de cuenta? —preguntó ella con cautela—. ¿De cuánto dinero estás hablando? —Comprendía sus motivos, sobre todo en vistas de la precaria situación económica que estaba atravesando. Supuso que se refería a unos cuantos miles de dólares para los pequeños gastos. En realidad no le importaba, aunque se le hacía raro que se lo hubiera pedido. Claro que estaban a punto de casarse. Ella seguía albergando la esperanza de retrasar la boda hasta junio, pero no había vuelto a insistir en el tema puesto que la otra vez Finn se molestó tantísimo.

—No sé. Ayer me lo estuve planteando. Nada del otro mundo —respondió con aire despreocupado—. Unos cuantos millones, tal vez. Unos cinco o así, para disponer de un pequeño colchón y no tener que pedirte dinero cada vez que necesite cualquier tontería. —Por cómo lo dijo, Hope pensó que estaba bromeando y se echó a reír. Entonces reparó en su expresión y se dio cuenta de que hablaba en serio.

—¿Cinco millones? —preguntó ella con incredulidad—. ¿Estás de broma o qué? ¿Qué diantres piensas comprarte? ¡La casa entera costó uno y medio! —Hope se había gastado todo ese dinero solo para hacerlo feliz y comprar una casa que, a fin de cuentas, no había pertenecido a ningún antepasado suyo, según había descubierto.

—De eso se trata. No quiero estar pidiéndote cada moneda que quiera gastarme y tener que darte explicaciones. —Daba la impresión de que a él le parecía lógico, y Hope se quedó mirándolo con aire incrédulo y un malestar creciente en el estómago.

—Finn, no es normal tener una cuenta corriente con cinco millones de dólares. —No estaba enfadada, solo sorprendida. Además, él no había vacilado en pedirle el dinero, como si se tratara de diez o veinte dólares que llevase encima.

—¡Pero si tienes una fortuna! —De repente Finn parecía molesto—. ¿Qué coño te pasa? ¿Pretendes controlarme guardándote bien tu dinerito? No vas a notar cinco millones más o menos. —Ni siquiera se molestaba en ser amable, daba la impresión de que todo había vuelto a cambiar entre ellos. Quería dinero, y lo quería ya; cada vez alternaba más su antiguo comportamiento encantador con el tono airado y acusatorio. Ese no era el Finn del que se había enamorado, era otro ser que a menudo la mortificaba y que de vez en cuando recuperaba de forma repentina sus antiguas conductas cariñosas. Sin embargo, ahora no era ese el caso. Quien actuaba era el nuevo Finn en pleno arrebato de genio, y estaba intentando echar mano a su dinero de mala manera. Para Hope era toda una novedad verlo de ese modo; y no le gustaba ni un pelo.

—Eso es mucho dinero para cualquiera, Finn —respondió sin alterarse. La cosa no le hacía ninguna gracia.

—Muy bien, pues dejémoslo en cuatro. Dentro de poco seré tu marido, no puedes pretender que me contente con una paga.

—Es posible, pero no pienso entregarte un millón por aquí y otro por allá siempre que te dé la gana; si no, pronto me quedaré tan pelada como tú. Seguiré haciéndome cargo de los gastos igual que hasta ahora y te abriré una cuenta corriente con unos pocos miles de dólares. —Era todo lo que estaba dispuesta a hacer. No quería comprar a Finn, y tampoco era tonta. Desde el divorcio había aprendido muchas cosas sobre cómo manejar el dinero.

—O sea que piensas mantenerme a raya —repuso él enfadado, y estuvo a punto de chocar contra un camión en una curva. A Hope la asustaba su forma de conducir. La carretera estaba mojada y él circulaba demasiado deprisa y estaba furioso con ella.

—No puedo creer que estés pidiéndome que te abra una cuenta con cinco millones de dólares —dijo Hope fingiendo una serenidad que no sentía.

—Con cuatro me basta, ya te lo he dicho —repitió él apretando los dientes.

—Sé que tienes problemas de dinero, pero no pienso hacer eso, Finn. —La había ofendido pidiéndoselo, y más por insistir—. Y antes de casarnos firmaremos un acuerdo prenupcial. —Había comentado la cuestión en su bufete de abogados de Nueva York hacía unos meses, y ya habían redactado un primer borrador. Era relativamente sencillo y solo decía que las propiedades de Finn pertenecían a Finn y las de

Hope, a Hope. Por motivos evidentes, pensaba mantener la separación de bienes. Aquel dinero se lo había dejado Paul y no estaba dispuesta a perderle la pista.

—No sabía que fueras tan tacaña —le espetó él, e hizo otro viraje brusco. Era increíble que le soltara una cosa así, después del favor que le había hecho con la casa. Parecía haber olvidado muy deprisa lo generosa que había sido con él. Y no estaba siendo tacaña, solo obraba con prudencia. Era lo mínimo, habiendo descubierto su capacidad para contar mentiras. No estaba dispuesta a entregarle su fortuna, ni siquiera una parte. Cinco millones de dólares representaba un diez por ciento de lo que Paul le había dejado tras veinte años de matrimonio.

Guardaron un silencio sepulcral durante el resto del trayecto, y cuando llegaron a Blaxton House, Finn paró el coche de un frenazo y Hope se apeó y entró en la casa. Estaba molesta por aquella petición, y él aún lo estaba más por la negativa. Fue directo a la despensa y se sirvió una copa. Cuando subió al dormitorio, Hope ya empezaba a notar los efectos, incluso sospechaba que se había tomado un segundo trago.

—Entonces, ¿qué cantidad te parece razonable? —preguntó tomando asiento, y ella lo miró con expresión afligida. Las cosas iban de mal en peor. Primero, la obsesión con el embarazo; luego, las mentiras; y ahora quería que le entregara una suma importante de su dinero. Finn se estaba convirtiendo por momentos en un hombre distinto del que había conocido, y muy de vez en cuando le dejaba entrever ciertos comportamientos de la persona a quien había considerado tan maravillosa, pero estos se esfumaban enseguida. La cosa tenía unos visos absolutamente surrealistas y esquizofrénicos, y recordó que, en el informe del detective, el hermano de Finn lo había definido como un sociópata. En ese momento se preguntó si lo era en realidad. También recordó que había leído un artículo sobre algo llamado «refuerzo intermitente», según el cual existían personas que alternaban los comportamientos abusivos y los cariñosos, de modo que las víctimas acababan tan confusas que al final decidían solucionar las cosas de una vez para siempre. Hope se sentía así. Estaba mareada. Los tejemanejes de Finn ejercían una fuerza magnética. Era como si la máscara que llevaba puesta se le estuviera resbalando por momentos, y a Hope le aterrorizaba lo que veía detrás. Seguía creyendo que el Finn bueno estaba en alguna parte, pero ¿cuál de los dos era el auténtico? ¿El anterior, el actual o los dos?

—No pensarás que vas a salirte con la tuya, ¿verdad? —dijo él en tono muy desagradable—. Tu marido te ha dejado cincuenta millones, ¿y se supone que yo voy a tener que andarte mendigando un poco de calderilla? —Antes Hope creía que Finn se ganaba bien la vida, lo cual habría resuelto sus problemas; pero aunque no fuera ese el caso, no iba a empezar a soltarle los millones así como así. No era lo normal, y no quería comprar su cariño. También se acordó de que lo había oído quejarse de los gastos que le ocasionaban los estudios universitarios de Michael, y ahora se preguntaba si los habría pagado él o si corrían a cuenta de los abuelos y Finn no contribuía en nada.

—No estoy intentando salirme con la mía. No quiero comprar un marido, ni que las cosas entre nosotros se desdibujen. Creo que lo que me pides no es razonable, y no pienso dártelo.

—Entonces será mejor que te cases con Winfred. Quizá lo que quieres sea un criado, no un marido. Si solo piensas dejarme unos pocos miles de dólares en una cuenta y guardarte el resto, cásate con él.

—Me voy a la cama —dijo Hope con aire abatido—. No pienso seguir hablando de esto.

—¿En serio esperas que me case contigo si no estás dispuesta a nivelar la balanza? ¿Qué clase de matrimonio es ese?

—Un matrimonio basado en el amor, no en el dinero. Y en la sinceridad, no en las mentiras. Lo que pase a partir de ahí es cuestión de suerte. Pero no pienso hacer tratos contigo, ni permitir que me exijas que te abra una cuenta para gastos con cinco millones de dólares, ni con cuatro. Es vergonzoso, Finn.

—A mí también me parece vergonzoso que dispongas de los cincuenta millones de dólares que te dejó tu marido y te los guardes para ti. Si me apuras, te diré que eres una puta egoísta. —Era la primera vez que le soltaba una cosa de esa envergadura, y Hope se quedó de piedra. Tampoco le había gustado que le dijera que si no pensaba darle dinero, podía casarse con Winfred. Finn estaba siendo insolente y mezquino. Y le estaba dejando entrever sus intenciones de un modo escandaloso.

No le dijo nada más. Se dio media vuelta, entró en el dormitorio y se metió en la cama. Esa noche no lo oyó acostarse. Estuvo mucho rato esperando hasta que se quedó dormida, preguntándose qué le estaba ocurriendo y qué hacía o en qué se estaba convirtiendo Finn ante sus narices. Fuera lo que fuese, no era nada bueno. De hecho, la relación se desmoronaba por momentos; su estado era peor cada día que pasaba. A Hope cada vez le costaba más convencerse de que las cosas podían funcionar. Se durmió con la sensación de que el corazón se le estaba rompiendo en pedazos.

17

Desde el día en que Finn pidió dinero a Hope por primera vez, las cosas iban de mal en peor. La tensión era insoportable, discutían continuamente, él bebía más y más y las conversaciones giraban siempre en torno al mismo tema. Quería cuatro o cinco millones de dólares a tocateja; no había lugar para preguntas. Y encima pretendía que cuando se casaran le diera más dinero. También le pidió que fuera a ver a la especialista en medicina reproductiva, pero esa vez Hope se negó en redondo.

Lo único que la mantenía allí era el tierno recuerdo de lo cariñoso que Finn había sido con ella en el pasado. Se comportaba como si le faltara un tornillo, o como si estuviera metido en una pesadilla; y ella estaba aguardando a que se despertara y volviera a ser él mismo. Solo que de momento eso no había ocurrido. Cada vez estaba peor, y ella se aferraba al convencimiento de que un día volvería a ser el hombre del que se había enamorado. Pero había días en que se preguntaba si ese hombre, el de los once primeros meses, existía de verdad. Alrededor de Acción de Gracias empezaba a preguntarse incluso si había existido alguna vez. Quizá el hombre a quien había conocido y amado era un papel interpretado para atraerla, y el auténtico Finn era el actual. Ya no sabía qué pensar. Se sentía desconcertada y confusa, y siempre estaba triste. Llevaba semanas así.

El día de Acción de Gracias preparó el tradicional pavo, pero la celebración se truncó cuando Finn empezó a discutir a media cena. Seguía con la horrorosa cantinela del dinero que ella debía entregarle y por qué debía hacerlo. Al final Hope se levantó de la mesa sin haberse terminado el plato. Se ponía enferma oyendo cómo trataba de engatusarla y luego estallaba en cólera y la insultaba.

Después de que se hubieran ido a la cama, Hope estaba pensando que tal vez debería hacer las maletas y marcharse bien lejos cuando Finn se volvió hacia ella y empezó a hacerle arrumacos otra vez. No mencionó el dinero, le dio las gracias por la estupenda cena y le dijo lo mucho que la amaba, y fue tan cariñoso y tan amable con ella que acabaron haciendo el amor, cosa que llevaba días sin ocurrir. Pero después Hope tuvo la sensación de haber perdido el juicio; ya no sabía qué creer ni dónde residía la verdad.

Él la despertó en mitad de la noche y empezó a discutir otra vez sobre el mismo tema hasta que ella se quedó dormida. Pero por la mañana le llevó el desayuno a la cama y volvía a ser el hombre atento, jovial y cariñoso de siempre. Hope creyó que se estaba volviendo loca; o tal vez el loco fuera él. La cuestión era que uno de los dos no estaba bien de la cabeza; no tenía muy claro quién, pero temía ser ella. Además, cuando le comentó a Finn que la había despertado de madrugada para discutir, él insistió en que no era cierto, y Hope se sintió aún más desconcertada y se preguntó si lo habría soñado. Necesitaba hablar con alguien para tratar de encontrarle sentido a todo aquello, pero no sabía con quién. En Irlanda no tenía amigos y no quería llamar a Mark y preocuparlo. Tampoco quería llamar al abogado que él le había recomendado porque no lo conocía. Y Paul estaba demasiado enfermo. La única persona disponible era Finn, y la acusaba de hacer cosas raras. Hope empezaba a plantearse en serio que se había vuelto loca, y la cosa la tenía muy asustada.

Lo único que la salvó fue que el lunes posterior a Acción

de Gracias la telefoneó el médico de Paul para explicarle que su ex marido había contraído una neumonía y que temían que se acercaba el final. Si quería verlo, debía viajar a Boston lo antes posible. Sin decir una palabra a Finn, Hope hizo la maleta, y estaba a punto de salir cuando él llegó del pueblo con una bolsa llena de material que había adquirido en la ferretería y un paquete de jabón de lavadora que le había pedido Katherine. También había comprado un bonito ramo de flores para Hope, lo cual la conmovió pero aún la dejó más confundida.

Él se quedó de piedra al verla vestida y cerrando la cremallera de la maleta.

—¿Adónde vas? —Parecía aterrorizado, y entonces ella le explicó lo de Paul. Hope estaba muy preocupada, y él la rodeó con los brazos y le preguntó si quería que la acompañara. A ella no le apetecía, pero tampoco quería hacerle un feo rechazándolo.

—No te preocupes por mí. Creo que es mejor que vaya sola —dijo con tristeza—. Me parece que se acerca el final. —Era lo que le había dicho el médico por teléfono. Llevaban años temiendo ese momento, pero de todos modos resultaba duro afrontarlo. Y lo último que le apetecía era que Finn la acompañara. Necesitaba alejarse de él y tratar de dilucidar qué le estaba ocurriendo y quién era ese hombre. Ya no estaba segura de nada. Había llegado un punto en que Finn o bien la ponía verde o bien se deshacía en atenciones; o la colmaba de besos en la cama o le exigía dinero despertándola en mitad de la noche para discutir, y luego, cuando al día siguiente andaba cayéndose de sueño, insistía en que era ella quien lo había despertado a él. Hope no estaba segura, pero creía que la podía estar sometiendo a maltratos psicológicos, y en parte funcionaba porque se sentía totalmente confusa. Y a él, en cambio, se le veía tan tranquilo.

Finn la acompañó al aeropuerto, y ella se despidió con un beso y corrió hacia el avión. Cuando ocupó su asiento en primera clase, se sintió muy aliviada de haberse alejado de él, y estalló en llanto. Durmió durante todo el vuelo y se despertó aturdida en el momento del aterrizaje en el aeropuerto Logan, en Boston. Tenía la impresión de que toda su vida con Finn era surrealista.

Cuando llegó al hospital, el médico de Paul la estaba esperando. La había llamado por teléfono durante el trayecto desde el aeropuerto, y a Hope se le cayó el alma a los pies cuando la llevó hasta donde estaba Paul. En el poco tiempo transcurrido desde que lo vio por última vez se había consumido por completo. Tenía los ojos hundidos y las mejillas chupadas. Llevaba puesta una máscara de oxígeno, y al principio no estaba segura de que la hubiera reconocido, hasta que él asintió y cerró los ojos en paz, como si se sintiera aliviado de tenerla allí.

Se pasó los siguientes dos días sentada a su lado; no lo abandonaba nunca. Llamó a Finn una vez, pero le explicó que desde la habitación de Paul no podía hablar, y él le dijo que lo comprendía y fue muy agradable con ella, lo cual a Hope se le hizo extraño. Muchas veces la trataba mal, y otras se mostraba muy cariñoso. Hope casi odiaba hablar con él porque nunca sabía qué actitud iba a adoptar. Y después siempre la culpaba de haber iniciado las discusiones, aunque ella estaba segura de que había sido al revés.

Telefoneó a Mark para explicarle que estaba en Boston y le prometió que lo mantendría al corriente. Al tercer día, Paul murió en silencio; y mientras su luz se apagaba, Hope, con las lágrimas rodándole por las mejillas, le susurró que lo amaba y le pidió que cuidara de Mimi, hasta que se fue. Permaneció de pie a su lado mucho rato, cogiéndole la mano, y luego salió de la habitación con sigilo y el alma destrozada por su partida.

Paul había dejado instrucciones explícitas. Quería que lo incineraran y depositaran sus restos junto a los de su hija en New Hampshire, donde también se encontraban los padres de Hope. En dos días estuvo todo hecho; y al verlo reposando junto a Mimi, a Hope le invadió la abrumadora sensación de que todo había terminado. Nunca se había sentido tan sola en toda su vida. Ahora no le quedaba nadie excepto Finn. Esos días había sido amabilísimo con ella por teléfono, pero últimamente Hope siempre se preguntaba cuánto duraría la cosa esa vez. Ya no era el mismo de antes.

Viajó a Boston desde New Hampshire en un coche de alquiler, y luego cogió un avión con destino a Nueva York y se dirigió a su piso. Tenía la impresión de que aquello era el fin del mundo, y estuvo encerrada varios días sin llamar a nadie, sin ir a ninguna parte. Apenas probaba la comida. Solo deseaba pensar en lo ocurrido, y en todo lo que Paul había significado para ella. Le costaba hacerse a la idea de que ya no estaba en este mundo.

Se reunió con los abogados de Paul. Iban a poner el barco a la venta. Todo estaba en orden, no le quedaba nada por hacer. Después fue a ver a Mark a su despacho, y él notó que estaba agotada.

—Lo siento mucho, Hope. —Sabía que debía de resultarle muy duro, Paul era todo lo que tenía en el mundo. La secretaria de Mark le sirvió una taza de té y estuvieron un rato sentados charlando—. ¿Qué tal va todo por Irlanda? —Al principio, Hope no respondió a la pregunta, pero luego lo miró con una expresión extraña.

—Para serte sincera, no lo sé. Me siento confusa. A veces Finn se porta de maravilla conmigo, y otras se pone hecho una fiera. Y luego vuelve a tratarme con cariño. Dice que me estoy volviendo loca, y yo ya no sé si es cosa mía o de él. Me despierta de madrugada para ponerse a discutir y al día siguiente me dice que no es verdad. No lo entiendo —dijo con lágrimas en los ojos—. No sé qué está ocurriendo. Creía que conocerle era lo mejor que me había pasado en la vida, pero ahora me siento como si estuviera viviendo una pesadilla y ni siquiera sé si la provoco yo o él. —A Mark lo que le

estaba explicando le pareció aterrador, y se quedó muy preocupado.

—Creo que ese tío está loco, Hope. Empiezo a pensarlo
de veras. Me parece que su hermano tiene razón y que es un
sociópata. Más vale que te marches; o, mejor, no vuelvas.

—No lo sé. Necesito pensármelo mientras estoy aquí.
Cuando estamos bien, me siento estúpida por preocuparme
por ello. Pero luego empieza otra vez y me entra el pánico.
Además, me ha pedido dinero. —Al oír eso, Mark aún se in-
quietó más.

—¿Cuánto?

—Quiere que le abra una cuenta corriente con cinco millones de dólares.

Mark parecía furioso.

—No está mal de la cabeza. Es un cabrón. Pretende sacar-
te el dinero, Hope. —Ahora Mark estaba seguro de ello.

—Creo que lo que pretende es acabar con mi salud mental
—repuso ella con un hilo de voz—. Tengo la sensación de
que me está volviendo loca.

—Seguramente quiere hacértelo creer. En mi opinión, no
deberías volver. Y si lo haces, antes quiero que llames al abogado de Dublín para que tengas a mano a alguien de confianza.

—De acuerdo —prometió Hope—, pero me quedaré aquí
unos cuantos días. —Todavía estaba demasiado afectada por
lo de Paul para regresar. Y en Nueva York se sentía mejor.
Cada día veía las cosas más claras, y la confusión en que Finn
la estaba sumiendo surtía menos efecto. La llamaba a menudo, pero muchas veces Hope no cogía el teléfono. Y luego él
le preguntaba dónde estaba y con quién, y ella solía explicarle
que se había quedado dormida. A veces se dejaba el móvil en
casa expresamente.

Mark volvió a llamarla dos días más tarde, y su tono de
voz era sombrío. Esa vez se ofreció a ir a verla a su piso. Hope
estuvo de acuerdo, y al cabo de media hora lo tenía allí con su

maletín. Llevaba encima el informe completo que el detective acababa de enviarle. Se lo entregó a Hope sin pronunciar palabra y esperó a que lo leyera. El informe era largo y detallado, y a Hope casi todo la dejó de piedra. La mayoría de lo que explicaba distaba mucho de lo que le había contado Finn. Había cosas que él no había mencionado jamás.

Empezaba justo donde terminaba el informe anterior, después de la infancia y juventud de Finn y sus primeros empleos, y proseguía hablando de su matrimonio con la madre de Michael. Decía que era una modelo medianamente conocida. Cuando se casó con Finn tenía veintiún años, y él, veinte. Explicaba que la pareja tenía fama de llevar una vida licenciosa, de ir de fiesta en fiesta y consumir alcohol y drogas, y que ella se quedó embarazada y se casaron cinco meses antes de que naciera Michael. Según el informe, se habían separado varias veces, ambos habían cometido infidelidades; pero siempre acababan juntos. Hasta que una noche sufrieron un grave accidente cuando regresaban de una fiesta en Long Island. Finn había bebido mucho y era quien conducía. Los embistió un camión en un cruce. El coche quedó destrozado y la esposa de Finn sufrió heridas muy graves. El conductor del camión resultó muerto. No hubo testigos presenciales, y al final un coche que pasaba por allí avisó a la policía estatal desde un teléfono público de la misma carretera y les pidió que enviaran ayuda urgentemente. Cuando llegó la patrulla, encontraron a Finn consciente; no había sufrido daños y estaba ebrio, pero no en exceso. Fue incapaz de explicar por qué no se había acercado él mismo hasta la cabina para pedir ayuda. El informe reconocía que estaba desorientado y en estado de shock por culpa de un golpe en la cabeza, y él había alegado que no quería dejar sola a su esposa herida. El accidente había ocurrido media hora antes de que llegara el otro coche, y los médicos dedujeron que si Finn hubiera avisado antes, el otro pasajero del vehículo, o sea su esposa, no habría perdido la vida. No había hecho el más mínimo esfuerzo por salvarla.

Posteriores investigaciones habían concluido que la pareja tenía problemas matrimoniales y que Finn le había pedido el divorcio, pero ella se lo había denegado. No estaba claro hasta qué punto él había provocado el accidente, pero, en cualquier caso, la había dejado morir. Llegaron a formularse cargos contra Finn y obtuvo una pena de prisión de cinco años que no llegó a cumplir. Le concedieron la libertad condicional y le retiraron el carnet de conducir por el homicidio involuntario del conductor del camión.

El detective se había puesto en contacto con los padres de la viuda de Finn, que vivían en California y seguían resentidos con él porque creían que había matado a su hija a propósito para cobrar la herencia. El padre de la chica era un acaudalado corredor de bolsa de San Francisco, y entre su esposa y él habían criado a su nieto, que en el momento de la muerte de su madre tenía siete años. Decían que Finn se había negado en redondo a hacerse cargo del niño. Le habían explicado al detective que Finn había visto a su hijo dos veces durante los años siguientes, hasta que empezó a estudiar en la universidad; y creían que después había vuelto a verlo un par de veces más, pero no parecía tener un papel muy relevante en la vida del chico. Más bien lo consideraban una mala influencia para él y un hombre peligroso. Tras la muerte de su hija había intentado extorsionarlos bajo la amenaza de hacer público que la chica llevaba una vida licenciosa y que consumía alcohol y drogas. Sus suegros lo habían denunciado a la policía, pero nunca habían vuelto a presentar cargos contra él. Solo querían que los dejara en paz a ellos y a su nieto.

Durante los años posteriores a la muerte de la chica supieron que Finn había alcanzado el éxito literario, pero seguían considerándolo responsable del accidente y decían que era un hombre sin escrúpulos que solo andaba detrás del dinero y a quien no le importaba nadie excepto él mismo. También explicaban que al principio decía amar mucho a su hija y que era encantador con ella. Y en el funeral lloró a lágrima viva.

El dossier llevaba adjunto un informe médico según el cual, en opinión del firmante, la chica habría muerto de todos modos, con o sin ayuda. Las heridas eran demasiado graves y había sufrido daños cerebrales.

Entraban escalofríos leyendo aquello, y Hope miró a Mark sin pronunciar palabra. La muerte de la esposa de Finn había resultado ser un accidente, pero él no había hecho nada para ayudarla. El informe proseguía con varias páginas que hablaban de las mujeres con quienes había salido. También había un documento aparte que evidenciaba que Finn había llegado incluso a reclamar el patrimonio de su viuda, y había solicitado ayuda económica de sus suegros a pesar de que ya se encargaban de mantener al nieto. Todos los esfuerzos, legales o ilegales, para sacarles dinero habían fracasado. No cabía duda de que había actuado mal, pero eso no lo convertía en ningún asesino. Solo ponía de manifiesto que era un sinvergüenza o que estaba desesperado por las deudas. También había intentado quedarse con la herencia que le correspondía al chico, pero los abuelos habían conseguido frenarlo. Hope no podía dejar de preguntarse si Michael era consciente de todo eso. Sabía que su padre era un mentiroso, pero Finn era algo mucho peor. Carecía de toda moralidad.

Entre las mujeres con quienes Finn había salido había varias millonarias, y con algunas había convivido durante cortos períodos de tiempo durante los cuales se creía que había obtenido dinero y obsequios. Su economía se había mantenido inestable a lo largo de los años a pesar del éxito literario, y al parecer sus ansias de dinero eran insaciables. Había un anexo que contenía la demanda que había interpuesto su editor, y un listado de otras querellas que habían presentado contra él pero que casi siempre habían fracasado. Había una en particular, de una mujer con la que había convivido, que lo acusaba de maltrato psicológico, pero ella había perdido el juicio. En conjunto, el informe describía la imagen de un hombre que explotaba a las mujeres, y todos los entrevistados opinaban que era un mentiroso compulsivo. Dos lo consideraban un sociópata, y una fuente anónima de la editorial decía que era un hombre informal, nada de fiar, que carecía de ética y que era incapaz de atenerse a ningún tipo de norma. Y todos los sujetos entrevistados, incluidos sus suegros, lo consideraban un hombre con un gran magnetismo pero sin escrúpulos, peligroso, impulsado tan solo por la avaricia y que no se detenía ante nada que se hubiera propuesto conseguir. El informe no contenía ningún atributo agradable excepto el magnetismo, y el hecho de que al principio siempre se comportaba de modo cariñoso y agradable, pero acababa convirtiéndose en alguien cruel y sin corazón. Era justo lo que Hope estaba descubriendo y no quería acabar de creerse. Sin embargo, el informe era la prueba irrefutable.

Cuando terminó la lectura, Hope se recostó en el sillón y miró a Mark. Además de todo aquello, aunque el informe no lo mencionara, estaba la chica que se había suicidado por culpa de Finn. O sea que de forma indirecta era responsable de dos muertes. De repente Hope recordó que cuando encontró la fotografía de Audra, Finn le había preguntado si sería capaz de suicidarse por él; lo había planteado casi como un cumplido. Ahora esa pregunta adquiría una dimensión totalmente distinta. Hope se echó a temblar ante la idea y trató de asimilar todo lo que acababa de leer. Resultaba horripilante pensar que todas esas historias terribles y los detalles escabrosos de su vida se habían ido desdibujando y habían permanecido encubiertos a lo largo de los años. El detective había hecho un trabajo concienzudo para sacar todo eso a la luz.

—No es muy agradable, ¿verdad? —comentó Mark con expresión preocupada.

—No, nada agradable —reconoció ella con tristeza. Finn poseía un gran magnetismo, tal como decía el informe, y al principio había sido muy cariñoso con ella. Pero casi todo el mundo lo consideraba un sujeto peligroso—. ¿Qué voy a hacer? —dijo, casi preguntándoselo a sí misma, con la mirada perdida en algún punto del exterior mientras pensaba en Finn y deseaba con todas sus fuerzas que fuese el hombre a quien había conocido.

—Creo que no debes volver —opinó Mark sabiamente, y ella lo pensó unos momentos y recordó lo confusa que se sentía cuando se marchó. Se preguntaba si Finn la estaba induciendo a suicidarse; pero antes quería sus cinco millones de dólares. Si se casaba con él aún tendría más dinero. Y si de su unión nacía un niño, tendría carta blanca para esquilmar su patrimonio de por vida, y a su hijo, o a ella misma.

—Pues a mí me parece que debo regresar y aclarar las cosas. Por lo menos necesito poner orden mental. —Finn tenía dos personalidades. La del hombre de quien se había enamorado y la del sujeto descrito en el informe. Hope no podía evitar preguntarse si los padres de su viuda lo culpaban porque no habían llegado a aceptar la muerte de su hija y les resultaba más fácil responsabilizarlo a él. Deseaba poder creerlo, y luchaba consigo misma. Quería concederle el beneficio de la duda, pero le resultaba muy difícil a la luz del informe—. Se supone que íbamos a casarnos, y por mi propio bien necesito descubrir la verdad.

—¿Y si te mata? —soltó Mark en tono lacónico.

—No lo hará. A su esposa no la mató él, fue un accidente. El informe policial y el del juez de instrucción coinciden en eso. Creo que lo único que quiere es sacarme todo el dinero que pueda. —Eso también era horrible, y ella quería seguir creyendo que la amaba—. Llamaré al abogado de Dublín antes de regresar, así tendré alguien de confianza a mano, como tú decías. —En Irlanda se sentía muy sola, y ya no podía confiar en Finn ni contar con él. Fuera quien fuese y lo que fuese, había en él una faceta malévola. Pero, curiosamente, a pesar de todo lo que acababa de leer no le tenía ningún miedo. Sabía que también poseía un lado bueno, seguía estando convencida. Y sabía que ella no estaba loca, pero cabía la posibilidad de que Finn sí lo estuviese. Por eso escribía aquellos libros, todos los personajes oscuros existían dentro de su cabeza, representaban distintas facetas de su personalidad que mantenía ocultas—. Estaré bien. Necesito ver de qué va todo esto y aclarar las cosas —tranquilizó a Mark. Le devolvió el informe y le dio las gracias—. Te llamaré antes de marcharme. —Quería estar sola para elaborar el duelo por el hombre a quien amaba y que posiblemente no existía ni había existido jamás.

En su casa reinaba un silencio absoluto cuando Mark se marchó. Hope solo era capaz de pensar en los meses maravillosos que había compartido con Finn, en cómo lo amaba y confiaba en él plenamente, en lo real que parecía todo. Las lágrimas le rodaron por las mejillas al plantearse que era muy probable que en todo momento hubiera estado viviendo una mentira. Costaba creerlo, y aún más aceptarlo. El sueño que había vivido a su lado tal vez no hubiera sido nunca nada más que eso. Un sueño. Y de repente se había convertido en una pesadilla. Ya no sabía quién era Finn. ¿El hombre de quien se había enamorado o el desgraciado del que hablaba el informe? Todo cuanto sabía era que necesitaba volver, mirarlo a los ojos y descubrir la verdad.

18

Hope aguardó a que fueran las cuatro de la madrugada para llamar, cuando en Dublín eran las nueve. Sostenía la nota con los números de teléfono en una mano temblorosa. Le contestó una telefonista que la dejó en espera con una musiquita y luego le pasó a una secretaria. Hope explicó que telefoneaba desde Nueva York y que era una hora demasiado intempestiva para esperar a que le devolvieran la llamada, y por fin consiguió hablar con Robert Bartlett. Tenía acento norteamericano y una voz agradable. Mark Webber le había enviado un correo electrónico, igual que el director del despacho de Nueva York. Johannsen, Stern and Grodnik era un bufete norteamericano con despachos en seis ciudades norteamericanas y varias sucursales en distintos lugares del mundo. Robert Bartlett era el socio ejecutivo en el despacho de Nueva York cuando le ofrecieron hacerse cargo del de Dublín porque el socio principal había muerto repentinamente de cáncer. Había disfrutado de la vida en Dublín durante varios años y estaba a punto de regresar a Nueva York al cabo de unos meses. De hecho, lamentaba tener que dejar Irlanda. La situación allí le había sido muy favorable.

No conocía la naturaleza del problema, pero sabía quién era Hope y que era una clienta asidua del bufete. Tenía muy clara la diferencia horaria con respecto a Nueva York, y, aunque no habían hablado nunca antes, notó la tensión en su voz cuando ella se presentó.

—Sé quién es, señora Dunne —dijo en tono tranquilizador cuando ella empezó a explicárselo—. ¿En qué puedo ayudarla? En Nueva York ya es muy tarde —comentó. Parecía tranquilo y de trato fácil, y sorprendía el matiz juvenil de su voz.

—Me encuentro en una situación personal un tanto complicada —planteó ella despacio. Ni siquiera sabía qué esperaba de él, ni qué iba a hacer, y resultaba un poco disparatado pedir consejo a un completo extraño. Sabía que necesitaba ayuda, o que tal vez la necesitara, pero no concebía en qué forma. Ese hombre no era guardaespaldas ni psicólogo, si es que eso era lo que necesitaba, y se sintió un poco tonta llamándolo. Pero quería tener una persona de contacto en Dublín por si le hacía falta. No quería regresar sin tener cerca a alguien disponible. Y, de momento, solo podía contar con él—. Aún no sé muy bien qué tipo de ayuda necesito, ni si la necesito. Mi representante, Mark Webber, me aconsejó que le llamara. —Y después de leer el informe del detective, ella también lo creía conveniente, por si de la relación con Finn surgían complicaciones legales. Esperaba que las cosas entre ellos volvieran a su cauce, pero cabía la posibilidad de que no fuera así. De hecho, por lo que había leído, eso era lo más probable.

—Claro. Cuente conmigo para lo que sea, señora Dunne. —Su voz denotaba inteligencia y amabilidad, y el hombre parecía paciente. Hope se sintió un poco estúpida contándole lo ocurrido, tenía la impresión de estar dirigiéndose a un consejero matrimonial, y tal vez fuera lo que más se le acercaba. Pero no era solo por amor por lo que pedía consejo, se trataba de saber ver el peligro y calcular el riesgo potencial. Todo dependía de quién fuera Finn en realidad, de lo que ella significaba para él, de su grado de desesperación o su falta de escrúpulos. Resultaba evidente que le importaba el dinero. Pero

¿hasta qué punto? Quizá esa vez estaba enamorado de verdad, a pesar de los tremendos antecedentes que Hope había leído en el informe. A lo mejor la amaba de veras. Quería creer que así era, pero por el momento no estaba nada claro y resultaba imposible de determinar.

—Me siento muy tonta contándole esto. Creo que estoy metida en un buen lío —dijo, y se dispuso a explicarle toda la historia. En Nueva York habían dado las cuatro de la madrugada, su piso estaba oscuro como boca de lobo y era noche cerrada, ese momento en que todo se ve más negro que nunca, acechan todos los peligros y los temores crecen de modo exponencial. Por la mañana, los fantasmas se esfumarían otra vez—. Durante el último año he mantenido una relación con un hombre. Vive en Irlanda, entre Blessington y Russborough, y también tiene una casa en Londres. Es un escritor famoso, tiene mucho éxito, aunque su situación económica y laboral actuales son un desastre. El año pasado fui a visitarlo a Londres para hacerle un retrato, salimos una noche y a raíz de eso él vino a verme a Nueva York. Para serle sincera, me dejé llevar por la situación. Se quedó varias semanas en mi casa, y desde entonces hemos estado casi siempre juntos en casa del uno o del otro, aquí o allá. Yo tengo un piso en Nueva York y una casa en Cabo Cod. Íbamos cambiando de domicilio, pero últimamente yo he pasado bastante tiempo en Irlanda. Me dijo que tenía una casa de su propiedad allí, y luego descubrí que no era cierto, que solo la tenía alquilada. —Robert Bartlett iba respondiendo con pequeños sonidos empáticos a medida que ella hablaba, y también iba tomando notas para tenerlo todo claro cuando más tarde comentaran la situación—. O sea, que era de alquiler y no de su propiedad —repitió ella, tras una pausa—. Me contó que la casa había pertenecido a sus antepasados, y que la había recuperado hacía dos años. Era mentira, claro, pero él me dijo que le daba vergüenza reconocer que no era el propietario. De hecho, por esa época supe que me había mentido con respecto a tres cosas importantes, y eso después de nueve meses en los que todo marchaba a la perfección. Nunca había sido tan feliz en toda mi vida, aquel era el hombre más maravilloso que había conocido jamás; pero, de repente, descubrí los tremendos embustes. —Hope tenía la voz triste.

—¿Cómo los descubrió? —la atajó Bartlett, intrigado por la historia. Hope le parecía una mujer inteligente, no especialmente ingenua, y además estaba acostumbrada a andar por el mundo, así que si había caído en la trampa, sin duda el autor de los engaños era listo, hábil y convincente. Al parecer, en principio no tenía motivos para dudar de él.

—Acabaron saliendo a la luz de forma inesperada. Él me explicó que era viudo y que había tenido que educar solo a su hijo. Pero el chico vino a visitarnos a Irlanda y me contó que no lo había educado su padre, a diferencia de lo que yo sabía por boca de Finn. Por cierto, así es como se llama. —Bartlett conocía su actividad en la esfera literaria, como casi todo el mundo, pero no hizo comentarios. No cabía duda de que era un autor de mucho renombre, y que su categoría profesional era equiparable a la de ella en distinto campo. Hope no había estado saliendo con un don nadie, eso no iba con ella. La pareja que había elegido era la que le cuadraba, al menos en apariencia, y a ella también debió de parecérselo, aunque luego resultara no ser así. De entrada, las cosas tenían sentido—. Su hijo me contó que se había criado con sus abuelos maternos en California, y que apenas había visto a su padre durante su infancia. De hecho, ahora tampoco se ven mucho. Pero su padre me había contado una historia completamente distinta. Cuando le pedí explicaciones, alegó que le daba vergüenza reconocer que no había criado a su hijo. Nunca ha admitido que apenas se conocen. También me contó que su esposa y él se llevaban mal cuando ella murió, y que lo más seguro es que hubieran acabado divorciándose de todos modos. El niño tenía siete años cuando perdió a su madre. Pero luego le contaré la verdad sobre eso.

»Unos meses antes descubrí que la casa era de alquiler. Él seguía insistiendo en que había pertenecido a sus tatarabuelos por parte de madre, y yo me lo había creído. Pero no es más que una puta mentira. Perdón. —Hope parecía avergonzada, y Robert sonrió.

—No pasa nada. Estoy familiarizado con la expresión. No es que la use, claro, pero sé lo que quiere decir. —Los dos se echaron a reír, y a Hope el hombre le cayó simpático. Parecía una persona comprensiva y prestaba mucha atención a todo lo que le estaba contando, a pesar de que incluso a ella le sonaba disparatado.

—Luego me dijo que también le daba apuro reconocer que estaba de alquiler. Y para entonces ya teníamos planeado casarnos, así que en abril compré la casa. —Ahora se sentía muy tonta explicándoselo al abogado.

—¿Le regaló la casa? ¿La puso a nombre de él? —No lo dijo en tono de crítica ni de reproche, solo se lo preguntaba.

—Quería regalársela. De momento la propietaria soy yo, pero pensaba ofrecérsela como regalo de boda. Aún no he hecho el cambio de nombre; él me paga un alquiler simbólico, doscientos dólares al mes, solo para dejar las cosas claras. Yo pagué un millón y medio por la compra de la casa, y me he gastado otro tanto en restaurarla, y un millón más en los muebles y la decoración. —Al decirlo en voz alta se le antojó una cifra desorbitada, teniendo en cuenta que la casa era de Finn; bueno, en realidad seguía perteneciéndole a ella, pero lo había hecho todo por él—. Dejé la escritura preparada nada más formalizar la compra, y también lo tengo incluido en el testamento. Si nos casamos, en caso de que yo muera la casa la heredará él, sin más gravámenes; o, como mínimo, la recibirá en fideicomiso, si llegamos a tener hijos.

—¿Y él lo sabe?

—No me acuerdo. Creo que se lo comenté una o dos veces. Le dije que sería suya puesto que creía que había pertenecido a su familia. Solo hace unas semanas que sé que no guarda ninguna relación con esa casa. Era otra mentira, una de tantas. Pero cuando supo que me había enterado de que estaba de alquiler, me montó un drama porque decía que le daba mucho apuro no poder comprar la casa de sus antepasados. Y yo le creí a pie juntillas.

—Hay que reconocer que miente muy bien. —Por el momento, Robert no había hecho más que expresarle su apoyo. Era una persona muy llana.

—También le expliqué que mi ex marido me había dejado bastante dinero cuando firmamos el divorcio. No quería tener secretos con él. Finn me preguntó de qué cantidad se trataba y se lo dije: cincuenta millones de dólares, y otro tanto a su muerte —aclaró con tristeza.

—Espero que tarde mucho tiempo en cobrar los últimos —dijo Robert con amabilidad, y hubo una pausa durante la que Hope hizo acopio de fuerzas.

—Ha muerto esta semana. Llevaba once años muy enfermo, por eso se divorció de mí, porque no quería tenerme atada; pero, de todos modos, he estado a su lado.

—Lo siento. A ver si lo he entendido bien. Ahora que su marido, perdón, su ex marido ha muerto, recibirá los otros cincuenta millones de su patrimonio. ¿Correcto?

—Sí. —Al otro lado del hilo telefónico se oyó un silbido a modo de respuesta, y Hope sonrió—. Es mucho dinero. Vendió las acciones que tenía de una empresa que fabrica equipos quirúrgicos de alta tecnología, y le fue muy bien. Así que Finn sabe lo que tengo y lo que voy a recibir.

—¿Le ha pedido dinero alguna vez? —No daba la impresión de necesitarlo. A él tampoco le iban mal las cosas, y ella había comprado la casa y había prometido cedérsela si se casaban, o dejársela en herencia a su muerte. En cualquier caso, salía beneficiado.

—Hace poco —respondió ella—. Quiere cinco millones de dólares contantes y sonantes, sin ningún tipo de explicación. Y pretende que le dé más cuando nos casemos. Eso ha ocurrido durante este último mes, antes de eso nunca había mencionado el dinero. Tiene problemas económicos; esa fue la tercera mentira que me dejó preocupada. Me había explicado que acababa de firmar un nuevo contrato con su editor y que le supondría unos ingresos muy importantes. De hecho, incluso salimos a celebrarlo. Al final resulta que les debe dos novelas y le han rescindido el contrato, y encima lo han demandado y le reclaman casi tres millones de dólares.

—¿Quiere el dinero para saldar la deuda con ellos, como una especie de préstamo?

—No lo creo —respondió ella pensándolo—. Lo exige de forma categórica, y me pide más de lo que le están reclamando a él; dos millones más. No sé qué ocurrirá con el pleito, Finn está intentando pararle los pies a la editorial, pero su reputación como escritor se ha visto afectada. Además, dice que no tiene ni un centavo, y que no está dispuesto a tener que depender de una asignación. Le propuse abrirle una cuenta con un poco de dinero para sus gastos; las facturas ya corren de mi cuenta, o sea que no tiene que pagar nada. Pero él quiere que le ingrese cinco millones de dólares sin darme explicaciones. Así, de regalo. Y cuando nos casemos quiere más.

—¿Y para cuándo está prevista la boda? —Dado lo que acababa de oír, esperaba que faltara bastante tiempo.

—En principio íbamos a casarnos en octubre. —No le explicó que había sufrido un aborto en junio, no tenía por qué; lo consideraba irrelevante para la cuestión que le estaba planteando, y aún le dolía recordarlo—. Pero luego lo retrasamos hasta finales de este mes, para Nochevieja. Hace poco le dije que quería esperar hasta junio del año que viene y se puso hecho una fiera.

—No me extraña —dijo Robert Bartlett en tono preocupado. No le gustaba nada aquella historia, y cuanto más lo pensaba, peor lo veía—. Le saldrá muy a cuenta casarse con usted, señora Dunne. Tendrá una casa; bueno, varias; dinero; unos ingresos regulares; respetabilidad. Parece que ha sido extremadamente generosa con él, y aún pensaba serlo más. Y él conoce a la perfección cuál es su situación económica, o sea que tiene muy claro su objetivo.

—Llámeme Hope, por favor. Y sí, sí que lo tiene claro —confirmó con un hilo de voz mientras permanecía sentada a oscuras en su piso dándole vueltas a todo aquello. Finn sabía con exactitud lo que ella tenía y lo que él quería. Tal vez lo quisiera todo.

—Dice que ahora paga usted las facturas. ¿Él contribuye en algo a los gastos de la casa?

—En nada.

—¿Lo ha hecho alguna vez?

—En realidad no. Compra de vez en cuando el periódico, va a la ferretería. Pero suele cargarme a mí con los gastos.

—Bonito, muy bonito. Menudo negocio tenía montado, pensó Bartlett, pero no lo dijo—. Se suponía que iba a pagarme un alquiler simbólico, pero no lo ha hecho. Yo solo se lo propuse para que él no se sintiera avergonzado. —A esas alturas Bartlett estaba más que convencido de que Finn no tenía vergüenza, era un interesado de tomo y lomo—. Quiere a toda costa que tengamos un hijo. Incluso me ha propuesto que nos sometamos a algún tratamiento de fertilidad si es necesario; bueno, yo soy la que tiene que someterse al tratamiento, por supuesto. Me llevó a una especialista de Londres.

—¿Y ha llegado a quedarse embarazada? —Esa vez Bartlett parecía nervioso.

—No... Bueno, sí. Pero perdí al bebé. Él quiere que volvamos a intentarlo ya, pero yo prefiero esperar, y más con semejante panorama.

—Por favor, Hope, no dé su brazo a torcer. Si lo hace, la tendrá en un puño para siempre, y a su hijo también. Ese tipo sabe perfectamente lo que se hace.

—Parece que ya intentó exprimir a la familia de su viuda y

a su hijo cuando ella murió. Aunque no estoy segura de que el chico lo sepa, más bien creo que no.

—Bueno, pues dejemos de lado lo de tener hijos por el momento, si a usted le parece bien. —Cuanto más hablaba Hope con él, mejor le caía. Parecía una persona honrada y con los pies sobre la tierra. Se dio cuenta de que lo estaba utilizando para decirse las cosas en voz alta y tratar de encontrarles sentido.

—No hay problema. Por otra parte, también encontré una foto de una chica con la que estuvo saliendo cuando era joven, hace muchos años. Me contó que se había suicidado, y que estaba embarazada de él. Y luego me preguntó si yo sería capaz de quitarme la vida. Tengo la sensación espeluznante de que, de algún modo, lo considera un homenaje, una demostración de cuánto lo quería. —Robert Bartlett no le dijo nada, pero escuchándola tuvo miedo por primera vez. El asunto empezaba a tomar un cariz peligroso, y le resultaba familiar. Si ataba cabos, era el clásico retrato de un sociópata. Y Hope era la víctima perfecta, aislada en Irlanda, sin familia ni amigos cerca, enamorada de él, con dinero, mucho dinero, y a su entera disposición; y aún sería peor si se casaban. Se alegró mucho de que le hubiera telefoneado. Y entonces le preguntó si ya tenía hijos. Al otro lado del hilo telefónico se hizo otro breve silencio—. Tenía una hija, pero murió hace cuatro años de meningitis. Estudiaba en Dartmouth.

—Lo siento mucho. —Lo dijo como si lo sintiera de veras, y a Hope le llegó al alma—. No me imagino nada peor. Lo que más temo en el mundo es que me suceda algo así. Tengo dos hijas estudiando en la universidad, y cuando salen de noche y tienen que conducir se me ponen los pelos de punta.

—Ya —musitó ella.

Robert Bartlett reparó en que Hope tampoco tenía ningún hijo que se diera cuenta de lo que estaba pasando, que estuviera pendiente de ella o la pusiera sobre aviso. Era el sueño de todo sociópata, una mujer sin familia ni nadie que la protegiera, y con una fortuna de órdago. Aún peor, notaba que había amado a Finn de veras, tal vez todavía lo amara. Su versión de los hechos estaba teñida de cierta incredulidad; era como si le estuviera poniendo delante todas las piezas del puzle para que él las encajara y le dijera que no tenía de qué preocuparse, que no era lo que parecía. Sin embargo, no podía hacer eso. De hecho, la cosa le parecía bastante grave y peligrosa. La aparente inocencia de Hope lo alarmaba todavía más. Por lo que sabía hasta el momento, consideraba que corría un serio peligro. Finn O'Neill parecía un granuja de marca mayor. El suicidio de su novia anterior tenía preocupado a Robert, igual que la insistencia en que Hope se quedara embarazada. Claro que por lo menos eso significaba que no quería verla muerta; como mínimo de momento, porque solo si estaba viva podía casarse con ella y tener un hijo. A menos que le diera demasiados problemas o le aguara los planes, que era precisamente lo que estaba haciendo. Había retrasado la boda, se negaba a darle dinero y no quería volver a quedarse embarazada por el momento. Para Finn todo eso eran malas noticias, significaba que tenía que esmerarse más para convencerla, y si no lo lograba, Hope se encontraría en una situación muy peliaguda. Bartlett sabía que lo peor de los sociópatas era que inducían a sus víctimas a autodestruirse, así se ahorraban el trabajo sucio. Era lo que le había ocurrido a la otra novia de Finn. Pero Hope parecía conservar la sensatez por el momento. Se alegró doblemente de que lo hubiera llamado; menos mal que su representante le había dado su número. Robert se había visto en circunstancias similares, aunque Finn bordaba el papel. Era un actor consumado.

—Esas son las mentiras que he descubierto —prosiguió Hope—. La última me afectó mucho, lo del contrato con la editorial y la demanda. Me dijo que también esa vez le daba vergüenza reconocer la verdad, porque en comparación conmigo era un fracasado. Siempre utiliza la misma excusa para no contarme las cosas. Pero lo cierto es que creo que miente porque sí. Todo iba bien entre nosotros hasta junio, cuando perdí al bebé. Entonces empezó a decirme que no había tenido suficiente cuidado y por eso había sufrido el aborto; me echaba las culpas de todo. Fue muy desagradable, estaba muy disgustado y muy enfadado. Y solo quería que volviera a quedarme embarazada enseguida. Mi médico me aconsejó que esperara un poco porque había estado a punto de morir. —Bartlett se estremeció escuchándola. La cosa le olía fatal otra vez.

»Pero antes de eso se portó muy bien conmigo, y estaba emocionadísimo con lo del bebé. No nos hizo falta ningún tratamiento de fertilidad, por cierto; ocurrió de forma natural. Sabíamos que estaba ovulando, y él me emborrachó y tuvimos relaciones sin protección. Sabía muy bien lo que se hacía. —Bartlett eso lo tenía muy claro, Hope no necesitaba gastar saliva—. Y le salió bien. Durante seis meses la cosa fue de maravilla; y después del aborto, en verano, volvíamos a estar a gusto juntos. Pero ahora se enfada conmigo siempre, o casi siempre. A veces es muy atento, y otras se pone hecho un basilisco. Bebe más de lo habitual, creo que lo de la demanda lo tiene bastante preocupado; y no escribe nada. Le ha sentado fatal que retrase la boda. De repente no hacemos más que discutir y siempre me está presionando con una cosa u otra. Antes no lo hacía nunca, todo iba perfectamente, me trataba como a una reina, y a veces aún lo hace, pero tenemos más días malos que buenos. A menudo le cambia el humor de repente, pasa del amor al odio y viceversa, y eso me desconcierta. Cuando me marché de Dublín hace una semana me sentía muy confusa, no sabía qué pensar. Él no paraba de decirme que me estaba volviendo loca, y empezaba a creérmelo.

—Eso es precisamente lo que quiere. Usted no está loca, Hope, puedo asegurárselo después de haber mantenido esta conversación. Pero también tengo claro que él sí que lo está. No soy psiquiatra, pero se trata de una sociopatía de manual. La cosa es para temerle, sobre todo tratará de lavarle el cerebro y desorientarla. ¿Cuándo le pidió el dinero?

—Hace unas semanas. Me lo soltó sin preámbulos. Yo le dije que no, y desde entonces no hemos parado de discutir. Estaba preocupada, así que, cuando vine a Nueva York en noviembre para cumplir con unos encargos de trabajo, le pedí a mi representante que contratara a un detective para que llevara a cabo una investigación. —Hope suspiró y le contó lo que explicaba el informe—. Su hermano cree que es un sociópata. Ni siquiera es cierto que sea hijo único, eran cuatro hermanos. Su madre trabajaba de criada, así que no es de familia noble; y su padre murió en una pelea de bar y no era médico. Absolutamente nada de lo que me contó sobre su vida es cierto, y por eso supe que la casa de Irlanda no era de su familia. Todo el mundo que ha tenido algún tipo de relación con él lo considera un mentiroso compulsivo. —Eso lo tenían los dos muy claro por lo que le había contado hasta el momento—. Ayer recibí el resto del informe, y no pinta mejor. Su mujer murió en un accidente en el que él conducía borracho. Finn me había contado que iba sola en el coche cuando murió, pero el informe explica que él también estaba allí, y que ella salió del accidente con vida. Él sufrió un shock y no llamó para pedir ayuda, y ella murió. Aunque, para ser justos, el informe médico dice que habría muerto de todos modos. —Seguía tratando de disculpar a Finn. Robert Bartlett lo consideraba una mala señal. Todavía estaba enamorada de él y no había asimilado por completo la información que estaba recibiendo. Resultaba demasiado espantosa, y le costaba aceptarla—. Lo condenaron por homicidio sin premeditación, aunque no llegó a ingresar en prisión; al final estuvo cinco años en libertad condicional por haber causado la muerte del otro conductor —prosiguió Hope—. También aparecen otros detalles escabrosos. Sus antiguos suegros lo consideran el responsable de la muerte de su hija, la mató porque quería quedarse con su dinero. Trató de hacerse con él, y también con el que ella le dejó en herencia a su hijo. Y ahora anda detrás del mío. Indirectamente, es responsable de la muerte de dos mujeres; el accidente que acabó con la vida de su mujer y el suicidio. Me ha mentido en todo, y ya no sé qué creerme y qué no. —En las últimas palabras se le quebró la voz. Robert Bartlett se habría quedado atónito ante lo que acababa de contarle de no ser porque ya había oído la misma historia otras veces. Era el típico retrato de un sociópata y su víctima. La información desconcertante y el contraste entre su crueldad premeditada y su conducta extremadamente atenta, amable y seductora paralizaban a sus víctimas, que querían creer que la parte buena era la verdadera y que todo lo malo era tan solo un error. Pero a fuerza de tener más y más pruebas, cada vez costaba más confiar en ello. Robert notaba que Hope se encontraba en ese punto. Estaba abriendo los ojos y veía a Finn tal como era, pero no quería creerlo, lo cual era comprensible. Resultaba muy duro reconocer todo eso en una persona a quien se amaba, y que se había hecho querer tanto.

—No me gustaría que se convirtiera en su siguiente víctima —dijo Robert en un tono que daba que pensar. De hecho, en muchos aspectos Hope ya lo era, pero mucho se temía que si le plantaba cara en serio a Finn, o él dejaba de necesitarla, acabaría matándola, incitándola a suicidarse o provocando un accidente.

—A mí tampoco. Por eso le he llamado —admitió Hope con voz de estar deshecha.

—Bueno, verá; lo que descubrió en él al principio, cuando se portaba tan bien con usted, recibe el nombre de «conducta mimética»: el sociópata te devuelve una imagen de sí mismo en la que es todo cuanto necesitas y quieres que sea. Y más tarde, mucho más tarde, aflora su verdadera personalidad —explicó Robert—. ¿Qué cree que quiere hacer, Hope?

—preguntó con amabilidad. Lo sentía muchísimo por ella, y comprendía mejor que muchas personas lo difícil que resultaba enfrentarse a algo semejante y actuar.

—No sé qué quiero hacer —reconoció ella—. Ya sé que suena estúpido, pero durante nueve meses todo fue de maravilla, y de repente empiezan a pasar todas estas cosas horribles. Nadie había sido tan bueno conmigo en toda mi vida, ni tan cariñoso. Lo que quiero es que las cosas vuelvan a ser como al principio. —Pero eso era como intentar evitar que se hundiera el *Titanic*, y Hope empezaba a darse cuenta de ello. Solo que no estaba preparada para creerlo. Aún no. Quería que Finn le demostrara que todo era un error. Deseaba no haber recibido nunca aquel informe y seguir confiando en su sueño. Eso era lo que deseaba, pero no la realidad. Aun así, tenía la sensación de que debía regresar y asegurarse. Cualquiera que la estuviera escuchando pensaría que estaba loca. Excepto Robert Bartlett. Había tenido mucha suerte dando con él.

—Eso no ocurrirá, Hope —respondió él con tacto—. El hombre a quien conoció y de quien se enamoró no existe. El auténtico es un monstruo, sin corazón ni conciencia. Puede ser que me equivoque, por supuesto, y tan solo se trate de alguien problemático, pero me parece que los dos vemos muy claro lo que tenemos delante. Lo del principio no era más que un papel que estaba interpretando para cautivarla. Pero ahora la función está tocando a su fin; ya estamos en el tercer acto, cuando el malo pasa a la acción y asesina a la víctima. —Todas las novelas de Finn trataban de eso—. Puede volver con él y asegurarse, por supuesto; nadie va a retenerla. Pero es posible que corra peligro, mucho peligro. Si decide regresar, tiene que estar preparada para salir volando de inmediato en cuanto se huela que está en riesgo. No puede perder el tiempo tratando de negociar con él. Mire, no suelo contarle esto a la gente, pero yo he vivido un caso así en primera persona. Me casé con una chica irlandesa, la mujer más guapa que ha existido jamás, y la más dulce. Me creí palabra por palabra todo lo que me contó sobre su vida, y su historia se parece mucho a la de Finn. Había tenido una infancia horrible, sus padres eran los dos alcohólicos y creció en casas de acogida donde le hicieron atrocidades. Tenía cara de ángel y alma de diablo. La defendí en un juicio por homicidio involuntario pocos años después de licenciarme en derecho. Entonces no dudaba lo más mínimo de su inocencia. Había matado a su novio, decía que él había intentado violarla y existían pruebas que lo demostraban. La creí. Conseguí que le levantaran los cargos, pero si fuera hoy no lo haría. Al final me dejó, se llevó todo mi dinero y a nuestras hijas; me dejó destrozado. Me había casado con ella justo después del juicio.

»Una vez intentó matarme. Se me acercó de noche y me apuñaló, y luego fingió que había entrado un extraño en casa. Pero yo sabía que no era cierto. Había sido ella. Y aun así volví a su lado dos veces; quería que las cosas se solucionaran y me olvidé de todo lo que había ocurrido. La amaba, estaba enganchado a ella, y todo cuanto quería era salvar nuestro matrimonio y estar junto a mis hijas. Al final, hace siete años, se las trajo a Irlanda. Y, por esas casualidades de la vida, en el bufete estaban buscando a una persona para dirigir el despacho de Dublín, así que me presenté voluntario con tal de estar cerca de ellas. No podía obligarla a volver a Estados Unidos. Es muy lista. Gracias a Dios que mis hijas están bien. La más joven terminó los estudios universitarios hace dos meses en Estados Unidos, y yo en primavera volveré a incorporarme al despacho de Nueva York. Nuala se ha casado dos veces más, ambas por dinero; y uno de los hombres murió hace dos años a causa de un medicamento al que era muy alérgico. Se lo había dado ella, pero durante la investigación convenció al juez de que no lo había hecho. Heredó todo el dinero de su marido. Y le hará lo mismo al hombre con quien está casada ahora, o al siguiente que se le cruce en el camino. No tiene escrúpulos. Su sitio está en la cárcel, pero no tengo claro que lleguen a encerrarla algún día. Está tan perturbada que es capaz de cualquier cosa, y tiene una gran sed de vengarse del mundo entero por el mal que le han hecho. Nadie está seguro con ella.

»Ya ve que sé de lo que le hablo, y creo que entiendo cómo se siente. A mí me costó años comprender que la Nuala buena no era más que una farsa, pero fingía tan bien que siempre acababa creyéndome lo que me decía, daba igual en qué me mintiera o lo graves que fueran sus acciones. Las niñas acabaron viniéndose a vivir conmigo, y a ella le dio igual. Ese tipo de personas no son muy buenos padres. Utilizan a sus hijos para sus fines, o estos se convierten también en sus víctimas. En la actualidad no tiene contacto con mis hijas, y no creo que le importe. Está demasiado ocupada gastándose el dinero de su difunto marido, el tipo al que mató dándole un antibiótico del botiquín. Tuvo un paro cardíaco fulminante, tal como ella sabía que ocurriría, y tardó una hora en avisar al médico porque estaba demasiado afectada; al principio ni siquiera oyó que se estaba muriendo porque dormía profundamente. La cuestión es que la creyeron. Nadie ha llorado tanto como ella en una investigación criminal. Era imposible consolarla. Luego se casó con su abogado defensor, otra vez lo mismo; y cualquier día hará algo parecido con él o con cualquier otra persona. Todos los hombres a los que les da plantón se quedan destrozados; excepto los que acaban muertos, claro. A mí también me pasó.

»Tardé años en superarlo, en acabar por dejarla y no querer saber nada más de ella. Hasta entonces, había vuelto centenares de veces a buscarla. Y vaya si la encontré. Así que si sigue teniendo la necesidad de intentar salvar el barco a pesar de la evidencia, nadie puede impedírselo. En un lado de la balanza tiene lo que vivió durante nueve meses y lo que siente por Finn, y en el otro está el informe del detective y lo que dice todo aquel que lo conoce y se las ha visto con él. Pero si opta por regresar, Hope, actúe de forma inteligente. Con las personas así, cuando se vuelven en contra de uno, lo único que se puede hacer es salir corriendo. Es el mejor consejo que puedo ofrecerle. Si regresa para darle otra oportunidad, esté preparada; manténgase atenta, confíe en su intuición, y si ocurre algo que le preocupa o la aterra, márchese volando sin dudarlo un instante. Salga de allí a toda pastilla. No se detenga ni a hacer la maleta. —Era el mejor consejo que podía darle, basándose en su propia experiencia, y Hope se quedó estupefacta. Era una historia espeluznante. Claro que la de Finn también.

—Él es todo lo que tengo —repuso ella con tristeza—. Y se portó muy bien conmigo durante aquellos meses. La única familia que me quedaba era Paul, y ha muerto, igual que mi hija. —Hope estaba llorando al otro lado de la línea.

—Esa gente funciona así. Buscan víctimas inocentes, personas de buena fe, solas y vulnerables. E incomunicadas. No pueden practicar su magia negra si hay más gente observándolos. Siempre aíslan a sus víctimas, como le ha ocurrido a usted; y las eligen con esmero. Finn sabía que usted solo tenía a su ex marido, que no lo veía a menudo y que estaba muy enfermo. Por eso se la llevó a Irlanda, donde no tiene familia, ni amigos, ni nadie que se preocupe por usted. Es la víctima ideal. Téngalo en cuenta cuando regrese. ¿Cuándo será, por cierto? —No le preguntó si pensaba hacerlo, sino cuándo. Sabía que lo haría. Él también lo había hecho en su momento, y notaba que Hope todavía no estaba preparada para zanjar el asunto. Necesitaba volver a tratar con Finn para convencerse, porque la parte buena y su recuerdo seguían pesándole demasiado. Era un claro ejemplo de disonancia cognitiva. Los sociópatas ponían en práctica dos tipos de comportamiento absolutamente contrarios. Al principio todo era un puro derroche de amor, y después las muestras de cariño eran cada vez más escasas. Y por otra parte estaba la crueldad desmesurada, sin límites, que demostraban cuando se quitaban la máscara; hasta que volvían a ponérsela para confundir aún más a sus víctimas y tratar de hacerles creer que estaban locas. Muchos acababan provocando que estas se suicidaran; personas perfectamente cuerdas que no eran capaces de comprender lo que les estaba ocurriendo y que cada vez se encontraban más al borde del abismo. Robert no quería que a Hope le sucediera eso. Su único objetivo ahora era estar allí por si lo necesitaba, ayudarle a seguir con vida y a salir del pozo cuando estuviera preparada para ello; pero ese momento aún no había llegado. Sabía muy bien que solo podía comprenderlo quien hubiera pasado por la misma situación. Y ese era su caso.

Hope estaba profundamente impactada por la historia de Robert, por su disposición para contársela, su sinceridad y la comprensión que había demostrado ante su dilema y su amor por Finn. Resultaba demasiado difícil aceptar la evidencia y asimilar la extrema contradicción entre, por una parte, la forma de tratarla del principio y los sentimientos que había despertado en ella y, por otra, lo que todos los demás pensaban de él y sus propias dudas sobre su comportamiento actual. Era la confusión y la contradicción en esencia pura. Y nadie podía comprenderlo a menos que hubiera vivido una experiencia similar, como Robert. A Mark le resultaba incomprensible la necesidad que Hope tenía de regresar y volver a comprobar las cosas por sí misma.

—Gracias por no decirme que soy una tonta por querer regresar. Creo que sigo esperando que Finn sea la persona que conocí al principio.

—Nos pasa a todos con los asuntos del corazón. Y es más que posible que vuelva a encontrarse con esa misma persona una noche de vez en cuando, o durante unas horas. Lo que pasa es que no durará porque está fingiendo solo para conseguir lo que quiere. Tenga claro que en el momento en que interfiera con sus planes o no le dé lo que espera, tendrá serios problemas; y no se andará con chiquitas. Con suerte, lo máximo que conseguirá será aterrorizarla. Haga lo posible por que la cosa no pase de ahí. —Esa era la única esperanza de Robert. La de Hope era que Finn se convirtiera en la persona que aparentaba ser, que cambiara y la tratase bien. Robert sabía que eso no era posible, pero Hope tenía que comprobarlo por sí misma. Tal vez necesitara más de una demostración, aunque él esperaba que no. Hope haría las delicias de todo sociópata; se sentía sola y confusa, no daba crédito a lo que le ocurría, era vulnerable, albergaba muchas esperanzas y no estaba preparada para aceptar lo que tenía ante las narices—. ¿Por qué no me hace una visita antes de volver a casa? Podría pasar por mi despacho cuando llegue a Dublín, antes de emprender el camino hacia Russborough. Le daré todos mis números de teléfono. Podemos tomarnos un café juntos, y luego vuelve junto a Jack el Destripador. —Robert estaba intentando dejarle las cosas claras, y Hope se echó a reír. No era una imagen muy agradable, y se sentía un poco tonta, pero él tenía razón—. Me ofrecería a ir a verla yo a su casa, pero deduzco que eso le traería problemas. Casi todos los sociópatas son celosos en extremo.

—Finn lo es, desde luego. Siempre me está acusando de querer ligarme a alguien, incluso a los camareros de los restaurantes.

—No me extraña. Mi esposa siempre me acusaba de acostarme con mis secretarias, con la niñera, con mujeres a las que ni siquiera conocía. Y al final empezó a decirme que mantenía relaciones con hombres. Yo me pasaba la vida justificándome y tratando de convencerla de que no era cierto. Y resulta que quien me engañaba era ella. —Un claro ejemplo de proyección.

—No creo que Finn me esté engañando con nadie —soltó Hope en tono categórico—. Pero me acusa de acostarme con todos los hombres del pueblo, incluidos los albañiles que se ocupan de las obras en casa.

—Intente no ponerlo nervioso por nada, si puede evitarlo, aunque sé que cuesta. Esas acusaciones nunca son racionales ni se basan en sospechas reales; al menos, normalmente. No insistirá a menos que le dé verdaderos motivos para preocuparse. —No daba la impresión de que Hope fuera de ese estilo. Parecía sincera, honrada y franca, y gracias a aquella conversación con Robert se encontraba mucho más tranquila y ya no tenía la impresión de estar volviéndose loca—. Me temo que el primer enfrentamiento será por el dinero; no cabe duda de que su objetivo principal es hacerse con él. Eso y casarse con usted. Y tal vez tener un hijo. —No le dijo que la mayoría de los sociópatas eran sexualmente muy activos; Nuala era lo mejor que había conocido en la cama. Se trataba de una de las muchas formas de ejercer control sobre las víctimas. En el caso de su ex mujer, se follaba a su pareja hasta que perdía el mundo de vista; tanto que luego no sabía de dónde le venían los palos. Y entonces se la cargaba. Robert se había librado por poco. Un buen terapeuta y su sentido común innato lo habían salvado de sus garras. Y aunque Hope seguía enamorada de Finn, o del Finn imaginario, también parecía una persona sensata. La verdad era difícil de creer y asimilar, y el contraste, demasiado extremo para que una persona en su sano juicio le encontrara sentido, así que le estaba concediendo el beneficio de la duda, tal como solían hacer todas las víctimas. No es que fuera tonta; la movían la esperanza, la ingenuidad, la fe y el amor, aunque este fuese inmerecido.

Hope estaba reflexionando sobre eso mientras hablaba con Robert, y decidió que volvería a Irlanda al día siguiente en el vuelo nocturno, que era su preferido; así por la mañana estaría en Dublín. Le agradaba la perspectiva de verse con Robert Bartlett antes de regresar a casa. Le serviría para poner los pies sobre la tierra. Quedó en encontrarse con él a las diez, así tendría tiempo de pasar por el servicio de inmigración y control de aduanas, y de desplazarse desde el aeropuerto.

—De acuerdo. Me reservaré la mañana entera —le aseguró él. Y entonces pensó en plantearle otra pregunta—: ¿Qué querrá hacer con la casa cuando todo esto haya terminado? —No se trataba de un divorcio y, por tanto, no era necesario que llegaran a un acuerdo para poner fin a la relación.

—No lo sé. Lo he estado pensando, pero no veo clara la solución. —Seguía teniendo esperanzas de que no hiciera falta llegar a tal punto, pero cada vez era más consciente de que cabía esa posibilidad, y de que tenía que pensar en ello—. Podría conservarla y seguir alquilándosela, pero no estoy segura de que me apetezca. Seguiría estando vinculada a él, y no quiero. Pero echarlo me parece una marranada. —En opinión de Robert, era lo que Finn se merecía, pero estaba claro que Hope aún no había alcanzado esa etapa. Y seguía creyendo que tal vez no llegaría a ocurrir. Sin embargo, él no quiso pasarlo por alto.

—De momento no tiene que preocuparse por eso. Disfrute de su estancia en Nueva York, la veré pasado mañana. —Hope volvió a darle las gracias y colgó el teléfono. Eran las seis y media de la mañana cuando por fin se acostó; no se sentía tan tranquila desde hacía meses. Por lo menos ahora contaba con apoyo legal en Irlanda, y era obvio que Robert Bartlett conocía el tema a fondo. Daba la impresión de que lo que le había tocado vivir con su ex mujer era peor con diferencia. Nuala representaba un caso extremo de sociopatía; claro que con dos muertes sobre las espaldas y toda una vida de mentiras, las cosas con Finn no pintaban mucho mejor. Hope era consciente de ello. Lo más triste era que, a pesar de todo lo que sabía de él, seguía amándole. Al principio había dado crédito a todo lo que él le contaba, y ahora resultaba muy duro aceptar que solo había sido un sueño. Se sentía muy apegada a él, sobre todo ahora que Paul había muerto. Finn era la única persona que tenía en el mundo, y eso hacía que le resultara aún mucho más difícil renunciar a él. Significaba que se quedaría completamente sola por primera vez en toda su vida.

Finn la llamó dos veces mientras dormía. Se estiró y vio su número en la pantalla del móvil, pero se dio media vuelta y no contestó. No le explicaría que regresaba a Irlanda, porque antes de ir a casa se encontraría con Robert Bartlett en Dublín. Y luego le daría una sorpresa. Pero primero necesitaba pasar unas cuantas horas a solas con el abogado.

19

La noche que Hope salió de Nueva York estaba nevando, y su avión quedó retenido en la pista de aterrizaje durante cuatro horas aguardando a que amainara el temporal. Al final consiguieron despegar, pero tenían el viento en contra y el viaje hasta Dublín resultó largo y lleno de baches. También hubo retrasos a la hora de descargar el equipaje, y en lugar de estar en el despacho de Robert Bartlett a las diez de la mañana, llegó a las dos y media de la tarde, agotada y hecha un asco, arrastrando tras de sí la maleta que por fin había conseguido recuperar.

—¡Lo siento mucho! —se disculpó cuando él salió a recibirla. Era un hombre alto, delgado y de aspecto distinguido, con el pelo bermejo salpicado de canas, los ojos verdes y un hoyuelo en el mentón que se acentuaba con cada una de sus frecuentes sonrisas. Tenía la expresión afable y su trato era cordial. Le preparó un té y la invitó a acomodarse en una de las confortables butacas de su despacho. El bufete ocupaba un pequeño edificio histórico de Merrion Square, en el sureste de Dublín, cerca del Trinity College. Lo rodeaban preciosos edificios de estilo georgiano y un gran parque. El despacho tenía los suelos abombados y las ventanas desajustadas, y en general desprendía un aire ligeramente decadente aunque acogedor. No tenía nada que ver con el de Nueva York, tan moderno y aséptico. A Robert le gustaba mucho más el de Dublín, y casi lamentaba tener que regresar. Después de siete años en la ciudad, se había hecho a la vida allí, y sus hijas también. Pero ahora ellas estaban estudiando en la costa Este, en dos de las prestigiosas universidades que conformaban la Ivy League, y Robert prefería trasladarse a Estados Unidos para tenerlas cerca; aunque dijo que una de ellas tenía pensado instalarse en Irlanda cuando finalizara los estudios.

Hope y él estuvieron charlando durante horas sobre las rarezas de Finn y las mentiras que había contado, y ella expresó su esperanza de que de algún modo, como por arte de magia, las cosas se solucionaran. Robert no quiso llevarle la contraria, pero no dejó de llamarle la atención sobre las pruebas de que disponía y la improbabilidad de que Finn cambiara a esas alturas, por mucho que la amase. Sabía que el proceso de renunciar a un sueño era lento, y solo esperaba que mientras tanto no sufriera ninguna agresión seria por parte de él. Insistió una y otra vez en que confiara en su intuición y huyera si tenía la sensación de que era lo que debía hacer. No se cansaba de repetírselo, quería que le quedara bien grabado porque era importantísimo. Y ella le prometió que no permanecería allí si se sentía incómoda, pero no creía que Finn llegara a atacarla físicamente. Los últimos días con él había sufrido más bien maltrato psicológico. Además, no le había dicho que regresaba, y mucho menos que antes pasaría el día en Dublín con un abogado.

Cuando terminaron de hablar eran las cinco de la tarde, y Robert le dijo que no le gustaba que regresara a Blaxton House a esas horas. Tenía que alquilar un coche, y eso le llevaría tiempo; y luego tenía que hacer el viaje hasta allí, y ella ya le había explicado que no se sentía cómoda conduciendo en Irlanda, sobre todo de noche. Aún peor, tal vez cuando llegara Finn estaría borracho o de mal humor. Winfred y Katherine habrían regresado al pueblo para pasar la noche. A Robert no le parecía una buena idea. Le sugirió que se alojara en un hotel de Dublín y regresara a casa en pleno día. Ella lo pensó y se mostró de acuerdo con él. Estaba impaciente por ver a Finn, aunque también tenía reparos; pero era posible que se estuviera metiendo en la boca del lobo si llegaba a casa a última hora y él había bebido. No era buena idea, estaba de acuerdo.

Robert le recomendó un hotel que conocía y su secretaria se encargó de hacer la reserva. Era el mejor establecimiento de Dublín. Como él también se disponía a marcharse del despacho, se ofreció a acompañarla en coche para que no tuviera que cargar con la maleta, y ella aceptó agradecida. Había pasado una tarde muy grata charlando con el abogado, aunque el tema no era sencillo. Lo que estaba viviendo le resultaba muy desagradable y doloroso. Por mucho que le costara explicarlo y dar con los motivos, seguía enamorada de Finn, del Finn que había conocido al principio de la relación, no del hombre en quien se había convertido. Costaba mucho creer y asimilar todas aquellas cosas terribles que le habían contado, a pesar de que ella misma albergaba dudas sobre él. Claro que cuando encargó la investigación no esperaba obtener esa clase de información. Ahora tenía que decidir qué hacer con ella. Por desgracia, el hecho de saber todas esas cosas no había enfriado sus sentimientos hacia él, o sea que aún estaba más afectada por la cruda realidad. El problema parecía grave. Robert le había dicho por la tarde que la situación acabaría resolviéndose por sí sola. Era la clase de cosas que solían decirle su gurú en la India y su monje favorito del Tíbet. Hope pasó el resto del trayecto hasta el hotel hablando a Robert de sus viajes. Fue una conversación distendida y él se quedó impresionado.

El portero del hotel recogió la maleta en cuanto llegaron, y Robert se volvió a mirarla con expresión amable. Sabía que estaba pasando momentos duros, y ella se sentía inquieta porque a la mañana siguiente vería a Finn. No tenía ni idea de qué esperar, ni de si estaría de buen o mal humor. No tenía forma de saber si se encontraría con el Finn bondadoso o con el perverso, con el del principio o con el actual. Y había reconocido ante Robert que la cosa la tenía en ascuas, sobre todo después de todas sus advertencias acerca de lo que podía estar esperándole.

—¿Le apetecería salir a cenar algo ligero? ¿Una pizza? ¿O prefiere un pub? Hay un restaurante chino medio decente no muy lejos de aquí. Y un indio muy bueno, si le gusta la comida picante. Mañana tengo un juicio, y sé que usted quiere salir temprano, así que si le apetece picar algo, puedo recogerla dentro de una hora. Vivo a pocas manzanas de aquí.

—De hecho, a Hope le pareció estupendo. Robert era una buena persona, y ella tenía los nervios a flor de piel por todo lo que daba vueltas en su cabeza. No le apetecía nada pedir que le subieran la cena a la habitación ni salir sola por Dublín, se le antojaba demasiado deprimente; sería mucho más agradable cenar acompañada. Robert era un hombre corriente y moliente, pero parecía inteligente y honesto, y Mark le había dicho que era un abogado excelente. Apreciaba mucho los consejos que le había ofrecido hasta el momento; aunque muchos no trataban de cuestiones legales, de hecho, le resultaban más valiosos incluso dada la situación en la que se encontraba.

—Me gustaría mucho —respondió Hope agradecida. Se la veía cansada y con los ánimos por los suelos.

—Perfecto. Póngase unos vaqueros y dentro de una hora pasaré a recogerla.

Ella subió a la habitación, que era pequeña, elegante y pulcra. No necesitaba para nada los lujos, y se tumbó en la cama unos minutos antes de darse una ducha, ponerse unos vaqueros y secarse el pelo con el secador. Robert estuvo de vuelta al cabo de una hora exacta, tal como había prometido. Hope lo observó durante el trayecto en coche hacia el restaurante y le costó imaginarlo en las garras de la malvada Nuala, perdidamente enamorado de ella. Parecía un hombre equilibrado, sensato. Esa noche también se había vestido con vaqueros, acompañados de un jersey y un chaquetón cruzado, y se le veía más joven que con el traje. Hope supuso que debía de tener más o menos la edad de Finn, o sea que no le llevaba muchos años. Le había explicado que procedía de San Francisco, en California. Y que había estudiado en Stanford y luego en la facultad de derecho de Yale. Ella le contó que su padre había dado clases en Dartmouth, y él se echó a reír y confesó que disfrutaba mucho derrotando a su equipo de fútbol americano cuando jugaba en el de Stanford, porque eran muy buenos. También había sido jugador aficionado de hockey sobre hielo en Yale, y aún se le veía saludable y en forma, aunque él lo negaba. De todos modos, reconoció que le encantaba ir a patinar con sus hijas; ambas formaban parte del equipo universitario. Tenía muchas ganas de que llegara la Navidad para verlas, iban a pasar las vacaciones juntos en Nueva York, en el hotel Pierre, y estaba pensando en empezar a buscarse un piso puesto que en marzo o abril se trasladaría allí.

Hope no tenía ni idea de dónde estaría ella por esas fechas. Tal vez habría regresado a Nueva York y estaría destrozada, o seguiría en Irlanda porque las cosas se habrían puesto en su sitio con Finn e incluso tal vez se habrían casado. Se la veía esperanzada, y Robert se limitó a asentir y no comentó nada. Ya le había dicho bastantes cosas por teléfono y durante la tarde. Hope disponía de toda la información necesaria, y esperaba que supiera hacer uso de ella cuando se sintiera preparada. Era todo cuanto estaba en sus manos; no podía ayudarla con ninguna cuestión legal por el momento, tan solo permanecer disponible. Hope ya tenía los números de teléfono del despacho y de su casa, y su móvil; los llevaba en el bolso, anotados en un papelito. La animó a emplearlos, y le dijo que no tuviera reparos en llamar a cualquier hora si necesitaba ayuda o algún consejo. Para eso estaba, y le encantaría hacer algo por ella.

El curry les supo delicioso, y estuvieron charlando otra vez de los viajes de Hope. Robert se mostró fascinado por las historias que ella le contaba, y por su trabajo, y le dijo que nunca había estado en ningún país exótico. Solo había viajado por Europa y Escandinavia, sobre todo por cuestiones de trabajo. Tenía todo el aspecto de un hombre casado de clase burguesa que ostentaba el título de una de las universidades más prestigiosas de Estados Unidos, solo que con una mirada más llana de lo habitual.

Terminaron de cenar temprano y él la acompañó de nuevo al hotel. Le deseó suerte para el día siguiente y que descansara bien.

—Recuerde que no está sola. Puedo presentarme en su casa al cabo de una hora en el momento que haga falta. Si tiene problemas serios, llámeme y puedo conseguirle ayuda en cuestión de minutos. O llame a la policía. O, como mínimo, ponga pies en polvorosa. —Ella sonrió ante sus palabras. Daba la impresión de que estuviera preparándola para una guerra, pero ella no creía que Finn llegara a ponerse violento ni que fuese tan peligroso. Se pondría tonto con ella y discutirían, o habría bebido demasiado y estaría fuera de combate, pero seguro que la cosa no pasaría de ahí. Lo conocía bien, y tranquilizó a Robert. Su ex mujer era un caso excepcional.

Para su gran sorpresa, Hope durmió de maravilla esa noche. Se sentía en paz y segura, y la tranquilizaba saber que tenía un amigo en Dublín. Todo lo que Robert le había dicho la ayudaba a sentirse menos aislada, y antes de salir del hotel lo llamó al despacho para dejarle un mensaje de agradecimiento por la cena. Se cuidó mucho de estar lista a las nueve en punto para poder dirigirse al puesto de alquiler de coches y emprender la marcha hacia Russborough a las nueve y media. Cuando Finn iba a recogerla al aeropuerto solían llegar a casa hacia las once, y pensaba decirle que había cogido el vuelo matutino para sorprenderlo. La noche anterior le había enviado un mensaje acaramelado, pero él no le había respondido. Esperaba que estuviera trabajando en las novelas. No tenía intención de explicarle que había pasado la noche en un hotel de Dublín, eso habría hecho que sospechara de ella y se pusiera celoso de forma inevitable. Bien arreglada y descansada, partió hacia Blessington y luego hacia Russborough, y tal como había previsto llegó a Blaxton House con una puntualidad extrema cuando faltaban diez minutos para las once. No salió nadie a recibirla; hacía un día muy propio del mes de diciembre y una ligera capa de nieve cubría el suelo.

Dejó la maleta en el coche, subió saltando los escalones de la entrada y vio a Winfred en cuanto puso los pies en la casa. Él se llevó la mano a la frente con gesto respetuoso, le dirigió una amplia sonrisa y salió a recoger la maleta mientras ella subía a toda velocidad la escalera en dirección al dormitorio. De repente, le habían entrado muchas ganas de ver a Finn. Era como si todas las cosas terribles que la gente decía de él se hubieran esfumado. No podían ser ciertas; lo quería demasiado para que nada de todo aquello fuera verdad. Era un error. Tenía que serlo.

Se dirigió de puntillas al dormitorio y abrió la puerta. No vio luz; Finn estaba acostado durmiendo, y a su lado, en el suelo, había una botella de whisky vacía, lo cual explicaba por qué no había respondido a su mensaje la noche anterior. Era evidente que estaba borracho.

Se deslizó en la cama junto a él, contempló su atractivo rostro unos instantes y volvió a invadirla un gran amor, y entonces lo besó con suavidad. En cuanto lo vio, se sintió de nuevo cautivada por sus encantos. Él no se inmutó hasta que le dio otro beso, y entonces entreabrió los ojos y se sobresaltó, y al momento le dirigió una sonrisa radiante y la estrechó en sus brazos. Cuando la besó, Hope notó el olor acre del whisky, pero le dio igual. Finn despedía el mismo hedor que una destilería, y eso la dejó preocupada, pero no le dijo nada. Se preguntaba qué tal le estaría yendo el trabajo y cuánto le faltaría para tener lista al menos una de las novelas que debía a la editorial. Si no, reiterarían la demanda, y ella no deseaba que le ocurriera una cosa así.

—¿De dónde vienes? —preguntó él esbozando una sonrisa soñolienta; luego se desperezó y se dio la vuelta.

—He vuelto contigo —respondió ella con ternura, y él la rodeó con los brazos y la atrajo más hacia sí. Y en esos momentos Hope perdió de vista todos los sabios consejos que le habían dado, tal como Robert Bartlett sabía que ocurriría. Pero el abogado también sabía que ahora disponía de la información necesaria y la recuperaría en cuanto le hiciera falta.

—¿Por qué no me has llamado? Habría ido a recogerte al aeropuerto —dijo él, y la arrastró hacia sí y le quitó la ropa. Hope no ofreció resistencia.

—Quería darte una sorpresa —respondió con dulzura, pero él no le hizo ni caso. Ya le daría él sorpresa; claro que a Hope aquello no le venía de nuevo. Sus relaciones sexuales habían sido maravillosas desde el principio, y eso era en parte lo que hacía que la vida al lado de Finn resultara tan excitante. Su encanto era irresistible; por mucho que supiera que no debía caer en la trampa, costaba mucho echar el freno. Y al cabo de unos minutos ya eran pasto de un deseo desenfrenado, pasional, insaciable, como si el mundo entero se estuviera derrumbando bajo sus pies; y siempre había unos instantes en que Hope sentía precisamente eso.

Se levantaron ya por la tarde, se dieron un baño, se vistieron y él se quedó mirándola. Volvía a tratarla con mucho cariño. Costaba creer que pudiera haber contado una sola mentira, haber causado daño a nadie, hacer a alguien infeliz, y más a ella.

—Te he echado mucho de menos —dijo, y Hope se dio cuenta de que hablaba en serio. Era cierto. Encontró cinco botellas de whisky vacías debajo de la cama. Mientras ella estaba fuera, se había dedicado a ahogar sus penas en alcohol; o sus miedos. A veces se comportaba como un niño pequeño.

—Yo también —respondió ella con dulzura. Bajaron juntos y salieron a dar un paseo antes de que oscureciera. Estaba nevando un poco y el paisaje era precioso. Iban a pasar la Navidad solos allí. Michael tenía previsto ir a esquiar a Aspen con unos amigos, y ahora Hope no tenía a nadie más que a Finn.

—Siento todo lo que has pasado con Paul. Debe de haber sido muy duro. —Parecía comprensivo, y ella asintió mientras paseaban cogidos de la mano. Trataba de no pensarlo, si no le habría entrado pánico al saber que él ya no estaba. Y entonces Finn le planteó una pregunta con tanta crudeza que la dejó atónita. No solía ser así de directo—. ¿Qué van a hacer con la herencia?

—¿Qué quieres decir? —Lo miró con indignación.

—Ya sabes... ¿Qué va a pasar? ¿Te darán el dinero enseguida o tienes que esperar hasta que vendan las acciones o algo así?

—Haces unas preguntas muy raras. ¿En qué cambia eso las cosas? Se tarda un poco de tiempo en dar validez al testamento. Pueden pasar varios meses; un año. No lo sé. Me da igual. —Hope no comprendía por qué a él le importaba tanto. No dependían del dinero de Paul. Ella tenía suficiente con lo que le había dejado antes de morir; más que suficiente. Y Finn lo sabía muy bien, puesto que ella misma se lo había explicado—. Lo echo de menos —dijo con tristeza cambiando de tema. Le ponía frenética que mostrara tanto interés por el dinero; primero por el suyo y ahora por el de Paul. Eso le hizo volver a poner los pies sobre la tierra.

—Ya lo sé —respondió Finn en tono compasivo, y le pasó el brazo por los hombros para atraerla hacia sí—. Ahora estás muy sola —dijo, aunque eso ella ya lo sabía, no era necesario que se lo refregara por las narices—. Solo me tienes a mí. —Ella asintió sin decir nada, y se preguntó adónde querría ir a parar—. Nos tenemos el uno al otro, y ya está. —Hope se acordó de la vieja teoría de la fusión. Finn llevaba bastante tiempo sin mencionarla.

—Tú tienes a Michael —le recordó. Y lo siguiente que él le dijo le sentó peor que si le hubiera asestado un directo en el plexo solar; y Finn era muy corpulento, así que sus puñetazos eran proporcionalmente fuertes.

—Tú a Mimi no —musitó, y Hope se vio obligada a pararse en seco para recuperarse del estacazo. Ahora su especialidad eran los golpes bajos; así la desestabilizaba y podía volver a la carga cuando ella menos lo esperaba con las cosas que más daño le hacían—. Solo me tienes a mí —repitió, como para darle más énfasis. Hope no respondió, y siguieron paseando entre los copos de nieve. Él había conseguido su objetivo. Ahora se sentía aún más triste, y entonces regresaron a la casa. No había dejado de recordarle que dependía de él para todo, que sin él no tenía a nadie. Era un cañonazo de advertencia. De repente, Hope se acordó de Robert y de sus consejos. Habían convenido en que no la llamara para evitar que Finn se molestara o llegara a enfadarse. Pero si lo necesitaba, sabía dónde encontrarlo. Tenía todos sus números de teléfono guardados en el bolso.

Finn y ella empezaron a preparar juntos la cena, y luego él subió a trabajar un rato mientras ella terminaba de ponerlo todo a punto. Sin embargo, cuando al cabo de un rato Finn volvió a bajar para reunirse con ella, tenía una extraña expresión. Aunque casi siempre cenaban en el office de la planta baja, esa noche iban a hacerlo en la cocina del sótano, que todavía no habían restaurado. Era un espacio funcional pero lóbrego.

Justo en el momento en que se sentaban a la mesa que acostumbraba a utilizar el servicio, él se volvió a mirarla con un destello en los ojos, y ella se preguntó si habría bebido después del paseo, o tal vez incluso antes. Últimamente bebía demasiado. Cuando lo conoció no solía hacerlo, pero ahora sí. Hope pensó que tal vez todo fuera producto de la demanda judicial.

—¿Dónde estuviste anoche? —inquirió él en tono inocente.

—En el avión. ¿Por qué? —Ella notaba que se le estaba acelerando el corazón y puso cara de póquer mientras se servía pasta de una gran fuente.

—¿Seguro? —insistió él mirándola a los ojos.

—Claro que sí. No seas tonto, ¿dónde iba a estar si no? He llegado a Irlanda esta mañana. —Hincó el tenedor en la pasta, y entonces él estampó su pasaporte y un cuaderno de notas sobre la mesa, justo a su lado.

—¿Y esto qué es? Te alojaste en un hotel de Dublín. He encontrado este bloc en tu bolso buscando otra cosa. He telefoneado y me han dicho que anoche estuviste allí. Y en tu pasaporte pone que llegaste a Irlanda ayer, no hoy. —Entonces sacó el papelito con los números de teléfono de Robert. Hope solo había anotado el nombre de pila, sin el apellido. Finn era un detective extraordinario. Y ella tuvo la sensación de que iba a darle un infarto. Resultaba difícil explicar todo aquello. Había cogido el bloc de notas del escritorio del hotel sin pensarlo, y Finn lo había encontrado. No se le ocurrió preguntarle qué andaba buscando en su bolso, estaba demasiado asustada. Iba a ser complicado tratar de justificar la noche que había pasado en Dublín.

No le quedaba más remedio que ser sincera con él. Hasta ahora, lo había sido siempre. Esa era la primera vez que le mentía, en relación con los viajes o con cualquier otra cosa.

—Tienes razón. Llegué anoche. Quería pasar unas horas en Dublín. Tuve una reunión con un abogado del bufete del que soy cliente en Nueva York. Me aconsejaron que hablara con un abogado de aquí para informarme de los impuestos, los permisos de residencia y las cuestiones relacionadas con la casa. Ayer me reuní con él, y decidí quedarme a pasar la noche en un hotel y venir aquí por la mañana. Punto y final. Siento haberte mentido. —Se la veía arrepentida. No pensaba contarle lo de la cena con Robert, si no le habría entrado un arrebato de celos y no habría habido forma de convencerlo de que no había ocurrido nada. Él siempre creía que ella lo engañaba. Muy a su pesar, Hope estaba asustada y empezó a temblar.

—¿Y Robert?

—Es el abogado.

—¿Y te dio el móvil y el teléfono de su casa? Te lo tiraste en el hotel, ¿verdad? Menuda putilla estás hecha. ¿Y con quién follaste en Nueva York? ¿Con tu representante? ¿Con un tipo que conociste en un bar? A lo mejor fue con un camionero de la Décima Avenida, mientras le hacías unas fotos. —Finn sabía que Hope iba a esos sitios a hacer fotos y ahora utilizaba la información en su contra—. ¿También le hiciste fotos de la polla? —Le escupió las palabras en la cara, y Hope se echó a llorar. Nunca le había hablado de ese modo, ni había sido tan grosero. Estaba empezando a cruzar fronteras que no había cruzado jamás. Robert la había advertido de que lo haría, pero ella no lo creyó—. ¿Y qué tal Robert? ¿Es bueno en la cama? Seguro que no tanto como yo. —Hope no hizo ningún comentario. Se limitó a permanecer allí sentada, paralizada y muerta de vergüenza. La hacía sentirse como una golfa, y ella no había hecho nada malo. Solo había ido a ver a un abogado y habían salido a cenar, ni siquiera se le había pasado por la cabeza ir más allá. No se lo planteaba, no era su estilo. Pero él la estaba acusando con los ojos ponzoñosos y la lengua cargada de veneno.

—No ocurrió nada, Finn. Me reuní con un abogado, eso es todo.

—¿Y por qué no me lo habías explicado?

—Porque a veces tengo que tratar asuntos privados sobre mis inversiones. —Aunque se hubiera tratado de sus inversiones, él habría insistido en acompañarla de todos modos. Nunca le permitía hacer nada sola. Quería tenerla siempre controlada. Incluso la acompañaba al médico, como cuando fueron a ver a la especialista de Londres. Se entrometía en su vida, y a todas horas quería ejercer un control absoluto sobre ella.

—¿Muy privados? —preguntó mirándola fijamente, y esa

vez a Hope no le cupo ninguna duda de que había estado bebiendo. Si no, es que estaba mal de la cabeza. Aunque tal vez fueran ambas cosas. Parecía un loco cuando la miró como si quisiera fulminarla y empujó la silla hacia atrás con tal ímpetu que la tiró al suelo, y luego empezó a caminar arriba y abajo de la cocina mientras ella lo observaba tratando de no encender más su ira. Se quedó muy quieta y muy callada, y rezó para que se tranquilizara.

—Sabes que yo nunca haría una cosa así —dijo intentando aparentar más calma de la que sentía.

—No sé una mierda sobre ti, Hope. Y tú aún sabes menos sobre mí. —Era con toda probabilidad lo más sincero que le había dicho jamás de sí mismo, pero su tono no resultaba precisamente tranquilizador—. Lo único que sé es que eres una puta y que te dedicas a mamársela a todo quisqui cuando yo no estoy delante. —Si Hope soñaba con recuperar al Finn de los inicios, lo cierto era que se había encontrado con uno que era incluso peor que el de los últimos tiempos. Ese era el verdadero Finn.

—¿Por qué no nos calmamos y cenamos? En Dublín no ocurrió nada. Pasé la noche sola en un hotel, eso es todo. —Se sentó muy erguida en la silla, y aunque era menuda se la veía muy digna; pero antes de que se diera cuenta de lo que estaba pasando, él la arrancó del asiento y la estampó de espaldas contra la pared. Ella dio un grito ahogado, y casi tuvo la sensación de haber volado por los aires. Y entonces él situó el rostro a su misma altura.

—Si alguna vez se te ocurre follarte a alguien, Hope, te mataré. ¿Lo entiendes? ¿Te ha quedado claro? No pienso tolerarlo, así que métetelo bien en la cabeza. —Ella asintió, incapaz de pronunciar palabra porque el llanto le atoraba la garganta. Oía en su interior una especie de crujido provocado por el golpe contra la pared, y estaba segura de que era el ruido que hacía su corazón al partirse—. ¡Contéstame! ¿Lo entiendes?

—Sí —musitó ella. No le cabía duda de que estaba borracho, era imposible que se comportara de ese modo si no. Aun así, tenían que hacer algo al respecto. Bueno, más bien quien tenía que hacer algo era él. Últimamente andaba muy nervioso por lo de la demanda y el trabajo atrasado. Era evidente que había llegado a un punto en que estaba al borde del abismo. Y la estaba arrastrando consigo.

Entonces la dejó caer de nuevo en la silla, y la estuvo observando mientras ella picoteaba del plato. Hope no reconocía aquella mirada en sus ojos. Nunca lo había visto de ese modo; y, mientras removía la pasta y fingía que comía, se le ocurrió pensar que estaba sola en la casa con él. Winfred y Katherine siempre se marchaban a la hora de cenar, y ella se quedaba a solas con Finn hasta la mañana siguiente. Hasta ese momento nunca le había preocupado, pero ahora tuvo miedo por primera vez.

Finn no sufrió ningún otro arrebato de ira durante la cena, y tampoco volvió a dirigirle la palabra. Cogió el papelito con los teléfonos de Robert, lo rompió en mil pedazos y se los embutió en el bolsillo del pantalón vaquero para que Hope no pudiera encontrarlos. Dejó el bloc de notas y el pasaporte sobre la mesa. Y sin decir nada más salió de la cocina y dejó a Hope con todos los platos sucios. Ella permaneció un buen rato sentada con las lágrimas rodándole por las mejillas y la respiración entrecortada por los sollozos. Finn se lo había dejado muy claro antes. Estaba sola en el mundo. Solo lo tenía a él. No había nadie que pudiera tenderle la mano ni que la quisiera. Ahora que Paul había muerto, se sentía como la huerfanita de un cuento infantil, y su príncipe azul se estaba convirtiendo en una bestia salvaje.

Tardó una hora en serenarse y recoger la cocina. Estuvo casi todo el rato llorando y temía subir al dormitorio, pero sabía que tendría que acabar haciéndolo en algún momento. Pensándolo mejor, se dio cuenta de que la historia de su noche en Dublín no sonaba nada bien. El papelito con los teléfonos de Robert despertaba sospechas. Comprendía por qué Finn estaba disgustado, puesto que le había mentido sobre su llegada a Irlanda. Y pensó que debía haberle contado la verdad, aunque entonces no habría podido reunirse con Robert, y se alegraba mucho de haberlo hecho. Le resultaba de gran ayuda y muy tranquilizador saber que tenía a alguien a quien pedir ayuda si la necesitaba. Y Robert no estaba lejos. Aunque también comprendía que a Finn le hubiera molestado que pasara todo un día desaparecida y que le hubiera mentido sobre la hora de su llegada. No había hecho nada malo, pero igualmente se sentía culpable. Y, en cierta manera, disculpaba a Finn.

Tenía miedo de subir al dormitorio y enfrentarse a él, pero cuando lo hizo se sorprendió al verlo sentado en la cama, esperándola. Parecía tan pancho, como si en la cocina no hubiera ocurrido nada. A Hope le aterraba observar en él esos cambios de humor extremos. Tan pronto estaba descargando su furia cual dragón como se encontraba tranquilamente sentado en la cama, sonriéndole. Ya no estaba segura de quién era el loco, si él o ella, y se quedó mirándolo durante largo rato sin saber qué decir.

—Ven a la cama, Hope —la invitó él, como si hubieran disfrutado de una cena maravillosa. Y resultaba obvio que no era ese el caso. De hecho, había sido de todo menos maravillosa, pero Finn la miraba como si allí no hubiera pasado nada. Al verlo tumbado con aire inocente, a Hope le entraron ganas de echarse a llorar.

Al cabo de unos minutos, tras haberse lavado los dientes y haberse puesto el camisón, se acostó a su lado con cautela. Lo miró como si fuera una serpiente venenosa a punto de atacar.

—No pasa nada —dijo él en tono tranquilizador, y la rodeó con el brazo. Hope casi habría preferido que continuara enfadado; aquello era demasiado desconcertante—. He estado pensando —prosiguió con naturalidad, mientras ella permanecía tensa, aguardando lo que vendría a continuación—, y creo que deberíamos casarnos la semana que viene. No hay motivos para que lo sigamos demorando. De todos modos, no va a haber ceremonia, no tenemos que avisar a los invitados. Y no quiero esperar más. Los dos estamos solos, Hope; solos en el mundo. Si a alguno de los dos le ocurre algo, como le ha ocurrido a Paul, es mejor que estemos casados. A nadie le gusta morir solo.

—Paul estaba muy enfermo, lo estuvo mucho tiempo. Y me tuvo a mí a su lado —repuso ella con voz ahogada.

—Si alguno de los dos sufriera un accidente, el otro no tendría potestad para decidir nada. Tú no tienes hijos ni familia, y Michael no está por la labor. Solo nos tenemos el uno al otro. —La soledad era un tema recurrente esa noche; no paraba de poner énfasis en que él era la única persona con quien podía contar—. Me sentiré más tranquilo si estamos casados. Siempre podemos celebrarlo más adelante, en Londres o Nueva York, o en Cabo Cod. Ya va siendo hora, Hope. Hace un año que estamos juntos, y los dos tenemos una edad. Nos amamos y sabemos lo que queremos; no tiene sentido esperar más. Y deberíamos ponernos las pilas con lo del bebé —añadió sonriéndole. Era como si no se hubiera montado ninguna escena en la cocina. Tan solo una hora antes, Finn la estaba amenazando y la había estampado contra la pared, y ahora quería casarse con ella al cabo de una semana y dejarla embarazada. Escuchándolo, Hope sintió que la cabeza le daba vueltas—. Ya hace seis meses del aborto —le recordó, y por una vez no la acusó de tener la culpa. Daba la impresión de que se había desahogado y volvía a ser el de siempre. El bueno de Finn había regresado, y estaba acostado a su lado en la cama. Pero Hope ya no creía en sus palabras. No confiaba en ellas, ni en él. Ya no. En absoluto.

Y de ningún modo estaba preparada para casarse con él. Además, tenía la sensación de que solo lo motivaba el dinero. Si se casaban y a ella le ocurría algo en aquella casa aislada de la campiña irlandesa, él sería el único heredero de su fortuna, y también de la de Paul cuando ella la hubiera recibido. Y si encima tenían un hijo, no habría quien lo desposeyera de nada. Robert se lo había dejado muy claro durante la reunión en su despacho, y ahora también a ella le resultaba obvio. Pero no quería volver a despertar la ira de Finn diciéndole que no estaba en condiciones de casarse con él. Por lo menos, no esa noche. Sería mejor que lo hablaran por la mañana, a plena luz del día y con Winfred y Katherine cerca. Era mejor que arriesgarse a que sufriera otro arrebato como el de antes estando los dos solos en la casa. Ya había tenido suficiente por esa noche.

—¿Podemos hablar de eso mañana? —sugirió sin alterarse—. Estoy agotada. —El episodio de la cena la había dejado más machacada que si la hubiera atropellado un trolebús. Estuvo varios minutos aterrorizada. Pero ahora Finn se veía muy tranquilo, e incluso la trataba con cariño. Hope se sentía como si la hubiera colocado en el potro de tortura, y seguía temblando por dentro, muy nerviosa. Aunque trató de que no se le notara.

—¿De qué hay que hablar? —saltó él, y la rodeó con el brazo—. Casémonos y punto. —Hope ya veía que ese iba a ser el pretexto para la próxima batalla campal.

—No tenemos por qué decidirlo esta noche, Finn —dijo ella en voz baja—. Vamos a dormir. —Aún era temprano, pero ya no aguantaba más. Se sentía demasiado herida, demasiado molesta, demasiado decepcionada, y había pasado demasiado miedo para desear comentar nada con él. Lo único que quería era dormir, o morirse. De repente se dio cuenta de que las cosas entre ellos no iban a mejorar y de que detrás de una discusión vendría otra. Después de sufrir aquella agresión en la cocina, había empezado a perder la esperanza. Por muy agradable que Finn se mostrara ahora, no era nada probable que la cosa durara.

—No me amas, ¿verdad? —preguntó con voz infantil. Volvía a ser el niño abandonado en lugar del hombre que la había aterrorizado, y todo cuanto quería era que lo amaran. La cosa estaba tomando unos derroteros muy preocupantes. Finn se acurrucó contra ella como si tuviera dos años y apoyó la cabeza sobre su hombro, y Hope suspiró mientras le acariciaba el pelo y la cara.

Lo amaba, pero el viaje en la montaña rusa estaba llevando sus emociones al límite. Él siguió arrimándose, y Hope apagó la luz. Al cabo de unos instantes él la estaba despojando del camisón y pretendía hacerle el amor. Ella no quería porque estaba demasiado afectada por lo ocurrido y tenía los nervios a flor de piel, pero temía que si se negaba él se pusiera violento otra vez. Y Finn era tan hábil que en cuestión de momentos Hope notó que su cuerpo respondía a los estímulos, aunque su mente se esforzaba por mantenerlo al margen; y empezó a sentirse confundida por completo. Hasta que, de repente, su cuerpo sucumbió al deseo. Y Finn le hizo el amor con tanta delicadeza y tanto cariño que resultaba imposible creer que era el mismo hombre que la había agredido con tan solo unas horas de diferencia.

Después, Hope estuvo despierta durante horas mientras él roncaba. Y por fin, al amanecer, se quedó dormida de puro agotamiento. Se había pasado la noche llorando en silencio, sintiéndose muerta por dentro. Finn la estaba matando lentamente. Solo que ella aún no lo sabía.

20

Finn ya se había levantado cuando Hope se despertó a la mañana siguiente. Salió de la cama con la sensación de estar agotada y dolorida, y tenía el ánimo en consonancia con el día gris. Se la veía cansada y pálida cuando se encontró con él en el office, donde estaba desayunando. Él parecía alegre y lleno de energía, y le comunicó lo contento que estaba de tenerla en casa. Incluso parecía que hablaba en serio. Hope ya no sabía qué creer.

Estaba tomándose un té a pequeños sorbos con la alerta puesta, cuando él volvió a mencionar la boda. Le sugirió bajar al pueblo para hablar con el párroco local, y dijo que tendrían que ir a la embajada de Dublín para obtener un permiso y poder casarse en Irlanda. Él tenía la nacionalidad irlandesa, pero ella no. Ya había telefoneado para averiguar qué documentación hacía falta. Y Hope se dio cuenta de que, a menos que estuviera dispuesta a casarse con él, tenía que inventarse alguna excusa.

Dejó la taza de té sobre la mesa y lo miró.

—No puedo —dijo con tristeza, por motivos que no fue capaz ni de empezar a expresarle—. Paul acaba de morir. No quiero empezar una nueva vida justo cuando acaba de suceder algo tan triste. —A ella le parecía una disculpa razonable, pero a él no.

—Estabais divorciados, no eres su viuda —observó él con cierta irritación—. A nadie le importará que te cases ahora.

—A mí sí —repuso ella en voz baja.

—¿Hay algún motivo por el que no quieras casarte conmigo? —preguntó Finn con aire ofendido. Lo cierto era que cada vez había más motivos, pero Hope no estaba preparada para plantearle ninguno. Estaban las mentiras, el informe del detective, las dos mujeres de cuya muerte había sido el causante indirecto, sus recientes exigencias con respecto al dinero y la agresión de la noche anterior. Todas le parecían muy buenas razones para pensárselo mucho antes de casarse con él. Pero, entonces, ¿por qué vivían juntos? Las cosas entre ellos no eran como antes, ni siquiera en los mejores momentos. Siempre había un trasfondo negativo. La relación no era normal desde hacía un mes largo; o más, desde que había empezado a pedirle dinero.

—No es tan fácil como parece —respondió ella con paciencia—. Antes tenemos que redactar un acuerdo prenupcial, firmarlo y hablar con los abogados. Yo ya lo he comentado en el bufete, pero se tarda unos cuantos días en tenerlo todo listo. Y de verdad que preferiría casarme en Nueva York.

—Muy bien —dijo él cambiando de táctica de forma inesperada, y por una fracción de segundo Hope se sintió aliviada. Había resultado más fácil de lo que imaginaba—. Entonces, ¿qué te parece si mientras tanto arreglas lo de la cuenta corriente, tal como acordamos? Y, si quieres, podemos esperar a casarnos en verano.

Volvía a la carga con eso.

—¿De cuánto dinero me estás hablando, Finn? —recordaba la cantidad que le había pedido, pero se preguntó si habría cambiado de idea.

—Te dije que me iría bien con unos cuatro millones de dólares, aunque prefería que fueran cinco. Pero eso era antes de que muriera Paul. Como ahora te ha dejado su parte, creo que tendrían que ser diez.

Hope exhaló un suspiro mientras lo escuchaba. Era agotador, y no tenía ningún sentido. O tal vez sí. Tal vez todo había girado siempre exclusivamente en torno a ese tema. Tenía la sensación de pasarse todo el día batallando, desde que se levantaba hasta que volvía a acostarse.

—Ya sabes que aún no dispongo del dinero de Paul. Dejémoslo en cinco, de momento; ya pondré los otros cinco cuando haya recibido la herencia.

A él le pareció un trato más que razonable. Y lo dijo como si le estuviera pidiendo que recogiera unas compras en la ferretería o que le pagara la suscripción a una revista. Actuaba como si esperara que ella le obedeciera sin cuestionarle nada; estaba seguro de que lo haría.

—Entonces, quieres cinco millones ahora y otros cinco más adelante —repitió ella como una autómata—. ¿Y qué tipo de acuerdo esperas cuando nos casemos? —Hope pensó que valía más poner todas las cartas sobre la mesa en lugar de aguardar a que la asaltara con más peticiones.

—Ya hablará mi abogado con el tuyo —respondió él en tono agradable—. Estaría bien recibir una cantidad fija al año después de la boda, una especie de prima —dijo con una amplia sonrisa—. Supongo que hoy en día también se firman acuerdos preventivos, en caso de divorcio, por una paga compensatoria y una pensión alimenticia. —A él le parecía una idea fabulosa y no se le ocurrió pensar ni por un segundo en lo degradante que resultaba—. Afrontémoslo, Hope. Yo tengo mucha más fama que tú; soy un mirlo blanco, y te convengo mucho a cualquier precio. A tu edad, no es frecuente toparse con un tío como yo. Puede que sea tu última oportunidad para no perder el tren, no pierdas eso de vista. —Lo que le estaba planteando era espeluznante. Además, por primera vez estaba haciendo alarde de su fama en detrimento de la de ella. Hope se quedó estupefacta, pero le pareció más inteligente no hacer ningún comentario al respecto; aunque, incluso desde su perspectiva, resultaba escandaloso.

—Me parece un precio muy alto —dijo ella en voz baja, sirviéndose otra taza de té. Seguía sin dar crédito a lo que Finn le estaba diciendo y haciendo.

—Pero yo lo valgo, ¿no te parece? —repuso él, y se inclinó para besarla mientras Hope lo observaba con los ojos llenos de lágrimas. Estaba mal de la cabeza. Incluso ella se daba cuenta—. ¿Ocurre algo? —Finn reparó en su expresión decaída y su postura encorvada, y se sorprendió.

—Me parece muy triste estar hablando de dinero en lugar del amor y los años que esperamos pasar juntos, y estar pensando de entrada en negociar convenios de divorcio y pensiones alimenticias. Me suena a jerga empresarial —contestó mirándolo con tristeza.

—Pues entonces casémonos y olvidémonos de acuerdos prematrimoniales —se limitó a responder él. Sin embargo, eso no era posible. Hope poseía una gran fortuna, y Finn no tenía más que impagados y descubiertos, y se enfrentaba a una demanda judicial. No podía actuar de un modo tan irresponsable. Sin un acuerdo prematrimonial, estaría económicamente en sus garras, y él lo sabía. Toda aquella conversación le revolvía el estómago. Era imposible que llegaran a casarse. Y Finn estaba de muy buen humor porque creía que la tenía atrapada.

Al final, para tranquilizarlo, le dijo que se lo pensaría y que ya le comunicaría su decisión. No quería importunarlo soltándole que de ninguna manera iba a obtener el dinero que quería o que no pensaba casarse con él; pero tampoco deseaba ponerse en sus manos. Estuvo todo el día dándole vueltas a la idea; mientras, revisó unas cuantas fotos, fue a la oficina de FedEx y paseó un rato sola por el bosque. No volvió a ver a Finn hasta última hora de la tarde. Y él se mostró tan cariñoso como antes. El problema era que Hope ya no sabía si lo que motivaba su comportamiento era el amor o el dinero, y nunca lo sabría porque él la estaba agotando y desmoralizando poco a poco, la desestabilizaba y hacía que creyera que estaba mal de la cabeza. Sus exigencias económicas eran desproporcionadas y ofensivas. Hope trataba de conservar la calma, pero le resultaba demasiado cansado tener que batallar con él a todas horas. Siempre había algo que le obsesionaba, bien fuera tener un hijo, casarse u obtener varios millones de dólares para su uso y disfrute. Hope se sentía inmensamente triste. El sueño del amor y la complicidad que compartía con él se estaba desintegrando en sus manos como si fueran las delicadas alas de una mariposa. Se pasaban la vida discutiendo sobre un tema u otro; y, de momento, no habían resuelto ninguno. Ahora no paraba de hablarle de dinero, y le pedía que le demostrara su amor poniendo cinco millones de dólares en una cuenta corriente a su nombre. Eso era mucho amor. Y ¿qué pensaba entregarle él a cambio, aparte de su tiempo? Incluso la propia Hope se daba cuenta de que pretendía exprimirla. Peor aún, se sentía atrapada en la telaraña del engaño. Finn era la araña, y cada vez le quedaba más claro que ella era la presa.

Esa noche Finn la invitó a cenar en Blessington. Ella accedió con tal de distraerse y olvidar su desesperación, y por una vez no surgió ningún tema conflictivo: ni el dinero, ni los hijos, ni la boda. Al principio estaba deprimida, y le sorprendió descubrir que podían pasarlo bien juntos igual que cuando se conocieron. Volvió a confiar en el futuro. Últimamente su estado no paraba de fluctuar entre la esperanza y el desánimo, y cada vez que se venía abajo le costaba más levantar la cabeza. Desde la muerte de Paul, se sentía agotada. Y poco a poco Finn la iba machacando más y más.

De forma milagrosa, justo cuando había empezado a tirar la toalla, pasaron unos cuantos días en los que todo parecía haber vuelto a su sitio. Finn estaba de buen humor y trabajaba en la novela. Hope había empezado a confeccionar un nuevo álbum de fotos de Irlanda y disfrutaba restaurando varias cosas en la casa. Tenía la impresión de que las cosas estaban recuperando el ritmo del principio. Y, aunque solo fuese por un tiempo, trató de apartar de su mente las frases ofensivas y las peticiones de dinero. Necesitaba un respiro. Pero entonces llegó una carta certificada de Nueva York. Hope se la llevó a Finn y lo dejó solo para que la leyera. Y cuando lo vio salir del despacho, tenía el aire amenazador de un nubarrón.

—¿Malas noticias? —preguntó ella, preocupada. Por su expresión era imposible pensar que podía tratarse de algo bueno.

—Dicen que aunque entregue el manuscrito ya, no lo publicarán. Piensan seguir adelante con la demanda. Y justo tengo entre manos una de mis mejores novelas.

—Pues entonces la publicará otro, y puede que te mejoren las condiciones. —Ella trataba de levantarle el ánimo, pero él pareció enfadarse muchísimo.

—Gracias, doña Euforia; pero quieren que les devuelva su adelanto, y ya me lo he gastado.

Hope le posó la mano en el hombro con delicadeza, y él se sirvió una copa y dio un gran trago. Después de eso, se sintió mejor.

—¿Por qué no me permites que le pida a Mark Webber que se encargue de este asunto? A lo mejor puede establecer algún tipo de trato con ellos.

Finn la miró a los ojos, enfurecido.

—¿Y por qué coño no me preparas un cheque a su nombre? —A Hope no le gustaba el modo en que le hablaba, pero no hizo ningún comentario al respecto y no quiso reaccionar igual que él. No estaba dispuesta a tener otra bronca.

—Porque un buen abogado puede llegar a un acuerdo, y luego ya veremos lo que hacemos. —Hope trataba de tranquilizarlo sin dar su brazo a torcer. Tal como estaban las cosas, era muy difícil adivinar cómo iban a acabar. Seguía albergando esperanzas, pero, siendo realista, cada vez eran menores. La relación no iba bien. A Finn últimamente solo lo movía la avaricia, no trataba más que de echar mano al dinero y tapar las viejas mentiras. Tal como decía la Biblia, habían edificado su casa sobre la arena.

—¿Ahora utilizas el plural mayestático? —le espetó él en un tono muy desagradable—. ¿O piensas soltar la pasta y dejar de apretarme los tornillos? Necesito dinero. Y quiero una cuenta propia. —A ella eso ya le había quedado claro. Llevaba semanas insistiendo.

—Pero no sabemos cuánto dinero necesitas —musitó ella. Hope siempre hablaba en voz baja cuando estaba incómoda, fuera por enfado o por miedo.

—Eso es lo de menos. Si quieres que sigamos juntos, no me pidas que te rinda cuentas. Lo que me gaste y en qué me lo gaste es cosa mía, tú no tienes nada que decir. —O sea que no era asunto suyo a pesar de que el dinero del que pretendía apropiarse sí que lo era. La cosa tenía muchas narices, incluso ella se daba cuenta—. Seamos sinceros, Hope. Tienes cuarenta y cinco años, no veintidós. Eres guapa, pero a tu edad no se está igual que con veinticinco o treinta. No tienes ningún pariente vivo; ni hermanos, ni padres, ni siquiera primos. Tu única hija está muerta y la última persona con quien te considerabas emparentada, o sea, tu ex marido, también murió la semana pasada. Con ese panorama, ¿quién crees que va a preocuparse si te pasa algo, por ejemplo, si caes enferma? Y ¿qué crees que pasará si me harto de ti porque a lo mejor resulta que me topo con una de veintidós? ¿Qué te ocurrirá entonces? Te quedarás sola, seguramente para siempre, y cuando te mueras no habrá ni una puta alma a tu lado. Así que si no piensas abrirme esa cuenta, más vale que empieces a pensar en cómo será tu vida dentro de diez años, o de veinte, cuando no tengas a nadie y estés más sola que la una. Mirándolo en perspectiva, es posible que prefieras empezar a pensar seriamente en engatusarme para que me quede contigo. —Hope lo escuchaba con la misma cara que si acabaran de pegarle un bofetón.

—¿Eso es una declaración de amor?

—Tal vez.

—¿Y cómo sé que si abro esa cuenta que me pides te quedarás conmigo? Imagínate que lo hago, te pago cuatro o cinco millones y todo lo que me pidas cuando nos casemos, y luego conoces a la veinteañera perfecta.

—Buena observación —concedió él sonriendo. Se notaba que gozaba del momento, pero Hope no lo estaba disfrutando en absoluto—. Imagino que tendrás que correr ese riesgo. Porque si no me abres una cuenta con ese dinero, adivina quién no se quedará a tu lado para sujetarte el orinal en tus años seniles cuando Bomboncito Veinteañero aparezca, sobre todo si es una rica heredera o un pimpollo a punto de celebrar su puesta de largo. —Hope no lo imaginaba haciéndolo, en cualquier caso. Aquella conversación había sobrepasado todos los límites de lo tolerable. Hope nunca se había sentido más humillada en su vida.

—Así que, básicamente, me estás pidiendo que te sobornes, que te compre a modo de seguro de vejez.

—Supongo que podría decirse así. Pero no pierdas de vista las ventajas que te supondrá; algunas ya las estás disfrutando: sexo siempre que quieras y, con suerte, un hijo, o tal vez incluso un par si te cuidas lo suficiente. Y seguro que lo pasamos bien.

—Qué divertido —repuso ella, con los ojos violeta arrojando chispas—. Pero no has mencionado el amor. ¿O es que no forma parte del trato? —Nunca la habían insultado de ese modo en toda su vida. Al parecer, tenía que comprar a su hombre. Si quería estar con Finn, no le quedaba otro remedio que pagar el precio que había estipulado.

Entonces Finn se le acercó y la abrazó. Había reparado en su expresión.

—Ya sabes que te quiero, nena. Pero tengo que guardarme las espaldas. Yo tampoco soy un chaval. Y no tengo tanta pasta como tú. En mi vida no hay ningún Paul. —Y ahora en la de Hope tampoco. Pero Paul no había ahorrado su fortuna para que Finn la derrochara o incluso la empleara en acostarse con alguna que otra rubia; y todo eso sin que nadie pudiera atreverse a toserle. El simple hecho de que le hubiera pedido semejante cantidad de dinero lo descalificaba para recibirlo; o debería descalificarlo. Con todo, Hope no estaba dispuesta a echarse piedras en el tejado. Si lo hacía, tendría que apechugar con las consecuencias y poner punto y final a la relación, y no se sentía con ánimos para eso. Estaba destrozada, y las ofensas de Finn la paralizaban.

—Me lo pensaré —respondió, con aire sombrío, tratando de ganar tiempo con excusas—. Te diré algo mañana. —Claro que sabía que si no entregaba el dinero a Finn, la relación saltaría por los aires en pedazos. Detestaba todo lo que él le había dicho, las amenazas apenas veladas de dejarla por otra más joven, el hecho de atemorizarla diciéndole que pasaría la vejez sola y de recordarle que no tenía a nadie en el mundo para que la cuidara si caía enferma. Pero ¿estaba realmente preparada para pasar el resto de su vida sola? Se sentía entre la espada y la pared; ambas opciones eran horrorosas, dejarlo o continuar con él. En lugar de decirle que la amaba y que quería permanecer a su lado para siempre, él le estaba dejando muy claro que, si no recibía unos cuantos millones de dólares a tocateja, antes o después saldría por la puerta en cuanto tuviera una oportunidad a la vista, así que más le valía mejorar la puja inicial si sabía lo que le convenía y no quería terminar sus días sola. Lo había dicho letra por letra. Pero Hope no albergaba el más mínimo deseo de comprar un marido, aunque tampoco estaba preparada para perder a Finn para siempre. Deambulaba por la casa como una zombi, en un estado de angustia permanente.

Finn estuvo toda la tarde de muy buen humor. Había hecho llegar el mensaje a su destino, y creía que, en general, se había comprendido. Claro que no conocía a Hope tan bien como creía. Ella se pasó el día decaída y enfadada, y se dedicó a fregar y abrillantar varios cuartos de baño de la segunda planta para distraerse de la agónica situación en la que se encontraba. Y Finn se mostró muy cariñoso con ella. Hope se preguntaba si en eso era en lo que consistiría su vida si satisfacía las exigencias de Finn, cosa que no le apetecía nada. Pero, si lo hacía, ¿él sería siempre así de encantador? ¿Se mostraría igual de cercano y tierno que al principio de la relación? ¿O seguiría poniéndose celoso y amenazándola cuando le viniera en gana, y le pediría más dinero en cuanto se hubiera pulido los cinco o diez millones de la cuenta y necesitara ingresos, sin que ella tuviera la mínima posibilidad de discrepar? Resultaba difícil saber por dónde irían los tiros si se decidía a darle el dinero. Claro que si le hubiera dicho a alguien que se estaba planteando siquiera esa posibilidad la habría tachado de loca. Lo único que quería era recuperar al Finn del principio, pero sabía que eso no podía comprarse con dinero.

La conversación en su conjunto la entristecía, y más tarde salió a dar un paseo sola para aclarar sus ideas. Finn la vio marcharse y decidió que era mejor dejar que sacara sus propias conclusiones. Lo cierto era que no tenía muchas opciones, según su punto de vista. Estaba muy seguro de sí mismo, y creía que le tenía bien puesto el pie sobre el cuello. Era fatuo y tenía la actitud prepotente de los sociópatas, tal como Robert había advertido a Hope. Finn estaba seguro de que si Hope lo amaba le daría el dinero. No querría quedarse sola. Sabía que lo amaba y que no quería perderlo. Para él, la respuesta estaba clara. Y estaba convencido de que para ella también. Cada vez se sentía más seguro de ello, y se lo había dejado bien claro. Pensaba que tal vez hiciera falta presionarla un poco más y volver a recordarle cuál era la otra opción. Pero al final, a menos que quisiera arriesgarse a pasar la vejez sola en un asilo, comprendería que él era lo que más le convenía y que no tenía elección. Además, así podría tener más hijos. Había estado a punto de ofrecerle directamente ser su semental, pero decidió que esa palabra podría frenarla. El resto le parecía la mar de bien. Y en su opinión valía hasta el último centavo que le pedía. Hope también sabía que él pensaba eso de sí mismo. Le parecía todo de lo más lógico, y estaba convencido de que ella entraría en razón; tenía demasiado miedo para actuar de otra forma. Finn estaba exultante cuando se sentó ante su escritorio y, a través de la ventana, la observó caminar en dirección al monte. Pero él no veía los ríos de lágrimas que corrían por sus mejillas.

Cuando Hope se dispuso a darse un baño caliente antes de cenar, estaba muy deprimida. Finn había plantado bien su semilla haciendo algunas observaciones de carácter muy patético sobre el futuro que le esperaba sin él. Tenía razón. No contaba con nadie más en el mundo. Si él la dejaba, tal vez apareciera otra persona. Pero eso era otra historia. Hope amaba a Finn, lo había amado durante un año entero lo bastante para querer casarse con él y tener un hijo. Pero ahora no deseaba nada de eso. Solo quería recuperar la salud mental y conseguir que las aguas volvieran a su cauce.

Nadie pintaba nada en su vida excepto Finn. Y lo más triste de todo era que lo que sentía por él era auténtico, aunque ahora resultara que él solo la consideraba una inversión. Era un precio muy alto para pagar por un hombre que le estaba demostrando que solo la quería por su dinero, y que era fabuloso en la cama. En cambio, lo único que de verdad anhelaba Hope era su cariño. Pero ya no creía que estuviera capacitado para darlo. No le tenía cariño a nada ni a nadie. Al pensarlo, los ojos se le arrasaron de lágrimas. Lo había amado tantísimo... ¿Por qué demonios tenían que ser las cosas tan complicadas y acabar de esa forma? Sabía que tendría que tomar una decisión pronto. No podía demorarla eternamente.

Optó por poner al mal tiempo buena cara y se atavió con un bonito vestido para bajar a cenar. También se calzó con zapatos de tacón alto, se cepilló el pelo hacia atrás, se maquilló y completó el conjunto con unos pendientes. Y cuando entró en el office donde Katherine les había servido la cena, Finn se quedó mirándola y silbó. Dio la impresión de que la amaba de veras cuando la atrajo hacia sí y la besó, pero ¿quién se atrevía a asegurarlo a esas alturas? A Hope ya no le merecía ningún crédito. Era una posición muy triste.

Decidieron pasar con los sándwiches y el té que les había preparado Katherine en lugar de tomar una cena más copiosa. Finn se veía muy animado cuando empezó a hablarle de una nueva novela a la que había estado dándole vueltas por la tarde. Pensaba entregarla como el segundo libro del contrato. Dijo que casi había terminado el primero, pero Hope no sabía si creérselo puesto que su concepto de la sinceridad era un tanto laxo, por no decir algo peor.

Mientras se comía los sándwiches, Hope prestó atención al argumento. Trataba de dos recién casados que habían comprado un *château* francés. Ella era norteamericana y el protagonista era un hombre de edad muy apuesto de origen francés. Finn le contó que era un personaje oscuro que ya había enviudado dos veces de forma misteriosa. Y lo que más deseaba era tener un hijo. A Hope la historia le resultaba algo familiar, pero suponía que en algún momento daría un giro hacia uno de sus típicos argumentos aterradores con fantasmas, asesinos, gente encerrada en sótanos y cadáveres ocultos en el bosque. Siempre le había intrigado de dónde sacaba los temas que desde hacía años los críticos consideraban producto de una mente brillante y atormentada. De entrada, sorprendía que Finn fuera tan normal, teniendo en cuenta sus enrevesadas tramas. Ahora Hope ya dudaba de que no se tratara de meras apariencias.

—Bueno, ¿y qué más ocurre? —preguntó ella escuchando con interés y tratando de ceñir sus pensamientos al libro. Por lo menos podían hablar de algo que no fuera el dinero, y eso en sí ya era un alivio.

—Ella se queda embarazada, así que está a salvo, al menos hasta que tenga a su hijo. Es una heredera y más tarde secuestran a su padre. —Hope sonrió. Hasta ese punto, la historia ya le parecía bastante complicada—. Luego resulta que ella y su hermano han estado robándole a su padre durante años. Su marido lo descubre y le hace chantaje; le pide diez millones de dólares. Ella lo consulta con su hermano y deciden dejarlo en evidencia y no darle el dinero —prosiguió él dirigiéndole una sonrisa malévola, y entonces la besó en el cuello.

—¿Y qué pasa después? —preguntó ella mientras el beso le provocaba un extraño escalofrío en la columna vertebral.

—Él la mata —dijo Finn con aire placentero—. Se la carga a ella, y de paso al bebé. —Hope se estremeció al oír eso.

—Es horrible. ¿Cómo puedes escribir una cosa así? —Le dirigió una mirada reprobatoria, pero Finn parecía estar pasándolo en grande—. ¿Y cómo la mata? ¿O es mejor que no lo sepa? —Algunas de sus novelas tomaban un cariz sanguinario y morboso que sobrepasaba todo lo imaginable. Las tramas eran muy buenas, pero los detalles la ponían enferma. Siempre estaban muy bien documentados.

—Es bastante sencillo. Utiliza un veneno imposible de detectar. Y hereda toda su fortuna. Bueno, de entrada la mitad. Luego mata a su hermano. Y cuando más tarde secuestran al padre, el protagonista no paga el rescate porque lo considera un gilipollas. Así que deja que los secuestradores lo maten. Se carga a toda la familia, uno por uno, y se pule todo su dinero. No está mal para tratarse de un pobre diablo de Marsella, ¿no te parece? Incluso consigue un título nobiliario con la compra del *château*. —A Hope le dio la impresión de que ese era su sueño, y pensó en las mentiras acerca de la casa.

—¿Y tu héroe acaba solo? —preguntó con inocencia. El argumento le parecía de bastante mal gusto, pero muy propio de Finn.

—Por supuesto que no. Se casa con una jovencita del pueblo que siempre había estado enamorada de él. Tiene veintiún años, y él al final de la novela tiene cincuenta. Bueno, ¿qué te parece? —Se le veía muy pagado de sí mismo.

—Da bastante miedo. —Hope sonrió pensando en los intríngulis que le había descrito—. Creo que lo de cargarse al bebé es excesivo. Puede que hiera la sensibilidad de los lectores. La mayoría de la gente se escandaliza con esas cosas.

—Ella no le paga —insistió Finn clavándole una mirada penetrante—. El hermano lo habría hecho, pero ella lo convence. Y, al final, se hace con el dinero de todos modos; y con todo, no solo su parte; o sea que acaba quedándose con mucho más de lo que le había pedido en un principio. La moraleja es que deberían haberle pagado cuando podían hacerlo, antes de que los matara a todos. —Era muy bueno ideando historias de terror psicológico y horribles crímenes motivados por la venganza.

—¿Y a ti eso te parece justo? —preguntó Hope mirándolo a los ojos.

—Completamente. Ella tenía mucho dinero. ¿Por qué ella tanto y él tan poco? Al final le da su merecido, y el pobre muerto de hambre se queda con todo.

—Incluso con un montón de cadáveres en el sótano.

—Ah, no —repuso él con aire ofendido—. Los entierra como es debido. Ni siquiera la policía llega a saber que los han asesinado. Lo sospechan, pero no logran demostrarlo. Hay un inspector de policía muy inteligente, pero al final François también se lo carga. François es el nombre del protagonista. El inspector se llama Robert. Lo entierra en el bosque y no lo encuentran jamás. —En cuanto pronunció el nombre del inspector, Hope captó la metáfora implícita. No era casualidad que la esposa rica acabara muerta, que el protagonista pobre saliera vencedor y que el inspector de policía se llamara igual que el abogado cuyos teléfonos Finn había encontrado en su bolso cuando llegó de Dublín. Todas las piezas del puzle encajaban a la perfección. Y Hope comprendió con claridad la amenaza.

Entonces clavó los ojos en él.

—¿Esa historia contiene algún mensaje para mí? —No

pestañeó cuando sus miradas se cruzaron, y él tampoco. Finn se limitó a encogerse de hombros y echarse a reír.

—¿Por qué dices eso?

—Porque hay algo que me resulta familiar.

—Todos los escritores se inspiran en episodios de la vida real. Además, hay diferencias. La mujer de mi protagonista está embarazada; tú no. Tú no tienes hermanos. Ni padre. Estás sola. Eso es aún más espeluznante, pero aburriría al lector. Hacen falta distintos niveles de lectura, argumentos secundarios y varios personajes para que una novela funcione. Pero es interesante lo que le ocurre por no pagarle. Eso demuestra que aferrarse a lo material no ayuda. Nadie puede llevarse el dinero a la tumba. —Lo que le estaba contando era aterrador dadas las circunstancias, pero lo dijo con una sonrisa, o sea que se estaba burlando de ella. Aun así, el mensaje era claro: paga o morirás.

Finn no hizo más comentarios, y Hope llevó los platos al fregadero y trató de actuar con normalidad. Empezaron a hablar de la Navidad; faltaban dos semanas. Hope dijo que al día siguiente quería ir a Russborough a comprar el abeto, pero Finn dijo que prefería talar uno en el bosque. Tenía un hacha en el establo, lo cual a Hope le pareció un mal augurio. Aquella trama le había alterado los nervios y supuso que ese era precisamente el objetivo. Finn sabía muy bien lo que se hacía. La noche anterior le había recordado lo sola que estaba, y ahora acababa de contarle una historia inventada sobre un hombre que mata a su esposa porque ella no le entrega su fortuna. El mensaje era muy claro. Al pensarlo, se le pusieron los pelos de punta. Más tarde, se acostaron con un libro cada uno, tratando por todos los medios de aparentar normalidad. Hope estuvo muy callada. Pensaba en el argumento y no podía concentrarse en la novela que tenía entre manos. Por un momento sintió el extraño impulso de salir corriendo de allí, tal como le había aconsejado Robert, o de dar su brazo a torcer y pagarle. Si no, se quedaría sola para toda la vida, como él decía. Claro que, ¿qué ocurriría si le pagaba? ¿Sería otra vez tranquilo y amable? A lo mejor, si le entregaba el dinero, las cosas volvían a ser como al principio y dejaban de discutir. Finn tenía razón, él era todo cuanto tenía en el mundo. No le gustaba la idea, pero tal vez fuese su única opción. Se sentía acorralada, maltrecha, atrapada. Estaba cansada de nadar a contracorriente, tenía la sensación de que se estaba ahogando. Finn era demasiado poderoso. Intentaba destruir su mente, y casi lo había conseguido. Lo notaba. Estaba ganando.

—Bueno, ¿qué te parece mi historia? —preguntó Finn cuando ella cerró el libro y dejó de fingir que leía. Y entonces lo miró con expresión vacía.

—Para serte sincera, no tengo claro que me guste. Además, he captado el mensaje. Preferiría que entre todos se cargaran al pobre diablo de Marsella, así no me sentiría tan amenazada. —Lo dijo sin pestañear.

—Las cosas no funcionan así —comentó Finn con habilidad—. Él es mucho más astuto. Y está más dispuesto a correr riesgos y sobrepasar límites.

—Te daré el dinero, si es lo que quieres saber —le espetó ella. Sus ilusiones se habían desvanecido por completo, pero se trataba de su supervivencia. La había derrotado, y tenía la sensación de estar muerta por dentro.

—Ya te dije que acabarías haciéndolo —dijo él sonriéndole—. Me parece una decisión muy acertada. —Y entonces se le acercó y la besó con suavidad en los labios. Ella no reaccionó. Por primera vez desde que lo conocía, el contacto con él le provocaba aversión—. Te haré feliz, Hope, te lo prometo.

—Ella ya no le creía, por supuesto; de hecho, le daba igual. Estaba vendiendo su alma y lo sabía. Pero aún le parecía más aterrador quedarse sola en el mundo—. Te amo —aseguró él con dulzura y aire complacido. Pero eso Hope tampoco se lo creía. Sabía perfectamente lo que le estaba haciendo. La tenía atemorizada. Y funcionaba—. ¿Tú no me amas? —Volvía a hablar como un niño pequeño, y por un instante le pareció odioso. Ojalá la matara. En el fondo, todo sería mucho más fácil.

—Sí, sí que te amo —dijo sin entonación. Finn no sabía lo que significaba amar. No había vuelta atrás para lo que Hope sabía, o lo que él le había insinuado durante la cena—. Podemos casarnos la semana que viene si quieres, si la embajada tiene la documentación lista. Llamaré al abogado de Dublín para lo del acuerdo prematrimonial. —Hablaba igual que un robot y se sentía como un cadáver.

—Vamos... —dijo, y ella asintió. Finn tenía la sartén por el mango, y estaban solos en aquella casa. Fuera soplaba un viento cortante, y durante la noche se esperaba fuerte ventisca. Pero a Hope le daba igual. Ya todo le daba igual. Esa noche Finn la había matado por dentro. Había acabado con todas sus esperanzas de recibir amor. Lo que estaba comprando era su presencia física, no su corazón. Allí el único corazón que estaba en juego era el suyo, y se había roto sin remedio—. Tendremos unos hijos preciosos, te lo prometo. Podemos pasar la luna de miel en Londres e ir a ver a la doctora.

—No la necesitamos —repuso ella.

—Pero si te inseminan, podrás tener gemelos, o trillizos. —Sus ojos azul eléctrico centellearon ante la idea. Pero Hope se horrorizó. Ya había sido tremendo dar a luz un bebé cuando tuvo a Mimi, su constitución era menuda. La idea de tener gemelos o trillizos le resultaba aterradora. Y entonces miró a Finn. Ahora le pertenecía. Había vendido su alma al diablo, y él era el mismísimo satanás.

—¿Él la mata si se queda embarazada de gemelos? —le preguntó con ojos asustados, abiertos como platos. Y Finn sonrió.

—De ninguna manera. No si le da el dinero. —Hope asintió sin decir nada, y un poco más tarde Finn quiso tener relaciones y ella lo dejó hacer. El viento aullaba en el exterior, y Hope se limitó a permanecer tumbada y permitirle que le hiciera todo cuanto quisiera, incluso lo que no le había permitido hasta ese momento; y en algunos momentos disfrutó. Él estaba excitado por todo lo sucedido durante la noche, había saciado su sed sanguinaria y su necesidad de poseerla. Hope se había rendido, y eso lo hacía excitarse más. La abordó una vez tras otra. Ahora ella le pertenecía en todos los sentidos. Hope era suya, exactamente tal como la quería.

21

Hope se despertó a las cinco de la madrugada, cuando el viento estampó la rama de un árbol contra la ventana. La tormenta estaba en pleno apogeo. Finn no había oído nada, y Hope se sentía como si le hubieran arrancado el corazón después de abrirla en canal. Al instante se espabiló y recordó lo que había ocurrido la noche anterior. Todo. Cada palabra. Cada sonido. Cada insinuación. Cada detalle de la historia de Finn sobre la joven esposa muerta a manos del pobre diablo. Comprendía todas las implicaciones, todo lo que había hecho y lo que él le había hecho a ella durante la noche, no solo a su cuerpo, también a su mente. Le había lavado el cerebro. Y cada centímetro de su ser clamaba por que acabara con aquello. Le había vendido el alma al diablo, o pensaba hacerlo; un diablo que dormía plácidamente a su lado. Finn estaba exhausto a causa de las acrobacias sexuales que habían terminado hacía apenas dos horas. Hope seguía dolorida, y sabía que lo estaría varios días. Y de repente, al pensar en todo eso, se dio cuenta de que, si quedarse sola algún día era malo, lo que le estaba ocurriendo era lo peor que podía sucederle. Aquello que acababa de pactar y con lo que había vivido durante los últimos meses era peor que estar muerta. La noche anterior había comprado un billete con destino al infierno, y al pensarlo recordó todo lo que Robert Bartlett le había dicho... «Confíe en su intuición, y si ocurre algo... márchese volando. Salga de allí, Hope. Salga de allí a toda pastilla.»

Hope salió de la cama con el máximo sigilo. Tenía que ir al cuarto de baño, pero no se atrevía. Encontró su ropa interior en el suelo, junto con el vestido que había llevado durante la cena y un jersey de Finn. No vio los zapatos, pero cogió el bolso y, descalza, se escabulló por la mínima rendija de la puerta del dormitorio. Bajó corriendo la escalera rezando para que no crujiese; por suerte, el viento y los ruidos de la tormenta eran muy fuertes y ahogaban todo lo demás. No se volvió a mirar atrás ni una sola vez por miedo a descubrir que Finn la estaba observando desde la puerta; pero nadie se interpuso en su camino. Él dormía profundamente y seguiría haciéndolo durante varias horas. Encontró un abrigo colgado en una percha junto a la puerta trasera, y también las botas que utilizaba para trabajar en el jardín. Dio la vuelta a la llave y salió corriendo en plena noche, respirando el aire gélido a grandes bocanadas. Tenía frío y le costaba mucho correr con las botas, pero no le importaba. Estaba haciendo lo que Robert le había dicho, huir para salvar la vida... Buscar la libertad... En el instante en que se despertó supo que, si no lo hacía, Finn la mataría. Se lo había dejado bien claro por la noche, y no le cupo la más mínima duda de que lo cumpliría. Dos mujeres habían muerto por su culpa, estaba segura, y no quería ser la tercera. Le daba igual quedarse sola para siempre. Ahora eso ya no le importaba. No le importaba nada. Excepto marcharse de allí.

Caminó kilómetros y kilómetros en mitad de la tormenta, con la nieve cubriéndole los hombros. Las piernas se le estaban helando con aquel vestido tan fino, pero no le importaba. Tenía el pelo pegado a la cabeza. Dejó atrás casas e iglesias, granjas y establos, y un perro ladró al verla pasar. A ratos corría y a ratos caminaba, y una vez tropezó por la falta de luz. Pero nadie la siguió. No sabía qué hora era, y aún estaba oscuro cuando llegó a un pub de las afueras de Blessington.

Estaba cerrado, pero detrás había una leñera. Entró y cerró la puerta. No había visto ni un alma por el camino, pero seguía temiendo que Finn abriera de golpe la puerta, la arrastrara hasta su casa y se la cargara. Temblaba mucho, y no solo por culpa del frío y la tormenta. Sabía que solo la Divina Providencia y las palabras de Robert la habían arrancado de las garras de la muerte. Rebuscó en su bolso; abrió la puerta de la leñera lo imprescindible para poder ver a la luz de una farola, y por fin encontró el papelito diminuto que buscaba. Finn había hecho trizas aquel en el que había anotado los números de teléfono de Robert, pero Mark también los había apuntado en la hoja de un cuaderno que le entregó cuando aún estaba en Nueva York. No lo recordó hasta ese momento. Entonces, con las manos heladas y temblorosas, sacó del bolso su teléfono. En la hoja estaba anotado el número del móvil de Robert. Lo tecleó y esperó el tono de llamada. Robert contestó con la voz enronquecida por el sueño, y no reconoció a Hope por lo mucho que le castañeteaban los dientes.

—¿Quién es? —gritó al auricular. Se oían unos pitidos estridentes por culpa del viento, y temió que se tratara de una de sus hijas. En Irlanda eran poco más de las seis de la mañana, la una de la madrugada en la costa Este de Estados Unidos, donde ellas se encontraban.

—S... soy Hope —respondió ella dando fuertes sacudidas. Le costaba incluso articular su propio nombre, y apenas tenía un hilo de voz—. E... e... est... toy f... fuera. —Pronunciaba de forma entrecortada, pero Robert la reconoció enseguida y se despertó de golpe. Parecía que hubiera sufrido un shock.

—¿Dónde está? Dígamelo. Llegaré lo más rápido posible.
—Solo deseaba que Finn no la encontrara antes.

—En T... t... the Wh... h... h... ite Horse, el p... p... pub de B... B... Bless... sington, al s... sur de la p... p... población. En l... la leñ... ñera —dijo, y se echó a llorar.

—Aguante, Hope. Está a salvo. No le ocurrirá nada. Voy

inmediatamente. —Saltó de la cama, se vistió en un momento y al cabo de cinco minutos se había subido al coche y se dirigía a toda velocidad hacia el sur de Dublín por la carretera desierta y resbaladiza. Solo podía pensar en que Hope le recordaba a sí mismo la noche en que Nuala lo apuñaló. Ese fue el punto de inflexión, nunca más volvió con ella, aunque sabía que otros lo habían hecho en condiciones similares o peores. Entonces pensó que podría estar herida. Por lo menos sabía que seguía con vida.

La carretera estaba helada y tardó cincuenta minutos en llegar. Para entonces eran las siete de la mañana, y en el cielo empezaba a aparecer una tenue luz grisácea. Seguía nevando, pero consiguió llegar al sur de Blessington y estuvo dando vueltas buscando el pub The White Horse. De repente, lo vio. Saltó del coche, rodeó el edificio y encontró la leñera en la parte de atrás. Esperaba que Hope siguiera allí y que Finn no hubiese dado con ella. Se dirigió a la puerta, la abrió un poco y no vio a nadie, pero entonces miró al suelo y la vio hecha un ovillo, empapada, con el vestido pegado a las piernas y la mirada llena de terror. Ella no se levantó al verlo; permaneció tal cual, mirándolo. Robert se inclinó sobre ella con suavidad y la ayudó a incorporarse; y en cuanto estuvo de pie, Hope empezó a sollozar. Ni siquiera podía hablar cuando él la cubrió con su abrigo y la guió hasta el coche. Estaba helada hasta la médula.

Seguía sollozando cuando al cabo de una hora llegaron a Dublín. En el camino de vuelta, Robert condujo más despacio. Dudaba de si acompañarla al hospital para que le hicieran una revisión o llevársela a casa y sentarla frente a la chimenea con una gruesa manta. Se la veía aterrorizada y no pronunció palabra. Robert no tenía ni idea de lo que había ocurrido ni de lo que Finn le había hecho, pero no se le veían golpes ni heridas; solo tenía maltrechos el corazón y la mente. Sabía que Hope tardaría mucho tiempo en volver a sentirse bien, pero por cómo le había hablado estaba seguro de que sobreviviría, e incluso de que se recuperaría, daba igual el tiempo que le costara. Robert había tardado varios años.

Le preguntó si quería ir al hospital, y ella negó con la cabeza, así que la llevó a su casa y cuando llegaron la desvistió con delicadeza, tal como había hecho con sus hijas cuando eran pequeñas. La secó con toallas mientras ella seguía llorando, y luego le ofreció uno de sus pijamas, la arropó con una manta y la acostó en su cama. Más tarde, ya en pleno día, avisó al médico para que fuera a echarle un vistazo. Aún se adivinaba el temor en su mirada, pero había parado de llorar.

—No permitas que él me encuentre. —Fue todo cuanto le dijo a Robert cuando el médico se marchó.

—No lo haré —prometió él. Hope lo había dejado todo atrás y había hecho lo que Robert le había recomendado: huir y salvar el pellejo. Tenía la completa certeza de que, si no, antes o después habría muerto.

Robert esperó al día siguiente para hablar con ella, y Hope le contó todo lo que había ocurrido. Le repitió cada palabra que Finn le había dicho; le habló de cómo la había presionado para que le diera el dinero y de la historia que se había inventado, y a Robert tampoco le pasaron por alto las implicaciones. Finn había estado a punto de salirse con la suya, pero la gallina de los huevos de oro se había escapado durante la noche. Al cabo de pocas horas de haberse marchado, él ya la estaba llamando al móvil con insistencia. Se despertó temprano a causa de la tormenta y vio que no estaba en casa, y como no cogía el teléfono empezó a enviarle mensajes. En todos le decía que la encontraría, que hiciera el favor de volver; al principio le decía que la quería, pero cuando vio que seguía sin contestarle, los mensajes se convirtieron en amenazas patentes. Hope hizo caso omiso, y al final Robert se llevó el móvil para que no leyera ningún mensaje más, porque cada vez que recibía uno nuevo empezaba a dar fuertes sacudidas. Robert le cedió su habitación y él durmió en el sofá.

Al segundo día le preguntó adónde quería ir, qué quería

hacer y qué planes tenía con respecto a la casa. Ella lo pensó un buen rato. Una parte de sí seguía amando al Finn que había conocido, y sabía que ese sentimiento tardaría mucho tiempo en extinguirse. La historia no había acabado aún. Nunca olvidaría ni dejaría de querer al hombre de los primeros nueve meses, pero el monstruo en el que se había convertido había estado a punto de arrebatarle el alma y le habría costado la vida. Ya no le cabía la más mínima duda.

—Aún no sé qué hacer con la casa —respondió con tristeza. En esas condiciones le costaba mucho tomar cualquier decisión importante. Seguía demasiado afectada por todo lo ocurrido.

Robert la miró con serenidad. Necesitaba a alguien que le hiciera de guía para encontrar la salida del lóbrego bosque en el que se encontraba.

—Finn te amenazó con matarte. Esa historia no era el argumento de ninguna novela, era un mensaje dirigido a ti. —Hope le había explicado a Robert todos los detalles.

—Ya lo sé —dijo con lágrimas en los ojos—. Ese hombre también se cargó al bebé que la mujer llevaba en el vientre para quedarse con todo el dinero. —Hablaba de los personajes como si fueran de carne y hueso, porque para ella aquella historia se había convertido en algo más que una simple parábola; aunque al final había comprendido bien el significado que se desprendía de ella.

—En mi opinión, deberías darle un mes para que haga las maletas y se marche. La gente como él siempre vuelve a la carga. Siguen contando mentiras y acaban buscando otra víctima a quien exprimir; en menos que canta un gallo ya han aparecido en otra parte —aseguró Robert. Estaba seguro de que Finn también lo haría—. ¿Serás capaz de eso? Le das un mes para que haga planes y se largue. —Robert habría preferido echarlo de una patada en el culo al día siguiente, pero sabía que para Hope sería demasiado violento.

—De acuerdo —convino ella.

—Un día de esta semana me acercaré por allí para recuperar tus cosas.

—¿Y si te sigue hasta aquí? —preguntó Hope, de nuevo aterrorizada, y él lo pensó mejor. Hope sabía que Finn no tenía los teléfonos de Robert porque lo había visto romper el papelito en mil pedazos y, además, no paraba de enviarle mensajes al móvil a pesar de que ella no contestaba. El aparato seguía en poder de Robert. Más tarde se lo devolvió y la vio leyendo todos los mensajes desesperados que Finn le había escrito; cuando por fin lo apagó, se echó a llorar. Era horrible lo mucho que afectaba a un ser humano enamorarse de alguien así. Él había pasado por lo mismo cuando por fin se decidió a abandonar a su esposa. No tenía elección. Existían personas que durante su juventud habían sido abducidas por seres de otro planeta; las destruían, las convertían en autómatas de mente retorcida, y luego los devolvían a la Tierra para que se dedicaran a destruir otras vidas. No tenían alma ni conciencia, y estaban muy perturbados.

Hope temía que Finn recorriera Dublín palmo a palmo hasta encontrarla, y Robert era consciente de que cabía esa posibilidad. Un sociópata no tenía límites cuando se trataba de recuperar a su víctima. Por eso pidió a Robert que fuera de compras en su lugar tras explicarle las tallas que usaba, y él volvió con ropa suficiente para unos cuantos días. Hope aún no había decidido qué iba a hacer, pero sabía que Finn también podía ir a buscarla a Nueva York o a Cabo Cod. No le costaría nada subirse a un avión con tal de dar con ella. Y sus mensajes mostraban cada vez más desesperación; alternaban las frases cariñosas con las amenazas. Cuando un sociópata perdía a su víctima, igual que cualquier agresor, se volvía loco tratando de encontrarla para torturarla de nuevo. Robert también se había visto en esa situación. Su ex mujer estaba igual de desesperada que Finn, pero la última vez que la dejó ella no consiguió hacerlo volver. Quería que esa fuera la última vez para Hope, y ella le aseguró que lo sería.

Por muchos sentimientos que albergara hacia él, sabía que no tenía opción. Había estado a punto de no contarlo. Si él no la hubiera matado, ella misma se habría quitado la vida, no le cabía duda. Recordó todo lo que había pasado por su cabeza la noche anterior, y al saber que había vendido su alma, habría recibido a la muerte con los brazos abiertos, o incluso habría ido a buscarla.

Robert también le llevó comida; Hope tenía demasiado miedo para poner un pie en la calle. Estaban cenando en la cocina cuando él volvió a preguntarle con tacto adónde creía que le gustaría ir. Ella llevaba todo el día dándole vueltas a una idea, y, puesto que no quería regresar a Nueva York ni a Cabo Cod de momento, le pareció la mejor opción. No deseaba esconderse en una ciudad extraña, y no había forma de saber cuánto tiempo estaría Finn buscándola ni a qué límites llegaría su desesperación. Tampoco quería dar pie a la tentación de volver a verlo. Cada vez que leía alguno de los mensajes cariñosos que le había escrito para hacerla caer en la trampa, se le partía el corazón y se echaba a llorar. Pero tenía muy claro que el hombre que los escribía no era el mismo al que encontraría si regresaba. Le había arrancado la máscara definitivamente, y tal como decían quienes lo habían conocido, era muy peligroso. Era todas las cosas que decían de él, y otras mucho peores.

Pidió a la secretaria de Robert que le reservara un vuelo a Nueva Delhi. Era el único lugar al que deseaba ir, y sabía que allí recuperaría su verdadero yo, igual que la otra vez. Quería esconderse, pero también necesitaba volver a conectar consigo misma. Aún se echaba a temblar cada vez que sonaba el teléfono, y se le paraba el corazón siempre que Robert entraba en casa. La aterraba que pudiera ser Finn.

El vuelo a Nueva Delhi salía a última hora del día siguiente, dos días después de la madrugada en que había caminado hasta Blessington en plena ventisca. Después de cenar le estuvo hablando a Robert del *ashram*, y a él le pareció muy buena idea. Quería que estuviera lo más lejos posible de Finn. Cuando se hubiera marchado, él mismo pensaba ir a Blaxton House a entregarle la orden de desalojo. Tenía treinta días para marcharse; y, tras darle vueltas, Hope decidió que después vendería la casa. No quería volver a verla, le recordaba demasiado a Finn y sabía que tenía que zanjar ese episodio de su vida de una vez por todas.

El día que iba a partir hacia Nueva Delhi llamó a Mark Webber y le explicó lo ocurrido. Él le preguntó si había llamado a Robert Bartlett y ella le contó que se hospedaba en su casa y que se había portado de maravilla con ella, aunque no le dijo que le había resultado de especial ayuda porque había estado casado con una sociópata. Mark se alegró de saber que estaba en buenas manos. Ella le explicó que tenía previsto regresar al *ashram* Sivananda, en Rishikesh, donde ya había estado, y a él le pareció una idea excelente. Las fotografías que correspondían a su estancia allí eran las más bellas que había hecho jamás, y el lugar ya le había devuelto la salud una vez. Le pidió que mantuviera el contacto, y ella le prometió que lo haría.

Y luego, temblando de pies a cabeza, llamó a Finn. Tenía que despedirse de él. Necesitaba rematar el asunto, y no podía marcharse sin hablar con él, aunque solo fuera para decirle que lo amaba y que sentía no poder volver a verlo. Le parecía lo justo. Pero «justo» no formaba parte del vocabulario de Finn.

—Es por el dinero, ¿verdad? —dijo.

—No, es por todo menos por eso —respondió ella sintiendo que se le partía el alma al hablar con él. Oír su voz le desgarraba las entrañas y le recordaba la agonía que había sufrido en sus manos—. Lo que me pedías no estaba bien, no podía hacerlo. La otra noche me asustaste mucho con tu historia. —Lo había hecho a propósito, para obtener lo que quería de ella.

—No sé de qué me estás hablando. No era más que el argumento de una nueva novela, por el amor de Dios. Lo sabes perfectamente. ¿De qué coño va todo esto? —Iba de salvar el pellejo. En aquel momento Hope lo vio claro, y ahora, a pesar de aquella voz familiar y la insistencia de Finn por negarlo, también lo veía.

—No era solo un argumento, era una amenaza —repuso Hope; estaba empezando a recuperar su personalidad.

—Estás enferma. Tienes miedo; eres una paranoica y una neurótica, y te lo estás cargando todo tú solita —la amenazó.

—Es posible —admitió ella, no solo ante él, también ante sí misma—. Lo siento —dijo, y su voz denotaba algo que dejó preocupado a Finn. La conocía bien. Estaba acostumbrado a hacer lo que quería con los demás a fuerza de descubrir sus puntos débiles y cómo manipularlos. Pero en la voz de Hope había cierto matiz de disculpa.

—¿Qué harás con la casa?

—Tienes treinta días —respondió ella con voz ahogada—. Luego la pondré a la venta. —Finn no tendría más remedio que marcharse a menos que quisiera comprarla, y eso era imposible. Todos sus planes para estafarle el dinero se habían frustrado. Le había enseñado las cartas a su adversario muy pronto y había hecho una apuesta demasiado alta. Estaba tan seguro de sí mismo que había llevado demasiado lejos sus planes maquiavélicos—. Lo siento, Finn —volvió a decir ella, y justo después oyó sus tres últimas palabras.

—¡Eres una puta! —la insultó, y cortó la comunicación. Esas palabras eran su último regalo, y facilitaban que Hope se atuviera a su decisión.

Esa noche Robert la acompañó al aeropuerto, y ella volvió a agradecerle todo lo que había hecho por ella, incluido el prestarle su cama y el darle buenos consejos.

—Ha sido un placer conocerte, Hope —dijo él mirándola con amabilidad. Era un hombre muy honrado, y se habían hecho buenos amigos. Él nunca olvidaría lo asustada que estaba cuando la encontró en la leñera de Blessington, y ella siempre tendría presente aquella mirada amable—. Espero que volvamos a vernos. Tal vez cuando los dos estemos instalados en Nueva York. ¿Cuánto tiempo tienes previsto quedarte en la India?

—El que necesite. La otra vez fueron seis meses. No sé si ahora me quedaré más tiempo o no. —De momento, no se planteaba volver. Y no quería poner nunca más los pies en Irlanda. No regresaría allí en su vida. Temía que las pesadillas le duraran años.

—Creo que te recuperarás bien. —En opinión de Robert, había hecho grandes progresos en los últimos dos días. De aquella mujer con la voluntad anulada estaba empezando a emerger la esencia de su verdadera identidad. Era más fuerte de lo que parecía, y había atravesado momentos peores, aunque ese último había sido realmente crítico. Enamorarse de un sociópata es una experiencia que no se olvida jamás si se tiene la suerte de poder contarla. Lo peor de todo es que al principio parecen muy humanos y a veces se muestran frágiles y malheridos, pero cuando te agachas para tenderles la mano, te echan de cabeza al río y, si pueden, te ahogan. Los instintos asesinos no tienen curación. Robert se alegraba de que Hope estuviera a punto de marcharse lo más lejos posible, y por cómo lo había descrito, el lugar adonde iba parecía el paraíso. Esperaba que la acogiera como tal.

Se abrazaron, y luego ella se dirigió al puesto de seguridad con la pequeña maleta llena de prendas compradas por él.

—Cuídate, Hope —le recomendó sintiéndose igual que cuando enviaba a sus hijas de colonias.

Ella volvió a darle las gracias, y mientras Robert se dirigía a buscar su coche estacionado en el aparcamiento, supo que, ocurriera lo que ocurriese, Hope se recuperaría. Poseía una vitalidad y una luz interior que ni siquiera un hombre como Finn O'Neill podía apagar.

Ya estaba en casa, sentado frente al fuego pensando en Hope y en su propia experiencia con su ex mujer, cuando el avión despegó rumbo a Nueva Delhi. Hope cerró los ojos y apoyó la cabeza en el respaldo del asiento, dando gracias a Dios por encontrarse a salvo. Y entonces se preguntó cuánto tardaría en dejar de amar a Finn. No conocía la respuesta a esa pregunta, pero sabía que ese día tenía que llegar. Cuando la azafata le entregó el periódico, Hope miró la fecha. Hacía justo un año que se habían conocido. Todo había empezado justo un año atrás, y ya había acabado. En ello se percibía una simetría, una perfección. Como la de una burbuja de aire que flota en el espacio. La vida que había compartido con Finn formaba parte del pasado. Al principio había sido una experiencia bonita; al final, una historia de terror. Mientras volaban entre las nubes que cubrían Dublín, miró el cielo y vio las estrellas. Y al observarlas tuvo la certeza de que, por muy destrozada que se sintiera por dentro, su alma había vuelto a ocupar aquel cuerpo y un día volvería a gozar de plenitud.

22

A Hope el caos del aeropuerto de Nueva Delhi le pareció maravilloso. Miró a las mujeres con los saris que tan familiares le resultaban; algunas lucían el bindi. Los sonidos, los olores y las vistosas prendas que la rodeaban eran justo lo que necesitaba. Estaba tan lejos de Irlanda como le había sido posible.

La secretaria de Robert le había alquilado un coche con chófer, y estuvo muy cómoda durante las tres horas de viaje en dirección norte hasta Rishikesh. Luego tomaron una carretera más pequeña hasta el *ashram* donde había pasado medio año la otra vez. Se encontraba como en casa. Había reservado una habitación pequeña, solo para ella. También había solicitado pasar tiempo en compañía de los *swamiji* y los monjes para poder proseguir el trabajo espiritual que había iniciado la otra vez. El *ashram* Sivananda era un lugar sagrado.

Se le alegró el corazón cuando vio el río Ganges y las estribaciones del Himalaya donde el *ashram* reposaba plácidamente como un pájaro en su nido. En cuanto Hope bajó del coche, tuvo la impresión de que todo lo ocurrido durante el pasado año se desvanecía y se mezclaba con la neblina. La última vez que estuvo allí tenía el alma destrozada por la muerte de Mimi y el divorcio de Paul. Aquel ser quebrantado por los golpes de la vida había acabado de hacerse añicos en Dublín, pero en el momento en que entró en el *ashram* se sintió despojada de todo excepto de su esencia, que cobraba nueva vida como el fulgor de una llama en plena actividad. Había acudido al lugar apropiado.

De camino al *ashram* había pasado junto a varios templos antiguos, y el simple hecho de estar allí le aportaba plenitud. Esa noche ayunó para purificarse, y a primera hora de la mañana practicó yoga. Más tarde, apostada en la orilla del sagrado río Ganges, pidió a su corazón que permitiera que Finn se marchara. Lo envió corriente abajo junto con su amor y sus plegarias. Lo dejó ir. Y al día siguiente hizo lo mismo con Paul, y ya no tuvo miedo de quedarse sola.

Todas las mañanas se levantaba al amanecer, y después de practicar meditación y yoga se reunía con su apreciado maestro. Cuando le contó que se sentía destrozada por dentro, él le aseguró que eso era una bendición porque significaba que renacería con mayor fortaleza. Hope sabía que lo que le decía tenía sentido y le creyó. Pasó tantas horas con él como le fue posible. Nunca se saciaba de su sabiduría.

—Maestro, he amado a un hombre que se ha comportado de un modo muy deshonesto —le explicó un día acordándose de Finn. No se lo había podido quitar de la cabeza en toda la mañana. Ya era enero, las fiestas navideñas habían tocado a su fin y ese año le habían pasado bastante desapercibidas. Se alegró de no haber tenido que celebrarlas, y empezó el nuevo año con serenidad. Llevaba en el *ashram* un mes.

—Su comportamiento deshonesto a ti te sirve de lección —respondió el *swamiji* tras una prolongada pausa para la reflexión—. Siempre nos volvemos mejores personas cuando aquellos a los que amamos nos hieren. Nos hacen más fuertes, y cuando por fin consigues perdonarlos, las cicatrices que dejaron en ti desaparecen. —Hope todavía tenía las heridas abiertas y seguía sintiendo una gran pesadumbre. Una parte muy importante de su ser seguía amando a Finn. A lo que más le costaba renunciar era a los recuerdos de los primeros tiempos; estaba más dispuesta a olvidar el sufrimiento—. Debes agradecerle el sufrimiento de forma profunda y sincera. Te ha hecho un gran favor —dijo el *swamiji*. A Hope le costaba verlo de ese modo, pero esperaba lograrlo algún día.

También pensó mucho en Paul. Lo echaba de menos, le habría gustado poder hablar con él. Estaba muy presente en sus pensamientos; le tenía reservado un lugar en la memoria junto a su hija, cuyo recuerdo era ya tan dulce. Ella llevaba mucho tiempo allí.

Hope caminó en dirección a los montes. Practicaba la meditación dos veces al día y rezaba con los monjes y los demás huéspedes del *ashram*. A finales de febrero se sentía más serena que nunca en toda su vida. No mantenía contacto con el mundo exterior, y no lo echaba de menos en absoluto.

Se quedó atónita cuando en marzo recibió noticias de Robert Bartlett. Él se disculpó por telefonearla durante su retiro espiritual en el *ashram*. Los monjes la acompañaron al despacho principal para que pudiera responder a la llamada. Robert le comunicó que tenía que tomar una decisión relacionada con la casa de Irlanda. Habían recibido una oferta por el mismo precio de la compra, lo que significaba que Hope no ganaría nada. Además, estaban dispuestos a ofrecer una suma por los muebles que, aunque no estaba mal, también le suponía perder dinero. Le explicó que una joven pareja se había prendado de la casa; iban a trasladarse desde Estados Unidos. Él era arquitecto y ella, pintora; tenían tres niños y la casa les venía como anillo al dedo. Hope aceptó deseándoles que les fuera muy bien y no se preocupó por las pérdidas económicas. Quería quitarse la casa de encima cuanto antes, y era un gran alivio saber que caía en buenas manos. Robert le dijo que Finn se había marchado justo después de Navidad, y que tenía previsto trasladarse a Francia. Había alquilado un *château* en el Périgord.

—¿Te ha dado problemas? —preguntó Hope con cautela. No estaba segura de querer saberlo. Había pasado mucho tiempo tratando de apartarlo de su mente y ahora vacilaba a la hora de dedicarle algún pensamiento por miedo a que pudiera volver a envenenarla. Había hecho un gran esfuerzo para curarse las heridas y no quería que su recuerdo volviera a abrirlas. Todo lo relacionado con él le resultaba tóxico.

—No, se ha portado bien. Es presuntuoso y difícil de tratar, pero da igual, la cuestión es que por fin se ha marchado. ¿Cómo estás, Hope? —Se alegraba mucho de oírla. Pensaba en ella a menudo, recordaba el día que la había acompañado al aeropuerto. Se la veía menuda y frágil, pero muy valiente. La admiraba muchísimo. Se necesitaba mucho coraje para huir de la forma en que lo había hecho, para dejarlo todo atrás y salir corriendo con tal de salvar la piel. Él lo sabía muy bien.

—Estoy bien. —Se la oía feliz y libre—. Todo esto es muy bonito. No quiero volver. Ojalá pudiera quedarme aquí para siempre.

—Debe de ser precioso —dijo él con nostalgia.

—Lo es. —Ella sonrió al observar por la ventana las montañas que la rodeaban, y deseó que Robert pudiera verlas a través del teléfono. El viaje desde Dublín era largo, muy largo; esperaba no tener que volver a hacer nunca ese trayecto. Estaba contenta de poder vender la casa. Robert le dijo que los nuevos propietarios se quedarían con Winfred y Katherine, y a Hope le alegró oírlo. A ambos les había escrito desde el *ashram* para agradecerles lo bien que se habían portado con ella y desearles suerte, y se disculpó por no haberse despedido personalmente. Durante el tiempo que conservó la casa había seguido pagándoles su salario—. ¿Cuándo te marcharás de Dublín? —preguntó a Robert. Se alegraba de hablar con él. Lo había conocido en un momento complicado, y le había salvado la vida con sus sabios consejos. Había ejercido como *swamiji* en Dublín, y al pensarlo se dibujó una sonrisa en su rostro.

—Dentro de dos semanas. Voy a llevar a mis hijas a Jamaica por Semana Santa, y luego me instalaré. Se me hará raro volver a trabajar en Nueva York, echaré de menos Dublín. Estoy seguro de que a ti no te trae buenos recuerdos, pero para mí ha sido muy agradable trabajar aquí todos estos años. Me siento como en casa.

—Así es como me siento yo aquí.

—¿Cuándo regresarás? —preguntó él.

—Todavía no lo sé. He rechazado varios trabajos. Creo que Mark se está poniendo frenético, pero no tengo ninguna prisa por volver a casa. A lo mejor en verano. El monzón empieza en julio, y entonces ya no se está tan bien aquí. Igual voy a Cabo Cod. —Ya le había hablado de la casa que tenía allí.

—Nosotros iremos a Martha's Vineyard. A lo mejor podríamos coger un barco e ir a verte.

—Me encantaría. —Robert le había hablado de sus hijas. Una era bailarina, como Mimi, y la otra estudiaba medicina. Recordó las conversaciones durante los extraños días anteriores a su partida hacia Nueva Delhi. Ahora todo aquello se le antojaba surrealista. Lo único que seguía pareciéndole real eran los primeros meses de felicidad junto a Finn. Era un auténtico sueño convertido en pesadilla. Se preguntó quién sería su próxima víctima, en el Périgord o en alguna otra parte.

Robert le prometió mantenerla informada sobre la venta. Y al cabo de una semana recibió un fax. La habían comprado por el mismo importe que había pagado ella. Blaxton House ya no le pertenecía. Sintió un gran alivio. Había cortado el último cabo que la ataba a Irlanda y a Finn O'Neill. Era libre.

Hope permaneció en el *ashram* hasta finales de junio. El monzón se acercaba, y saboreó cada uno de los últimos días como si fueran un gran regalo. Esa vez había hecho un poco de turismo por la región junto con otros huéspedes del *ashram* y había descubierto lugares muy bonitos. Hizo un recorrido en barco por el Ganges. Se había bañado en él muchas veces para purificarse, y había vuelto a hacer fotos espectaculares de los tonos rosas y anaranjados que teñían el *ashram* y el río. Los últimos meses se vestía con saris. Le sentaban muy bien, y junto con el negro azabache de su pelo le conferían un aspecto muy hindú. Su maestro le regaló un bindi, y le encantaba lucirlo. Se sentía muy cómoda allí. Los días anteriores a su partida se sentía muy triste, y en la última jornada pasó muchas horas con su *swamiji* favorito. Era como si deseara empaparse de toda esa sabiduría y esa bondad para llevarlas siempre consigo.

—Algún día regresarás, Hope —dijo él con sensatez. Ella deseaba que tuviera razón. Aquel había sido su santuario durante seis meses. El tiempo volaba.

La última mañana estuvo rezando largo rato hasta que salió el sol, y también practicó meditación. Sabía que iba a dejarse allí parte del alma, pero, tal como esperaba, a cambio se había reencontrado con todo aquello que había perdido de sí misma. Su maestro tenía razón. La estancia en el *ashram* le había curado las heridas, y más rápido de lo que esperaba. Volvía a sentirse en paz consigo misma, y su nueva identidad era más fuerte y mejor, más sabia y, sin embargo, también más humilde. Estar allí la hacía sentirse pura. No concebía el regreso a Nueva York. Pero, antes de reincorporarse del todo en septiembre y volver al trabajo, pensaba pasar dos meses en Cabo Cod.

Cuando abandonó el *ashram*, el chófer cruzó la aletargada población de Rishikesh. Hope quería aferrarse a cada momento, a cada imagen. Llevaba la cámara colgada al hombro, pero no la utilizó. Solo deseaba contemplar cómo aquel paisaje que tanto amaba se deslizaba por la ventanilla. Llevaba muy pocas cosas encima, tan solo los saris con los que solía vestirse allí y uno especial de color rojo que había comprado para cuando asistiera a alguna fiesta. Era más bonito que ninguno de sus vestidos. Robert le había enviado la cámara de fotos cuando recuperó sus pertenencias de la casa de Irlanda.

Siguiendo las instrucciones de Hope, el resto lo mandó a su piso de Nueva York. En el *ashram* había sido muy feliz sin apenas posesiones que le pesaran.

Se sentía ligera y libre cuando subió al avión en Nueva Delhi. El vuelo de regreso hizo escala en Londres, y aprovechó para comprar cuatro cosas en el aeropuerto. Aquel viaje no tenía como finalidad adquirir objetos, sino reencontrarse consigo misma; y lo había logrado. En el último vuelo de regreso a casa pensó que por fin, después de tanto tiempo, se sentía plena, posiblemente más que nunca en toda su vida.

23

Tras regresar de la India, Hope voló directamente a Boston. Aún no estaba preparada para volver a Nueva York. Suponía que le causaría demasiado impacto. Allí todo el mundo tenía un aspecto gris; no había saris, ni prendas vistosas, ni mujeres atractivas. No se veían flores rosas y anaranjadas por todas partes. La gente vestía pantalones vaqueros y camisetas, y algunas mujeres llevaban el pelo corto. Ella tenía ganas de ponerse el sari y lucir el bindi. Y deseó encontrarse de vuelta en Nueva Delhi cuando se disponía a alquilar un coche en el aeropuerto.

Condujo hasta Cabo Cod absorta en sus pensamientos, y cuando llegó a la casa miró alrededor y estuvo unos momentos recordando los días que había pasado allí con Finn; pero enseguida abrió los postigos y se obligó a pensar en otra cosa.

Por la tarde fue al mercado y compró flores y alimentos, y luego colocó las flores en jarrones y los repartió por la casa. Dio un largo paseo por la playa y se deleitó con la paz que sentía estando sola. Esa había sido la más terrible amenaza de Finn; le había dicho que si no le entregaba el dinero que quería, la abandonaría y se quedaría sola para siempre. Pero en vez de temer a la soledad se había preparado para recibirla, y ahora la estaba disfrutando. Siempre que salía a pasear por la playa se colgaba la cámara al hombro, y nunca se sentía sola; estaba tranquila, feliz, sosegada.

Visitó a sus viejos amigos y asistió a un picnic para celebrar la festividad del Cuatro de Julio. Todas las mañanas meditaba y practicaba yoga, y durante la segunda semana de julio se alegró de recibir noticias de Robert Bartlett. Para entonces, llevaba en Cabo Cod tres semanas. La estancia allí le sirvió para paliar un poco el choque cultural que le provocaba el regreso de la India. Y a veces, cuando estaba sola, aún se vestía con un sencillo sari. Era una forma de recordar el tiempo que había pasado en el *ashram*; y al instante la invadía una gran sensación de paz. Las sesiones de yoga matutinas tenían lugar en la playa.

—¿Qué tal te sienta estar de vuelta? —le preguntó Robert cuando la llamó.

—Se me hace raro —respondió ella con sinceridad, y los dos se echaron a reír.

—Sí, a mí también —reconoció él—. Sigo preguntándome por qué la gente habla de una forma tan sosa cuando salgo a comprar provisiones.

—Yo también —convino Hope sonriendo—. No hago más que buscar saris y monjes con la mirada. —Le resultaba agradable charlar con él. Ya no le recordaba a la época negra. Ahora era un amigo más, y lo invitó a ir a comer con sus hijas el fin de semana. Pensaban acercarse en barco desde Martha's Vineyard, y Hope le indicó dónde podían atracar. Los recogería en el puerto deportivo y los llevaría a su casa para comer y pasar la tarde juntos.

El día en que llegaron lucía un sol espléndido y Hope sonrió cuando vio que las chicas saltaban al muelle con los pies descalzos. Llevaban las sandalias en la mano, y Robert las guiaba de un lado a otro como una gallina revoloteando alrededor de sus polluelos, lo cual le arrancó una carcajada. Les estaba recordando que se aplicaran la crema solar, que cogieran el sombrero y que se pusieran los zapatos para no clavarse ninguna astilla en las plantas de los pies.

—¡Papá! —lo reprendió la hija mayor, y entonces Robert

hizo las presentaciones. Las chicas se llamaban Amanda y Brendan. Eran muy guapas, y las dos se parecían a él.

Les encantó la casa, percibieron la paz y la calidez que desprendía. Por la tarde, los cuatro fueron a dar un largo paseo por la playa. Las dos chicas les llevaban ventaja, y Robert y Hope cerraban la marcha.

—Me caen bien tus hijas —dijo Hope durante el paseo.

—Son buenas chicas —respondió él, orgulloso. Sabía que ella había perdido una hija de aproximadamente la misma edad y le preguntó si le resultaba muy difícil tenerlas cerca, pero ella le dijo que no, que más bien le traía buenos recuerdos. A Robert le pareció que Hope era una mujer completamente distinta de aquella con el alma destrozada que había rescatado en la leñera del pub de Blessington siete meses atrás. El recuerdo resultaba muy chocante para ambos. Hope nunca se había alegrado tanto de ver a alguien en su vida. Y Robert había sido muy amable con ella acogiéndola en su casa y cediéndole su cama.

—Te has recuperado bastante más rápido que yo —musitó él. La admiraba mucho por todo lo que había pasado y superado.

—Eso es porque me he ido a la India —repuso ella, feliz. Se la veía muy libre, y cuando dieron media vuelta y regresaron a la casa a Robert se le ocurrió una idea.

—¿Te apetece subir al barco y venir a Martha's Vineyard? Puedes quedarte con nosotros unos cuantos días si quieres.

—Ella lo pensó un momento. No tenía nada mejor que hacer, y consideró que sería una experiencia divertida. Llegarían a su destino por la noche. Y luego podía alquilar un coche para regresar a Cabo Cod.

—¿Estás seguro? —preguntó con precaución. No quería entrometerse. Por lo que él le había explicado, sabía que el tiempo que pasaba con sus hijas era sagrado ahora que ambas estaban la mayor parte del año en la universidad. Siempre decía que las echaba mucho de menos. Pero Robert insistió en que le gustaría mucho que los acompañara, y las chicas opinaban lo mismo. Les parecía muy buena idea.

Robert la ayudó a cerrar la casa. Hope preparó una pequeña maleta, y cuando se marcharon conectó la alarma. Fueron en su coche hasta el puerto deportivo y lo aparcó allí. Le gustaba estar en compañía de Robert y sus hijas, era como volver a formar parte de una familia. Se había acostumbrado a estar sola y ya no le importaba, pero al haber recibido la soledad con los brazos abiertos, tal como le había aconsejado su *swamiji* en el *ashram*, el hecho de sentir de repente que formaba parte de un grupo como aquel era como un regalo del cielo.

Una vez en el barco, les ayudó a soltar amarras, y mientras navegaban despacio bordeando la costa hacia el norte, Hope permaneció al lado de Robert. Por alguna extraña razón recordó las espantosas amenazas de Finn sobre lo sola que se quedaría sin él, su insistencia en recalcar que no tenía a nadie en el mundo y nunca lo tendría. Entonces miró a Robert, y él le sonrió y le pasó el brazo por los hombros; y Hope se sintió a gusto.

—¿Estás bien? —preguntó él con la misma mirada amable que había visto en sus ojos la primera vez que se encontraron en Dublín, y ella asintió sonriendo.

—Sí, estoy bien —respondió—. Muy bien. Gracias por invitarme a venir con vosotros. —Él se sentía igual de a gusto que ella, y los cuatro parecían encajar muy bien. Las chicas se acercaron a hablar con Hope mientras, poco a poco, iban surcando las aguas en dirección a Martha's Vineyard. Cuando Robert orientó las velas con la ayuda de Amanda, se estaba poniendo el sol. Hope y Brendan bajaron a la despensa y prepararon un aperitivo para los cuatro. Era uno de esos momentos perfectos en los que uno desea que el tiempo se detenga. Cuando bajaron del barco, Hope hizo unas cuantas fotos de las chicas. Tenía intención de enviarle copias a Robert, y también a él le hizo una muy bonita, de perfil con las velas del barco al fondo y los cabellos al viento. Entonces él alargó el brazo y le cogió la mano en silencio. Hope había recorrido un camino muy, muy largo desde la terrible mañana que la encontró encogida en la leñera. Y cuando ella lo miró y se sonrieron arropados por el clima cálido, reparó en que su maestro tenía razón. Las cicatrices habían desaparecido.

—Gracias —susurró a Robert, y él asintió y le sonrió de nuevo. Y entonces los dos se volvieron hacia las chicas. Estaban riendo por algo que una le había dicho a la otra; y, mirándolas, Robert y Hope también se echaron a reír. Era uno de esos momentos en que todo parece perfecto. Un día maravilloso, una velada ideal, la compañía adecuada, un instante para recordar y la sensación de estar renaciendo.